培文书系

文学与当代史丛书

小说的魔术师

当代短篇小说文本细读

张学昕 著

北京大学出版社
PEKING UNIVERSITY PRESS

图书在版编目(CIP)数据

小说的魔术师：当代短篇小说文本细读／张学昕著．—北京：北京大学出版社，2020.6

（培文书系·文学与当代史丛书）

ISBN 978-7-301-30888-2

Ⅰ.①小… Ⅱ.①张… Ⅲ.①短篇小说—小说研究—世界—现代 Ⅳ.① I106.4

中国版本图书馆 CIP 数据核字（2019）第 245738 号

书　　名　小说的魔术师：当代短篇小说文本细读
XIAOSHUO DE MOSHU SHI：DANGDAI DUANPIAN XIAOSHUO WENBEN XIDU

著作责任者　张学昕　著

责任编辑　李书雅　周彬

标准书号　ISBN 978-7-301-30888-2

出版发行　北京大学出版社

地　　址　北京市海淀区成府路 205 号　100871

网　　址　http://www.pup.cn　新浪微博：@ 北京大学出版社　@ 培文图书

电子信箱　pkupw@qq.com

电　　话　邮购部 010-62752015　发行部 010-62750672
编辑部 010-62750112

印 刷 者　天津光之彩印刷有限公司

经 销 者　新华书店
660 毫米 ×960 毫米　16 开本　24.5 印张　292 千字
2020 年 6 月第 1 版　2020 年 6 月第 1 次印刷

定　　价　69.00 元

目 录

序

短篇小说的元素

苏　童

谈及短篇小说，古今中外都有大师在此领域留下不朽的声音。有时候我觉得童话作家的原始动机是为孩子们上床入睡而写作，而短篇小说就像针对成年人的夜间故事，最好是在灯下读，最好是每天入睡前读一篇，玩味三五分钟，或者被感动，或者会心一笑，或者怅怅然的，如有骨鲠在喉，如果读出这样的味道，说明这短暂的阅读时间没有浪费，培养这样的习惯使一天的生活始于平庸而终止于辉煌，多么好！

当然前提是有那么多好的短篇可以放在枕边。

我有许多自己钟爱的短篇小说经典。比如契诃夫的《万卡》和莫泊桑的《羊脂球》，我本想排除所有成为“经典”的作品，给人们一个全新的阅读旅程，但无论如何也不忍心放弃这两篇，我相信读者早已读出了它们各自的经典意义，原谅我不再在这里拾人牙慧。

首先让我谈谈读霍桑《威克菲尔德》的感受，我觉得它给我的震动不比《红字》弱小。一个离家出走到另一个街区的男人，每天还在暗中观察家人的生活，这样的人物设置本身已经让作品具备了不同凡响的意义。这个男人恐惧什么？这个男人在逃避什么？这个男人离家出走的直线距离不会超过一千米，但是我们作为读者会情不自禁地丈量他离社会的距离，离开伦理道德的距离，这就是《威克菲尔德》的鬼斧神工之处。一个离家出走几百米的男人因此比许多小说描写的漂洋过海的离家出走的人更加令人关注。而老奸巨猾的霍桑却不想摧毁什么，他让威克菲尔德最后又回到了家里："失踪后的第二十个年头，一天傍晚，威克菲尔德习惯性地朝他仍称为家的地方信步走去。"霍桑让这个人物"晚上不声不响地踏进家门，仿佛才离家一天似的。"就这样，在发出一种尖厉的令人恐慌的怪叫声后，霍桑也善解人意地抚慰了我们不安的感官，也扶正了众多紧张的良心和摇晃的道德之树。

以萨·辛格的令人尊敬之处在于他的朴拙的小说观，他总是在"人物"上不惜力气，固执己见地种植老式犹太人的人物丛林，刻画人物有一种累死拉倒的农夫思想，因此辛格的人物通常是饱满得能让你闻到他们的体臭，《傻瓜吉姆佩尔》就是他的最具标志性的人物文本。与辛格相比，我们更加熟悉的大师福克纳一直是在用人类写作历史上最极致的智慧和手段为人类本身树碑立传。《献给艾米莉的玫瑰花》被评论认为是吸收了哥特式小说的影响，哥特式小说与伟大的福克纳相比算老几呢？这是众多热爱福克纳先生的读者下意识的反应，但这不是福克纳本人的反应，他是不耻下问的。我们所读到的这朵"玫瑰"最终是经过圣手点化的，所以它阴郁、怪诞，充满死亡之气，却又处处超越了所谓"艺术氛围"，让人们急于探究艾米莉小姐的内心世界，她的内心世界就像她居住的破败宅第，终有一扇尘封之门，福克纳要为我们推开的是两扇门，推开内心之门更是他的兴趣所在，所以我们看见门被打开了，看见艾米莉小姐封闭四十年的房间，看见她的死去多年的情人的尸体躺在床上，看见枕头上的“一绺长长的铁灰色头发”，我们看见艾米莉小姐其实也躺在那里，她的内心其实一直躺在那里，因为福克纳先生告诉我们那是世界上最孤独的女人之心。我们读到这里都会感到害怕，不是因为恐惧而恐惧，而是为了孤独。

孤独的不可摆脱和心灵的自救是人们必须面对的现实，我们的文学大师们关注这样的现实。博尔赫斯的《第三者》不像他的其他作品那样布满圈套，这个故事简单而富于冲击力，这也是我在他的无数精美之作中左顾右盼最后选定此篇的理由。《第三者》叙述的是相依为命的贫苦兄弟爱上同一个风尘女子的故事，所以我说它简单。但此篇的冲击在于结尾，为了免于不坚固的爱情对坚固的兄弟之情的破坏，哥哥的选择是彻底摆脱爱情，守住亲情，他动手结果了女人的生命，让我们感到震惊的就是这种疯狂和理性，它有时候成为统一的岩浆喷发出来，你怎能不感到震惊？令人发指的暴行竟然顺理成章，成为兄弟最好的出路！我想博尔赫斯之所以让暴力也成为他优雅精致的作品中的元素，是因为最优秀的作家无须回避什么，因为他从不宣扬什么，他所关心的仍然只是人的困境，种种的孤独和种种艰难却又无效的自救方法，也是人类生活中最重要的细节。

沉重的命题永远是我们精神上需要的咖啡，但我也钟爱一些没说什么却令人感动令人难忘的作品。就像乔伊斯的《阿拉比》，这是《都柏林人》中的一篇。写的是一个混沌初开的少年的感情世界，也许涉及了少年的初恋，也许什么也不涉及。少年手里抓着一枚银币，夜里独自一人坐火车去远处的阿拉伯风格集市，他原先是想买什么的，原先大概是准备送给“曼根的姐姐”什么的，但他辛辛苦苦到了集市，却什么也没买，而集市也已经熄灯了，这就是小说的主要内容，你可以做出种种揣摩，对作家的意图做出深层次的理解。但我想，对这样的作品，想象的补充是更加有趣的，想象一个少年夜里独自坐在火车上，想象他独自站在已经打烊的集市中的心情，回忆一下，你在那个年龄有没有类似的一次夜游，这也许更贴近作家的本意。这也是对短篇小说的一种读解方法。同样的方法应该也适用于杜鲁门·卡波特的《圣诞节忆旧》，严格地说这不像一篇虚构的小说，它很像一次无所用心的回忆，回忆作家幼年与一个善良而孩子气的老妇人苦中作乐过圣诞节的琐事。正因为无所用心而使叙述明亮朴素，所有的悲伤全部凝结成宝石，在我们面前闪闪发亮。尤其是写到老妇人之死，作家是这样写的：“又一个十一月的早晨来临了，一个树叶光光、没有小鸟的冬天早晨，她再也爬不起来大声说：‘这是做水果蛋糕的好天气！’”应该说《圣诞节忆旧》不是一篇很著名的小说，但我确信读者会被这么一种散淡而诚挚的作品所感动，并且终生难忘。

我之所以喜爱雷蒙德·卡佛，完全是因为佩服他对现代普通人生活不凡的洞察力和平等细腻的观察态度，也因为他的同情心与文风一样毫不矫饰，这篇《马辔头》里的农场主霍利茨是卡佛最善于描写的底层人物，破产以后举家迁徙，却无法在新的地方获得新的生活，最后仍然是离开，去了更陌生的地方。这个失意的不走运的家庭，人搬走了，却留下了一只马辔头，让邻居们无法忘记他们的存在，也让我们感受到了这只马辔头散发的悲凉的气息。卡佛不是泛泛的“简单派”，因为他的节制大多是四两拨千斤，我们总是可以感受到他用一根粗壮的手指，轻轻地指着我们大家的灵魂，那些褶皱、那些挫伤、那些暧昧不清的地方，平静安详就这样产生了力量。

张爱玲是我喜爱的汉语作家之一，需要澄清的是我并不认为她是在国产短篇小说创作中唯一青史留名者，我喜欢她的《鸿鸾禧》，是因为这篇作品极具中国文学的腔调，是我们广大的中国读者熟悉的传统文学的样板，简约的白话，处处精妙挑剔，一个比喻，都像李白吟诗一般煞费苦心，所以说传统中国小说是要从小功夫中见大功夫的，其实也要经过苦吟才得一部精品。就像此篇中两个待字闺中的小姑子二乔和四美，她们为哥嫂的婚礼精心挑选行头，但张爱玲说，虽然各人都认为她们在婚礼中是最吃重的角色，但“对于二乔和四美，（新娘子）玉清是银幕上最后映出的雪白耀眼的‘完’字，而她们则是精彩的下期佳片预告”。张爱玲小说最厉害的就是这样那样聪明机智的比喻，我一直觉得这样的作品是标准中国造的东西，比诗歌随意，比白话严谨，在靠近小说的过程中成了小说。因此它总显得微妙而精彩，读起来与上述的外国作家的作品是不同的，这也是我推崇《鸿鸾禧》最充分的理由。

发现读短篇小说的妙处是容易的，说它一唱三叹，说它微言大义，说它是室内乐，说它是一张桌子上的舞蹈，说它是微雕艺术，怎么说都合情合理，但是谈论短篇小说，谈论它的内部，谈论它的深处，确是很难的。因为一个用一两句话就能囊括的短篇小说会令人生疑，它值得谈论吗？所以，短篇小说历来就让人为难，一门来自语言的艺术，偏偏最终使语言陷入了困境。

所有的霍桑都在创造未来的卡夫卡，所有的卡夫卡也在创造霍桑。所有的威克菲尔德最终将摇身一变，变为格里高尔，变为土地测量员，而那个土地测量员有可能亲自拜访历史，测量威克菲尔德离家一条街隐居的地点，与他家的距离到底是多少米。博尔赫斯自己一定创造了某个先驱，而这个先驱一定会被未来的某个伟大的作家再创造。如此说来，短篇小说并没有什么单独的处境，它是与庞大的文学集体同呼吸共命运的，未来的所有《城堡》和所有《审判》，它们会出示一纸证明，来证明短篇小说的正确。

以这篇旧文，权且作为张学昕教授这部短篇小说研究专著《小说的魔术师：当代短篇小说文本细读》的序言，并与喜爱短篇小说的朋友共勉。

小说的气象

——汪曾祺的短篇小说《受戒》

凡是杰出的作品、好的文字，一定有一种气象在里面。大家的文字，大家的构思、结构、脉络，行文处处——不论按现在流行的说法，是“虚构”还是“非虚构”，也不论所叙述的事物是大还是小，更不必说是论述还是叙事，还不论文章之短长——都会有一种气象在字里行间扩散、聚敛、张扬或流溢。或左右逢源，游刃有余；或云波诡谲，出神入化。即使不能够做到“气蒸云梦泽，波撼岳阳城”，也可能会如释迦的说法一样，霁月之在天，庄严恢宏，清远雅正，或者宽厚柔和，平实通畅。最深邃的道理，被做出最朴素的铺排，艺术想象力获得高度的解放，神异而美好的心像，凝聚其间。其实，小说也是如此。好的小说叙述，必有令人欣喜、欣慰的气象。气象的有无，决定了文本的生命；气象的大小，源自写作者心像、城府的宽窄。这就不仅仅是单纯的叙事美学问题，最终，还是气象决定文字的境界。即使确有我们常说的“神来之笔”，实则也必定是由作者实实在在的感悟力、文化心理状态使然。许多写作者都懂得这个意思，但真的想逼近此境，却是件很不容易的事情。现在，如果有人问我，我们这个时代的写作和文学究竟缺少什么的话，我觉得所欠缺和遗失的就是我们文章里的气象，这不是现代文明的产物，而是在高贵的文化价值体系浸染下的人文弹性、精致意趣等品质和智慧的结晶。

在我的阅读记忆里，20 世纪 80 年代，汪曾祺的小说《异秉》《岁寒三友》《受戒》和《大淖记事》等作品，让人们眼前一亮，其叙事文体、气韵、格调都立即显示出与众不同的形态。大家齐声说好，但究竟为什么好，当时并不能马上说得清楚。现在看来，这些作品能让人眼前一亮不仅仅是因为小说形态独特。其实，这些作品里面蕴藏着一种其他作品所不具备的气象，这些气象弥足珍贵，特别是在那时。什么气象呢？文化。我并不是说那时候出现的许多其他小说没有文化蕴藉。况且，汪曾祺小说中的文化究竟是什么，我也一时说不清楚。我只是强烈地感觉到，汪曾祺的小说是极其地道的文人小说。它的语言、叙述、结构，或者说组织，迥异于诸多小说的叙述方式。一样是讲故事、写人物，一样是呈现事物和场景，汪曾祺的小说里却有一些不会被轻易觉察的经络，丝丝缕缕，在细微的铺展、举重若轻的描述中，耐人寻味的气息弥散着。而这个经络，则是由一种特殊的“逻辑”统摄、牵动着。这个“逻辑”，就是传统文人判断、解析、理解事物和生活的心理逻辑：率性、睿智，深藏在朴素的文字里。朴素到极致，便清正、雅致到极致。正是这种所谓的逻辑，使得汪曾祺的小说呈现了另一种体态、形貌。在那个时期，与汪曾祺写作形态颇为接近的，还有一位当时的青年作家阿城。我总觉得，阿城的《棋王》《树王》《孩子王》和《遍地风流》里的文字，与汪曾祺小说的气度、气象以及“腔调”都非常近似。从一定程度上讲，汪曾祺和阿城的小说，自觉或不自觉地撞开了当代文学的一扇门，这扇门，缓冲了文学叙事与意识形态之间的尴尬，还原了小说理应具有的世俗品质，叙述之美开始以极其朴素的面貌呈现出来，使得小说更像小说，或者说，这种小说，让我们见识了究竟什么是小说。

而小说作为一种通过虚构建立、完成的文体，就需要某种“异秉”，来覆盖、重构我们非常熟悉的日常生活，而且不被察觉。个性蕴涵在文字的气理之中，别有一番韵致。这种“异秉”，实际上就是富于个性化的文化素养。因此，迄今也没有什么人敢轻易给汪曾祺的小说进行“定位”，肆意将其归到某一类当中去，只能小心翼翼地面对它。汪曾祺写作的“异秉”在哪里呢？早有人想发掘汪曾祺的创作与他生长的故乡——江苏高邮——的某种联系。高邮这个有着很深的古文化渊源的地方，历史上颇有些“王气”。不过“王气”丝毫没有铸就汪曾祺的“王气”“霸气”。相反，平和至极的汪老，倒是在相当大的程度上沾了这个古文化中心区域的地势和性灵之缘。“地气”使得他对历史和生活的感悟，获得了一种独到的文化方位和叙述视点。一个人的写作，只有拥有了属于自己的精神“方位”和叙述视点，才有可能形成与众不同的气势、气脉、气象。汪曾祺对文字的轻与重把握得极其到位，浑然天成。他的叙述里总有一个目光，起起伏伏，不时地射出神性的色泽。虽然在他的作品里面还看不到那么明显的哲人的影子，但是他对生活、对存在世界的体味都非常自然地浮现着。叙述的单纯、含义的适量，像是有一股天籁。无需用文字刻意地给生活打开一个缺口，使生活运转在某种手工操作之下，现实世界本身就有许多裸露且没有遮蔽的形态。在汪曾祺的文字中，你看不到丝毫的焦虑，生活在他的笔下也就不显得臃肿，而是形态飘逸但却扎实牢靠、不折不扣。无论他所叙述的是什么题材和人物，都非常干净、细致、自然。这恐怕缘于他对事物的态度——不苛求，不抱怨，不造作，有甚说甚，崇尚简洁、清晰、明确——还有不同寻常的艺术感觉和功力。生活的结构，在他的文本中从不闪闪烁烁。汪曾祺的作品对俗世生活，有调侃、戏谑，也有严格的批判；在另一方面，也蕴藉浪漫的飞扬，这使作品具备了令人尊敬的品质。有时候，时代、社会的面貌在他的叙事里经常显得模糊、难以辨认，但正直的人性始终坚实地存在。生活、生命的消长枯荣的存在形态，超然于政治、社会、意识形态的定律，荡漾着恒久、持续的经典气息，呈现出活泼泼的表情。正是这样的文字，才会让我们拿起来放不下，既令人沉浸其中、享受把玩，又常让我们对生活世界恍然间有所感悟。也许，正是朴实到了极处，才会境界全出。闲话闲说，大道至简，大雅小雅，从容道来，即便是俗世的云影水光，都会带着神韵。

那么，汪曾祺小说的气象和个中滋味在哪里呢？当然在小说娓娓道来的文化氤氲里：叙述间隙，都会挤出山南水北、风物井然的情致；一唱三叹中，沉郁抒情，气定神闲。文化规约笼罩其间。在这里，我只想以《受戒》为例，重温、体会汪曾祺短篇小说所呈现出的不凡气象，真切地感受他的短篇小说“小故事大智慧”的艺术境界。

《受戒》堪称汪曾祺短篇小说的代表，也是中国当代文学中不多见的、具有浓郁传统文化流风遗韵的叙事文本。虽然十多年前，汪曾祺先生踏着薄暮平淡远去了，但他的文本仍平静地置放在文学的灵地。我偶尔翻起来重读的时候，内心的几许沉重，常常被他精妙绝伦的文字和情境所牵动。渐渐生发的踏实、轻松的阅读快意，真的能让我们进入到汪老历经沧桑之后其作品传达的人事百相中去。那是除净了火气的、澄澈练达的、随风潜入夜地渗透进骨子里的文人气质，我们惯常难以感受到的文字气象也必然由此而出。

其实，从一定角度看，《受戒》更像是一个奇异的爱情絮语，或者温暖人性的春梦。它冷不丁地出现在20世纪80年代，令读懂和读不懂的人们都有些咋舌。一开始，你就会立即感受到它的好，却又说不清它好在哪里——也许好的作品都让人无法立即说出它好在什么地方。这篇小说与当时的环境明显是不契合的，或者说是多少有些龃龉、错位的。因为这篇小说的美学趣味，与那些所谓“伤痕小说”“反思小说”，甚至“寻根文学”都大相径庭：根本上不是一回事，甚至可以说不可同日而语。在20世纪70年代末、80年代中前期，文学所处的环境、那种热火，非今天可以比拟，那实在是后来者难以想象的盛景。人性和文学被压抑了许多年，出现井喷是正常的，但是“喷发”到何处，如何“喷发”，现在回想起来，当时还是有些凌乱驳杂。最主要的问题是，作家们更多专注于政治、思想意识层面，包括精神、情绪性的内容，审美化被普遍忽视，甚至都无法做到“政治生活审美化”。而《受戒》的题材和写法，没有回顾历史，没有批判现实，也不是后来盛行的“现代主义”。我们能体会到，在汪曾祺的文学观和作品里，始终贯穿着一种根深蒂固的意念，那就是他将历史视为戏剧。虽然人人难以摆脱现实，难免会与历史有关系，却并不是人人都愿意被裹挟到历史的旋涡中去。汪老判断事物清楚、性情随和，所以他虚构小说，自然不会将历史政治化，也不会将戏剧当成现实本身。在20世纪80年代，他选择写一个小和尚的故事，来表达他对人生、现实生活的感悟，确实是让人们感到意外的事情。或许，俗世的戏剧性，最贴近真实，也会产生最具有“间离效果”的文本力量和韧性。一种看似很绝对化、有些神秘的事物，若被很任性地、率性又很洒脱地、轻松地表现出来，会是什么样子呢？

不能不说《受戒》是一篇极其讲究、几乎看不到技术的精致佳构。我翻阅近六十年来的短篇小说，《受戒》确实堪称经典，它早已经超越了它所写作的年代，是为数不多的、难得的、具有多重可阐释性的杰出文本。

写一个刚出家的小和尚的生活，会有什么意思出来？而且，让俗中透出美好和诗意，更是一个有趣的选择。一个刚出家的小和尚，在受戒剃度前后的生活会分别是什么样子？这些，我们也许可以想象得到。但一个小和尚在他身体健壮、发育的时候，开始恋爱了，他的身心的变化是怎样的？他出家前后其周遭的人，特别是家人的心态又是怎样的？这就变得有些悬念了，也使故事立刻变得有意思起来。

那么，怎么写呢？写和尚们的日常生活看似容易——可以做工笔描绘，删繁就简——但若要把握住其内在心理，写出人物的命运感，体现出特定的存在维度，并做出富于美感的捕捉，显然不只是笔力的问题，其一定是一个哲学问题、文化问题。汪曾祺的叙述是有智慧的，他写明海出家的原因很简单，如同一个到了年龄的人来选择一个普通的可以谋生的职业："他的家乡出和尚。就像有的地方出劁猪的，有的地方出织席子的，有的地方出箍桶的，有的地方出弹棉花的，有的地方出画匠，有的地方出婊子，他的家乡出和尚。人家弟兄多，就派一个出去当和尚。当和尚也要通过关系，也有帮。"明海的家人，就是因为当和尚有很多好处——可以吃现成饭，可以赚钱，将来攒够了钱也可以还俗娶亲——才决定让明海去做和尚的。小说写明海与小英子的初恋也是很简单的，他们之间萌生出的感情是自然而然的，悄然而至的，由生而熟，由近而亲，不造作、不夸张，也不做过多的渲染和铺排；写和尚们的日常生活也是简单明了的，吃、喝、赌，携良家妇女私奔，也杀生，也超度，"酒肉穿肠过"，佛祖在何处？散漫，随便，不拘泥，写起来一点儿不避讳、不隐藏，也不评价；写他们论资排辈，该有秩序的时候，格外分明，毫不含糊。

小说表面上是写一个小和尚与一个小姑娘的情窦初开、触情生情，也写一群大和尚的日常生活，实际上是写一种生命形态，作者对于他们的存在理由和现实依据，却并不想说明什么，但分明已经说出许多常人的“难言之隐”。

可见，汪曾祺用最简单、最自然的叙述，来写景、写物、写人、写意，动静之间，消长平衡。对人物的性情、欲望更不事张扬，不驾驭，运笔也不压制，所以，故事叙述的自然，可谓顺水推舟，如影随形，人物贴着故事，故事牵动起人物，流水一般，不生涩，不黏滞：

> 明子听见有人跟他说话，是那个女孩子。
>
> “是你要到荸荠庵当和尚吗？”
>
> 明子点点头。
>
> “当和尚要烧戒疤呕！你不怕？”
>
> 明子不知道怎么回答，就含含糊糊地摇了摇头。
>
> “你叫什么？”
>
> “明海。”
>
> “在家的时候？”
>
> “叫明子。”
>
> “明子！我叫小英子！我们是邻居。我家挨着荸荠庵。——给你！”
>
> 小英子把吃剩的半个莲蓬扔给明海，小明子就剥开莲蓬壳，一颗一颗吃起来。
>
> 大伯一桨一桨地划着，只听见船桨拨水的声音：“哗——许！

哗——许！”

小说的文字本身不轻佻、不婉转、不含蓄，但却产生出高度诗化的笔调，也会令人产生不可限制的缅想，这体现着一个作家的精神物理学。汪曾祺自己曾说过，他的小说留给一位法国汉学家的印象是满纸都是水[1]，汪老的家乡高邮是江南水乡，水的影像在他的小说里随处可见，温软多情，纯真似梦。水景梦境，有时绵密，有时明快，结构也轻巧自然，这些，便构成汪曾祺短篇小说独特的叙事美学。

对《受戒》里的“受戒”，汪曾祺并没有肆意渲染什么，明海受戒后，小英子隔着护城河呼喊明海，隔日划船接他回去。当明海在一个庄重的仪式之后，与善良、活泼、善解人意的小英子，将小船驶进梦境般芦花荡的时候，我们多少能够体味到现实和梦境之间的缠绕，仿佛有一种文化的力量在微波荡漾的河水里冲撞，“受戒”的意思从此就迷失了神秘的色彩，不再是“紧箍咒”，而成了舒张人性的戏妆。读这篇小说，总体上会使人产生“逍遥游”的感觉，我相信汪曾祺是充分理解庄子的，他从哲学的层面理解庄子，却从审美的层面显露叙事的“天运”气象。他将叙述、故事、人物、语言都引向最素朴的层面。那么，朴素的结果是什么呢？就是纯真。素和纯，是最基本的生命哲学，由此，我们才会进入无伪、无畏的境界。这样看，明海和小英子的生活里，还是有生命的许多大大小小的意象在其中。

这里，我们还必须说到汪曾祺的语言，我觉得，汪曾祺的小说好读，很大程度上应该归结于他的语言之好。关于小说语言，汪曾祺也

[1]　胡河清：《灵地的缅想》，学林出版社，1994 年，第 60 页。

有一段非常经典的话：

> 我认为小说本来就是语言的艺术，就像绘画，是线条和色彩的艺术。音乐，是旋律和节奏的艺术。有人说这篇小说不错，就是语言差点，我认为这话是不能成立的。就好像说这幅画画得不错，就是色彩和线条差一点；这个曲子还可以，就是旋律和节奏差一点这种话不能成立一样。我认为，语言不好，这个小说肯定不好。关于语言，我认为应该注意它的四种特性：内容性、文化性、暗示性、流动性。[1]

汪曾祺对语言的重要性高度肯定，他在自己写作中身体力行，并且在他的作品中都基本做到了对语音的把控，这也就注定了他小说的基本美学价值取向和文体风貌。

在《受戒》这篇小说的篇末，汪曾祺还写下了一行字："一九八〇年八月十二日，写四十三年前的一个梦"，显然，这句话是话里有话。没想到，在小说的结尾处，他凭空又有意无意地杜撰出一层额外的意思，我想，这肯定不是汪老随意扔出的一个噱头。推断一下，四十三年前，是怎样一种情形呢？那时，1920年出生的汪曾祺十七岁，正是明海出家当了和尚已经四年的年龄。后来，对此汪曾祺自己的解释是：

> 我的小说《受戒》，写的是四十三年前的一个梦，那篇小说的生活，是四十三年前接触到的。为什么隔了四十三年？隔了

[1] 汪曾祺:《晚翠文谈新编》，生活·读书·新知三联书店，2002年，第43页。

> 四十三年我反复思索，才比较清楚地认识到我所接触的生活的意义。闻一多先生曾劝诫人，当你们写作欲望冲动很强的时候，最好不要写，让它冷却一下。所谓冷却一下，就是放一放，思索一下，再思索一下。现在我看了一些年轻作家的作品，觉得写得太匆忙，他还可以想得再多一些。[1]

我想，这句“闲话”或者说“赘语”还依然带着汪曾祺的体温，这体温也许从几十年前的梦境传达而来，迄今，仍可温暖他的想象，滋养他的文字。因此，我们可以说，汪曾祺小说的气象是有温度的气象，这样的气象才温暖。温暖，肯定是一种让人感动的文学品质。沈从文和汪曾祺都反复强调过这种品质，这是渡尽劫波之后，面对生活苦涩，消解怨愤和不良心绪的一种方法。对此，吴玄曾动情地说：“温暖是接近于宗教的，是慈悲的，是一种智慧。可是，沈从文死了，汪曾祺也死了，温暖从当代文学中就消失了。”[2] 所以，从一定意义上说，温暖是文字有大气象的大前提。而这篇慢慢写来的《受戒》，就成了一篇经典的“无主题小说”，成了有浓郁哲学意味的“形象化了的哲学”，成了寓言。汪曾祺说：

> 现代小说的主题一般都不那么单纯。应允许主题的复杂性、丰富性、多层次性，或者说，主题可以有它的模糊性、相对的不确定性，甚至还有相对的未完成性。一个作品写完后，主题并没

[1] 汪曾祺：《晚翠文谈新编》，第 39 页。

[2] 汪凌：《汪曾祺：废墟上一抹传统的残阳》，大象出版社，2005 年，第 40 页。

有完全完成。”[1]

一篇有大的立意和大的格局的小说，不一定就是大部头、大设计，重要的是要看它的文气和叙事心态。很多写了大场面和大人物的作品，却显得拿不起放不下，叙事斤斤计较，不能做到心平气和，心无旁骛。但是，《受戒》就是因为主题和叙事的简洁、单纯、轻快、明朗、丰富、含蓄，和自然的描摹、呈现，没有噱头，没有故弄玄虚，才显示出汪曾祺的大家风范。

这里面，还需要提到一个所谓“雅”和“俗”的经常纠缠不清的问题。

汪曾祺的短篇小说，写的大多是“俗人俗事”。俗世人生的故事，有时被他写得淡极了。仔细想想，确如我前面提到的，他的短篇小说“小故事大智慧”的体貌和气质，常常可以用“落花无言，人淡如菊”来形容。说到底，“雅”原是和“淡”连在一起的，所以，有“淡雅”这个词。清淡的装束可以衬托出雅，浓妆艳抹就难免俗，文章的写作与做人的道理显然一样。人的审美趣味各不相同，或雅或俗不分轩轾，但无论雅俗都要正，淡雅中蕴含深沉，就是大雅，就会有历史感和文化感，就会有“趣”，就会自然天真。关键在于，作家的感受力能否触摸到平淡里的“意趣”和“理趣”。如阿城所言：“世俗既无悲观，亦无乐观，它其实是无观的自在。喜它恼它都是因为我们有个‘观’……世俗总是超出‘观’，令‘观’观之有物，于是，‘观’也才得以为观。”[2] 汪曾祺会“观”，他在最复杂的事物中看到了俗世的庸常，也看到了庸常里

---

[1] 汪曾祺:《晚翠文谈新编》，第 42 页。

[2] 阿城:《闲话闲说——中国世俗与中国小说》，作家出版社，1998 年，第 89 页。

的高贵，品尝到了滋味，在纷扰中能看轻尘嚣，以一种非常轻捷、宽松的感觉方式，感知并获得了另一种生命形式。在这“趣味”里谈论雅俗，其实是没什么意义的。有关小说的本意的探讨，也无须在雅俗之间争辩什么是非，雅离不开俗的本体、本位，俗若不暗藏大雅，也必然没有了自己的形态、存在形式。从这个角度看，《受戒》虽然写俗世生活，但蕴藏了生命的朴实和品质。没有什么人能不尊重生命本身的基本需要和渴望，唯有沿着审美的方向，才会使阅读保持对文本的充分尊敬，才会最大限度地理解小说的意思，看出小说的气象来。

因此，我们无法按着一般性的写实文学的标准来阅读、体会和研究汪曾祺的小说，我们也很难用所谓现实主义、浪漫主义的美学原则去对它进行价值评判。我感觉，读出什么样的味道和感觉，全凭一种“无功利态度”的个性化审美体验。这样，许多关于感受作品、阐释作品的形而上概念，都会变得苍白起来。

汪曾祺的文字，常常于不经意间体现那种自然、率真和灵性。无论是虚构的小说，还是散文、随笔，都埋藏着内在的幽默和戏剧性因素，既质朴、厚实又空灵，既老到，又天真。叙述里面没有任何工匠的味道，没有“制造”的痕迹，但文字又像是成了精一样的自然、老到、纯熟。

这种风格，充溢在汪曾祺的各类文体的文字中。他的许多散文、随笔抑或称为小品的篇什，其实也完全可以当作小说来读。

汪曾祺写过一些人物的印象记一类的文字，最有名的几篇，是写沈从文、老舍和金岳霖的。那篇著名的《金岳霖先生》，很短，但逻辑学大师金岳霖先生的形象和精神质地，尽显无遗。金先生教逻辑学，他上课时要提问，那么多的学生，他不能叫上名字——西南联大是没有点名册的——他有时一上课就宣布：“今天，穿红毛衣的女同学回答问题。”于是，所有穿红毛衣的女同学就都有点儿紧张，又有点兴奋。我们会感到，即使是一篇短文，汪曾祺的叙述仍然表现出自由、灵动和睿智的风格。汪曾祺写沈从文先生将金岳霖拉去讲课，讲课题目是沈从文出的：“小说和哲学”。大家以为金岳霖先生一定会讲出一番道理，可他的结论却是：小说和哲学没有关系。

> 有人问：那么《红楼梦》呢？金先生说：“《红楼梦》里的哲学不是哲学。”他讲着讲着，忽然停下来：“对不起，我这里有个小动物。”他把右手伸进后脖颈，捉出了一个跳蚤，捏在手指里看看，甚为得意。

汪曾祺的文字就是这样，在平淡、坦率里渗透出不同凡响的风格和雅致。

《多年父子成兄弟》是写父子伦理、亲情的文字。父子之间的关系，是穿越了所谓世俗伦理的。父子相互间的关爱与随和，尊重和任性，在一定程度上的“没大没小”，完全可以成为一个现代的、充满人情味的家庭的最宽厚、和睦的形态。父亲喝酒，也会给儿子倒上一杯，父亲抽烟，也会一次抽出两根，和儿子每人一支，而且，父亲总是先给儿子点上火。这样的场景，我在生活中偶尔会见到，父子之间，俨然兄弟。父亲没有大架子，儿子的顽皮里潜藏着巨大的敬爱。

汪曾祺还有些写“吃”的文字，也令许多人激赏，他被认为是中国当代文学中，最会写吃的作家之一。在《故乡的食物》里，对咸菜、萝卜、鸭蛋等食物的描述，不仅显示了他广博的见闻，更让我们品尝到中国文化百变多姿的“滋味”，也让我们知道了真正的“盛宴”在哪里才有。而小说的深味，恐怕就在于其“小”，在于举重若轻。一切叙述，无论是我们所喜欢的分门别类的题材，还是那有头有尾的故事、大大小小的人物，其实无非都是事物，都是存在。只有叙述的智慧，才会让这些元素都变得气象万千，让人爱不释手。汪曾祺就是叙述的圣手，他可以让许多事物都成为事物本身。一个重要原因，就是他做人和作文都没有一点儿架子，没有丝毫对职业作家的强调，从来不将自己端起来。我们在那个时代乃至今天，能够读到他博识闲适、疏朗清雅、素朴干净的文字，确实是我们的福气。

小说的行旅

——阿来的几个短篇小说

一

长久以来，我在阅读阿来的文字时，都能深深地感受到他对行旅的热爱。那部《大地的阶梯》曾经令我迷恋和沉醉。表面上看，《大地的阶梯》就像是循着地理的面貌，勘察川藏人文足迹的一幅历史、文化地形图，川藏高原历史、文化、人类的踪迹，与大自然的雄伟、神奇、浩荡之气，在时空的浩渺中，就像那落不定的尘埃，随风飘散。在这些文字中，我们也会不断地体会到阿来在大自然中无比沉醉的情绪和感怀：

就是这样，我从山下尘土飞扬的灼热的夏天进入了山上的明丽的春天。身前身后，草丛中，树林里，鸟儿们歌唱得多么欢快啊！我就是这样，一次一次，感谢命运让我如此轻易地就体会到了无边的幸福。

在我久居都市的日常生活中，很多时候，我会打开一本又一本青藏高原的植物图谱，识得了许多过去认识却叫不出名来的花朵的名字。今天，我又在这里与它们重逢了。[1]

鲜红的野草莓、紫色的马先蒿、蓝色的鸢尾，生机处处；白桦、红桦、杉树、松树、柏树，蓊郁如海。阿来在那次漫长悠远的行旅中，似乎在无数植物茂密的植被下，玄想、推断出在这样的环境里曾有多少鲜为人知的秘密。我曾在《阿来的植物学》一文中描述过阅读这部美文的感想：

整个人类社会的里程，就像大地的阶梯，在无数的阶梯上面，零星散散的村落，宛若那些有名字或叫不出名字的小小花朵，映现着大千世界的四季流转、风云变幻的轮回。与存在世界对视的不仅仅是人的面孔，还有摇曳在大自然中植物的生命力。那么，人的力量和美好，就体现在向上攀登的行旅之中，体现在人与自然美轮美奂的呼应之中，正所谓“同声相应，同气相求”，天人合一的境界，才是人与自然相互的赋予、相互的求证。

……

我开始猜想，一个作家的写作，以及他的审美视域，究竟与他对自然、生态的体验之间，存在着怎样神秘的联系？我也渐渐明白，阿来在始终略显急促的脚步中寻找着什么。可以肯定，他的精神世界的深处，一定有一个巨大的隐秘，这个隐秘也可能来

[1] 阿来：《大地的阶梯》，南海出版公司，2008 年，第 32 页。

> 自一种巨大的隐忧。或许那就是，他期待文字之外存在着没有因时代的过度递进和变迁的人的安详、坦然和平静。尤其当阿来无数次穿越峡谷、群山、荒野和川流的时候，他所渴望的，一定是生机处处的美丽的植物的冠冕，而不是被现代挖掘机械践踏过的、被无序补缀过的人工丘陵。[1]

今年春夏之交，我因为参加四川的两个文学活动，随同阿来一起来到川北藏区，访问了包括阿来的故乡马尔康在内的许多县、乡镇，重叠了阿来在《大地的阶梯》中描述的许多山川河流。在马尔康的住处，每天晚上，我枕着梭磨河湍急不息的流水声入睡，梦中的马尔康，千呼万唤，变得可摸可触，阿来叙述文字中的情境，如同一部空间诗学，纷至沓来，一切都变得那么鲜活，那么亲切，像嘉绒、土司、风马、喇嘛、寨楼、磨坊、酥油等等，都不再是只拥有一个简单的释义，它们能够让你猜测、想象，延伸出历史、现实、世道人心和文字叙述之间的隐秘关系。隐隐约约地，阿来的小说似乎变得离我越来越远，而阿来的“现实世界”，却向我“扑面而来”。

也许，对于一个作家来说，行旅，必定是文学的行旅。文学，也必然在行进的途中伸展。对于一个阅读者而言，如果想要真的读懂一位作家的文字，恐怕不仅要揣摩文本、思考作家，还应该去用心丈量作家与作品之间的文化、心理和精神的维度。因为，写作是一件太过神奇的事情。体验和感觉到作家饱含思想的最大纵深，感受其对具体事物的体悟和对世界整体的沉思，才可能会理解一个伟大作家的文本

---

[1] 张学昕：《阿来的植物学》，载《文艺评论》，2012 年第 1 期。

结构。我们如何才能接近阿来的“阶梯”呢？在不同的阶梯之上，会有怎样不同的风景呢？阿来的阶梯与阶梯之间的距离，又有多远呢？

许多年前，我就知道这么一句话：诗比历史更永久。后来，我又读到美国批评家、史学家海登·怀特《后现代历史叙事学》，了解他对历史文本的形成曾有的看法：历史也是一种写作、一种修辞的灵活运用，历史不仅仅是对史实面貌的再现，它还是一种埋藏在历史学家内心深处的想象性建构，而这种建构总是有意无意地遵循着一个时代特有的精神结构。历史写作，算是一个老生常谈的问题，但仔细想想，历史这个曾经在我们内心无比神圣的字眼，具有多么强大的不可颠覆性，原来竟然也是一种“想象性建构”。说到底，它也不过是依据某种规则和“模型”进行的“创作”。按着海登·怀特的理论，历史可能是一部凭借着某种意志力撰写的“花腔”，虚构的元素常常会覆盖事实本身。如此说来，史学和诗学，在建构的某些方面倒是可能存在着某种“共性”和“相似性”，两者之间甚至存在不可忽略的“互文性”。那么，历史的撰写与文学的虚构，究竟有多大的差异性和本质性区别呢？慢慢地，我开始理解这些话的深意，也更有兴趣思考文学文本和历史文本之间错综复杂的关系。

而现在，这个问题在我们时代，似乎变得更加复杂和微妙起来。这是因为我们的时代变得比以往更加微妙和复杂。这是一个什么事情都可能“肆意”发生的时代，是一个会经常令人猝不及防的时代，即使我们会发现、看见、记录下来关于这个时代的种种事件，通过现在的文学，或将来的历史写作为“此时”留下痕迹，但是，无论是现在还是将来，我们都必须考虑到我们所面临的现实和时代高度的“不可把握性”。也就是说，在这个时代我们要考虑，我们会真正地“看见”什么？“看见”之后，我们能够或者应该记录什么？阿来说：

> 这是个一切事物都有多种媒体争先呈现的时代，对个体来讲永远信息过量的时代。个体的人在这样一种境况下，所有的“看见”，都可能是被动的，匆忙的，看见后又迅速遗忘的。走动到四面八方，看见那么多人用卡片机、用手机不断拍照时，我总是想，人们试图用留下图像的方式抵抗遗忘……
>
> 我也喜欢用照相机，喜欢通过不同功能的镜头去“看见”。但不是为了保存记忆，而是试图看见与肉眼所见不太相同的事物如何呈现。[1]

我知道阿来担心的是，消费时代的“看见”有一个巨大的缺失，那就是缺乏内省。这个时代提供给我们的实在是太多太多了，它在提供巨量信息的同时，似乎已经规定了我们的某种判断方向，很容易让我们在“阅读”和“经历”这个时代生活的时候，迷失个性的体验及其判断。阿来希望被“看见”的，是经过自己主动选择的。“而所有经历过，打量过，思虑过的生活与事物，要很老派地在自己的记忆库中储藏，在自己的情感中发酵。一切经历，打量和思虑的所有意味，要像一头反刍动物一样，在夜深人静的时候，从记忆库中打捞出来细细咀嚼。”[2] 可见，阿来的“看见”是文学的看见，他追求的是个性化的审美。他努力摆脱的，是历史写作中不可避免的外来意志的驱动；拒绝的是另一种丧失

[1] 阿来：《看见》自序，湖南文艺出版社，2011 年。

[2] 同上。

鲜活生命气息的“虚构”。他喜欢个人在时代和生活中的“意识流”“生活流”。因此，在阿来的诸多文字中我们感受到，在对历史的焦虑和疑问里，他执着地梳理，充分地舒展精神和语言个性及其纵深度。因此，有的时候，我们会感觉到，阿来在写作中似乎有意无意地混淆现实和写作之间的关系，而他灵感的泉源，都是在大地上行走时用心“看见”的。我用这么多的文字来铺垫，引申出我对阿来短篇小说写作的理解，完全是为了能更好地阐释和说明阿来小说的与众不同之处，那就是阿来是如何“看见”和处理我们所面对的、复杂喧嚣的生活，也就是，阿来的审美活动是如何完成的。

二

关于阿来的短篇小说，几年前我曾在《朴拙的诗意——阿来短篇小说论》中做过仔细的分析和描述：阿来在写作短篇小说的时候，或灵感突来，或苦心孤诣、蕴蓄已久，他都仿佛在寻找着一种声音，或是在等待一种声音。而这种声音一定是一种天籁之音。同时他也努力地在创造着一种声音，其中凝聚着一种非常大的力量，那是一种能够扭转命运和宿命的日益丰盈的精神力量。阿来曾借用佛经上的一句话表达他写作的梦想：

> 声音去到天上就成了大声音，大声音是为了让更多的众生听

> 见。要让自己的声音变成一种大声音，除了有效的借鉴，更重要的始终是，自己通过人生体验获得历史感和命运感，让滚烫的血液与真实的情感，潜行在字里，在行间。[1]

这种声音，因为聚集着血液与情感，定然会平实而强大。我甚至想，一篇好的短篇小说的诞生，一定是一首获得了某种近乎神示的诗篇，所以，在阿来的短篇小说中，在看似漫不经心、汪洋恣肆的朴拙的叙述中，我们既可以领受到他作为一个作家天性的感性表述能力，还能从这些短章中体味到旷达的激情，和饱含“神理”“神韵”的宽广与自由。我以为，这一点“拙气”“拙态”，能在短篇小说这种文体中充分地表现出来，意味隽永、深远绵密，的确是非常难得。阿来小说的人物形态是“拙”的，结构形式是“拙”的，叙述方式是“拙”的，即使那些掩藏不住的诗性的语言也荡漾着“拙”意。也许，朴拙，正是一种佛性的体现。正像阿来在写作这些短篇时渴望与佛性的一次次“相逢”，我们不断地期待他的小说一次次带给我们“神遇”般的感觉，那些举重若轻、毫无矫饰的文字本身，就令人沉醉。

我在这里所涉及的阿来的几个短篇小说，都是我在《朴拙的诗意——阿来短篇小说论》那篇文字里没有提及的、在今天看来非常重要的短篇小说。主要是这几个短篇小说的写作发生，让我对阿来小说写作的文本建构特性产生了浓厚的兴趣。从阿来的写作中，我感受到一个杰出作家写作从“自然”到“自觉”的文学状态，同时，我也体会到一篇小说生长或者产生的“宿命”。小说的人物、故事和情景与作家的遭遇，

---

[1] 阿来:《就这样日益丰盈》，解放军文艺出版社，2002 年，第 294 页。

就是一种不可抵挡的命运。当作家发现“生活”的意义或价值时，他就会找到一种“说法”，就必然会说出些什么来，就会自然而然地生成叙述的“结构”，并“暗示”出文本的内涵。自然与人生、历史与现实、个人与社会、文化与人性矫揉杂陈，作家复杂的经验，便是在其中获得了组合的多样性。而作家经验的厚度，又会决定其独特的精神指向性、丰富的模糊性。

在《大地的阶梯》里，阿来隐约透露了短篇小说《野人》《银环蛇》《群蜂飞舞》等一些作品写作的“触发点”。可以说，阿来的这一批小说，都是在他的“大地的阶梯”上，接上了大地雄浑的“地气”。短篇小说《野人》的灵感来源于阿来“走向大渡河”的途中，那是他在丹巴县城驻足前后的一次切身体验。阿来此前的行程是这样的：一次作家笔会结束后，他们先是沿着大渡河到二郎山，再到泸定的贡嘎山怀抱里的海螺沟，这里有低海拔冰川和温泉，再到康定。阿来在康定与所有的同行者分手，独自踏上旅程。“然后，于一个蕴雨的早上，在康定车站乘上去丹巴县的班车上路了”[1]。在去往丹巴的途中，班车三次停下来，第三次停车是因为泥石流从毫无植被遮掩的陡峭山坡上流泻而下，泥石流淹没了上百米的公路，堵住了去路。阿来决定走向目的地。他离开班车，在许多走私贩弄真假松茸、虫草、金子和文物的商贩的挤兑下，独自开始了烈日下的行走。就这样，阿来穿越了“仙人掌河谷”“一片消失的桦林”，目睹和感受到近百年间人们以建设和进步的名义造成的巨大的生态灾难。从泸定到丹巴，一百多公里的行程，晓行夜宿，阿来走了整整三天时间，终于抵达丹巴县城。接下来，我们

[1] 阿来：《大地的阶梯》，第 120 页。

就会看到短篇小说《野人》和那部长篇文化地理散文《大地的阶梯》中所描述的部分经历、感受和场景，在一些细部之处的“重叠”和“交叉”。因道路多处塌方，阿来不得不滞留丹巴，却意外在这个小县城的小书店，买到了萧蒂岩的《人·野人·宇宙人》。也许，至今我们也难以想象，十几年前的这个时候，坐在丹巴大小金川河汇聚的河口，或是坐在丹巴县城广场上读这本书的阿来，是否一直对野人和外星人进行过奇特的想象。就像我一直在强调的，阿来在这里有意混淆生活和虚构的边界和关系。我也始终在想，他为什么愿意以这样的方式，整合写实和虚构的关系呢？

阿来可能没有想到，另一个旅行者——“阿来”在这个小城的遭遇，会成为他的一篇小说的灵感和叙事材料的出处；这个“阿来”会成为自己文本的叙事视角，或者主人公之一。我们看到两个阿来穿梭在现实和虚构的文本之间，叙述没有什么设计，一切都顺其自然地进行。小说里，在丹巴县城住小旅店的时候，阿来与店主的孩子旦科相识。旦科是一个善良的孩子，一次特别的人生经历使他幼小的内心遭受了沉重的撞击，也让他害上神经系统的疾病，经常在夜间发作。这一切，都源于这个村落以及周围的上千人对森林恶性的屠戮式砍伐。旦科和哥哥，向阿来倾诉了这个叫竹巴村的村落以及爷爷与野人之间的沉痛往事。野人的生死，仿佛冥冥之中决定着这个村落的命运，决定着许多人的生和死。野人在人们对自然环境的破坏中，与人们产生了裂隙甚至仇恨。爷爷在村民的怂恿下，用锋利的长刀，刺死原本是来拯救爷爷和人们的女野人，就在那一刻，植被遭到严重毁损的山体产生滑坡，泥石流吞没了村庄。实质上，生物链不仅是自然界内部的一种逻辑关系，更牢牢地捆绑着人与自然的道德伦理。野人密切而微妙地连接着人与自然的一种关系，而人在自然面前的自私、轻狂、非理性，毁损的不仅是自然，还有人类自身。阿来在平静的叙述中，直接逼视到人性在这个时代深渊地带的狂躁不宁。

我想，在这里阿来绝不仅仅只是想通过对现实中一个故事的处理，痛心地谴责人类对自然的肆意毁损、践踏，而是要让我们看见人性在一个时代里的整体性扭曲和变异，这其中不乏些许无奈、惆怅和悲怆。在自然的法则里，并不是所有的问题，都能够轻松地得到解决，其实，这里蕴藏着我们时代一个巨大的有关政治、文化和哲学的命题，此命题是向我们这个时代发出的天问。阿来对生活的责任感和担当、内心的不安和焦虑，都由此凸显出来。

《银环蛇》这个短篇小说的产生，也与这次旅行的一次意外遭遇有关。阿来在“走向大渡河”行旅途中，从贡嘎山附近的海螺沟冰川下来以后，在山上穿越幽暗的森林时，竟然三次遭遇银环蛇的袭击，这被阿来称为“被三条银环蛇上过一堂生动的生物课程”，这个短暂的经历刺激了阿来构思一篇小说的冲动，于是，旅行结束之后，阿来写了这篇“唯一以动物来推动情节发展”的短篇小说。小说情节很简单，但感受很细腻，它将人在特殊境况下的心理、精神状态表现得毫发毕现，在特殊情境下，各自的身份、经历、性格等都自然表现出来。小说描述互不相识的旅行者一行五人（他们来自城市、山里和水边几个不同的地方）在一个偶然的机会下凑在一起，共同开始一段旅程。小说叙述他们在危急中如何担当、如何交流，内心的起伏和波澜被演绎得趣味横生。小说聚焦的是银环蛇的三次出现，面对这种异类制造的巨大恐惧，男人在危险出现时行动空前一致，联合起来疯狂地对银环蛇进行攻击，直到消灭它们；互不欣赏的两个女人的关系，在这个时候也变得异常紧密。人在动物面前所呈现出的形态，让我们窥视出人内心怎样的阴影？对于银环蛇，阿来的描述令人感到讳莫如深。蛇，真的是通灵的吗？第一条蛇与第二条蛇之间是心有灵犀的一族吗？三条形状、颜色、图案完全相同的银环蛇究竟有怎样的关系？它们先后出现在这群人面前，是否偶然？人与蛇之间一定是相互不可理喻吗？人类一定要与其为敌，必须伤害它、杀死它吗？蛇给了人们什么暗示或者启发呢？小说确实像一则旅途日志，似乎根本没什么太大的命意，始终保持叙述的“原生态”，但是，它却让我们在阅读后一直对文本怀揣着“螳螂捕蝉，黄雀在后”的猜测，延伸着我们的想象。

时下的创作界、批评界正在流行一种说法：“非虚构写作”。但仔细想想，文学写作或者叙述的本性就是虚构。在雷蒙·威廉斯看来，“情感结构埋藏在生活内部，无法依靠几个理论术语提炼或者概括，只能在活跃的、枝蔓丛生同时又浑然一体的日常经验之中显现”[1]。阿来情感经验的丰富性，早就积淀和埋藏在叙述的基调里了。而叙述因为情感元素的充足，在自然的时序里，事物的日常性显得格外丰盈，富有底气和生气。若是回到前面的话题，我们还可以从写作主体的人格力量来考虑其写作姿态，以及对作品的影响。作家只有以自己的目光和体温，才能清晰地映照、闪回出生活和个人的那些真实的细部。一个好的作家，不会总是怀有“解构”历史、现实的欲望和冲动，他只能小心翼翼地、踏实地对生活进行叙述。我一直坚信，生活本身的传奇性，在很多时候就已经具有或超越了“故事”所营构的传奇性，无须“虚构”，

[1] 刘进：《文学与“文化革命”：雷蒙·威廉斯的文学批评研究》，巴蜀书社，2007 年，第 385—401 页。

它就会产生动人的、触动心灵的力量，经历或经验本身会自性“发酵”，可能会产生叙述的强大的“内爆力”，进而引申出文本无限的可阐释性。无论是虚构，还是“非虚构”，我们都能感受到阿来情感的丰饶和挚诚。坚硬的故事内核，被忠实、朴素的叙述愿望裹挟着，演绎出精彩的“灵魂之舞”。我更能感觉到阿来虚构的力量，这力量在于他的沉静和持重。读他的文字久了，就会深深感知他的人与文都是如此结实，张弛有度，他总会在混杂、纷扰的人间世相中，体察到感性和理性的平衡度，以及表现方式的朴素和特别。

三

阿来的另一个短篇小说《群蜂飞舞》，是阿来短篇中结构、故事都很特别的一篇。这个小说，也许就是阿来在故事的发生地写就的，阿来在努力打破虚构和写实的界限。读这篇小说时我就在想，这样的小说，只能由阿来这样的作家写出来。因为阿来是一个“佛性”十足的人，在俗世与佛缘之间，人界与神界之间，阿来似乎真的有力量依靠他的叙述智慧，自由地让现实的故事，生发出超越现实的遥远的回声。

> 今天是 1992 年 6 月的一天，我在这个故事发生的地方写这篇东西，就在寺院的客房中间。四周静寂无声，抬眼就可以看见大殿的屋脊上站着永不疲倦的铜鹿，他们站在那里守护法轮。在

我和这些闪闪发光的东西之间，是一片开满黄色小花的草地。这里还是中国一条有名的大江发源的地方，清澈的空气中有净水的芬芳。我不由地面带微笑，写下了这几个字：群蜂飞舞。刚写完，我立即就感到了光芒和颤动，听到了曼妙的音乐，虽然我不知它来自何方。

于是，我往下写。

这是一种近乎“元叙述”的策略或写法。在一个清澈的佛地，来写一篇有关活佛、经师和人的故事，我相信，这是一件很令人神往的事情，我也在猜想，这时阿来的心应是怎样的平静。活佛是怎样出现和产生的，活佛如何转世，在俗世，这还是一个巨大的隐秘。但这也是与阿来很接近的一件事情。阿来平静、优雅地讲述着这样一个故事：两个十六岁中学生在草原野餐时，他们一起骑马奔走在圣湖边，却接受了不同的命运，一位被确认是转世的活佛，另一位桑木旦则继续做一个俗世的快乐青年。数年后，桑木旦来到当年在一起玩耍的同学——如今的活佛——所在的寺庙剃度出家，但此时的他仍是俗心难耐，难以把持自己，经常与活佛发生龃龉。经师目睹了桑木旦在溪流间沐浴时“头上的水雾，被下午西斜的阳光透耀，幻化出一轮小小的彩虹”，仿佛是佛光。最终，桑木旦还是离开了寺庙，去首都攻读宗教哲学的博士学位。活佛也潜心向学，经师格西也在群蜂飞舞的境界里，看到自己在花间行走，天眼訇然间就已打开，在整个冬天的闭关静修之后，成就了超凡的奇崛之相。此后，活佛与获得博士学位、回来探望寺庙的桑木旦和好如初，他“踏着月光来了，把昔日的朋友从梦魇中解脱出来”，两人一起回归天真情状。

我感觉，在这里阿来试图写出活佛与凡俗之人之间既模糊又清晰的边界，人物在一念之间、转瞬之际的细微表情和心机，总会被阿来澄澈的目光照亮，将人引向一种邈远。在其他时代和文明里，只有少数人才能踏上精神转化之路；在今天这个诱惑繁多的时代，没有什么比遵循、寻找智慧之路更为迫切和困难。活佛可以一夜之间被骤然发现，但真正进入法门，获得证悟和认可，却是一个漫长的行旅，一个依然在纠缠琐屑往事的“观光客”，断然不会体悟大慈悲的境界，只有持有天空般纯真的心性，才可能抵达这种境界，才可能被真正唤醒。阿来将活佛、经师和桑木旦三位的关系写得简洁而微妙，总是让他们在回到平常心的那一刻，获得情绪和念头的自然轻松，让他们的真诚心，在不断释然的状态下沉入心性的神圣气氛中。小说中有一个非常重要的情节，是经师、活佛和桑木旦三位的一场简洁对话，经师格西讲授万物万象之“空”时，桑木旦与活佛的俗事之争，引发经师对活佛天资的质疑，疑心当初错过选择桑木旦。但经师格西“下定决心既然一个寺院只有一个高级别的活佛，而且无法更改，就要维护他的威仪”。也许，不同思想和感悟之间的差异、缝隙，就是因缘的开始。阿来通过这个故事，是想告诉我们，佛性和凡俗心如此之近，静观这一切发生的时候，我们选择的心性、方向就变得尤为重要，选择固然重要，但遵循和修行，对悟性、根性的强调更为重要。这篇小说写得很轻松、轻快，佛道中许多“大仪式”，或者“道场”，包括种种“礼仪”之重，在阿来的笔下，都显得异常平静、平实，他就像一个年迈的智者，用心、惬意地看着天真孩童之间的交流。阿来的文字，叙述灵动而不失优雅，小说结构、叙事形态，呈现出一种整体性的“拙”态。这种写法，也暗合了小说叙事的内蕴、智慧和禅意，都是缓慢而不拖沓地呈现，不事张扬地流淌。“群蜂飞舞”的意象，并非阿来率性、任意的杜撰，而是一种“参悟”和“禅定”般对佛家旷达境界的美学想象。在其中能“看见”智慧在生活中行走的形态和声音，叙述的过程纯净而淡定，从容而非随心所欲，这也是阿来有别于其他作家的独特之处。在寺庙里写一篇小说，对中国作家来说，可能算是一道别样而奢侈的风景，但对于阿来，这便如同在自己家中的书房写作。

其实，阿来最重要的作品之一——长篇小说《空山》，也是一部主要在行旅中写就的著作，我认为这是中国作家书写藏地生活、表现生命韧性和存在奥义的经典之作。可以说，这还是一部在写作途中，不断承接不同国家和地域“地气”的小说，因为阿来在陆陆续续的几年内写完这部作品，这期间，这部作品不停地跟着他，足迹遍及世界许多地方。我的阅读也是伴随它的陆续发表，在两三年之间慢慢完成的。有的章节，我甚至将它视为一个个灵动、独立的中短篇小说。我能感受到，阿来一定是在他最好的精神状态下，用尽了心力来写作这部小说的。因为，我们在阅读中会慢慢体悟他在这种并不十分连贯的行旅中持续写作的过程里，在素朴、自然和单纯的叙述中，潜在地谋求深厚、典雅与精致，而且不乏沉重。文字在浑厚，甚至带有丝丝缕缕的生活的粗糙毛面中，发散出品质上的本色质感和境界的空灵、无羁和自由。貌似松散、开放、不严谨的情节结构形态，实则具有充分的、内在有机的严密，其中深藏虚构的玄机。情节、细节、人物的“动作”，缠绕纠结、纵横交织，流溢出不加掩饰的生气，甚至常常呼啸而来，绵延而去。阿来还善于适时地扭转结构的“乾坤”，笔法从容、独立工整、意绪整饬、“化腐朽为神奇”，这形成他独特的“空山”式文体风格。文字和结构的朴拙，使叙述呈现几近无技巧的自然状态；没有雕琢痕迹的率性而为，细腻真切，让人感受到他对藏地文化的亲近和思考。无疑，阿来是那种一上手就能找到属于自己叙述形式的作家，特立独行的精神气度，一如他醇厚的人品。而阿来的这些短篇，就像穿行在“空山”峡谷里的精灵，在丛林幽谷中闪闪烁烁，飘忽不定。

“一个人所以要成为一个作家，绝非仅仅要对现实做一种简单的模仿，而是要依据恢宏的想象，在心灵空间用文字建构起另外一个世界。而建构这个具有超现实意味的世界的最重要的目的之一，便是能通过这种建构来探索生活与命运另外的可能性。因为任何一个人在内心深处，绝不会甘于生活安排给我们当下的这个唯一的现实。也许，生活越庸常，人通过诗意表达，通过自由想象来超越生活的愿望会越强烈。”[1] 对于阿来，他始终在为现实中所“看见”的一切，寻找一种更自如、更真切、更诗意、更质朴的表达，实际上，在他将事物诉诸文字之前，他在“大地的阶梯”上行走的轨迹，就已经为这种表达预设了方式。当然，我也在阿来的“看见”里，看见了阿来的无奈、激愤和痛苦。这是阿来这样的作家难以摆脱的精神现象。我相信，阿来的想象和虚构，都是自己用脚步丈量出来的，深浅不一，或快捷，或迟缓，都真真切切，自自然然。这个时候，文体就显得并不那么重要了，短篇小说也好，散文也好，诗歌也好，都是心的随笔，是站在大地上的咏叹。这是诗人本色。阿来是一位真正的诗人，我喜爱阿来作为一位诗人的写作。

[1] 阿来：《看见》，第 205 页。

小说的佛道

——叶弥的两个短篇小说

一

1997年，叶弥发表了中篇小说《成长如蜕》，那一年，她三十三岁。她一上手，就显示出与同辈作家不同的小说意识、精神取向和美学气度。她生于20世纪60年代中期，但是，她的写作形态和路数，既不与“60后”作家相近，也与“70后”作家风格迥异。即使从“性别”视角看，她小说叙事的体貌和格局，也呈现出卓尔不群的独特性：女性作家的细腻和轻柔，男性作家的宽广和力度，有机地、复合地融会于她大气洒脱的叙述之中。重要的是，她此后二十年的写作，愈益坚实、丰厚，她对小说艺术的理解力、感受力和表现力，使得她成为始终保持自己一定写作高度的当代最重要的小说家之一。

叶弥最早的一批中篇小说，几乎都与“成长”有关。成长是一个痛苦的蜕变过程，叶弥竭力呈现着这个艰难而复杂的过程，这是她对生命和世界的一种理解角度和方式。我感到，叶弥是通过她的一系列所谓“成长小说”，表现在20世纪中国复杂的社会语境下，生活和时代，以及人的命运、精神和灵魂的颤动轨迹，她对人物在特殊年代和历史情景中的自我纠结、错位和骚动，做出了超越旧有价值观念的内心体悟和审视。我们能够确切地意识到，这些故事和人物的真实性。人的精神和灵魂的蜕变、衍化过程，在叶弥的笔下，楚楚动人、生机无限。她执着地选择这类题材开始她的小说写作，写法上又另辟蹊径，显然有深味。叶弥小说家的天分似乎与生俱来，她早期的这批小说，《成长如蜕》《耶稣的圣光》《两世悲伤》《粉红夜》等，根本看不出“少作”的痕迹，她自身的写作，从生长期到成熟期，几乎看不出经历了怎样激烈的蜕变过程。其文风格调、文字气韵、叙述视角，自然而朴素，与20世纪八九十年代的种种潮流，若即若离，我行我素。若将其划定在女性主义讨论范畴，显然是粗糙和草率的；如果简单地将叶弥的大量小说，仅仅归结为“成长小说”，也同样是一种有局限的界定。我认为，难以被“归类”，是一个成熟小说家的标志。从叙事美学的层面考虑，她的小说中似有一种清雅、古典的味道，朴拙而不事技巧，俗世的沧桑之美中还透逸出轻灵。这样的叙述，其中暗含哪一脉流风遗韵，至今我还未能真正地梳理明白。很久以来，我都在想，这其中，一定有某种秘不示人的“玄机”，只是她不会在文本的字里行间轻易地袒露出来。因为，叶弥丝毫不屑那种异样情调的浅淡，在素雅之色中，她内心总是怀有丰厚的期许。

质朴，是叶弥其人其文一贯坚持的精神面貌。也许，正是对这种品质自觉或不自觉的追求和保持，使得她更加善于在日常生活的场域里，过滤掉粗鄙和痛感，怀着虔诚之心、敬畏之意；让她的宁静的文字生出清澈如练、回味无穷的气韵。

叶弥的小说写作，能够一直保持这种从容的姿态和“初心”，我想主要源于她有一颗“佛心”。而我最初发现、感知叶弥的“佛心”，并不是在她的小说文本里，而是在与她近些年的交往中。其中，一件小事总是令我难忘。

2013 年 4 月初，江苏省作家协会、《当代作家评论》和《作家》两家杂志，在宜兴举办“中国短篇小说论坛”。参加这次会议的，有当代几位短篇小说大家和评论家，包括苏童、刘庆邦、格非、范小青、宗仁发、张新颖、王手等，当然也有叶弥。第一天会议报到，叶弥准时来了。这次会议的日程安排，有些与众不同。报到的第二天，先是在当地参观考察，第三天，才是会议主题发言和讨论。而叶弥第二天却放弃了参观考察，急急忙忙驱车赶回苏州家里，说第三天开会时一定再赶回宜兴。她为何这么不怕麻烦地折腾呢？原因竟然是为了她家里刚刚收养的一只流浪猫。那只猫没有几颗牙，难以进食，需要人工喂饲。许多人不解，为了一只伤残的流浪猫，驱车往返两百公里，值吗？后来我听说，她家里收养了大量被遗失或被主人丢弃的流浪猫和流浪狗，与她园子里那些已有的鸡鸭鹅狗，组成了一个庞大的动物家族。因此，从那时起，我开始重新打量作家叶弥。一位存有这样善良之心的作家，她的作品，将会有怎样的格局和气度？她会以一种什么样的视角和心态，审视人性和这个复杂多变的世界？我开始对叶弥有更大的期待，因为我从她的另一面，体会到她内心柔软的质地，也就是她的“佛心”。

二

叶弥的小说其实很有“道行”。这个“道”，是人道，是佛道，也是小说之道。简言之，这个道，是叶弥写作小说最内在的精神或灵魂的驱动力——小说的佛道。当然，这种道，源于她的佛心。正是这样的佛心，使她的小说经常与众不同地改变既往的叙述方向和惯性，从而沿着“佛性”的思绪和思想攀缘。小说怎么写，没有定法。而想在一个短篇小说里找到某种灵魂的承载，是非常困难的。写一个短故事的理由是什么？写一个人物的命运和存在方式，对一个作家及其文本究竟意味着什么？也就是说，一个短篇小说的容量大小到底该如何判断？短篇小说自有短篇小说的格局，长篇小说自有长篇小说的规模。无论格局、规模是大是小，价值容量的大小，才是文本的意义所在。那么，叶弥小说的佛道，会给短篇小说这种文体，增加多大的价值容量呢？当然，小说无定法，每个作家都各自有熟悉或喜爱的套路，甚至，每一篇小说都有独特的章法、独立的精神，一篇小说的原动力是什么？推动力又是什么？这在每一位作家，每一个文本那里都是大不相同的。小说家的道行，实际上就是小说家以自己的方式，去表达对任何人与事物的看法，去处理人与世界、他人以及一切事物之间的关系，也是对生活或者事物的一种求证。贾平凹对此有这样的表述：

物象作为客观事物而存在着，存在的本质意义是以它们的有用性显现的……当写作以整体来作为意象而处理时，则需要用具

> 体的物事，也就是生活的流程来完成。生活有它自我流动的规律，日子一日复一日地过下去，顺利或困难都要过去，这就是生活的本身，所以它混沌又鲜活，如此越写得实，越生活化，越是虚，越具有意象。[1]

那么，我觉得，叶弥的小说，就是发现了物象和存在的“有用性”，而在表现生活具体物事和流程的时候，她凭借小说家自己的判断，呈现生活流动的规律和有用性。也许，这就构成了生活的佛道。只有梳理清楚生活的某种“佛道”，作家才有可能带着物事和生活，进入小说的佛道。

其实，叶弥小说的每一个“个案”文本，都耐人细读。我感到，其中最令人难以忘怀的，还是那些与佛、道、禅接近或有关的篇章。而在她几种文体的小说中，我最喜欢的，自然是她的短篇，短篇小说中，我又最喜欢《明月寺》和《雪花禅》。加之以前读过的《消失在布达拉宫的一头鹰》《独自升起》等，我感觉叶弥的小说，经常在有意无意地探寻着“出世”“入世”之间的“灵魂地带”，总是想在俗世的疏朗中撷取空灵和超越的可能。这种超越，其实是作家通过作品对自身的超越。关于写作的目的或动机，叶弥很早就曾说过：“我承认我写作的动机就是这么简单：活不下去了。写作以后也继续有活不下去的感觉。我不愿丢弃这样的感觉，它让我在感觉良好的时候突然沉静，它不会让我得意很久，时刻看住我的腿，让我不敢深涉污泥或浊水，它也过滤我

[1] 贾平凹:《关于小说》，生活·读书·新知三联书店，2015 年，第 115 页。

要的名利，使我不能都要。”[1]那么，发誓为了活下去而写作，过滤掉名利，以这样情怀和信念写作，植根于叶弥小说中的理性和感性、虚与实、张扬与节制，都应该会控制得比较好，她的小说也就会与众不同。

《明月寺》这个短篇写于2003年。记得当时读罢这个小说，首先想到的，竟是汪曾祺老先生发表在20世纪80年代的一个短篇《受戒》。《明月寺》中，在明月寺做住持的一对老夫妇罗师傅和薄师傅，一下子就让我想起《受戒》里的明子和小英子。不同的是，《受戒》写的是一对少年男女。由于人物年龄和阅历的关系，两代小说家的表达各有千秋：前者《受戒》叙述的基调是明亮的，后者尤为压抑、沉郁；前者气息丰沛，人性美、活力与单纯共生，后者气韵低回，命运与复杂纠缠；前者清晰，后者则模糊暧昧。前者《受戒》，被学者孙郁誉为是“清澈、纯情，童心所在，俗谛渐远，性灵渐近，人间美意，生活丽影，在无声之中悠然托出。此种手笔，百年之中，不过寥寥数人耳”。[2]孙郁对汪曾祺的评价，不可谓不高，极为契合汪曾祺的创作。但是后者《明月寺》，虽然出自女性之手，没有前者叙述得老辣，但故事却讲得纯熟老到，情境自然、随和，人物描绘拿捏适度，从容舒缓，亦不失大气。禅风禅骨，同样寓于俗世的风气之中，人生的冷峻、世态的炎凉，入木三分。可见，两者都是写佛道场域中的俗世之美。有所不同的是，《明月寺》的文字里，潜隐着淡淡的苦涩，正是这种苦涩，渗透出隐隐的悲伤和痛楚，将一对普通人的寺中生活蒙上一层层清冷的诗情。我还猜

---

[1] 叶弥：《会走路的梦——创作自述》，见张立、范嵘编著《苏州作家研究·叶弥卷》，复旦大学出版社，2008年，第21页。

[2] 孙郁：《革命时代的士大夫：汪曾祺闲录》，生活·读书·新知三联书店，2014年，第164页。

想那对老夫妇，是否就是明子和小英子的明天，抑或，曾是他们的前世？这也许是我不经意间，将这两篇作品联系在一起的理由。

其实，小说整体叙事和结构中，充满了巨大的悬念，充满了对人生以及世间复杂、神秘时空的想象和蕴藉，也充满了叙事的空白和张力。原是一对俗家的普通夫妻，何以选择一个普普通通的小寺庙，一住就是三十年？女主人公为什么常常是“喜悦之色在脸上一掠而过，代之以淡淡的悲戚”？他们无限地热爱俗世平凡普通的生活，淡然坦然，简单明朗，但又为何会几十年如一日地身居小寺，似想宁静地终老一生？这对夫妻有怎样的秘密？三十年前，他们曾经遭受了怎样重大的人生变故？他们是与众不同的、神秘的“出家人”，从不与人说及自己身世，他们内心有多大的隐痛，使他们决绝地选择在寺庙里度过自己的一生？究竟是一种解脱，还是一种放弃？表面上看，他们与佛的“关系”似乎不即不离，命运，在文本中好似埋藏着巨大的玄机，蛰伏在两个人的心头。短暂的交往，就已经使“我”与这对夫妇没有心理上的距离，因为单纯和真实，成为他们之间的一座桥梁。而“我”的追问，几乎将这对夫妇的神经残酷地逼近痛楚的深渊。

> 我记得当时我问了一句：“什么样的事，才算是错事？”
>
> 问话以后，屋子里突然陷入一片沉默，突如其来的沉默，合乎情理的沉默，我想是这样的。因为我们都觉得相逢有缘，太想说些什么了，我们三个人进入一个奇怪的境地：就在刚过去不久的一刹那，我们互相眷恋了。
>
> 但是我们面面相觑，却什么也没有说。前尘旧梦就在这时候如惊鸿一瞥，一掠而过。

……

我冲着他们说了一句："薄师傅，人家说，你们是1970年春天来的。来了三十多年了，从来没有人来看过你们。"

薄师傅连忙去看罗师傅，罗师傅拉了她慌忙进了屋子，急急地闩上了门。这一切都在我一错眼之间发生的，等我回过神来，他们已经关上屋门了。我站在走廊上，十分无趣，也感到内疚。

不知睡到什么时候，我睡得不太踏实的身体被一样声音唤醒。我张开眼睛，窗子外面，月光如水，亮如白昼。风止了，满山的树木花丛静如人立。我恐惧地伸长耳朵，仔细聆听来自什么地方的声音。我听见了细如蚕丝的哭泣声……没错，是哭泣声，来自薄师傅和罗师傅的房间。

这是令人无法不生的疑惑，也许，就像叶弥在文本中写的那样：猜测，是阴暗的。一个热爱生活，渴望并执意寻找生活的年轻女性，在一个朴素愿望的驱使下，原本只想走进花卉的世界，却没有想到不经意间踏入一个隐秘的生命空间。罗、薄这对夫妇，相依为命地踯躅在佛、俗两界，人鸟低飞，活在佛道里，不释放，不执着，却又不超离世俗；有牵挂，有人间情怀，知世俗冷暖，叹生命，尊灵魂，不卑不亢。也许，这才是人能够以一种平和心态，摆脱、释放掉既往的绝望，进入自由天地的最好抉择。但是，我没有想到，叶弥让这个悬念一"悬"到底。直到"我"几个月后重访明月寺，薄师傅不幸病逝，罗师傅去另一个寺庙正式出家，罗、薄夫妇的身世之谜也没有揭开。在叶弥看来，这对夫妇的历史似乎已并不重要，疑窦重生的如烟往事，已经被现实遮蔽，她在文本中试图做到的，是展现主人公在隐忍和从容中对命运的等待和承载。

我在想，在人性、人心的大海里，不管人们曾经忍受多么大的不幸，但只要现在仍能感知美好事物的存在，就能做到哀而不怨、伤而不怒，生命依旧会有奇妙的闪光。叶弥在“打捞”凡庸生活和历史的碎片时，努力整合小人物灵魂的破碎，还原他们真实的存在状态。

我觉得这篇小说最重要的地方，就是在叙述中对小人物的个人存在史、命运史，以及社会生活“大历史”的整体性“留白”。实际上，这是一种举重若轻的方法。人在年轻时、在社会时代的风云际会中所遭遇的不幸，竟然需要三十年的时光来修补或者救赎吗？人生的沉重，历史的沉重，真的需要放在三十年的岁月里才能被承受？大历史是如何深刻地进入一个人的生活之内，一个人的内心又如何构成历史的深度？那个时代究竟发生了什么？不该发生什么？所发生的事情是否会被后人取笑？叶弥仿佛在写一个梦，两个普通人的噩梦。但是她不写这个梦的发生，而是从“结果”入手，展开个人存在的巨大隐痛，捕捉人物在漫长岁月的一两个瞬间。这两个不能安妥的灵魂，即使将身体置放在寺庙里，也依然难以摆脱历史沉积的、俗世之心的纠结，他们，始终生活在别处。

小说的结构，不是一个圆弧，而像是一个四周布满放射状道路的椭圆形广场，这也暗示着人物命运选择的无所适从。这篇小说的叙事，始终保持在一个平衡、节制的维度，下层社会人的日常存在状况，暗示大历史的讳莫如深，折射出人应有的生命力量。小说对人性中的坚韧、温暖和善良充分肯定，不是粗糙地采取漠视的目光，轻薄地处理人的精神与生存环境的复杂关系，而是在细部、细节的流动中，带我们体悟历史与世事的苍茫。但是，可能由于叙事视角存在局限性，人物之间关系过于简化，文本想象的空间显得逼仄，这势必会影响和限制文本应有的更大张力，这也许就是短篇小说这种文体自身难以克服的瓶颈。

三

在我看来，《雪花禅》是我读到的叶弥最好的短篇小说之一，完全可以视为叶弥小说叙事中具有浓郁“佛道”意味和“法度”的代表性作品。

我们首先会面对这样一个基本的问题：当战争氛围笼罩，狼烟四起，敌人兵临城下准备围城的时候，一个终生喜欢自由快乐、风花雪月的“纨绔”，能够或者应该做些什么？何文涧，这个在地方上举足轻重的大人物选择了准备逃亡。也许，我们还会进一步地追问：叶弥写这样一个在战争即将来临之际，将“生”看得比什么都重要的“大闲人”究竟是为什么？因此，分析这个人物，读解这篇小说，的确令我无限向往。

一个实在不好使用某种观念来肆意界定的文学人物，是否正是一篇小说成功的开始？可不可以说，何文涧在很大程度上，是一个有古典情韵、“士大夫”之心的大俗人呢？一个“好人”在战争这个特殊情境下的生命形态，该如何表现和判断？

无疑，何文涧自有自己的“顽固”的哲学，其实，这也无须争议。性格即命运，这句话用在他的身上，最合适不过。他本能地选择逃离，似乎已经有违家国的大义。写一个人在战争的背景下短暂的日常生活状况，其实是难以把握的。烽烟滚滚之中，谁还能保持自己的生命本色？怎样才算保持自己的节操？其实，如果依中国传统文化审查人格的标准来看，何文涧的“骨”“气”还都是很充盈的，只是“慧”呈现出某种“拙”态。那么，我们到底应该以怎样的眼光看待这个文学人物呢？

我们在这篇小说所描述的风声鹤唳、草木皆兵的冰冷世界里，感受到丝丝缕缕的温暖，乱世的荒寒之中，竟然透射出一股力量，这就是这个小说所具有的温暖性。叶弥显然选择了温暖的、宽柔的目光，她对人性的理解和包容，在努力试图抵达“佛家”的高度。因此，小说的叙述，才会呈现出存在的真实性、可能性。通常，何文涧这一人物的品性，可以如此概括：何文涧不想自己有悲惨至极的遭遇，不想凄凉，不愿意绝望，更不愿站在风口浪尖，他只想随遇而安，风来草倒，雨泻泥下。这也是无可厚非的。面对战争的巨变，这个乐善好施、热爱自由和风花雪月的文人，完全无法适应和接受这样的现实。以往的生活行将结束，远离战争就可以存活，他可以怒，可以哭，可以逃避，可以处乱不惊、从容应对。只是他不甘寂寞，哪怕苦中作乐——麻醉自我未尝不是一种快活。他似乎不敢做太多的精神思考，因为只要思考就会痛苦起来。他在短短的时间内，努力将自己的神经不断地拉回到自我的感觉、幻觉里，试图在“禅踪”里寻找自己的安之若素。“他不禁如此想，历史的长河中，他，何文涧，不过是一只偷生蝼蚁，人畜无害，怎么会有人大动干戈取他性命？”于是，在逃离战争的炮火硝烟之前，他去了念念寺，在雪地里坐禅，在“心斋”里“坐忘”，可见，自小养成的自由快乐的心性，铸就了他一生无法更改的追求。

念念寺，让何文涧在一场虚空的法度里找到片刻的安宁和回旋。

人的思维被囚禁的时候，有的人选择顺从，有的人选择反抗，有的人选择变节，为了不同的生命诉求而改变灵魂的取向。何文涧清楚，逆行必苦，或有杀身之祸。“无为”，成为他应变的哲学。无为，可以自卫，可以自尊，可以自信，是一种自我保持、一种耐性和必要的忍耐，又包含着“义”的成分，这不失为一种处世逻辑、一种生命状态。这是何文涧的聪明、智慧之处，是一种少见的情思。说到底，这里面想表达的，就是处世之道。大道至简，何文涧的处世之道似乎还有些幽默的成分，他善于将现实的苦涩和冷峻，衍化成通过轻描淡写就获得的片刻欢喜，同时还伴随着清明、沉稳、难得糊涂般的放达。他有维持自己心理平衡的方法，以往，他也是依据此法活得游刃有余、自由自在。他的爱心，是他心性的核心；他有私欲，热爱生命，眷顾人生，不想有大起大落、危机灾祸；又不愿逆来顺受或沦为汉奸。这也是天然之心、平常之事。人不过是过客，帝力甚大，人力甚微，何文涧，唯想返回自己的内心，所以他要坐禅求道，沉浸其中不愿自拔。人是社会的动物，人的好坏，难以简单划分。叶弥笔下的这个何文涧，是一个很复杂的存在，正是在消解了任何神圣、任何意识形态的东西之后，叶弥的叙述，才会变得如此轻松，文字里徜徉着柔软的气息。

仔细想，何文涧的选择，的确是令我们极度纠结的。但他终究是一个小人物，他不能书写历史，却可以有操守，留下自己的灵魂的根须。我想，他最起码能够做到的，应该是“士可杀不可辱”。我们无法要求他走上战场，因为他无缚鸡之力。不苟且，不变节，选择逃离，说这是应变、活命哲学也好，苟全性命于乱世，不求闻达，独善其身也好，是否可以说，这也是一个人在性命危及时的无奈之举呢？我们究竟是应该理解他、同情他，还是像他的学生潘新北那样，极力强迫他走上战场？在这里，也许，潘新北永远都无法理解，他的老师其实有着强大的自我和自觉。

实际上，在现在，我们想重新描述一个业已消逝的时代是十分困难的，因为在一个价值观纷繁零乱、众声喧哗的时期，历史变得日益模糊起来。那么，再现这样一个小人物的人生，目的何在似乎是不言而喻的！究竟是重温一个普通人的个人生活史，还是为了重新查勘、回顾那个时代的灵魂状况，以审视我们今天的存在意义和价值？叶弥的文本，给我们留下了巨大的可阐释的空间。

吾道不孤，现在，叶弥似乎是在用佛道或禅的意识，来替何文涧解释其对生命的态度和选择。在文本中，她对于人物的臧否，是一种不做任何价值判断的判断，因为评价一个人，不是唯崇高或渺小就可以一言以蔽之的。看得出，叶弥写这个人物和故事时，感情是控制的，她尽量含蓄，不流溢自己的感情，以一种非道德化的写法，进行人性化的审美渗透，寻觅人世间最为真实、本色的东西。虽然，这其中，有亮色的，也有晦暗的，也暗示善恶与美丑，但这些，都会轻轻地在超越世俗的层面从容地展开。在叶弥的理解空间里，何文涧的“禅”，是“雪花禅”，是他的“住心”之处或方式，他的“不坚执”，是受佛道禅心的牵引和驱使，是一种“寂定”。但这些只能在一定的心境中进行，在其喜爱的市井中完成，就是说，何文涧是在俗世与“持”的边缘处挣扎着，但却往往不能自已。这是因为他总是要活在一种属于自己的生命状态里。对于个人选择与时代之间的关系而言，必然构成悖论和无法避免的纠结。可见，在阅读叶弥小说的时候，我们总是会想到很多很多小说之外的事物。

这时，我们也许就还会想，一个短篇小说的叙述和容量，是受什么力量支配和规约的？埋藏在叙述中间的气息、色调、感觉和氛围，如何能枝蔓丛生，杂花生树？人物主宰了叙述的进程和节奏，让真实的烟火气、痛感，都幻化在叙述的缝隙间，缓缓流溢，这不是简单地使用技术可以达成的，作者必定是对短篇这种文体有深刻的体悟，而且，对生活的热爱，对任何生命的尊重，都不可或缺。

因此，我也就明白，叶弥的小说为什么没有丝毫装模作样的俗气。我相信，写作，对于她来说，一定是一种快乐、严谨、崇高的职业。天行健，君子以自强不息；地势坤，君子以厚德载物。也许，正是这种从善如流、热爱文字的心态，真正成就了叶弥。

我听说，叶弥住在苏州近郊的太湖边上。她有一个颇大的乡村风格的“田园”，花草树木、蔬菜水果、鸡鸭鹅狗猫，千姿百态，包罗万象。叶弥每天劳碌而快活地与这些生命相处，她平淡地过滤着以往的和现在的种种体验，她对俗世生活、人间万物的理解，抒情又冷峻，诗意而智慧，具有秀慧于中的内敛，又不时眷顾历史的尘埃。并且，她总能发现新的叙述视角，表现内在的诉求。她的叙述，试图入俗又脱俗，平淡中有复杂，轻逸中蕴含沉郁，朴素中谋求清雅之美，又含俗世之味。说到底，无论在生活中，还是于文字里，她都要舒展一种天大的自在。

我想，这些，都是她渴望抵达并且一定能够抵达的境界。

短篇小说魔术师，或品酒师

——苏童的《祭奠红马》《拾婴记》及其他

一

其实，早在20世纪末，苏童就已经开始喜欢甚至迷恋红酒。我清楚，像他这样一个小说家，对红酒的品鉴和感受，不会如品酒师那样，在庞大而博杂的葡萄酒世界里，刻意地去确立主题、寻找酒样，不断地进行盲品式体验，以期获得对葡萄酒“准专业”的自信；但他也不会仅仅停留在发烧友的水准，只显示和张扬一种狂热；他也不可能只是对他喝到的每一款酒，就颜色、香气、口感、陈年能力、配餐建议做一种量化评定。苏童是一位有极强身份感的人，面对日常生活，他更像是一个“极简主义者”，且持有一颗平常心，不执不固，不躁不厉，只有进入写作状态，他在虚构的世界里才会显露应有的精神张力。因此，我想他对葡萄酒的钟情，本没什么可夸张的，也没有任何神秘、悬疑的参数在其中，也许，仅仅是喜欢而已。感觉超好，正如他之于短篇小说写作，是一种喜爱，喜爱就会心甘情愿地投入，甚至这种喜爱可能是生理性的，几乎没什么缘由。我在想，既然任何事物的存在都有其坚实的理由，那么，一种事物与另一种事物之间的潜在联系，只有在人介入之后，才可能引申出各自的异端性，这没准儿就成为一种有机的串联，而每种事物各自的意义也许就在此产生。从苏童与这迥异的两种事物的关系，我能体会到一个小说家对事物的感受方式，以及内在感受力的强弱，就如同面对不同款式的葡萄酒，扑面而来的是复杂的气息和味道，苏童小说恰到好处的遣词造句，浑然天成的结构和叙述，融会其间的雅致、华贵、平衡、色泽，或醇厚、饱满、强烈，一定令他产生作为一个作家巨大的满足感。痴迷或喜爱葡萄酒的人，一定会充分地感知到其内在的魔力，葡萄酒和短篇小说，对于一个小说家而言，就不似常人看来是两件风马牛不相及的事物了，在葡萄酒的世界里，苏童已经足可以成为一个“准品酒师”，立刻就能抓住酒体瞬间产生的给人带来的感受和质地；在处理生活和文字精妙关系的小说虚构中，苏童却更像是一个魔术师，时时、处处都体现出个性十足的灵性和自由的气度。因此，一个人在享受红酒和写作快乐的同时，他或许会很自然地选择属于他自己独特的写作方式，用自己的感受去体味生活世界的玄妙，重新构想，或者平衡地建立起他所体验过的生活与事物的相互关系。于是，洒脱和灵动，结实和凝重，张扬和内敛，似乎“混酿”在他的许多文本里。就像葡萄酒的酿制，葡萄生产的纬度、年份、地区，以及这个地区的气候、湿度，还有橡木桶的品质，都隐藏在制作的过程里；而小说的品质，包括叙述的绵密或疏朗、结构的坚实或灵动、语言文字的质地，能否在想象力的作用下发挥得淋漓尽致，虽与自然的造化有关，但更关乎灵气在事物中的再次发酵，继而，更关乎在有效的结构里，挥发出“醒”过之后的价值和意义。所以，任何一篇意味深长的小说，都类似一种精心酿制的葡萄酒，它在被阅读者真正唤醒的时候，才可能彻底实现其应有的魅力和魔力。或者说，葡萄酒对于我们来说，在一定程度上与小说是一样的，简直就是一座迷宫，而小说本身则是迷宫里的迷宫。倘若我们进行一种不严肃的猜想，假设小说迷宫的制造者，是一位故意要挑战阅读者的酿酒师，他身上又散发着像雷蒙德·卡佛那样的酒气的话，很难想象，谁能清醒地走出他在如此复杂的精神和心理情境中所预设的迷宫？

熟悉博尔赫斯的人们都知道，他在与威利斯·巴恩斯通的一次谈话中，谈起他夜里做噩梦的经历，其中最基本的内容主要有三种：迷宫、写作（读书）和镜子。博尔赫斯的小说，也常常将镜子和梦作为叙述的主题，特别是梦，他常常写它，也常常梦到它，而且大多是关于噩梦的迷宫。1984 年，在北京师范大学读书的苏童，就读到了博尔赫斯。他曾细致地表述自己阅读博尔赫斯的感受："深深陷入博尔赫斯的迷宫和陷阱里，一种特殊的立体几何般的小说思维，一种简单而优雅的叙述语言，一种黑洞式的深邃无际的艺术魅力。坦率地说，我不能理解博尔赫斯，但我感觉到了博尔赫斯。"[1] 我感到，博尔赫斯此后一直若即若离地伴随着苏童的写作，苏童的一个个短篇小说，都或多或少地有博尔赫斯梦幻般的玄机因子，支撑起他那些凌空蹈虚般的想象。也许，苏童的一些重要作品的构思，就是博尔赫斯梦和迷宫的另一种延伸。像"枫杨树乡村"系列小说，以及后来的《蝴蝶与棋》《水鬼》《巨婴》等，都弥漫着梦的气息和迷宫的意味。苏童在读卡佛的时候，曾有过这样的感慨："读卡佛读的不是大朵大朵的云，是云后面一动不动的

---

[1] 苏童：《河流的秘密》，作家出版社，2009 年，第 164 页。

山峰。读的是一代美国人的心情，可能也是我们自己这一代中国人的心情。”[1] 苏童将在卡佛的作品里品味出的感受，用一个他自己都认为不恰当的比喻，情绪化地贴给了卡佛，那么，他自己呢？我们判断苏童，根本没法按着老套的思维方式进行，如果那样，我们就会变得自欺欺人。这不仅是因为苏童身上没有令人焦虑的酒气，而且，我觉得最主要的是，苏童并不是一个很复杂的作家，他有自己判断事物的审美轨道，那么，他通过叙述布置的迷宫，我们应该怎样破解或绕出来，这可能更是一件费心思的事情。

二

毫不讳言，我最喜欢苏童的两个短篇是：《祭奠红马》和《拾婴记》。前者写于1988年，这个时候，苏童已经开始最大限度地按着自己的方式处理小说了。我相信，这个小说已接近一流的水准。其实，在20世纪80年代末，拿出这样一篇沧桑、缥缈、悲凉、寂寞的东西，的确是很“先锋”的。当然，在那个时候，这也许是很“可怕”的一种叙述风格和想象方式。其时，苏童正在构思他写作生涯开始以后最有影响力的中篇《妻妾成群》。所以，我感到，苏童在短篇和中篇写作之间的相互转换的过程，也正是从对塞林格等人的模仿中挣脱出来的过程、

[1] 苏童：《河流的秘密》，第203页。

从此前的叙事形式圈套腾挪出来的过程，这时的苏童，充满了对叙事和虚构的热情，他对小说的理解开始进入一个新的层面。可以说，《祭奠红马》和《妻妾成群》，也正是苏童短篇写作趋于熟练，并且尝试以古典的写法创作中篇的一个重要拐点。我们知道，对于这样一个杰出的作家来说，苏童青壮期的写作时光在这个时候开始了，就像早已预料到的，此后的二十余年，正是苏童的一段并不短暂的河流般奔涌的创作史。苏童不经意间就让人们记住了他的诸多小说，尤其是中篇和短篇，故事、人物和语言，都是不易忘却的。而他的短篇小说实践，也足以耸立起一座了不起的山峰。

先简单谈一下短篇小说《祭奠红马》。这是苏童早期“枫杨树乡”系列中的一部极具代表性的短篇小说，但却是受到相对较少重视的一篇。在这篇小说中，苏童最早地表现出“先锋小说”叙述方面的开放性特征，也是最先在小说中体现叙事自由和寻找幻觉、追踪幻觉的作品。具体说，这是一个关于“外来者”的故事，也可以说是一个关于生命、生存、命运、欲望或者衰老的传说，还可以说是关于“古老的”叙述母题的某种演绎。小说虽然只是写了一个怒山老人、一个被称为锁的男孩和一匹红马在“枫杨树”短暂的生活经历，但这里所有的一切都为这匹富有灵性的、神明的红马而牵动。我感到，苏童试图在这个有关“回忆”的叙述中找寻解除生命束缚的密码。他意识到，包括“我爷爷”“我姑奶奶”在内的所有人物，无法摆脱命运的实际存在的境况，也深谙人的命运的沉重不堪。因此，苏童想表达的“何处是家园”“何处有梦想”的叙述动机，只有寄托于这匹有性灵的神奇的红马。他妙悟到了红马所具有的诗性，它的魔力、它的壮美、它的隐忍和勇敢，人所无法实现的梦想和朴素的愿望都可以被它所承载。

你听见我爷爷的铜唢呐再次吹响，模拟锁的哭声，你要把锁想象成一个满身披挂野草藤的裸身男孩，他站在河川里撒尿，抬起头猛然发现红马正在远去，一匹美丽异常的红马鬃毛飘扬、四蹄凌空，正在远去。锁将手指含在嘴里开始啼哭。锁的哭声对于我们来说持续了一百年。你在四面八方听见他的哭声，却再也看不到他。红马的小情人随着红马一起远去。

复归永恒的马，复归永恒的人，他们将一去不回。

小说开头和结尾都重叠性地写到俊逸红马的“远去”，写到它在挣脱人对它的束缚后自由自在消失的情境。苏童领悟到怒山人和枫杨树人的精神差异、他们对世界和生活不同的理解方式、怒山人与红马之间神秘而默契的关系，而这一切是很难以写实的手段来表达和处理的。于是，他从一匹马的到来和消失，一匹马的隐忍和愤怒，写到“拉磨”生活对它的天性的扼杀。那匹红马好似一个精灵，出神入化般在我们的视野中自由腾挪，苏童进而发掘和凸现其身后主人的性格和内心的表情。我们或许会发出这样的疑问，在这里，谁是故事真正的主人公呢？苏童对人与马都心领神会，捕捉到了两者相似的神韵，可以说，这也是苏童得之于自然的“神思”，而其中蕴含着情，这种“情”并非止于一般的日常情感和情绪，而是经过提纯、升华，且加以形式化的审美情感。写作这篇小说时的苏童，作为中国当代先锋小说的重要作家，其时，正对后现代主义文学精神情有独钟，但我们仍然能看出他对文学的古典主义传统的眷顾。这时，他极少在叙述中探索人物的深层心理状态，人物的“幻觉”已经不再作为揭示生活和人的内心隐秘的通道，幻觉也已成为生活的实际存在，与现实相互转换。叙述人，人物的感觉、体验乃至行动都在“现实”和“幻觉”的中间状态漂移不定。生活的虚幻性和人物命运的不可把握，在一匹马和一个孩子身上自由地表现出来，它说来就来了，说走就飘走了，它如此夸张，如此神奇，又如此真切，显示出独有的神秘和灵气。由此，苏童写作中的灵气，也伴随抒情性的文字荡漾而出。如果说，苏童的短篇小说，隐隐约约地存在一个难以描述或概括的界定的话，那一定是他梦寐以求的叙述的境界：朴素空灵，诡谲深奥，迷宫风格中浸润着敏感、简洁、智慧和虚拟的现实。

这些年，我一直极力推崇的苏童短篇小说《拾婴记》，发表于2006年。我认为，《拾婴记》无疑是苏童迄今极好的短篇小说之一。好的短篇，有种浑然天成、偶然得之的机遇，《拾婴记》当属此列。

无疑，在这里，苏童是想写一个“无中生有”的故事，而且，到了后面，这个故事又成了一个“有却还无”的迷幻或幻象。在文本的叙述中，没有人出来担当什么，也没有人感觉缺失什么，婴儿和小羊，这两种不相同的生命，生长出了相同的命运。但是，力量和控制，使小说变得更具“城府”和“内爆力”。这里，显示出苏童小说叙事的另一面：貌似柔软而霸道地“扭转”生活的能力。永远不能说话的羊，与不会说话的婴儿，他们还能干什么？苏童究竟想要衍生出什么意义来？

这篇小说叙事的灵动，体现在它被一种也可以称为“叙述圈套”的形式感所驾驭，苏童虚构生活的能力，在这里得到了进一步的证明。所以，《拾婴记》同样也是展示苏童写作灵气的经典之作。在这个小说中，也再一次显示了苏童对小说的独特理解，以及作为创作主体的叙事美学气质。苏童体悟到了中国文学叙事传统中，关于轮回与可逆性时间的小说结构逻辑，借助其机敏的想象力，将故事讲述得神奇、飘逸和洒脱。“一只柳条筐趁着夜色降落在罗文礼家的羊圈”，这句话，先后作为小说的开篇和收束，任意地打开和关闭一个既单纯又复杂、既诗意又怪诞的故事结构，不仅显示出苏童叙事方面的自信和坚定，还让我们感觉到他能够衔接不同的“时间断层”的灵气。飞去的婴儿与飞来的小羊，在叙述中像《祭奠红马》中的红马，来去自由，轻灵变幻。写实与虚拟、朴拙与修辞互为激活又相生相克，既实在又浪漫，因此，小说不落凡俗地将“弃婴”的故事渲染成一次抒情和“狂欢”的奇妙旅程。一个小男孩拎着一只箩筐，里面是一个从天而降的婴儿，他们所到之处，都会立刻点燃每一个成年人内心的幽暗。小说的叙述，在一条很“世俗”的道路上，自由自在地张扬一种意绪和生活的哲理，这是苏童不经意间种下的果实。这样的构思、这样的文字，制造的幻觉和空灵氛围，虽然在它结构的精致和叙事策略下，使故事的本意变得更加含蓄、隐晦，但依稀迷离的意境，曲径通幽，从另一个角度接近了唯美的、略带魔幻成分的叙述风貌。当然，应该将迷宫的魅力归之于游戏感、浪漫神秘和好奇心的诱惑，其中也潜伏着巨大的艺术创造的冲动，苏童不擅长也不屑在叙事中阐释人物的思想和观点，他所着迷的是将所发生的事和人物存在的价值都藏在字里行间。

这篇小说，叙述的方向感极强，一条为婴儿寻找归属的“弃婴”的线路，曲曲折折。一连串动作性极强的“向外推”的意志，无法打通的人性深处的幽暗隧道，无法整饬的真实的道德空间，现代人脆弱的心理意识，都悬浮在一个城乡结合的边缘地带。婴儿的一次次裸露和亮相，使看上去极其客观、冷静的叙述不断泛起波澜，世态人心清晰可见。没有谁愿意担当，没有一双有力量的手臂抱起婴儿，一条无形而冷酷的心理之索，生长为一根僵硬的灵魂轴心。读到这里，我们都会为苏童捏一把汗，替他忧虑这个故事该如何结尾，担心他落入俗套地让弃婴被一个真正的好心人领走，或是被“组织部门”收编，而苏童则选择了一种开放式的结局：首先，弃婴竟然被一个溺水身亡女孩的母亲——疯女人——“拿”走了，可见，这是小说家发明的“没有道理的道理”；然后，重启一个章节，“一只柳条筐趁着夜色降落在罗文礼家的羊圈”，实质上，这句话应该是“一只柳条筐趁着夜色再一次降落在罗文礼家的羊圈”，那么，究竟是谁还原了最初的场景，掩盖了一个“弥天大谎”？只不过，随着柳条筐一起飘回来的不再是婴儿，而是一只同样也不能说话的小羊。追根刨底地探究是谁的婴儿和谁的小羊，已经没有丝毫必要了。婴儿最终将遭遇怎样的命运，似乎也不构成叙事最大的动力和悬念。我们当然不会相信，罗家夏天时走失的那只小羊回到了主人的身边，可是，我们是否可以延着苏童的想象进行推断：那个被遗弃的婴儿，终有一天也会静悄悄地突然扑到母亲的怀里。一个简单的故事，细致地、涟漪般地渗透出许多令人回味的世情和情境。

这里，我还是忍不住提苏童的另一个短篇小说《桥上的疯妈妈》。我一直以为，这篇苏童写得令人深感哀婉、凄惶的短篇小说，荡漾着无尽的幽怨和幽韵，一个女人的身世，就像远逝的踪影，云雾之间，缥缈一生。我猜想，这个疯女人，一定和《拾婴记》中那个女人是同一个人。在苏童早期的中篇小说《红粉》《妻妾成群》《妇女生活》等作品中，他就曾写过大量颓废气息中呈现出的感伤的情怀、女性的温柔与薄命。而这篇《桥上的疯妈妈》，更加体现出苏童写作中的哀愁、感伤情结，彰显着女性命运、情调和文本内在涌动的不竭的诗意。其中，宿命的悲天悯人感和红颜薄命的情境，也由此而生。如何去把握、表现一个患有精神疾病的漂亮女人的内心，如何写出她与周围人群的关系？显然，这也是对短篇小说提出的一个挑战。我们看到的是，苏童在悉心地依照“我”的一种感觉方式，想象、充实、感悟出他所描绘的生活事件，他引进了反常规的经验和不协调的情景，使原本可能诡秘、神奇、怪异、不可思议的人物和事物，变得鲜明、生动和易于理解。小说对“疯妈妈”内心或者说心理流程的呈现异常缓慢，叙述几乎是在显微镜下记录事情发展的过程。“疯妈妈”从最初的平静，到最后的疯狂，绍兴奶奶、崔文琴和李裁缝，他们内心微妙而“疯狂”的行为，直接逼视出人心的“魔境”和隐秘。一枚蝴蝶胸针，一枚琵琶纽扣，竟能牵扯如此的世道人心。究竟谁才是正常的呢？苏童在寻找、体悟中推衍“疯妈妈”和所有人的“魔根”“魔性”所在。我们在“疯妈妈”这个人物身上所看到的，并不是她对常人世界的叛逆和拒绝，而是她对人心中真正的“魔性”和“魔道”的恐惧，善良在这几个人身上也出现了错位，发生了畸变。苏童这里表现的，不仅是人在某种苦境中的生活，而主要是人与人之间对话的盲点和死穴，这不免令人心生悲凉之感。飘逸和沧桑，悠远和怪吝，交织在一个叙述结构当中，拉动出美感和神秘感的纠结，也弥散着某种“下沉”的味道，涌动着河床之下的“暗流”。

这时，我们会不断看到一个在写作中充斥着灵气的、在文字里自由舒展的小说家苏童。

苏童写作的灵气，源自他的感悟，但这些精妙神谕般的感悟又缘何得以生成？又为何持续不断地生成？这是最令我们感兴趣的问题。苏童不止一次在谈话中表达他喜欢写作的缘由：

> 许多人在他的生活当中都有他自己的表达方式。对作家来说，我觉得这个表达是比较神奇的。他写作的整个行为是生活的一部分，他面对的对象其实是个虚拟的空间，并不是面对一个人或一群

人，这种表达不被打扰，自己的思维、想法，可以一泻如注，创造一个供自己一个人徘徊的世界。它恰好是一种最自由的表达：一方面它满足了我内心的扩张，另一方面也满足了表达的欲望。……写作最有意义的一面对我来说是，它使我的生活变得丰富。我常喜欢说，我的生命很单薄、很脆弱。但是因为写作，我的整个生命变得比较丰富、柔韧一些，自己对自己的生命质量会满意一些。[1]

在这里，我们能感觉到苏童写作的"关键词"和内在逻辑就是：一、写作会使单薄、脆弱、寂寞的生命丰富而柔韧；二、写作已经是生活、生命的一部分，而且是自己最自由的表达方式，唯有自由表达，才有可能触摸、跨越灵魂和精神的边界；三、写作更是神奇的表达，是作家内心的扩张，也是对现存世界的不满意，是满怀着改造现实的强烈意愿对世界的征服；四、个性品质铸就的气质，令文本透射出不可复制的"贵族气"。由此，我们也更明晰苏童写作中那颗敏感而敏锐的心，特殊的想象力，以及他对生活、生命充满唯美色彩的如梦如烟般的演绎方式和写作冲动。

可见他写作中的灵气、妙悟的强大基础，主要是对自我生命的独特体验和与众不同、不同凡响的美学激情，以及因敏锐、敏感之心生发的怅惘、愁绪、悲悯和诗意。仔细想想，"灵气""灵机"或"灵犀"，合成或者说成就了一个作家的个性化"气质""性情"，它和笨拙、愚钝相对，也就是说，"灵气"是作家在写作中体现出的悟性、敏感、睿智、聪明等气质，最终在写作中体现为一种罕见的"笔性"在每一个轻盈而起

[1] 苏童、谭嘉：《作家苏童谈写作》，《当代作家评论》，2002 年第 5 期。

伏的句子里回荡。一个作家有多大的文学天分和灵气，从其作品的面貌就可窥见一斑。清代一位文艺理论家袁枚，在著名的《随园诗话补遗》中，曾经提到了“笔性”的灵与笨拙的问题，这里的“笔性”，其实指的就是灵气，它是人性中的可贵品质。他认为，人有灵气，诗才可能会有生气、生机和才气。当然，不同的作家有着各不相同的性情和灵机，有着对生活和世界不同的感觉和妙悟，独特的玄思和想象方式。这一点也与中国古代文论中“自得”的命题和范畴颇为接近，它强调诗人作家自身体验的鲜明性、独创性等直觉思维色彩，以及智慧的天赋性。在审美发生的视域里，灵感的“自得”是一种自然而然的生成，而非刻意地苦思觅求，是写作主体对世界的意向性精神投射。也可以说，“自得”和独创是“原生态”文学产生的重要因素。从这些角度看苏童，他有灵气，而且有与众不同的、非凡的灵气。那么，对于苏童来说，每一次写作也许都是一次机缘，对偶然事物的感受触发了灵感的天机，成就了一次次作品的有机生成，凸显出灵气的无处不在。苏童的灵气，源于他对世界、生命、自然、人物林林总总的深切体验，尤其是其对人性空间细腻而富有哲思的感悟。这体验和感悟的程度，往往超越平时他对生活的判断。还有，很早的时候我就强烈地意识到苏童小说中弥漫的那种十足、高傲的“贵族气”，这一点，又使得苏童的“灵异之气”更为厚实、贴切。我想，这恰是许多中国当代作家所不具有的一种独特气质。

品质尚好的葡萄酒，一定蕴藉着那种高贵的气息，杰出的小说文本，也同样具有尽显“贵族气”的魔性和神性。这时，我想起另一位同样在文本中充分体现出“贵族气”的杰出作家阿来。他近年来对植物的迷恋也达到了无法割舍的程度。从他新近出版的那本《草木的理想国：成都物候记》，我们感受了阿来对植物的极度喜爱、陶醉，感受了其文字中所表现出的常人所罕见的坚执。他是在稍稍离开了物质层面的世界里，钟情并发掘植物与环境、人与环境之间密切而神奇的联系。似乎，植物改变了他的性情，或者说，性情过滤着植物。因此，我后来重读阿来的《空山》时，会很强烈地感受到，阿来在人与自然这个互为环境中，所体现的宽柔而包容的气量。由此，我很朴素地以为，一个优秀作家，一定会在特定的时候，因为某种特别的机缘，会对某种事物或者存在有所眷恋，有所寄托，保持恒久的热爱，因为，这是一生乐于悬命于写作的作家。对生命、事物和自然的执着纠缠，这是生命中深厚情怀的起源。我们民间通常所说的“通灵”，对于一个作家而言，至关重要。万物皆有灵，小说家无须算计，“天人合一”“神与物游”，才是艺术创造的至境。而魔性和神性，却都是来自人与自然的某种不期而遇的神示，无论是植物，还是葡萄酒，都可能会幻化成小说中的某种情绪，以及叙述的动力，给文本带来纯属偶然的好运。然后，小说家或孤注一掷，或率性而为，去发现人物、人物关系和与之相应的故事，发现小说的另一种新的可能性。可见，这是一件多么美妙的事情啊。

三

我喜爱和熟悉苏童的小说由来已久，尤其是他的短篇。我自己都经常问自己：我何以对苏童的短篇如此偏爱，甚至到了无以复加的地步？他的短篇的魅力究竟在什么地方？他 1998 年以后写的作品，我几乎篇篇爱不释手。我想，也许这与我们古代文论所推崇的“气、定、慧”有一定的潜在关系，或许是由于我的所谓“气”，于经意或不经意间可以轻松而喜悦地进入苏童文字所弥散的“气场”之中。其实，这与人和人之间的接触是同样的道理，所以，当你发现自己拿起了一本根本不喜欢的书，就可以立刻放下，这与感觉遇见了不喜欢的人可以马上走开是一个道理，但前者往往会体现得更强烈、更直接。而面对你喜爱的文字，就如同精神和力量扼住了喉咙。

我一直以为，苏童是最具短篇小说大师气象的作家，十几年的苏童阅读史，使我越来越相信这一点。有时，我会猜想，苏童这位擅写短篇的小说圣手，他身上一定具备一种与生俱来的东西，才能够让他将短篇小说的各种元素，得心应手地把玩于股掌之间。万把字的叙述，何以会入情入理、优雅从容、起承转合、幽韵灵动，于平实处见起伏，于波澜中现婉约，于恬淡中藏乖戾？倒是很像有序的“行板”，丝丝入扣又松弛有度。这样令人迷醉的短篇文本，不是一篇、两篇、三篇，而是上百个短篇小说都在一个极高的水准线之上，这就不禁令人惊奇和赞叹。而我觉得苏童小说最杰出的地方，还在于他叙述中和文本中的双重自由。他的叙述，似乎永远有一如既往的驱动力，而相对稳定的写作风格，养成了他持久的不同凡响的个性风貌。尊重、诚实地对待笔下的人物，平易地讲述离奇的故事，能够引发充分联想的内敛、温婉的文字，还有一种粗心的读者不易察觉的温度感和味道，以及叙述者不断变化的丰富表情，都让我们感知他文本的特别。是的，他能够从骨子里越出现实存在的边界，虚构的世界与现实也不再有僵硬的界标，文本和现实似乎都是虚拟的场景，舒展、飘逸。

我曾仔细研读过可能对苏童写作构成影响的一些中外作家的文本，

像塞林格、麦卡勒斯、福克纳、马尔克斯、纳博科夫和卡佛等人的文本，想从“写作发生学”的视角进入苏童的小说文本。但我知道，那极可能是浮光掠影、捕风捉影般地劫掠一些皮毛而已。为什么这样讲呢？我觉得，评论者的职业惯性，怂恿我试图找到一些语词或一种事物，让我能精妙地描述或妥帖地喻指苏童小说的整体风貌或气度，但我却终究还是不能肆意进行比附，于是，我开始实实在在地忧虑我蹩脚的分析，可能轻浮地揣摩了文本固有的本色。我更愿意捕捉笼罩在他诸多小说中的那种神韵，体验阅读苏童小说过程中特有的微妙感受，判断出他如此自由洒脱的文字和舒展叙述的由来，我竭力杜绝任何粗陋的阅读，唯恐漏掉叙述中的细致精微之处。而且，我现在越来越不认为苏童的小说是仰仗“讲故事”取胜，所有的精彩和意蕴都隐含在字里行间、叙述的过程里，短篇小说的妙处是在一定长度中完成的。应该说，真正杰出的写作，根本无法对其一言以蔽之，这就仿佛苏童自己坦诚的那样，小说就是一座巨大的迷宫，作家所有的努力，似乎就是在黑暗中寻找一根灯绳，企望有灿烂的光明在刹那间照亮你的小说以及整个生命。从另一个角度说，苏童的小说文本，也像一根灯绳，期待每一个读者用心地抓住它。

这时，我还是想到苏童的写作与红酒的关系。这可能是一个无法回避的问题。因为，在我看来，葡萄酒和短篇小说，都是太过神奇的存在。苏童在写某一篇小说——当然是短篇小说——时，他琢磨、处理生活经验的时候，是否与此时正喝的某一款葡萄酒有什么微妙的关系？那么，我告诉你，事实上它们一定毫无关系。我猜想，每当苏童喝到一款尚好的葡萄酒时，他的陶醉和欣喜，可能绝不亚于他写就一个短篇之后的快慰，但写作与他是血浓于水的关系，这决定了能够改变他、影响他的只有写作。苏童不是一位“嗜酒者”，更难成为一个“酒鬼”，酒精永远不会对他起任何负面的、不好的、致幻的作用，因为他绝对懂得酒的内涵，会有节制地把握酒精的度数，他太清楚应该享受葡萄酒的哪一部分品质了。最重要的是，苏童是一个有强烈道德感和崇尚人格尊严的人，他率性和厚实的为人品质，使他飘逸、灵动的文字充满了叙述上的节制和控制力，内敛的热情和张力遍布在字里行间。因此，在小说和葡萄酒的世界里，他只能是一个儒雅的魔术师或高贵的品酒师，而不会成为一个巫师或掌控无度的酒鬼，葡萄酒，或许只会成为作家苏童写作的一个不易察觉的元素。所以说，这一点，苏童与卡佛完全是两回事。确切地讲，卡佛主要是吸收这种神奇液体中乙醇的成分，酒精依赖症的状态使得他在写作中经常混淆生活与虚构的关系；而苏童所能享受的，是尽量删掉葡萄酒这种令人痴迷、愉快的液体中酒精这个危险的元素，他可能更渴望在更多的机会里“自豪地吐酒”，风度翩翩地吐酒是自觉而有力度的，能让吐出的葡萄酒形成一条美丽的弧线，并充分地“咀嚼”徜徉在口腔里的单宁及其整个酒体的挥发性力量，从而尽情地感受舌苔传导出的红酒的芳菲，感受事物奢侈的一面或细密的一面。也许，在我或者读者也如此这般地喝了尚好的葡萄酒之后，再开始阅读苏童小说的时候，会对故事中人物的目光透射出的奇异神情，萌生出碎金般的迷乱，这时，就可能完全像穿越葡萄酒的迷宫那样，破解小说迷宫所产生的无尽的诗意。

葡萄酒为我们提供了万千多变的可能性，小说也是如此。

分别发表于 2007 年、2010 年的短篇小说《茨菰》和《香草营》，也是苏童近年所写的两个非常好的短篇小说。这两篇小说基本保持了以往的结构方式，不同的是，故事和人物的伦理成分和道德感，开始进入、占据叙述的核心地带，人性的面貌及其呈现方式，开始隐隐约约发生些许的变化。这期间，苏童正开始长篇小说《河岸》和另一部新长篇的写作，几乎再没有写新的短篇，于是，我就经常徘徊在他那些数量不菲的短篇旧作里，如同享受那种曾令我可以深情地回忆往事的旧日阳光，内心沉醉、悠远，而且平静。

人人都在什么时候才能有尊严？
——余华的《黄昏里的男孩》和《我没有自己的名字》

余华的长篇小说《第七天》出版后，哈佛的王德威教授在《读书》上撰写了一篇精彩的短文《从十八岁到第七天》，举重若轻地将余华的写作进行了一次美学的梳理和厘定。其中，王德威对余华《十八岁出门远行》中所体现出的先锋精神赞不绝口，尤其肯定余华在一个短篇小说里写出了一个时代的“感觉结构”，肯定余华对前面一个时代的叙述以及文字的某种终结性意义和“重构”的力量，称其作品是“文字的嘉年华暴动”，并且“开始成为探讨人间伦理边界的方法”。在这里，王德威还特别指出了余华写作中贯穿的一条不易被觉察的主线，即虚无主义的脉络和气息，直指死亡、暴力、残酷的暧昧创作主体的内在纠结。这种纠结，体现为余华对生命乌托邦及“恶托邦”的率性臆想和大胆裸露。显然，文本中批判的力量，完全隐遁于对生命和存在世相的绝望之后。余华的叙述，常常令我们感到万世苍凉的压抑和无奈，我们的内心和灵魂，被一种强大的叙述力量不断地撕扯，因此，从表现人生、存在世相的角度看，余华的叙述，无疑是直指灵魂的。

从20世纪80年代迄今，余华几十年的写作，犹如一条漫长的河流，或者似一条起伏不定、尘埃也未有落定的跌宕道路，在我们的眼前延伸、激荡、震动，悠远而沉重。这些年来，伴随着我对余华的阅读，一个对余华写作的美学判断和伦理界定，油然而生，挥之不去，这就是余华在对存在世相进行灵魂整饬之后，始终不移坚持的审美心理和姿态：内心之死。余华在叙述的时候，选择了残酷和绝望的立场，在表达人性的暴力时，字字珠玑般呈现的图像，几乎都是残忍和隐忍的博弈和绝杀。我也始终认为，余华对中国当代先锋文学，乃至对整个中国现当代文学的杰出贡献，就在于他的叙述是对现实的深刻洞悉后所保持的一种近距离的剥离，他彻底地剥离掉任何想象成分中“意识形态化”的武断干扰，呈现“原生态”的人性和生存图景。“还原”，应该是余华写作这类小说的一个不可或缺的“关键词”。而且，这种“还原”，是余华在一条不愿与别人重复的道路上，在表现世界的丰富的同时，凸现个人空间的独特和狭窄。也就是说，余华的努力在于，他能够通过叙述，试图让“我们的人生道路由单数变成了复数”，让我们在一个平凡的故事里找到一个多重的思想和力量，我知道这是许多有才华、有能力的作家都有的抱负，但是，余华却真正做到了。尤其是在篇幅看上去很“轻”的短篇里，他平静地举起了一块块巨石。前面提及的《十八岁出门远行》这个短篇，即让我们感到，余华一上手就俨然一位成熟作家，连同《四月三日事件》，瞬间凸显出一种难以模仿的余华风格，他越过了学艺阶段，直接焊接了文字、叙述与存在的想象关系，直抵存在世界的内在之核：人、人性和尊严。

与许多作家不同的是，20世纪90年代，余华以两个貌不惊人的短篇《我没有自己的名字》和《黄昏里的男孩》，讲述了两个关于卑微和尊严的人性故事，让我们体验到了他的“内心之死”。

2003年，我曾经在阅读余华《黄昏里的男孩》和莫言《拇指拷》之后，写过一篇《反抗绝望：无法直面的存在本相》的文字。我在这两位作家的两个短篇小说里，发现了一个共同的旨意，或者说精神同构性，这就是他们对人性、人的生存状态的描绘和表现有着惊人的一致。特别是，人性的残酷、无耻、凶悍和晦暗，以及由此衍生出的生存世相，在这两位作家的笔端，汩汩地流淌出来，如同动脉血管被切开汩汩流出的鲜血，正渐渐由鲜红、暗红直到暗黑，最终文字所产生的视觉、心理和灵魂的冲击力，其冰冷和窒息的程度，会覆盖我们尚显柔软和脆弱的内心。文字对现实的穿透感和对精神的爆炸性，对于人在历史、社会以及自我命运、心灵隐痛等方面，都属独特的表达。我也在想，这两位数年前曾经在鲁迅文学院研讨班和北京师范大学读研学习期间的室友，文学之于他们有“万有引力”，可能正是由于他们都具有一种相近的磁场。在若干年后，他们实际上在文学叙述的道路上不断地在内心相遇。我们能够隐约而强烈地感受到两位杰出作家，在面对存在世相、生存苦难和灵魂战栗时内心的一致。

《黄昏里的男孩》，无疑是一篇关于尊严的小说。若干年后，当我重新阅读这篇小说的时候，我不仅在考虑余华短篇小说艺术的分量，而且还在考量他的短篇小说所蕴含的不容忽视的灵魂震慑力。它给我的那种感受，非常接近余华在读完哈金《南京安魂曲》时的感觉。《黄昏里的男孩》这篇小说，在不到一万字的篇幅里，首先会给人带来一种巨大的伤痛，随即，这种伤痛就会在时间的缓缓流逝中渐渐成为一种隐痛。如同余华猜想哈金写作《南京安魂曲》时内心可能沉浸在一种记忆的隐痛里，我猜想写作这个短篇时的余华，内心也一定是处在隐隐作痛之中。问题在于，“他的叙述是如此地平静，平静得让人没有注意到叙述的存在”，可是，叙述所带给我们的冲击力却是如此强烈。余华想要表达的，是一种灵魂的隐痛和人性长久以来的僵硬、一种令人恐惧的精神和心理的多重惊悸。所以，我在对这篇小说的几次阅读中以及之后，内心都生发出久久挥之不去的隐痛。在作家余华的写作史里，如果选择和评价出他最平静而绝望的叙述文字的话，这个短篇小说应该是当之无愧的。

自20世纪80年代以来，“先锋”余华为我们提供了《四月三日事件》《现实一种》《河边的错误》《一九八六年》等一系列“另类小说”。在其中，他为我们展示了一个由怪诞、荒谬、宿命、阴谋、残酷、暴力、死亡和人性恶交织的极端世界。在这个世界里，余华竭力地放大和变形现实的魔影，以“反光镜”“三棱镜”或“CT”“核磁共振”的手段和策略，让我们透视到现实世界如此惊悚的图像。《黄昏里的男孩》和《我没有自己的名字》完全可以视为是这个序列中的两个片段，都是“现实一种”的别样版本。余华似乎有一个不小的叙事野心，就是他总试图穿越想象和现实的边界，从现实进入，再重新回到现实。

《黄昏里的男孩》中，两个人物，一个是已经年过五十、花白头发、眼睛常常眯起来的卖水果的摊主孙福，另一个是有着黑亮的眼睛、黑乎乎脏兮兮的手、衣衫褴褛的乞丐男孩，他们之间会发生什么故事？会产生什么样的人性冲撞和人心对峙呢？

> 这一次男孩没有站在孙福的对面，而是站在一旁，他黑亮的眼睛注视着孙福的苹果和香蕉。他对孙福说：“我饿了。”孙福看着他没有说话，男孩继续说：“我饿了。”孙福听到了清脆的声音，他

看着这个很脏的男孩，皱着眉说："走开。"男孩的身体似乎抖动了一下，孙福响亮地说："走开。"

孙福是一个遭遇过重大人生变故的中年人。儿子在五岁生机勃勃的时候，不幸沉入池塘溺水而亡，妻子在几年之后，与一个剃头匠私奔。一个原本幸福的家庭不经意间土崩瓦解。这样的生活变故和人生转折也许曾经发生在很多人身上，只是时间各异罢了，有的人早一些，有的人晚一些，其中有种种诱因，都难以说清。生活中存在大量的谜，往往都是我们难以破解的。孙福的遭遇，也可以说是个人生活的磨难，就在他最好的年龄、身体最结实、最容易产生幸福感的时候发生了。这些，余华在叙述到最后的时候，才帮助孙福进行了一个短暂而平静的回忆，这种回忆虽然轻描淡写，但是深意盎然。或许，我们能够想象出来，一个成年人在遭遇了丧子丢妻的生活灾难之后，性格、人性、精神、心理可能会发生一些什么样的变化。余华将关于孙福的这些"背景"交代，留在了叙述的末尾，而让一副凶狠、残暴的面孔率先登场，我们因孙福最初的形象认定他是一个缺失善良人性的恶人，无法猜想他曾有过那样一个幸福的家庭和还算得意的早年。一个少年（不是一个职业的乞讨者）可能是因为家庭的变故，流落在街头。这个年龄上和孙福被溺死的儿子差不了多少的孩子，俨然成为孙福的一只期盼已久的猎物。饥饿覆盖了这个少年的真实面孔，他饿得发昏，已然有些恍惚的时候，抓走了孙福果摊上的一个苹果。从此，余华的叙述开始了漫长的、令人喘不上气的细节铺排，开始展示一个人和另一个人都处于最低的存在起点。

无疑，文学的记忆，其实往往是一种感官记忆，味道、声音、色彩、气味、细碎的场景和细节，悠长地凝聚着生命在种种存在缝隙中的真实。20世纪末以来，看上去，我们仿佛生活在一个几乎没有细节的时代，意识形态化、商业化和娱乐化正在从人们的生活中删除细节，而没有细节就没有记忆，细节恰恰又是极端个人化的沉淀，是与人的感官密切相连的。只有那些完全个性化的、具有可感性的生动的细节，才能构成我们所说的历史和存在的质感。余华在《黄昏里的男孩》里，通过极其个性化的细节，将人的所有尊严带入了绝境，或者说，余华在一种“内心之死”般的绝境中，把一种被称为尊严的生命形态和存在品质、一种人区别于其他动物的存在理由，毫不虚饰地进行了割裂。让我们面对人生最绝望、最可怕、最无奈的境地，让我们在精神上，承受那种躲在黑暗中的无情和凶残，最后，让我们的内心走向崩溃。

于是，像是陀思妥耶夫斯基在《罪与罚》中，用长达几页的篇幅描写拉斯科尔尼科夫杀人的细节和场面，余华也在不断有意地延长叙述中孙福的暴力。

孙福抓住他右手的手腕，另一只手将他的中指捏住。

接着孙福两只手一使劲，“咔”的一声扭断了男孩右手的中指。男孩发出了尖叫，声音就像匕首一样锋利。然后男孩看到自己右手的中指断了，耷拉到了手背上。男孩一下子就倒在了地上。

孙福对周围的人说：“对小偷就要这样，不打断他一条胳膊，也要拧断他的一根手指。”

说着伸手把男孩提了起来，他看到男孩因为疼痛而紧闭着眼睛，就向他喊：“睁开来，把眼睛睁开来。”男孩睁开了眼睛，可是疼痛还在继续，他的嘴就歪了过去。孙福踢了踢他的腿。

余华让孙福迅速地进入疯狂的状态。余华的叙述几乎都由近景或特写组成，细腻地呈现这残忍的一幕。而且，他让叙事者叙述的时候，好像心如止水，冷静异常，不露声色地让孙福继续残忍下去、扭曲下去，将他的疯狂继续舒缓地拉长。而我们此时的感受已经是毛骨悚然、不寒而栗。孙福在得意中娴熟地从事这一切，享受着这一切。而好奇的人们都在认真、贪婪地目睹着，心满意足的看客，将这些当成趣味横生的风景。余华让他们与孙福一起创造一个人世间的奇观：一只苹果约等于一只中指，这是一个非理性、非逻辑的一种比附。也许，我们会理智、清醒地以为，这是在我们时代发生的一个荒诞不经的新游戏。故事如果就此收场，余华恐怕还不能算是“残酷”的作家，也谈不上残忍，所以，余华就让男孩继续遭受孙福的折磨，肆意扩展着叙述的长度，使男孩所遭受的羞辱达到了极致。

孙福捏住男孩的衣领，推着男孩走到自己的水果摊前。他从纸箱里找出了一根绳子，将男孩绑了起来，绑在他的水果摊前。他看到有几个人跟了过来，就对男孩说：“你喊叫，你就叫‘我是小偷’。”

男孩看看孙福，没有喊叫，孙福一把抓起了他的左手，捏住他左手的中指，男孩立刻喊叫了：“我是小偷。”

孙福说：“声音轻了，响一点。”

男孩看看孙福，然后将头向前伸去，使足了劲喊叫了：“我是小偷！”

孙福看到男孩的血管在脖子上挺了出来，他点点头说："就这样，你就这样喊叫。"

这天下午，秋天的阳光照耀着这个男孩，他的双手被反绑到了身后，绳子从他的脖子上勒过去，使他没法低下头去，他只能仰着头看着前面的路。他的身旁是他渴望中的水果，可是他现在就是低头望一眼都不可能了，因为他的脖子被勒住了。

只要有人过来，就是顺路走过，孙福都要他喊叫："我是小偷。"

我们无法不深刻地同情这个因饥饿而偷了一只苹果的小偷。道德的天平，让我们向着小男孩无限地倾斜下去。我们在文字里已经闻到了秋日黄昏里血和泥土混杂在一起之后，所产生的"腥红"的气息。余华让这种人性最野蛮的状态，在一个秋日的黄昏，泛滥成一场疯癫的丑剧。余华这位对自己极其苛刻的作家，这一次，对人物的表达也苛刻到了极点。他对人性最低劣品质的表达，显示出他对人类、民族精神心理现状的高度警觉。说到底，余华通过很小的细节，挖掘出隐匿在人性深处的卑劣现实，人内心最黑暗的部分尽显无遗。这里，也表现出余华极大的悲观，"男孩走进黄昏"或"黄昏里的男孩"，无疑是一个沉重、沉痛的意象，男孩在沉默和悲凉中的隐忍，是否也可以视为一种"反抗绝望"？读到这里，我又恍惚看到了鲁迅的身影，眼前的文字变得令人难以卒读。余华以这个虚构的故事，将我们引入了大音希声的境地。这是对人性的尖锐的写作，对于一个作家来说，依然是需要一种特别的勇气的。我不由地想起赵毅衡评价余华创作时所断言的："理解鲁迅为解读余华提供了钥匙，理解余华则为鲁迅研究提供了全新的角度。"完全可以这样讲，余华是中国当代作家中，最具有代表性的鲁迅精神的继承者和发扬者。

短篇小说能够生产出丰富的容量、不可估量的内蕴和力量，这种说法和事实，在余华的小说里，似乎不仅仅是通过隐喻和寓言式的结构、模式来完成的。那么，是通过什么呢？我觉得，他常常是通过人物的命运来实现的，或者说，人物的命运就是充满个性化的寓言，它本身就构成了有关生命和存在的隐形结构。孙福在践踏、极端地毁损男孩尊严的同时，分明在延续自己惨淡的命运和不幸。在叙述中，孙福的不幸在先，这些不幸并没有让他变得善良和同情他人，相反，残暴、凶狠、尖刻，令他深陷于歇斯底里的疯癫状态。究竟是什么，让他无视、蔑视人的尊严呢？性格即命运，孙福的性格、心理结构在自己命运的颠簸中迷失了道路，发生了扭曲和变形。因此，他自己没有作为一个人的尊严，同样，也不可能在他人的身上认同一种叫作"尊严"的东西。

如果说，《黄昏里的男孩》所表现的是对一个人尊严的践踏，并且，在这里余华给了我们一把解构个体灵魂的钥匙，那么，在另一个短篇《我没有自己的名字》中，余华更是在里面布满了生命尊严可能遭遇到的所有荆棘，并书写出一个庞大的人群对个体生命尊严的蹂躏。看得出来，余华不是在描写一个人和一条狗的命运，而依然是表现人与人之间灵魂的差距。其实，几十年以来，余华始终在写着有关平等或不平等的故事，从《活着》《许三观卖血记》《兄弟》到《第七天》，都是在竭力地表现人在各种环境下的平等和不平等。前三者是写活着的不平等，后者是写死后的不平等。我们可以在余华的写作史中，清晰地梳理出这样一条叙述平等的线索，活着，卖血，死后，死无葬身之地。人自身，人与现实，都在余华的叙述中由"轻"变"重"，无疑，这实际上是一条从希望、坚忍直至绝望的道路，这是余华“恐惧”现实，“与现实有着紧张关系”的渊薮。而这两个早期的短篇《黄昏里的男孩》和《我没有自己的名字》仿佛是余华写作和叙述的精神起点，他一上手就是要着意表现人的精神和灵魂现实。其实，《我没有自己的名字》更像是一篇荒诞小说，但这是余华式的荒诞，他与贝凯特、尤奈斯库、马尔克斯和卡夫卡都不一样，他没有像他们一样选择抽象式的荒诞，将一种存在和事物最终指向理念或哲学。余华意识到他们的荒诞是贵族式的，并且充满了社会的荒诞性、政治的荒诞性，而余华这个短篇所具有的荒诞品质，是充分人性化和寓言性的，是中国式的“黑色幽默”，是沉重的、令人感到窒息的。可以说，余华是将“形而上和形而下融合”的最好的作家。而余华在这个短篇小说里，依然将故事讲述的年代做了很模糊的处理，叙述的重心还是在细腻地描述人的命运和感受上。我们应该注意到，在 20 世纪 90 年代中期，讲述这样一个故事，不得不让我们考虑那个年代的文化语境和社会生活形态，“讲述故事的年代”与“故事讲述的年代”之间，可以使文字在一种“互文性”中生成巨大的想象张力。余华在写作这样的作品的时候，呈现出他对这个世界和存在的整体性的发现，竭力表现人在什么样的状态下，才可能呈现最本质的方面。叙述就是在这样的关键处才显示其自身的力量。而那个时期的中国，正是强大的物质力量肆意地冲击、贬损人的精神和灵魂的时候。

我想，余华写作这样一些作品的重要理由，就是他内心对这个世界的认识，他的怜悯和同情心。因此，即使那些叙述基调清冷、沉郁甚至压抑的文本，都掩抑不住埋藏在文学场景、文学图像背后坚实的伟大的同情心。这是在余华叙述背后，不易被人察觉的表情。

《我没有自己的名字》中，与其说来发是一个人物形象，不如说他是一个符号，或者是一面镜子。说他是一个符号或镜子，是因为我在感受这个人物的时候，总是恍惚想起中外文学史上的许多著名的人物。尤其是鲁迅笔下的阿Q、阿来《尘埃落定》中的傻子。来发与他们一样，是这个“文学类型”中的一员。但这个类型中的人物，也是形态各异，就像不同的“哈哈镜”可以折射出不同的视觉效果，他们都能够在自己的位置上凸显或凹现出不同凡响、出人意料的寓意和价值。余华在这个小小的短篇里，其实埋藏着巨大的叙述野心，他最终的愿望，是表达人性和世情的真相，这个重大的目的，却是通过细节、对话、人物的种种神态轻轻地释放出来的。善于讲故事的余华，貌似在讲述一个平淡得不能再平淡的故事，但叙述却在平淡、看似波澜不惊的情境中撞击人们的心灵。可以说，余华总是喜欢在一个叙事的结构里，表达一种纯粹的意愿。他在《我没有自己的名字》里，就表达了一种尊严被颠覆、生命被侮辱的人性暴力。

拥有一个名字，是一个人的基本权利，来发的这一权利却被一群“同类”剥夺了。失去了父母的孤儿来发，被众人，或者说“群众”，指定为任何一个人、任何一种事物，孤独的来发，沦为了一个随时被肆意奚落、嘲弄、耍笑的对象。来发的智力，在这里似乎已经不是一个重要的问题，问题在于，在命名缺失之后，身份丧失，尊严荡然无存。余华让来发在懵懵懂懂的生命状态里感受世间的冰冷和荒诞不稽，无情和残忍至极。在周遭“杀人团”的包围圈里，来发可能是刚刚死掉的翘鼻子许阿三，也可以是与狗结为夫妻的另一只狗，还可能是大街上任何一个人的儿子或孙子，或者就是一个地道的傻子。“我是谁？”不仅是来发对自己的疑问，也是余华对众人的疑问。余华面对中国南方一个小镇上的日常生活，注意到了人性存在的最晦暗、最令人绝望的部分。余华在这些“几乎无事的悲剧里”感觉到人的存在的不平等，并重申，尊严的丧失就是人性中最大的困窘和无奈。

小说以第一人称叙述，以对话拉动情节和叙述，让“傻子的”状态与所有的“聪明人”形成强烈的反差。显然，余华所追求的不是事相的结构，而是重现这些事相所隐藏的张力，这就仿佛是花朵的开放展示出树的张力。一个“傻子”的简洁思想脉络，与众人的“戏谑”，映射出人性本初的毛糙，以及人性在一个时代里的“抓狂”状态。一个人和一只狗，被另一种残忍包围着，叙述的旨意显然早已经不再是表现一个人的遭遇，余华所要表达的，就是“人不如狗”的坚硬世情。就像王德威在评价《十八岁出门远行》时所言，余华在一个短篇小说里写出了一个时代的“感觉结构”。而在《我没有自己的名字》这个“感觉结构”里，余华表现出了极大的克制力，他通过对话，将一个个侮辱来发的那些尖酸、刻薄、没有同情心、没有人性的无赖形象，用不同的“声音”传达出来。对话，构成了这个短篇小说的主体，来发仿佛被话语的声浪吞没了，整个人被囚禁在恶意的攻讦和奚落中，成为耍笑的玩具。而“施暴”者，就是来发的同类。但是，余华让来发在浑浊的、恶意的声浪里，也偶有自己的思想。

> 我知道自己叫什么名字，我叫来发。以前只有陈先生一个人记得我的名字，陈先生死掉后，就没有人知道我的名字了。现在他们都想知道我叫什么，我不告诉他们，他们就哈哈地笑，说傻子就是傻子，死掉后躺到棺材里还是个傻子。
>
> 我也知道自己是个傻子，知道我这个傻子老了，我这个傻子快要死了，有时想想，觉得他们说得也对，我没有儿子，没有孙

子，死了以后就没有人哭着喊着送我去烧掉。我还没有自己的名字，我死掉后，他们都不知道是谁死了。

唯有“陈先生”这个人物给叙述带来了暖色。这是余华短篇小说中少有的略显一丝微茫的柔软。陈先生洁身自好、有长者风度、和善慈祥，他的同情心给了来发些许存在的尊严感。

一个短篇小说，究竟可以包孕多大的能量，产生多大的精神力量？正所谓“四两拨千斤”，对于一个短篇来讲，需要一个怎样的结构，才能承载和平衡生活、经验，以及它与小说家的激情之间的惯性，并且产生出不可思议的“空间”？小说家智慧的叙述，终究想寻找和求证的一定是一种理想的存在，生活不是一种单纯的经历，存在世界是包罗万象的，里面有梦境、有想象、有记忆、有猜测、有怀疑、有感受、有情感、有道德，其中有一些是词汇可以表达的，还有更多是现有词汇无法表达的，叙事就是从这样的地方出发的。余华的叙事结构，显然就是一个可以无限延展的结构，它覆盖生活的表象，也超越具体时间和空间的维度。

“我们生活在巨大的差距里”，余华清楚地意识到这个时代最容易判断也最令人恐惧的灵魂“黑洞”，它对人性所能产生的本质性深刻影响不可预测。因为，这个差距不仅仅是物质上的，更是心理和精神层面上的。在我们的时代，人的尊严是什么？人的尊严是如何建立的？究竟是物质强大还是精神强大？实际上，在这样一个时代里，获得、保持作为一个人的尊严，已经成为一件极其艰难和困窘的事情。尊严的丧失，就是一个人存在价值和意义的丧失，从理性的角度上理解，就是存在的虚无和枉然。毫无疑问，余华的小说世界，是抽筋剥皮的，无论是《黄昏里的男孩》，还是《我没有自己的名字》，余华已经将世界抽象成一则寓言、一个概念、一个隐喻，甚至一幅令人惊悚的图像。生活在这样的世界里，是会让人感到绝望的，如果我们长久地沉浸在这样的文本里，必然会感到窒息。这就是余华的残忍的诗意，在他的词典里没有乌托邦，没有童话，只有人性深不可测的怪吝的法则和逻辑。所以，余华自己后来也回忆和感慨：

> 现在，差不多二十年过去了，回首往事，我仍然心有余悸，我觉得二十年前的自己其实走到了精神崩溃的边缘，如果没有那个经历了自己完蛋的梦，没有那个回来的记忆，我会一直沉浸在血腥和暴力的写作里，直到精神失常。

其实，当看到余华这段文字的时候，我同样感觉到世俗生活和存在世界的无比强大，这种强大，不仅在于世道人心的坚硬，而且在于灵魂变异速度如此之快的不可理喻。也许，这时，我竟会期待一种更加柔软的叙述从另一个方向创造出另一种语境，来融化冰冷和残酷，但我又十分清楚，这样的叙述必然越出了文学的边界，而且只有一部，那就是《圣经》。

苦涩的黑氏，或何谓“人极”

——谈贾平凹两个短篇小说兼论“写作的发生”

一

我一直在想，即使是一位杰出的作家，他在小说文体方面也会有自己的偏好，在长、短不同的叙述结构之间，自己的作品，也定会有差别和高下。贾平凹无疑是当代长篇小说写作的圣手，他几十年如一日，十六七部长篇小说，已经赫然矗立于中国当代文学的崇山峻岭之巅。我感兴趣的是，他的短篇小说处于一种什么样的状态，他驾驭这种精致文体的时候，是否会如写作长篇小说那样，依旧“四两拨千斤”般地显示其大气磅礴、从容自如呢？

最近，我几乎阅遍他的所有中短篇小说作品，感受他的“短叙述”，体会他的布局、结构、语言句式和其如何掌控叙述节奏的变化，果然，我发现了他用力的方式和叙事姿态的腾挪，以及体式的变化，尤其是其短篇与长篇文字“间距”的浓密度、强度的细微差别。能够“引爆”他一个个完整而富于使命感的叙述的渊薮是什么？无论长或短，他的故事的内核，人物幽灵般的存在，是如何在文本中获得新的隐喻、象征以及新语义框架的？无疑，这是一个写作发生学和叙事学的问题，我对这个现象充满了兴味。

我曾遍访苏童、阿来、贾平凹三位中国当代作家的写作“出发地”，或者说写作“发生地”，这都让我更加意识到，他们写作的精神起源和物质“原型”之间，存在着一个无法分割的精神“气场”。苏童的苏州，还有那个“城北地带”和“香椿树街”；阿来的阿坝州马尔康的“梭磨河”；贾平凹商洛丹凤的“棣花镇”，它们尽管在文本中仅是一个叙事的背景，或者虚拟的叙述平台，但凡是有过体验的人，都会觉得这个实际的存在与文本之间，存有一种“神以知来，智以藏往”的默契和神光。我感觉，一个作家的写作是有一个“原点”的，这个“原点”决定着他想象的半径，而他们不同于常人的“异秉”，则使他们可能获得对历史或现实重要的精神解码。苏童仰仗江南诗意、诡谲的温湿的气息，生发出神秘的幽暗和飘忽；阿来的马尔康那条整日整夜奔腾不息的“梭磨河”，源头是苍莽的雪域高原，旷世的险峻滋生出的雄浑，依然透射出浩渺的气息。那么，贾平凹的商洛呢？并不高耸但奇崛的秦岭，有股扑面而来的鬼斧神工之妙，而几十年来，贯穿贾平凹文字里的“势”，游弋其间；山岭上的奇石怪坡，培育了他行文的奇崛和沉郁，面对贫瘠和荒寒的时候，他表达出的却是另一种沉重和沧桑。所以，一个作家早年生活的环境，会“无可救药”地伴随他一生的写作！地域环境与相应的人文状况，构成了作家挥之不去的独特气息，潜移默化地渗透在文字里，与写作者的志趣浑然一体，也就铸就了文本的个性和独特风貌。我十分赞同早逝的天才评论家胡河清以“全息”论的思维，审视作家的写作，对文本进行阐释。他当年所倡导的以“全息主义”视角阐释作家文本的文化学密码，现在看来，是颇有道理的。特定的写作发生场域，或者作家很长时期的叙述背景，在很大程度上，决定着一个作家对人类生命景观的描述能力。“从全息的角度感知生命，可以扫除某些附丽于生命本体之外的虚假表象，而直接接近人类灵魂的核心层次。”[1] 我们这样来揣度写作的发生，并不是要将作家的写作局限在“地域决定论”的樊篱之中，而是为了强调因地域性因素而生成的作家感悟生活和透视生命心史秘景的能力。中国作家的这种感悟，显然具有东方神秘主义的通灵性质。也许，好作家、杰出作家，都是通灵的，他一定是以一颗少有世故、没有功利和没有算计的心，体验、辑录并呈现生活及其存在世界的可能性。说白了，作家在文本里面所呈现的世界，也许就是在生活中与他的“貌离神合”之处。

三位作家对长篇、中篇、短篇的写作虽都很擅长，但又各有所长。在一定程度上，地域影响也许会决定叙述的格局、色调和节奏，却无法度量虚构的质地。其实，作家的叙事美学，主要还是源于作家的才情和天分，还有，与天分和才情相关的，是与地气的衔接能力、对往事和记忆的“再生”能力。而贾平凹写作的意义和价值，就在于他的“再生”能力。所以，他的作品，“既传统又现代，既写实又高远，憨厚朴拙的表情下藏着的往往是波澜万丈的心。他在灵魂的伤怀中寻求安妥，在生命的喟叹里审视记忆”[2]。

---

[1] 胡河清：《灵地的缅想》，第 204 页。

[2] 林建法，李桂玲主编：《说贾平凹 · 华语文学传媒大奖 · 二〇〇五年度杰出作家：贾平凹授奖辞》，辽宁人民出版社，2014 年，第 67 页。

二

前不久，在陕西几十年来几乎是最冷的一天里，我穿越了秦岭，去了丹凤，到了棣花镇。面对秦岭和丹江，远望“笔架山”，我拜谒了棣花镇中的两座古庙、魁星楼和贾氏老宅。我一下子连通起眼前的实物与贾平凹的文字，我喜欢探究作家的“写作发生学”，以往贾平凹虚构世界的山川草木、风俗人物，立刻在眼前晃动起来。两者虽说还不能“重叠”一处，但这块土地及其场景，竟然也唤起我自己的一种叙述冲动。我愿意猜想，在“现实”和虚构之间，究竟存在怎样的一种“玄机”和“众妙之门”，小说之法，或文字般若，对一个作家的经历和经验来说，它们相互间的作用力到底有多大？我不得不重视贾平凹小说中的诸多“原型”所给予他的创作力量。因为我坚信，一个真正的小说家选择写作，骨子里完全是某种自我命运的神奇驱使。

在棣花镇，在凛冽的朔风中，大作家贾平凹在我前面疾走的时候，我以为，他正是在他自己文字的密林里踽踽独行。他从一个小小的村落走出去，又不断地一次次走回来，以小见大，感知大地的苍凉与浩荡，人世间的有血有肉、纷纷扰扰、酣畅淋漓的万象，在他的穷形尽相的叙述中，毫发毕现。他对历史、现实、人性的叙述充满了张力，逻辑与无序、悖论与诡谲、简洁与浩瀚、偶然与必然，都在他小说的结构和故事里，呈现或隐匿着。而商洛、丹凤和棣花，就像是贾平凹写作的母体，他一刻也离不开这个母体，也一刻不曾离开这个母体。在这个巨大的“母体”里，他自己也像一个孕妇，不断地孕育出孩子般的作品。棣花，如同是贾平凹写作的坐标或中轴线，当年这里的每一个人、每一个物象，都与他的文本发生了新的关联，滋生出新的生机与活气。

> 人和物进入作品都是符号化的，通过象阐述一种非人物的东西……但具体的物象是毫无意义的，现实生活中琐琐碎碎的事情都是毫无意义的……这样一切都成了符号，只有经过符号化才能象征，才能变成象。[1]

如此说来，在贾平凹的记忆深处，已经有许多符号般的物存在着，但都处于一种没有“场”的静物存在状态，这些，一旦进入贾平凹的审视之域，一切就都变得富有生命力了。所谓“仰观象于玄表，俯察式于群形”，写作，就是一个作家选择一个角度，重新看待生命、生活和存在世界。“整合”生活和记忆，重新注解生活世界和人心世界的隐秘而复杂的关系，是作家创造新的世界结构的途径和方式。贾平凹一口气写了四十多年，我坚信，像《秦腔》《古炉》《商州》以及《黑氏》《人极》《油月亮》这类作品，没有像他这种对生活有过切身体验的作家，是无法写出来的。也可以从另一个角度说，许许多多有过这种体验的人，因为缺乏这种特别的想象力，也无法将这种体验转换到陌生的文本领域，重新构建丰富的细节和生活的结构。这个结构，是文本的结构，也是叙述所生产的新的世界的存在秩序。贾平凹的写作，之所以能够始终保持长盛不衰的状态，主要是因为他在构建一种人伦关系的时候，既不背离生活本身的逻辑，不随波逐流，同时又不忘记在

---

[1]　贾平凹、韩鲁华：《关于小说创作的答问》，《当代作家评论》，1993 年第 1 期。

写作中反思人的处境、人性的变化。尤其是，他对于人性、欲望在社会发生变革其间发生的裂变和错位，做出了超越社会学、政治学和文化的思索。

《黑氏》和《人极》，是贾平凹写于20世纪80年代中后期的两篇小说，有的选本把它定为中篇，有的将其归为短篇。关于中、短篇，通常，我们往往按字数来划分，三万字左右的作品可能被归入中篇，也可能被纳入短篇，实际上，这种单纯以字数来厘定的方法，很不“科学”。其实，中、短篇这二者的结构和体量相差无几，很难细分。我觉得，中篇、短篇与长篇小说的差别，关键还是应该从结构、布局，以及故事和人物的复杂程度、相互关系的变化来确定。西方文学理论在体裁上就没有中、短篇之分。因此，《黑氏》和《人极》，我都将其列入短篇的序列。我很想通过这两个短篇的结构形态和其蕴藉的自然之力，揣度和解析贾平凹小说中最具磁力、最敏感、最活跃的生命气息，在苍凉的生存图像里，捕捉到人性中最渺小、最无助、最惶惑、最脆弱的神经。早在20世纪80年代，贾平凹就曾经与一些搞创作的朋友聊：“几十年都叫嚷深入生活，但真正深入进去了，却常常叫生活把人吓住了。如果你敢于睁大眼睛，那么遍地都是小说。”[1]可见，贾平凹以往许多的经历或者“经验”，都成了他写作的“原始积累”，难以穷尽。他所需要的只是他在叙事中，建立一种贴己而独特的叙事结构。

[1] 孙见喜:《贾平凹之谜》，四川文艺出版社，1991年，第303页。

三

对于《黑氏》中的黑氏，我似乎爬梳出了最早的“出处”或“原型”。这个时候，我猛然意识到，往事记忆中的哪怕一点点情愫或者感念，都会在贾平凹后来的文字中爆发出无尽的灵感火焰。在这个女性人物身上，贾平凹潜意识中，流露出苦苦生存境遇中的“救赎”情怀。这个简单又复杂的人物，蕴藏着许多生存、命运、宿命和幽暗的玄机。可以推断，他在“救赎”黑氏的时候，实质上是在“救赎”自己的生命记忆。作家的这种“自私性”和“自恋”，在一定程度上，往往会构成写作的原动力。

> 忘不了的，是那年冬天，我突然爱上村里的一个姑娘，她长得极黑，但眉眼里面楚楚动人。我也说不清为什么就爱她，但一见到她就心里愉快，不见到她就蔫得霜杀一样。她家门口有一株桑葚树，我常常假装看桑葚，偷眼瞧她在家没有。但这爱情，几乎是单相思，我并不知道她爱我不爱，只觉得真能被她爱，那是我的幸福，我能爱别人，那我也是同样幸福。我盼望能有一天，让我来承担为其双亲送终，让我来负担她们全家七八口人的吃喝，总之，能为她出力即使变一只为她家捕鼠的猫看家的狗也无上欢愉！但我不敢将这心思告诉她，因为转弯抹角她还算作我门里的亲戚，她老老实实该叫我为“叔”；再者，家庭的阴影压迫着我，我岂能说破一句话出来？我偷偷地在心里养育这份情爱，一直到了她出嫁于别人

了，我才停止了每晚在她家门前溜达的习惯。但那种钟情于她的心一直伴随着我度过了我在乡间生活的第十九个年头。[1]

我相信，这是贾平凹的一段真实的经历。很难说清楚，灵感的火焰，会在哪一刻开始燃烧。我想，黑氏这个人物之所以写得这么好，原来是因为在贾平凹的记忆中，是早就有某种情结和积淀的。

我知道，贾平凹在成为小说家之后，正逐渐摆脱另一个“自我”，脱胎换骨、如释重负般地将自己内心最隐秘的情愫和惆怅，都转移或投射到小说中的人物身上，这并不是每个作家都自觉或不自觉地乐意追求的。《黑氏》中的木犊和来顺，在小说里完成了他曾经梦想的担当。虽然，木犊和来顺，都不是那个当年的贾平凹，但是，当年燃烧的激情在后来发酵，并浇筑成一个小说的结构，却并不是一件不可思议的事情。

《黑氏》这个小说，讲述了一个女人与三个男人的故事，讲述了她与他们婚姻、家庭和感情的种种纠葛。看上去，贾平凹似乎在表达乡村生活的苦难和艰辛——无论是男人还是女人，都生活在一个无法满足自身基本存在的环境里。其实，这里最重要的问题是，人在一个什么样的环境和状态里，才可以获得基本的存在价值，才有尊严，才是真正自由的；人的自由，在当时乡村这个古老、封闭、陈腐的禁锢中，能否成为一种可能。我们现在可以这样反思，贾平凹为什么在那个时候会写出这样一篇小说？这个短篇，在彼时的意义和在现在的价值，究竟有多大？这仍然是一个写作发生学的问题。我们现在清楚了，贾平凹绝对不是为了挖掘中国乡村的苦难而写这类小说的，而是他发现了一种真相，感受到了中国乡村里人的一种艰难的、长期的生存处境，

[1]　贾平凹：《五十大话》，人民文学出版社，2008 年，第 110 页。

人的灵魂状貌。贾平凹笔下的黑氏，也许是封闭、落后乡村很丑又极素朴的一个普通女性，但她丑陋而不粗鄙，有乡村女性才可能有的善良和细腻。她的倔强与软弱、她的纯粹和宽容、她的怯弱和困窘、她的智慧和风情，在一个两万多字的短篇小说里被呈现得无比丰沛、充盈。我以为，黑氏这个女性形象，是 20 世纪中后期以来，中国当代文学中少有的乡村女性形象，在她身上，多元的、异常丰富的元素尽显无遗。

> 黑氏稍稍充足的精神又消乏了，最害怕的秋雨到来，她坐在炕头上，看门前水滩里明灭雨泡。再往远处，是田埂，是河流，是重重叠叠的山。黑氏文化浅，不懂得作诗之类，但却全然有诗的意味，一种沉重的愁绪袭在心上，压迫着。她记起了在娘家做女儿的秋雨天，记起在小男人家的秋雨天，今日凄凄惨惨可怜的样子，心中悲哀怫郁无处可泄，只在昏昏蒙蒙的暮色下，把头埋在两个手掌上，消磨了又消磨，听雨点嘁嘁嘈嘈急落过后，繁音减缓，屋檐水隔三减四地滴答，痴痴想起作寡以后的事情，记出许多媒人和包括来顺在内的许多男人，觉得都不过一个当时无聊而一过去即难作合的幻梦罢了。

应该说，贾平凹是当代文坛中最早表现乡村女性情感丰富性、复杂性的作家。当破败的乡村日益复苏，生活不断发生变奏，贾平凹敏锐洞悉到，沉睡的古老乡土的生存方式、人的内在精神秩序、人们看待世界的方式，确确实实地在急遽发生变化。人的觉醒，或者说人的生命主体的自觉、自由，特别是女性生存意识的苏醒，才真正代表了乡村的苏醒，小说的叙述显示出一种新的现代文明，显示出人对自由、自觉与自然的向往。黑氏由无奈而压抑地接受传统、接受现实，到自主地听凭情感的召唤与木犊结合，最后与来顺私奔，对这样一个乡村女性，贾平凹在有限的篇幅里将其写得一唱三叹，令我们想起沈从文有关湘西生活的许多作品。在这里，黑氏的命运，彰显出 20 世纪 80 年代初期人的生存状态的贫瘠与荒诞。一个人在社会格局和世风发生转换的缝隙里，如风中芦苇，在匆忙突兀中显现出尴尬和无助。但是，这个小说最有力的结构和布局就在于，一个女人的命运，支撑或影响着三个男人的命运，社会和时代之变，通过一个女人的命运起伏，让我们感知它内在的沉郁和苍凉。

叙述，表现出有关生命、生存的一种无尽的苦涩和可怖的真实，道出了命运中各种偶然性堆积起来而出现的极其荒谬的场景。但是，它又符合存在逻辑和人性发展变化的结果，而这正是可能震撼人心的地方。

《黑氏》还表现出强烈的文体感和美感色调。叙述的语调始终是向下压的，乐观的性情愈来愈寡淡，而清冷、玄黑的色调，充斥在字里行间。整个叙述，悲苦的况味在不断地加剧，黑氏的命运和际遇越是明朗妥帖，人物的心理却愈发复杂和躁乱，人性始终处于一种被驱使的忧心忡忡的状态。黑氏的性情，渐渐由卑怯、“中和”，偏移向乖戾和张扬，直至一种只可意会的孤独境地。“先抑后扬”或者“欲擒故纵”这种叙事的路径，作为一种笔法，使人物和故事都充满了张力，体现出独特的中国叙事美学精神，这让我们真切地感受到贾平凹叙述的“法道”。孙郁在谈到贾平凹创作时，提及孙犁对贾平凹的评价，认为贾氏文脉的源头不在我们今天的传统里，而在其文字后面有古朴的东西[1]。

---

[1]　参见孙郁：《贾平凹的道行》，《当代作家评论》，2006 年第 3 期。

也许有人会觉得，这时的贾平凹，与沈从文、废名这些前辈作家相比较，叙述语境和情境，除了气势上的优势，在体味世界的眼光上还在低空盘桓，在审视人性的根本层面上，还没有彻底颠覆泛道德化的思想。只有在进入《废都》的写作时，他才从拘谨的思维中真正走出来。其实并不然，贾平凹在写作《鸡窝洼的人家》《小月前本》《天狗》和这两个短篇《黑氏》《人极》的时候，他已然具备了现代知识分子对旧式文人的自我冲撞之气。而不同于前辈作家以及同代其他作家的是，贾平凹的精神激流和心理走势，比他们更加富于担当的情怀，更加沉郁感伤，更加“向内转”，更能够在内心承受无边的苦涩和黑暗。那么，这一切的“发生”，也就决定了贾平凹小说叙事结构、语感、叙事情景的充分“个性化”。谁都知道，最初，贾平凹也是作为一位诗人开始写作的，但历史和现实的厚重，使他培育了自己“站高山兮深谷行”的素朴、谦卑之心。因此，他的文本也呈现出一种灵魂的担当，一种忘我的情怀。

从另一个角度看，短篇小说的力量，就在于它看似讲述的是一个简单的故事，往往依靠人物一味地推进情节，但在关键处，好的小说，一定是要停下来延宕情节。这时候的“延宕”，其实是作家试图在“扭转”生活。这种“扭转”，就是让叙述的方向，背离我们惯性思维的轨道。人物和故事，甚至细节，开始被作家的激情或冲动所覆盖。这恰恰是需要想象力的地方，在人物和故事之外，作家就是想要在这里另外告诉你别的东西。贾平凹的短篇小说，充满独特语感、有意味的地方，就是从这里开始的。因此，《黑氏》和《人极》这两篇小说，有许多叙述的关键处，无论是人物还是细节，都有着更大的负载和隐喻。这种负载，莫不如说就是情怀的赋予。

《人极》写于1985年。写这篇小说的时候，正是贾平凹对“商州”

的故事浸淫最深的一段时间。无疑，“商州”是他认识世界的法门。“不能忘怀的，十几年里，商州确是耗去了我的青春和健康的身体，商州也成全了我作为一个作家的存在。我还在不知疲倦地张扬商州，津津乐道，甚至得意忘形。”[1] 实际上，对他而言，商州早已不是行政区域的商州，它已经完全是文学意义上的商州，它是一个载体，这里雄秦楚秀的地理环境和文化气息，使贾平凹沉溺于幻想之中难以自拔。

《人极》这个小说，也是写一个男人与两个女人的故事，仍然是以20世纪六七十年代的中国乡村为背景。在这里，贾平凹极写西北乡村的饥馑、荒凉和粗鄙的原态，但却写出了世道人心，写出了生活暗流中的浮生，写出了极其善良、朴拙、倔强的性格。在一个“商州大旱，到处田地龟裂，庄稼歉收，出门讨要的人甚多”的乱世光景中，主人公光子，先后与白水和亮亮的遭遇、婚姻故事，既富于传奇性，又带有神秘感。这篇小说曾被“划归”20世纪80年代的“乡土小说”。这也似乎没什么不妥，我想，贾平凹写作这篇小说的初衷，似乎还要单纯许多。尽管小说涉及“卫刘总队”“平反昭雪”“上访”一类时代政治的背景，但是，强大的乡村和乡土原生态的生存状况，人伦关系，人性的粗暴和刁蛮、温暖与敦厚，杂糅在乡村的复杂浑浊的民间荒漠之中。在《人极》这个单纯、简洁的叙事结构里，可怜、困苦、孤独的乡民，羸弱、无奈、哀哭，清寂、灰色的人生和命运，盘根错节般在乡土虬龙状的历史根须中交织着。光子、亮亮和白水，三个人的命运、身世，在大的时代和历史烟云中，像浮萍，像秋叶，随波逐流，或随风而去。亮亮欲逃离“政治斗争”的旋涡，结果自己却撞进了生活的险滩；白水是想

[1]　贾平凹：《五十大话》，第200页。

要逃离不幸婚姻的牢狱，而人性的执拗、坚执，在乡村的封闭、世俗和愚昧中则被彻底窒息。也就是说，在这样一个时代，就连“苟活”甚至也成为一种巨大的奢求和幻想。乡土也好，乡村也罢，尘埃中都裹挟着生命无尽的苦涩。在当代，绝少作家像贾平凹这样，能本能地在文字里，透视出现实生命存在的无限哀凉。我们在贾平凹的这则叙事里，虽然还看不出作家到底有多大的主体自觉，尤其看不出生命和个人如何进入庞大的历史陀螺，但是，他的“以人为本”的人本主义叙事伦理，已占据那时贾氏的现实主义的精神坐标。因此，与《黑氏》的叙事色调相同，《人极》所显示出的黑色、清冷、孤寂的“商州美学”，已经在这类短篇小说里渐显微芒。关键是，我们在一个短篇小说里所看到的、感受到的文本的内在能量，同样是奇异、丰厚和富于魅力的。

四

我之所以选择贾平凹写于二三十年前的“旧作”来考量他短篇小说的结构、叙事和人物的生命力，一是想印证贾氏小说被“重读”的可能性和价值所在；二是想进一步发掘贾平凹小说本身所具有的强大的“原生”力量。究竟是什么力量，造就他持续写作四十余年，且经久不衰？尤其是在这种二三万字的短篇结构里，他一上手就显示出整饬生活“碎片”、把握人性纠结、处置荒诞的艺术加工能力，以及超越历史、现实和叙述对象的天分。我们还可以由此推断，一个作家在处理短篇结构和长篇结构时，他是如何仰仗生活的底蕴、精神的定力，在有限的篇幅里，感应、整合、深化经验等诸多元素，完成对生活世界的认识与重构的。还有一个一直深深缠绕我的刻骨铭心的问题：现在，我们在贾平凹早期的小说中所看到的现实，如今，已经被证实是一个强大的存在或者可能，那就是中国乡村的未来并不乐观，或者说，中国的乡村正在失去未来。任何一种未来，都需要一个精神的、心理的、灵魂的纵深度，而中国的乡村却没有自己的纵深。另一位中国作家阿来的分析，颇具理性地阐释了乡土或乡村的悲剧性存在：“中国大多数乡村没有这样的空间……在那些地方，封建时代那些构筑了乡村基本伦理的耕读世家已经破败消失，文化已经出走，乡村剩下的只是简单的物质生产，精神上早已荒芜不堪。精神的乡村，伦理的乡村早就破碎不堪，成了一片精神荒野。”[1] 在这个荒野之上，可能会有更多苦涩的黑氏、白水和亮亮，涂抹着乡村冰冷的色调。可见，三十年前，贾平凹就已经为今日的乡村构建了如此哀婉的图景。

当然，我们在贾平凹后来的创作中，在《秦腔》《古炉》《带灯》和《极花》等更阔大的叙事中，看到了中国乡村衰败而孤独的现实。时间和空间，现实和梦想的边界，已经被肆意地突破了。也许，历史本身就只是一个遥远的回声，现实本身也常常是剩余的隐约背影。

由此，我们会为我们的乡村感到无限的惆怅，哀伤。

[1] 阿来：《看见》，第 253 页。

逝川上到底有多少条“泪鱼”

——迟子建的两个短篇小说

一

在20世纪80年代开始写作的作家中，迟子建是为数不多的没有“混迹”在某个潮流里的作家之一。三十多年来，文学史和评论界几乎没有办法将她划进某种“类型”，无法以一种个性化的“命名”来界定她写作的风格。这样，也许她更能够感觉到自己周遭没有光环闪耀的那种自由、没有束缚和羁绊的快乐，这反而让她增加了许多自省和反思自己的勇气。因此，她虽然没有特立独行的样态，却富于大气洒脱的气度。她常常“心在千山外”，用心捕捉“废墟上的雄鹰和蝴蝶”，借着时间的行走，呈现对世界的伤怀之美。

迟子建写出她的成名作《北极村童话》的时候才二十多岁。其实，在一定程度上，这篇小说，决定了此后相当长一段时间里迟子建写作的美学方向。说是“童话”，其实内里蕴藉着的，却是成熟的、不可复制的一种“成人经验”。辽阔的东北边域，一个大北国小女孩对生老病死、离情别意的感知和细腻体悟，过早地越过了“懵懂的萌”的边界，仿佛直抵冰雪封满的旷野，自觉地走向一种神性的存在。此后，我感到，这个小女孩的身影，隐隐若现，一刻也不曾离开过迟子建的文字和叙述。“她受童年经验这一先在意向结构的影响，作品中也就更多温暖底色。”[1] 无论是在迟子建的长篇小说中，还是中、短篇文本中，这个“意向结构”如影随形般地幻化成故事、人物和情节密林中的精魂，也在冥冥之中引导着她寻找和发掘存在世界里的神性，她文字中总是飘忽一股淡淡的忧伤。神性，构成了迟子建写作的重要精神内核之一，这也使得她呈现出女性作家鲜有的气韵、气度和风骨。叙述的虚实相生之中，诗一样的真实情愫，丝丝缕缕地流淌出来，浸漫黑土地；真实心灵的镜像，也衍生出独一无二的湍急的生命洪流。这些生命的洪流中，涌动着迟子建记忆中的山川河流、日月星辰、房屋、牛栏、猪舍、菜园、坟茔的色彩和气韵，还裹挟着人性的温暖或者孤寂。的确，“她的小说写的是她个人的心灵景象，所以他人无法重复，而她自己也不需要重复他人。”[2] 也就是说，神性萦绕着心灵的景象，形成贯穿迟子建写作始终的精神结构——灵魂意象。就是这样，童年的经验和独特的地域——这一片充满了灵性的土地——熏染，以及激情和才气，决定了她作品的一切基调。

的确，“大约没有一个作家会像迟子建一样历经二十多年的创作而容颜不改，始终保持着一种均匀的创作节奏，一种稳定的美学追求，一种晶亮的文字品格。每年春天，我们听不见遥远的黑龙江上冰雪融化

[1] 刘艳：《童年经验与边地人生的女性书写——萧红、迟子建创作比照探讨》，《文学评论》，2015 年第 4 期。

[2] 张红萍：《论迟子建的小说创作》，《文学评论》，1999 年第 2 期。

的声音，但我们总是能准时地听见迟子建的脚步。迟子建来了，奇妙的是，迟子建小说恰好总是带着一种春天的气息。”[1] 作为同行，同时代作家的苏童，还在这篇题为《关于迟子建》的文字里回忆了他当年在北京师范大学求学时，在阅览室第一次读到《北极村童话》时的感受和喜悦：“神童不仅指的是男孩，也有女孩子是神童。”显然，这是一位杰出的作家对另一位杰出作家的脱帽致敬，当然也是才情与才情的惺惺相惜。而我们在充分阅读迟子建的大量文本时，也深深为她作品的精神力量所折服。数年来她作品的“容颜”及其“颜值”，丝毫没有逊色，最重要的原因，我想，除了神性力量的驱使，还有她对生命、生活饱含激情的表达愿望。

> 因为生命的激情是那么捉摸不定，它像微风一样袭来时，林中是一片鸟语花香，但它在我们不经意间，又会那么毅然决然地抽身离去。它虽然离去了，但我们毕竟畅饮了琼浆！在经历了生活的重大变故后，我为自己还能写出这样有激情的作品而感到欣喜。[2]

有激情，才有叙述，才有创作，才会有与众不同的惊人发现和表达。正是激情的存在和保持，才使得迟子建富于才情的叙述，像四季一样，在最适宜的时候，让具有强大艺术生命的脚步，极其自然地如期而至。其实，对于一个作家，才情和激情是多么的重要，因为只有这种富于才情和激情的写作，才有可能创作出杰出的文本，特别是在

[1] 苏童：《关于迟子建》，《当代作家评论》，2005 年第 1 期。

[2] 迟子建：《我能捉到多少条“泪鱼”》，《当代作家评论》，2005 年第 1 期。

我们这个喧嚣和浮躁的年代。

如此说来，迟子建主要是依靠才情和激情写作。但是，从文本方面看，童年经验在内的生命体验和经历，对于她后天持续三十几年的写作而言，无疑占据重要的地位。而更重要的，当然还有迟子建一如既往的勤奋。毋庸置疑，她的长篇、中篇和短篇小说都好，但在这三种文体的作品中，她的七八部长篇，在当代长篇小说的写作中一直占据着相当的高位，但相比较而言，我还是最喜欢她的短篇，其次是中篇。可以说，她的短篇小说，不仅在相当大的程度上表现出最有魅力的激情，而且，恰到好处的叙述控制力，也使得故事和人物获得了最大的正能量。“短篇小说最重要的一点就是对激情的演练。故事里凝聚着激情，这故事便生气勃勃、耐看；而激情涣散，无论其形式多么新颖，也给人一种纸人的单薄感。”[1] 也许，短篇小说这种文体，更符合迟子建那种舒展而沉郁的才情和性情。她自己对短篇小说的确是情有独钟：“我觉得要想做一个好作家，千万不要漠视短篇小说的写作，生活并不是洪钟大吕的，它的构成是环绕着我们的涓涓细流。我们在持续演练短篇的时候，其实也是对期待中的丰沛的长篇写作的一种铺垫。”[2] 尽管迟子建像许多有远大艺术抱负的作家一样，都渴望在自己的写作生涯中留下纪念碑式的长篇杰作，但是她对短篇小说的理解是尤为深邃的，她显然十分清楚短篇小说的价值和意义，她写短篇小说，一定是源于激情的推动，是源于一个作家的“沧桑感”：“激情是一匹野马，而沧桑感是驭手的马鞭，能很好地控制它的‘驰骋’。”[3]

[1] 迟子建：《与水同行》序，中国青年出版社，2002 年。

[2] 迟子建：《我能捉到多少条“泪鱼”》，《当代作家评论》，2005 年第 1 期。

[3] 转引自林建法主编《2007 年文学批评》，春风文艺出版社，2008 年，第 254 页。

在这里，我非常看重迟子建的“激情”与“沧桑”。那么，迟子建的小说是“如何激情，如何沧桑”的呢？说迟子建的小说富有“沧桑感”，一定要先去考量它里面的人物和故事，迟子建的小说中无论少年、老年，男人、女人，仿佛都被凛冽、料峭的岁月寒风冲刷过，涤荡在命运之舟中的人性、苦难、温暖和荒寒，都从人物内心的褶皱中挤压、渗透出来。用苏童的话来讲，就是“迟子建小说的构想几乎不依赖故事，很大程度上它是由个人的内心感受折叠而来，一只温度适宜的气温表常年挂在迟子建心中，因此她的小说有一种非常宜人的体温”。[1]体温，在我看来，是凝结并代表着迟子建心灵方向和精神内核的一个情感“坐标”，这个恰切的体温，使她对外部世界的感受、惊悸、隔膜、焦虑和疑惑，都神奇地转换为大气磅礴、包容万象的宽厚和从容。有了这样的温度感，才会对世间万物、斗转星移、天地变化、草木人生以及人类困境心有感慨万端之情，才会产生内在的纠结，才会有撕裂感、疼痛感，才会萌生“为天地立心，为生民立命，为往圣继绝学，为万世开太平”的信念，真诚地投入情感，悉心地对待自己的文字，也才会生出为人、为文的大境界。或许，这就是所谓的沧桑感吧。这实在是一个作家最难修炼的境界，迟子建始终也是在朝着这个方向努力着。这样，激情、沧桑感、体温，在生活和文字面前，构成了不竭的勇气、力量和宽柔的灵魂质地，也构成了迟子建小说最内在的心理机制、叙述格局和美学气韵。正是这样一种气魄和胸怀，使得迟子建的写作绵长而畅达，悠远而深邃。

---

[1]　苏童：《关于迟子建》，《当代作家评论》，2005 年第 1 期。

二

这里，我想以迟子建的短篇小说《一匹马两个人》和《雾月牛栏》为蓝本，揣摩和探寻迟子建短篇小说写作的精神和艺术堂奥。无疑，它们是我在重读迟子建近些年的短篇小说之后，挑选出的我倍加喜爱的两个短篇。从这两个短篇中，我体味到迟子建写作的内在驱动力，和她对短篇小说这种文体真正的钟爱，也充分体会到迟子建短篇小说具有极大艺术魅力的重要原因。

在谈到短篇小说《逝川》的写作时，迟子建认为自己的短篇小说，就像是从逝川那条河流上打捞上来的一条条不同寻常的“泪鱼”。

在《逝川》里，迟子建写了一条有生命的河流，也写了一个一生都在守望这条河流的老女人吉喜，简洁地描述了她平凡而浩瀚的命运。逝川完全是迟子建虚构的一条河流，逝川上有一种会流泪的“泪鱼”，当然这也是虚构的。我感觉，迟子建试图通过写一个人与一条河流之间的关系，写出一个有力量的出色的女人及其不屈而不竭的命运。仔细想想，吉喜就像是一条饱经沧桑、不停地与命运抗争的“泪鱼”，她一生不曾有过任何惊心动魄，不曾有什么梦想和奢望，只是在阿甲村年复一年的捕鱼生活中，勤劳朴素地存在着，静静地等待，静静地收获。

> 我现在觉得，短篇小说，就像这些被打捞上来时流着珠玉一样泪滴的“泪鱼”，它们身子小小，可是它们来自广阔的水域，它们会给我带来“福音”；我不知道未来的写作还能打捞上多少这样

> 的泪鱼，因为不是所有的短篇都可以当“泪鱼”一样珍藏着。但我会准备一个大箩筐，耐心地守着一条河流，捕捉随时可能会出现的“泪鱼”。如今在这个箩筐里已经有一些这样的鱼了，但它还远远不够，但愿真正的收获还在后面。[1]

贾平凹曾经在一部作品的《后记》中谈到，作家与一个故事或者一部作品之间的关系，就是一种宿命般的相遇。那个故事，那些人，其实早就在天地间存在着、等待着，作家不过就是极其用心地将它们记录下来，它并非作家高明的杜撰和表现。能够看出，贾平凹的这种感悟，一方面显示出作家的自信，另一方面体现出作家内在的谦卑。这种说法，于作家与一个短篇小说的关系而言，似乎更为贴切和吻合。这就是写作中的耐心等待，并且适时地、认真地去下水捕捞。

我一直以为，短篇小说《一匹马两个人》，应该是迟子建的这个文学箩筐里已经捕捞上来的“泪鱼”中最好的一条，我认为它仍标志着迟子建短篇写作的一个高度。

人类生存于苍茫无限之域，人性是复杂的。而我们对人自身的认识，却总是处于某种有限的维度之内，这个维度之外的一切对于我们来说，其实是一片茫茫的黑暗。人们如何发现、发掘那些需要认识的未知领域，尤其是如何洞悉、体察人性的幽暗和宿命的历史，在这里有着无数条途径，但文学的方式，也许才是最容易切近真实、切近灵魂的。所以，米兰·昆德拉说，要“发现唯有小说才能发现的东西”，这意味着小说被赋予了独特的使命。而且，这里面还蕴藉着另一种意味，这

[1] 迟子建：《我能捉到多少条“泪鱼”》，《当代作家评论》，2005 年第 1 期。

就是这个世界上还有许许多多的非小说而不能发现的东西，倘若没有了小说，有些事物和人性的面貌，就将会永远隐遁于黑暗之中。那么，发现世界和人的复杂性、丰富性和真实状态、样貌，以此揭示一个时代和人性的秘密，则构成了小说的崇高使命和写作伦理。尤其是，如果想进入一个生命个体的内心，捕捉和勘查人的命运史、生活史，包括社会集体性的茫然，唯有文学叙述才能涂抹或篆刻出存在的多种可能性。

《一匹马两个人》是一个并不复杂的故事。但是，迟子建却在这个并不复杂、简洁故事的叙述中，写出了一家人及其一匹马的命运和生命的历史。叙述，让人的命运和马的命运，无法摆脱地交织在一起。生和死，也似乎都是在一个普普通通的瞬间开始或者结束。表面上看，这个故事也算不得神奇，迟子建在不动声色地叙写一个普通农民家庭的两个朴素、勤劳的老人（老头和老太婆）无足轻重的日常生活时，写了突如其来的意外变故。他们先后因为意外的情况不幸离去，在此之前，他们的儿子因为与邻里的家庭纠纷，两次犯强奸罪两度被判刑入狱。我们看到，主人公和他们的儿子，与那匹老马一样，在这个文本里都没有自己的名字，儿子这个角色在文本的叙述时间内几乎没有出现，替代他的实际上是那匹马。马，在很大程度上，已经成为这个故事的一个真正的主角。它承载的早已不是一匹马的功能，在人与马的关系上，马向人的生活显示出一种异己的、陌生的力量，它甚至平衡着人的无法掩饰的内心的波澜万状。在这里，有一个重要的细节，仿佛箴言般道破了宿命的天机，他们的儿子九年后出狱又第二次案发后，回家抱着老马说：“你帮我给他们送终吧！”以往，他曾经对马倾诉了许多，但这一句话却是马听懂的唯一一句话。于是，马开始在一种神秘力量的支配下，加入这一家人的生活中。设若没有这匹马，叙述或许终将无法进行。而老头和老太婆死后，的确又都是这匹老马依照他们的强奸犯儿子的“嘱托”，完成对老夫妇的“送行”。在字里行间的平静状态里，蕴蓄着生死的波澜，因为一切事物都仿佛颤抖在其他事物的边缘，人与马唱响了生与死的奏鸣曲，凛冽、苍凉而悲壮。我们会注意到，迟子建笔下的这三个主要人物和一匹马，都没有自己的名字，而那几位“次要人物”却都有各自的姓名或者称谓：王木匠、薛敏、胡裁缝。这一点，似乎是在有意颠覆固有的小说理念。谁是生活和叙事的主角？一个生命和另一个生命，在天地之间究竟有什么巨大的差别？实际上，人物的符号功能完全取决于作家叙事的重心，在一个短篇里，每个人物都对叙述有着推动的作用，在这个小说里，我们就很难说王木匠和薛敏内心所承载的精神负荷，比这一对老夫妇要轻许多。迟子建并不醉心去表达苦难和伤口，她悲天悯人的情愫，都是在对人和事物的细致认知中丝丝缕缕地渗透出来，其实表达生活的艰辛、人物的忍辱负重、人的尊严，才是她最用心用力把握和建立的叙述方向。王木匠和薛敏一样，也都在以自己的方式寻求和建立自己的尊严。可见，这个小说虽结构简洁，但精神容量却很大，许多人物的心理图像，在若隐若现中渐渐地生成内在的力量，并深入到人的灵魂层面。

我在想，迟子建为什么要讲述这样一个故事？这不仅是呈现一家人的处境、三个人和一匹马的遭遇，小说写的是整个底层社会人的生存状况，以及他们的生和死。而且，她更想探寻人最根本意义上的爱、真和美的渊薮。所以，这其中有善良和爱、有快意仇恨、有生死荒凉，还有，少年对性的蒙昧和生性鲁莽、愚妄，这些，在平静的叙述中绵密地交织在一起，才使小说具备了丰沛的生命力。于是，就连这匹老马也具备了神性，具备了温暖性，甚至与人一起进入一个同悲同心的状态之中。唯有马的加入，才使叙述裹挟着神性，写出造物主设置的大千世界的神奇。这实质上是迟子建以温和的心境，尽量地看取人性的真与善，努力去消解、控制恶之膨胀的美好愿望。是的，面对无奈、难解的现实困境，迟子建找到了一个无限的生路——自然的、神性的建立。即使是对老夫妇儿子，迟子建也没有将其逼入大奸大恶的死角，而是展示他最后的哪怕一点点的柔软，让他内心仍有泪水、仍有忏悔。那么，小说中人物性格或欲望的张力，也就由此而生发出来，凸现出真实的、顽强的生命气息。“文学写作本身也是一种具有宗教情怀的精神活动，而宗教的最终目的也就是达到真正的悲天悯人之境。”[1] 可以说，对于每一位作家而言都可能是这样：写作本身就是最大的“宗教”。

三

我们会注意到，迟子建的大量小说中，都很少刻意地设置隐喻。这与她一贯不那么过于关注小说技法和叙事的形式感有一定的关系。也许，她十分清楚，在她的小说里，故事和人物的主宰力量是异常强大的，创作主体赋予人物的是更加无所畏惧的、“倔强”的存在感。或许，是因为她所描述的情节更具有一种强烈的“仪式感”，它从整体上抑制了有关生命和存在世界的隐喻性延展。就是说，迟子建更相信生

[1] 迟子建、周景雷：《文学的第三地》，《当代作家评论》，2006 年第 4 期。

活和生命本身的力量。进一步说，一个时代、一个社会的生活中，人与人的种种关系，包括血缘伦理关系，在社会学、风俗学、伦理学或者美学的层面，如何去把握和阐发，其实是一个十分艰巨和困难的话题，作家的责任和使命，就是超越一般社会学、民俗学等层面，进入到精神和灵魂的境地，发掘诗性和神性的文化光泽。而短篇小说《雾月牛栏》，更是因着迟子建的小说理念和艺术感悟、对某种“生存的仪式”所进行的更具有象征性的书写，表现出的生命伦理意义和强烈的宗教情怀，将我们引向对生命、生死更大的缅想。我想，这篇小说应该是迟子建早期短篇的经典篇章。

如果说《一匹马两个人》是一个关于人与马的故事，那么，这篇《雾月牛栏》则是描述人与牛的故事。如果回溯一下就会发现，在迟子建的小说里，出现最多的除了故乡的亲人，就是那些从她的脑海里挥之不去的动物，而且这些动物、事物在她的故事中经久不衰，坚韧有力。《逝川》中会流泪的鱼、《北极村童话》里那条名叫“傻子”的狗、《鸭如花》中那些如花似玉的鸭子，还有这篇《雾月牛栏》中的牛。这头牛生于雾月，初次见到阳光，怕自己的蹄子把阳光踩碎而小心翼翼地蜷缩着身子走路。我们感觉到，迟子建从这些动物身上，领略最多的也许是那种随遇而安的平和与超然，她相信万物皆有灵，她与它们之间有着难解难分的情缘。因此，它们一旦进入迟子建的小说，就会使她在写作中洋溢着一股丰沛的激情，她甚至觉得，这些风景、动物比人物更有感情和光彩。我坚信，只有这样热爱一切生命的作家，才可能写出富于神性的、宽柔的大作品。

我感觉在这篇小说中，迟子建几乎是将这牛当作人来写的，少年宝坠则是被她当作牛一样来描述的。在这里，人与牛共同完成了从出生到死亡的灵魂涅槃的过程，仿佛生和死在短暂的时空内进行了交接或永恒的轮回。一个生命对另一个生命的理解、一个人自身存在的最隐秘的心像、关于爱和忏悔的记忆，都在这浓浓的雾月里升腾、显现出来。宝坠在夜里醒来时无意间看到继父与母亲之间的性爱，引起继父的恐慌。白日里宝坠好奇地诘问继父，引起继父的恼怒而失手将他打昏，致使他丧失部分记忆，从此沦为一个弱智儿童。继父在无限的愧疚中积郁成疾，其强壮的身体也每况愈下，日趋羸弱。从事发到死去，继父对宝坠倾注了全部的父爱，但已经无法弥补、改变悲凉的现实。宝坠这个永远伤残的生命，已经无法感知继父的无限愧疚和慈爱，往昔的记忆像雾中的牛栏，横亘在亲情和伦理的河流之上。

> 那一夜宝坠听着牛反刍的声音，再一次竭尽全力回忆这声音里曾包裹着什么重大事情。他想得脑袋发麻，可回忆的周围仍然是森严的高墙，难以逾越。他又打开灯去看那道白桦木的牛栏，漆黑的树斑睁着永不疲倦的眼睛望着悬在它身上的梅花扣。他的回忆缥缈如屋外的白雾，暗无天日。宝坠发了一会儿呆，然后望着睡态可爱的卷耳。他对自己说：“和牛过得好好的，想那些不让我想起的事情干什么！”
>
> 宝坠关了灯，睡了。他的睡眠没有梦，因而那睡眠就干干净净的，晶莹剔透。

死亡的气息在这个混沌的季节里弥漫，一切好像都隐匿在梦境般、凝固的僵死记忆中。宝坠的命运在一个极其偶然的瞬间，迅即掉进了“黑洞”，改变了方向，他的作为一个人的成长之路遭到突发性的、暴力的阻断，开始顺着一头牛的道路向迷茫的方向伸展。实质上，原本天真的宝坠差不多也变成了一头牛，尽管他思维的基本维度，还部分地徜徉在某种似是而非的疑惑之中。这是一个人物的悲剧，而这个悲剧恰恰是继父造成的。从此，“他的睡眠没有梦，因而那睡眠就干干净净的，晶莹剔透。”没有梦想的生命，无疑是人生最大的悲剧。残缺的生命，无力回天，来自亲人的毁损就这样使一个孩子沉陷在宿命般的“干干净净”的悲剧中。

而继父的生命形态，也从此滑向死亡的谷底，这同样也是一个人的终生悲剧。这个男主人直到弥留之际，都以满载的亲情，背负着一个成年人的道德自责和羞耻感，这无疑是一次生命最惨烈的灾难，一次永远无法救赎的最后旅程。也许，迟子建最后无奈地“虚设”了母牛的一次生产，给这个残破的家庭带来一份朴素的温暖。这是一个有责任感的作家必须要叙写的，迟子建一定不会遗漏这份珍贵的柔软。

我在想，迟子建要表达的关键处，是当一个人应该具有的力量丧失之后，他的无奈、无力的承载，究竟还有多大的道义上的、伦理上的，甚至灵魂上的意义和价值。迟子建从不避讳自己在作品中呈现死亡时的平静与坦然，她的文字渗透出的永远是作家品格的坚韧、心态的安静与祥和。令我们敬佩的是，她不只发现人的生命及其灵魂里每一根细若游丝的白发，而且，充分地尊重和珍视人性中可能有的缺憾和丢失，甚至遗弃、毁损。“即便面对突袭而来的生命风暴，作家心底早已有之的伤逝情怀也能缓缓地对所受的重创有所解释和平复。”[1] 迟子建一直以

---

[1] 施战军：《独特而宽厚的人文伤怀——迟子建小说的文学史意义》，《当代作家评论》，2006 年第 4 期。

来的写作精神美学，是既不把西方现代主义的所谓“深度模式”奉为圣典，也不愿让自己背负东方神秘主义或古典文化传统的包袱，对于生命、死亡、苦难、善和恶，以及爱恨情仇，她在写作中从不以文字暗示、引导、阐释其哲理或宗教，而是实实在在地顺应一种生命的气理，叙写忠实于生活和生命真实形态的人生，从人性的意义上写出他们的个性和光彩。我们看到，这种独特的艺术追求和人文情怀，始终伴随着迟子建三十余年来的文学写作。她平静地讲述悲剧，并且试图从容而顽强地在悲剧中复活生命的温度。也许，这应该是一个杰出作家一生的追求。

我们知道，时至今日，迟子建仍然在不停地“打捞”，打捞小说的“泪鱼”，打捞有关自然、生命和历史的记忆。她将永远会打捞下去。而《一匹马两个人》和《雾月牛栏》这两个短篇小说，是我喜爱的两条珍贵的“泪鱼”。我热爱它们，所以，我将它们永远放在有活力、有养分的阅读的器皿里，让它们在我文学的心海里，不停地畅游。

一个人不明白的一生

——林斤澜的几个短篇小说

汪曾祺说，有的作家自以为对生活已经吃透，什么事都明白，他可以把一个人的一生、来龙去脉、前因后果，原原本本地告诉读者，而且还能清清楚楚地告诉你一大篇生活的道理。其实人为什么活着，是怎么活过来的，真不是那么容易明白的。我想，汪老的意思是，作家可能没有那么大的本事，能在小说里无所不知，把人物和故事讲述得极其清楚，即我们所说的“全知全能”。也就是说，作者有时候是硬撑着，现在看来，全知全能，不仅是一个叙述视角，它其实是一种叙事态度。

许多人都说，林斤澜的小说不好懂，林斤澜自己也说：“我自己都不明白，怎么能让你明白呢？”[1] 那么，如此说来，一个作家写作的态度，可能主要就有三种：一种是他可能“自以为是”地告诉你一切——他知道的以及并不知道的，对于他不清楚的那部分，他往往采取虚构来补足，也就是装作明白；另一种是对于他想不清楚，没有搞清楚的，他就“搁置”它们，这就是林斤澜自己说的，“自己都不明白”，也就没有办法让读者明白，可以说这是真不明白；还有一种，作家是有意不让

---

[1] 汪曾祺：《林斤澜的矮凳桥》，程绍国《林斤澜说·代序》，人民文学出版社，2006 年。

读者明白，作者写的是什么，他心里非常清楚，但故意闪烁其词，云山雾罩，扑朔迷离。

林斤澜的短篇小说，究竟属于哪一种呢？我感觉主要是第二种和第三种。就是说，他明白的，有时写得明白，有时却故意不写明白；他自己不想彻底明白或没有搞清楚的，也就随它去了。无论是聪明的读者，还是憨厚的读者，都要在林斤澜的叙述道场里用心用力地折腾一通，才可能试探出究竟。那么，是林斤澜先生存心如此，刻意制造阅读障碍吗？看上去也不是。

仔细想想，小说家的使命是什么？他对自己的叙述，或者说，他对自己所创造的文本，究竟应该承担什么样的责任？对于一个作家的内心与文本间的内在关系，应该怎样判断和测量？哪些叙述是自觉的？哪些想象和描述具有强烈的不可遏止的虚构性？这个话题其实是非常复杂的。既涉及作家的审美观，也牵扯到作家的世界观。

我们还是结合具体的文本来看。

《溪鳗》和《丫头她妈——矮凳桥没有名字的人》是林斤澜比较早的两个短篇。这两个短篇像是姊妹篇，几个人物之间联系密切，相互缠绕。故事看上去很淡，却有很大的蕴涵。而《溪鳗》就像是前面提到的，介于第二种和第三种之间的写法和形态。写法上，既想让人们看懂个中滋味，却又不会轻易让人揣摩出内在的真正寓意和玄机。其实，这一点，对于叙事具有极高的要求，需要智性和技术渗透在里面。

《溪鳗》只有万余字，却几乎要写出两个人的一生。三十余年的人生，在几个情节和细节的闪回中，隐隐若现。我认为，林斤澜在这个小说里所要采用的，是一个“既是又非”的结构。这是一个由“是”与“非”虚实相生的隐性结构，令文本飘忽缭绕，含糊又明晰，许多意蕴杂陈其间。整体上看，作家到底要告诉我们什么，还真的无法一下判断出来。作家表达得也并不清晰，他明显是有意让我们陷入一种迷惑之中。整个文本，就仿佛一个多谜底的谜面。袁相舟本是溪鳗一家的邻居，作者就借了他一双眼睛，来看溪鳗一家的生活状态，并且让他帮助作家去回顾这对夫妇的来龙去脉，让我们在虚实相生的场景里，触摸到生活最真实的柔软和坚硬。溪鳗这个女性，与一个祸不单行、不断倒霉的镇长之间，究竟存在着怎样的关系？作者一直不明说。溪鳗在选择一辈子照料这个瘫子镇长的时候，到底下了多大的决心？林斤澜通过一个小镇的平凡女人，是想告诉我们什么？故事讲述得简洁而平静，踏实而细致，其间，作者有意省去许多应该交代的“关键词”而留白一片。比如，孩子究竟是谁的？这个镇长接二连三的倒霉，包括莫名的“瘫”下来，都没有细说原委，但我们却能够从中感知到，些许时代风云在小镇的隐隐振荡，镇长个人命运的起伏跌宕，都成为叙述中故意隐藏的一些秘密。

溪鳗的“能”，与倒霉镇长的“衰”，被反差极大地呈现出来。溪鳗这个人始终处于平衡的状态，镇长却一直是“失衡”的，向下走的。开始的时候，两者的关系，是貌似“对峙”的状态，接着则是若即若离的，再后来便是胶着的。这种“胶着”，还暗含些许命运多舛的无奈和冷寂，涩涩的，泛着隐隐的凄楚。也许，人与人之间就是在一种不平等、不平衡的状态里，才明白更多的人生况味。

林斤澜在写作时，对社会现实、伦理、家庭、风俗和性，似乎都有许多处心积虑的思考。在他的小说里，所谓“主题”也必定是多元的，没有明显确定的指向。而且，它的呈现，是“浅尝辄止”，点到为止的。这种“浅尝辄止”，就是作者对故事和人物的叙述，都有“保留”

和“预留”。人和故事不断有“机变”“空缺”和“留白”，即便没有“险象环生”，也会有柳暗花明式的惊奇。由此制造的叙述张力，增加了人物、世俗、人情的丰富性，并且在小说的整体结构上，让人感到总有一种定力在隐隐地起作用。

在林斤澜的小说里，一种情绪、一个人物、一个画面，或者一种声音、一个词语，都可能构成作家一篇小说的写作发生。这篇《溪鳗》的构思，无疑与白居易的诗“花非花，雾非雾。夜半来，天明去。来如春梦几多时，去似朝云无觅处”有着妙不可言的内在关系。这首诗很像李商隐的“春蚕到死丝方尽，蜡炬成灰泪始干”那几首，具有极强的朦胧意味，有关它们的阐释，至今没有确定的指向。倘若以这样一首诗，作为一篇小说的构思玄机，或者写作暗示，所起到的是举重若轻的艺术效果。这也许就是林斤澜自觉的文体策略。这种策略就是汪曾祺说的，打破小说结构的常规。破了以往的套路和常规，往往就会产生奇效。林斤澜着笔精确有致，叙述虽然简洁，却创造了一个新的框架结构：简洁，轻便，空旷，悠远。因此，林斤澜的短篇小说，与当代许多小说家相比较，的确是另辟蹊径。而且，以任何现成的理论来图解、阐释他的小说，都会不得要领，无功而返。也许，能够颠覆以往雄浑理论窠臼的写作，才是真正的创作吧。

汪曾祺，可谓林斤澜一生的知己，他这样评价林斤澜的小说：“斤澜的小说一下子看不明白，让人觉得陌生。这是他有意为之的。他就是要叫读者陌生，不希望似曾相识。这种作法不但是出于苦心，而且确实是‘孤诣’。”[1] 可见，林斤澜原本是想写出一个人不明白的一生中

---

[1] 汪曾祺：《林斤澜的矮凳桥》，程绍国《林斤澜说·代序》。

能让我们明白的那一部分，结果，小说的含蓄的品质，将我们引入了叙述的丛林、玄之又玄的迷宫。

那么，究竟又有多少人是明白地过一生呢？明白的人，活得一定就是明白的吗？小说实写出人物的明白，可能仅仅是作者明白而已，而唯有混沌又鲜活的人物，也许才可能让我们从不明白中感到明白。

《丫头她妈——矮凳桥没有名字的人》，写一位溪鳗极其熟悉的女人。前面的《溪鳗》是想厘清一个女人与一个男人之间的“传奇”，实际上并没有表现得很清楚，也许是有意为之，悬念和猜测自始至终环绕着我们。而这个小说，是想写一个女人帮另一个女人如何搞清楚自己的故事。溪鳗，这个人物偏又夹在中间，并在这个小说中，变得更加神秘起来。她好像一位解梦大师，在给丫头她妈解析一个又一个梦境的过程中，让这个没有自己名字的女人，从一个被生活和日子推着走的人，变为开始有了自己方向的人。实际上，丫头她妈整个人是湮没在市井生活里的普通人，她就是愿意在这样俗世的平淡里生活，过自己的日子，用后来时尚些的词汇叫“担当”，她活得几乎没有自己的声音，我们以往在文本中所强调的诸如人物的“价值观”“道德感”“主体意识”，在这里完全是被“束之高阁”的。这个人物的种种模糊的日渐被鼓动起来的“念想”，都流连在自己的一个个梦里，梦不断地衍变成“梦想”。在这里，林斤澜有意将个人的梦，串联起时代和社会的风云变幻、摇曳闪烁。溪鳗则把丫头她妈的梦，由模糊、朦胧引向了清晰的图景。没有梦想是可怕的，唯有在梦里，才是人人平等的，溪鳗让丫头她妈在梦里找到了自己的平衡点和方位，在对梦的解析中，打开了一扇生活之门。丫头她妈开始渐渐摆脱不自觉和困惑，日益活得明白起来。也许，我们觉得丫头她妈是寂寞的，而她自身却是踏实的。

实质上，林斤澜在这里写了一个永远没有任何负担的人物，这个人物，自己走着一条追求明白的路。

从另一个角度看，在这个小说里，溪鳗和丫头她妈，这两个人物的分量，难分伯仲。在叙述上，丫头她妈差不多是被溪鳗推着走的。走着走着，故事也变得出人意料起来。梦与现实不再擦肩而过，人物所处的社会性、时代性和存在感，都纷至沓来。其实，这也是一个“圆梦”的故事，一个人松散、零乱或破碎的自我，常常要依靠某种事物或信念聚拢。在许多人那里，生活其实是很“混沌”的，并不是十分清晰的，他们一路走来走去，也许始终就是在一个属于自己的梦里逡巡。丫头她妈，就是这样，直到最后才从梦里走出来。可能正是因为所遭遇的强大的偶然性，人生才常常在某种宿命冥冥之中的牵引中，显示其个性、魅力。

看上去，在林斤澜的笔下，人物之间的关系、人物自身的性格，都很简单而不过于复杂。林斤澜所重视的是，彰显出人物特有的一种独立的品格，这就给叙述提出了更高的叙事伦理要求。尤其在一个短篇小说里，想完成这样的设想，其实，是非常困难的。

在这个时期林斤澜的短篇小说中，接连在几个文本里都出现的人物，除了溪鳗、袁相舟，还有女人李地。林斤澜一口气写了五篇关于李地的小说，可见他试图通过这个人物，实现其更多的小说创作理想。这个人物，似乎也蕴含了作家许多难言的苦涩，这苦涩时而浓郁，时而清淡。作者对这个人物有入木三分的雕刻，有洗人心肺的诗意打量，有对生命底色的发掘，还有透过细节的智性敏感。更重要的是，作者写出了在一个年代的政治、文化碎影下，一个小人物的隐痛，包括她个人的心理史、精神史。看得出来，林斤澜对这个人物是下了功夫的。

这五个短篇，将一个人物从20世纪30年代写到20世纪八九十年代，这种写法，在当代是不多见的。高晓声写的“陈奂生”，试图表现一个中国农民在近二十年的社会变迁、发展中的心理变化和命运的兴衰沉浮，但是这几个小说的叙事重心，明显不在于个人性的呈现，而是要凸显时代的宏观大义。就是说，高晓声写的是当代中国社会转型期中的一个人，而不是一个人在中国当代社会的转型期，进一步说，他主要是要讲述一个时代，而不是去刻意呈现这种特定时代一个人的生命形态。当然，呈现一个时代和社会的剧变，这几乎是20世纪八九十年代中国文学、中国作家所面临和肩负的责任和使命。林斤澜走的则是另一条线路，他写人物，也注意人物存在和活动的时代背景，包括社会、政治的波诡云谲，但是在文本叙事中，那只是一个非常清淡的背景而已，我们不容易感受到某种社会、时代风云及其色彩的鲜艳或者黯淡，却能深深地感知到人物被赋予的存在感、情感机变。有关李地的五篇小说《惊》《蛋》《茶》《梦》《爱》，貌似在写这个女性贯穿在不同年代的五个“表情”，但林斤澜究竟想表达什么，我们的确一时还很难理清，但我们深信不疑的是，其中必然隐匿着不容忽略的“微言大义”。前面我们说，这几个短篇小说所呈现的，也许就是李地这样一个生活在乡镇的女人，在几个不同年代稍纵即逝、昙花一现的表情而已，但我们一定会注意到，这里的每一个短篇，都在隐隐地凸显人物表情背后的种种社会、精神的困惑。

困惑，无疑构成了这些小说需要破译的“纽结”。这些困惑，与时代、社会的大势有关，更与“矮凳桥”这个小镇的风俗、风情息息相关。也正是这些所谓的“困惑”，推动着这个人物不折不扣地一路前行。林斤澜的构思，总是别出心裁、思路缜密，叙述到了一定关口，常常峰回路转、疑义丛生。这时候，倘若凭以往的阅读经验进入作品，恐怕很难理解人物及其“矮凳桥”世界的风情韵致。所以，我们必须将李地的每一个“表情”都理解成一个奇态，只有这样，历史、文化、革命、政治和人性的丰富及其变异，才会从这副表情上绽放出来。

《惊》是一篇让人阅读起来颇费心思的文本。如果不具有20世纪五六十年代的生活经验，是很难理解其中的堂奥、蹊跷、荒诞不经和曼妙多姿。“学习班”“翘尾巴”“割尾巴”“甩掉尾巴”，这些20世纪的词语，对于20世纪四五十年代甚至20世纪60年代出生的人，是不陌生的。“翘尾巴”这个词，至今在生活中仍然被沿用，显示出了语言或话语顽强的生命力。可见，一个时代的行为方式或观念被语言符号化之后，就会长久地积淀下来，成为历史的活化石，口口相传。我们看到，一群人，男男女女的基层干部，被集中在城里的一座小庙——“陈十四娘娘宫”——来“学习”，目的就是要割掉每个人身上的“尾巴”。这个“尾巴”，我们今天仍然可以理解为是某种不良的、错误的、必须纠正的心理或思想状态，实际上指的是在那个年代不能见容的所有“文化”“传统”。学习地点的选择，在今天看来就具有极大的反讽意味，在一个“旧”的地方，进行盲从的批判和自我批判。更具反讽的情境是，林斤澜细腻地描述了“学习班”第一个夜晚的“炸营”。夜半三更时分，一些来“改造”“学习”“割尾巴”的人，被一声无端的喊叫所惊魂，各自从睡梦中惊惧而起，男男女女，冲出宿舍，狼奔豕突，在黑暗中乱作一团。读到这里，我立刻就想到鲁迅在20世纪30年代写的一篇杂文：一个人无聊地蹲在地上，看自己刚刚吐出的一口痰，接着他身边开始聚集很多人，不明就里地也围拢在一处看，他们都不知道发生了什么，突然，人群中发出一个声嘶力竭的喊叫，人们不知所措，相互冲撞、拥挤、挣扎，慌不择路，一哄而散，其实，原本什么都没有发生。

> 挤挤撞撞的人们应声摸屁股后面，也有摸了前边的，也有摸着别人的，也有两只手都动不得只好干喊的……
>
> 这时，刷地，后殿上的电灯亮了。
>
> 刷地，两廊的路灯亮了。
>
> 刷地，前后进中间的门灯亮了。
>
> 好像清凉的水朝人们头上浇一下，又一下，再浇一下。头脑清醒过来，面面相觑，没有地震，没有火灾，也没有阶级敌人破坏……各回各的屋里去吧。

林斤澜写日常生活、人情世故，常用模糊、含蓄的方法，点到为止，往往是意在言外的。而其中的蕴藉，则需要细细地品味。那么，在这里，他如此具体、详尽地描写一次群体的“惊”，显然自有其深层用意。所以，我们完全有理由将这个场景，视为一个大的文化、历史隐喻。人人清楚，20 世纪 50 年代以来的当代社会生活，屡受时代政治及种种运动的深度影响，人的精神境遇和个性心理，实际上处于一种蒙昧、疯癫、盲目、浑然的状态。惊悚、无序、茫然，构成人的常态。看得出来，林斤澜是一位有大抱负的作家，他没有忽略必须由他呈现的那个时代个人性的存在。李地，这个人物的个人性，在这五个短篇小说里，从不同的视点和侧面得到展示。林斤澜巧妙而隐讳地将她内心的隐秘，以及那个时代人所少有的存在感，在不经意间丝丝缕缕地袒露出来，成为我们今天常说的时代的“异类”。这个小说，读到最后，我才恍然顿悟，李地和她腹内孕育的生命，是一种可以让人心安的存在，李地之所以能“处变不惊”、镇静自如，没有混进一场无端的骚动，是因为她自有一种“定力”在。无论自觉意识到现实的困窘与否，她都不得不被政治纠缠，而她对人与妖、黑与白的辨析力，便显露出难得的人性之光和个性坚守。有趣的是，一场政治性的“学习”活动，还没有开始，“闹剧”就惊魂般地演绎出来，那个特定时代的荒诞和荒谬，可谓令人忍俊不禁。

另一个短篇《爱》，在生活情境和氛围上，与“李地系列”的其他篇章大有不同，而与《溪鳗》和《丫头她妈——矮凳桥没有名字的人》十分相近，充满了那个年代少有的人间烟火气。而且，这篇小说更具典型的“林氏迷宫”语体，古怪、奇异、神奇，不好把握，恍兮惚兮，沉浸下去后，妙处和韵味可能会喷薄欲出。一个作家智性的光芒，在叙述的迷宫中杂花生树般地弥漫开来。

《爱》这个小说，表面热闹，其实，是写一个“明白”女人隐忍的苦涩，写她一生中最渴望也最缺失的爱情。林斤澜是在描绘一幅人生灰冷的图景。“这个故事不论年代”，这句开篇的话告诉我们，这是一个可以“抽象”的寓言故事，或是某种象征。没人想到，在李地的青春时代，她在战争中对英雄的爱情憧憬，瞬间就被追求民主和解放的大“英雄”的一个不堪入目的庸俗场景彻底颠覆了。在李地看来，英雄可以肆意地吻她，那里有浪漫和激情，并且有“革命”相伴，但是，英雄却万万不能在隐秘的联络站，捧着一个乡下美人的赤脚，“勾背，偏头，拿着剪刀修剪脚指甲……飘飘的英雄形象变化了，变作佝偻着的肮里肮脏的角色”。理想、责任、正义、牺牲和道德，都同样不可或缺，当然，爱情也不可或缺，而李地偏偏没有爱情。此后二十年，李地也生下三个女儿，她把她们养大成人。在这里，林斤澜丝毫没有写到三个女儿的父亲，三个女儿的出现无根无由、缥缈恍惚、云山雾海。缘何吝啬笔墨至此，的确需要深思回味。也许，文本所传达的意思是，性和生育，都是不可缺失的，无须文字来张扬。生命里重要的恐怕还是爱。继而，李地又当了干部，从此起起伏伏、风风雨雨地走过来，年逾半百，唯独没有爱情现身。直到最后，竟然是一条活力四射的泥鳅鱼，不断跃出鱼缸，搅扰得李地心神荡漾不宁。我们是否可以这样理解，正像一条鱼一样，一个女人，无论在什么年代，最恐惧的，就是爱的被囚禁，以致身体被幽闭、被囚禁，特别是爱情缺失所衍生的孤寂，会令一个真正的女人没有眼泪。这实在是最可怕的事情。

总体说，林斤澜的小说叙述，自有其行文的逻辑，语言、思维、意境和人物，闪烁其词、似真似幻、拈手即来，风情、俚俗、韵致，肆意转换，非理性表达、笔记体随性呈现。历史、时代、革命、风物，表现看似漫不经意，实则别有洞天。

在林斤澜大约三十年前的小说语境中，隐匿着在今天才能理清楚、体悟出的历史吊诡。我想，如果几十年以后再来读林斤澜的这些小说，或许依然会感到有些滞涩和难懂，但仔细地对照历史的踪迹，就会恍然大悟，茅塞顿开。甚至可以这样想，林斤澜的很多短篇小说，就是写给未来的，因为，在时间的长度里面，价值判断的变化几率是很大的，因为这里面有历史、政治、文化和道德诸多因素的存在。而不同时代的人们，也会在时代的变动不羁中发生认识论、审美观的修正和变异。从一定角度讲，文学文本的含蓄、形象和符号性质，使得它具有极大的包容性，即它可以“藏污纳垢”，具有“混沌感”，虚中有实，具象中含着抽象，可以灵魂附体，以实写虚，体无证有。许多作家声称，自己写作的作品其实就是在写自己，虽然我们会觉得未必尽然，但作家的世界观、美学观包括精气神，定然是难免渗透其间的。但我认为，林斤澜却难在此列。我们会感慨，许多杰出作家的作品，有细节、有细部，也非常接地气、生活化、“原生态”，而林斤澜走的则是别一路径。他的小说情境、细节和人物，也许都没有贴切的“原型”，人物和细节，都是他“编织”虚构的。这一点，也是符合短篇小说文体的简洁、精致和匀称品质的。但晦涩、玄奥、若隐若现的隐喻，也不同程度地会构成叙事上的滞涩和羁绊。

李健吾在评价沈从文《边城》的时候，提到两个外国作家，一位是巴尔扎克，一位是福楼拜：“我们甚至可以说巴尔扎克是人的小说家，然而福楼拜却是艺术家的小说家。前者是天真的，后者是自觉的。同是小说家，然而不属于同一的来源。他们的性格全然不同，而一切完成这性格的也各各不同。沈从文先生便是这样一个渐渐走向自觉的艺术的小说家。”[1] 自“五四”以来，出现了无数的小说家，而真正具有艺术自觉的、有强烈的小说文体意识，并且具有超越意识形态的审美独特品质的作家，并不多见。沈从文、废名、钱锺书当属此类。那么，在当代，汪曾祺、林斤澜在一定程度上讲，无疑是这一脉的传人。

仔细想，我们可能会从林斤澜的这些人物身上，得到另外一些启发：一个明白、透彻、清晰的年代，人的表情和面貌定然是清爽和饱满的，所谓人的生命主体性，必然是自觉的；而在一个浮躁、喧嚣、胡涂乱抹，甚至蒙昧、盲从的年代，每一个人过的可能就是一种不自觉的、伪诈世故或装疯卖傻的日子。那么，我们前面提到的，一个人明白或不明白的一生，不仅与一个人自身的精神、心理和修为有关，还与他

[1] 李健吾:《李健吾文学评论选》，宁夏人民出版社，1983 年，第 42 页。

（她）所处的年代密切相关，不可分离。一个人个人的力量，究竟能有多大呢？并非每个人都有某种强大的精神力度。而人的高贵或卑贱，幸福或苦寂，自觉或不自觉，关键在于是否有一种人的尊严站立在那里。所以，一个人的一生，究竟明白还是不明白，似乎也就并不是一个必须解决的问题。这一点，林斤澜是再清楚不过了，因此，他才会常常从表象里看到相反的东西，引出另一种感觉和体验，令文本呈现如此独特的形态，也才会走出这样的写作路数来。孙郁对他的评价非常到位：

> 林斤澜其实更喜欢鲁迅的气质。什么气质呢？那就是直面灰色生活时的无序的内心活动。他不愿意作品直来直去，而是在一个点上开掘下去，进入思想的黑洞，在潜意识里找寻精神的表达方式。汪曾祺评其小说，说读起来有点费事，故意和读者绕圈子，大概是为了陌生化的缘故。比如“矮凳桥系列”，在小说结构上多出人意料之笔，意蕴也是朦胧不清的。这大概是受了鲁迅的《彷徨》和《野草》的影响，但更多是夹杂了自己的体味。在一种恍惚不清的变形里，泼墨为文，林斤澜走的是与传统完全不同的路，也是与当代人不同的路。[1]

2016年9月29日　名古屋

[1]　孙郁：《革命时代的士大夫：汪曾祺闲录》，第223页。

世界上唯有小说家无法“空缺”

——格非小说《迷舟》及其先锋性“考古”

一

格非是谁？小说家兼学者，或者是学者兼小说家。近三十年来，格非一直在叙述和讲授中游弋，在讲坛和文坛之间，难分主次。后来，格非曾被喧嚣的文坛誉为“中国的博尔赫斯”，这个称谓，让格非又被认为是一位最“接近”知识的小说家。因为对博尔赫斯叙述“迷宫”的精致模拟，也陡增了格非小说文本的神秘色彩。但是，令人费解和疑惑的可能是他在虚构自己文本的时候，时常在经意或不经意间，颠覆他在课堂上讲授、跟学生谈论的“小说叙事学”，演绎出颇具行为艺术的现实版“迷舟”。多年以来，我感到，格非似乎始终在叙述的深处徘徊和徜徉，尽管，他略显疲惫的神情，显示了岁月的“青黄”带来的沉重，但是，像充满悬疑意味的《戒指花》，格非的写作，同样让我们猜不到他的未来。

1986年，这位二十二岁就发表了小说处女作《追忆乌攸先生》的格非，很快在1987年，又迅速地写出了具有浓郁抒情风格的小说成名作《迷舟》。不同凡响的是，这个小说所讲述的故事，在叙述的最关键的"节点"，竟然出现了逻辑性的"空缺"，极其霸道的"中断"，使得阅读发生了令人难以忍耐的迷茫。从叙事学的角度讲，可以说，这简直就是中国小说史上前所未有的一次"革命"和"起义"。一个原本极其写实、老实地讲述故事的小说，人物及其活动，在叙述的关键环节突然消失了，故事，虽然没有"死亡"，可是，因为这个"空缺"的出现，叙述本该抵达的目的无法实现，小说完成了一次自我性的虚无。一切，在苍茫云海间变得空空荡荡。

那么，在20世纪80年代末，为什么会出现这样一篇小说呢？就像《迷舟》这个小说的名字一样，年轻的格非，为什么执意要将我们引入不可思议的"迷舟"？此后，格非的一系列短篇小说的叙述，继续沿着这个惯性不断地向前推进，使得他的"先锋"气质，即使在"先锋群落"里也独具一格，而且，近三十余年经久不衰。骨子里的先锋精神，不断地在大量的中、短篇以及长篇小说文本里悠然重现，精致、优雅的叙述，宿命般地伴随着这位学者型小说家，滋生出舒缓、起伏的汉字风韵，在经常性的细节的休止符间隙，偶尔令人柔肠寸断。我们从格非几十年的小说创作中，深刻体悟到了吴亮那句经典之语"真正的先锋一如既往"。

从写作发生学的角度看，回想那时的历史语境，其实20世纪80年代的中后期是最宜于文学叙述的时代。那也是许多写作者和阅读者感慨系之的"黄金时代"。几十年来的文学"一体化"格局结束了，在一阵思想界对文学自觉的强力介入之后，在不可避免的浮躁和喧嚣消散后，文学开始渐渐以文学应有的发生、生产方式，用心地打量、思考和呈现这个世界，文学重新找到了出路。作家开始在冷静地思考世界的同时，也开始思考究竟要“写什么”和应该“怎么写”的问题。对于任何一位作家而言，作为写作主体，能真正地回到写作本身的审美轨道，都会欣喜若狂。所以，那个阶段的文学，出现了一大批“有意味的文本”，以极端形式主义的呈现方式，开始了一场叙事学的革命。实际上，这场革命，蕴含着更内在的社会、精神和心理成因。包括苏童、余华、格非、孙甘露、吕新、北村在内的一大批年轻的写作者，在20世纪80年代中后期“汹涌”而来，虽有复杂的外部现实的影响和“催生”，但更为主要的原因，恐怕还在于这些写作者内心的文学诉求和冲动。真正的文学“潮流”和运动，从根本上都不是被“组织的”，而是作家独立、自由开拓出叙述空间和方式，确切地说，这些运动应该是源自写作者内心的需要。可以说，余华、苏童和格非们，创造了在当时文学接受状况下一个几乎“读不懂的空间”，这无疑是挑战了当时读者的阅读惯性，令人一时无法适应。仔细想想，从“先锋小说”的内部看，格非是这其中在“先锋”性方面走得最远的作家。一开始，他就没有丝毫“迁就”读者的意思，这当然不是一个简单的阅读“滞后”问题，而是叙述者实在是走得太远。《迷舟》《褐色鸟群》《唿哨》和《青黄》，一路云雾弥漫，山重水复，柳暗花明，从容的叙述中隐匿着悬疑、紧张、冲动、期待，文本所演绎的存在世界，如同充满了感性生命的“如梦的行板”。其不乏清冷、神秘的“零度色调”中，生命和时间的理性，在人物模糊的意识形态里，虚无缥缈，绰约可见。作家通过这样的叙述，究竟想呈示什么，解决什么？其中“蛰伏”着怎样的精神寓意？它试图抵达一个什么样的幽深境地？说到底，格非想让自己的叙述，将自己带到何方？格非小说叙述的“出发地”在哪里？“回返地”又在何处？“先锋”的内在含义，在当时的特殊语境、奇崛的文本形态中若隐若现，险云山远，机关算尽，文字中不时地透射出叙事的玄妙和乖张。

现在，回顾 20 世纪 80 年代的思想、文化氛围，我们就会慢慢地清楚格非、余华等人的写作初衷主要是，他们出于对“启蒙”使命的警觉和放弃，而回到生命本体，回到文学本身之魅，以纯粹“复魅”的、富于科学品质的美学立场，专注于对存在、世界、历史的重新勘查。实际上，这是一种“我思故我在”的思考维度和观察维度，在文学叙述的价值取向及其“原则”上，宣告了线性思维逻辑、叙述“因果链”及其存在世界“本质化”的终结，这是对所谓世界“本质性”怀疑的开始，这也就直接导致了文本形态的一次彻底革命，也导致了历史叙述之虚无品性的出现，它是反抗传统叙事规范的开始。这些，在几位“先锋作家”的写作追求中都普遍存在，但是格非较其他各位尤甚。而且，他以自己的文本建立起“先锋”性的合理性，重新建立了叙事的逻辑，发现了存在世界及其历史的非理性状态和盲目性的一面，而重新界定了文学虚构的哲学边界。因此，从这个角度讲，格非的小说，在很大程度上改变了以往我们理解和判断历史的结构图式，显然，他在努力地寻找历史与现实的隐秘关系。同时，他还借助文本发出了充满理性的追问：历史理性究竟在哪里？由谁掌控？历史如何书写的问题，实质上是一个现实的问题，那么，究竟应该依靠什么理念或者依据来判断历史与存在的真实呢？依据个人经验判断事物、叙述历史，显然是可怕而愚蠢的选择，完全是自以为是的行为。从文学叙事学的角度看，存在世界和历史都具有很大的“审美间性”，为叙述提供了巨大的弹性和张力，但是也树立了一个难度或障碍。

“先锋写作”，构成一股文学潮流，让我想起余华 1987 年至 1988 年间他与《收获》之间联系的美好回忆。《收获》作为中国当代文学元老级人物巴金创办、主编的文学杂志，数十年始终坚守着独特的人文和艺术品质。正是这种坚守，才使得20世纪80年代后期，一大批年轻作家激进的文学探索能够在当时较为复杂的政治、文化环境下得以呈现出来。1987年和1988年《收获》连续推出的几期“先锋文学”专号，宣告了一种新的美学原则和写作风格的开始。可以不夸张地说，如果没有《收获》这样强力的倡导和力挺，就不会有“先锋写作”的创作实绩和经久不息的潮涌。从这个意义上讲，令余华、格非和苏童们所难忘的，不仅有自己写作过程中内心所感受的温暖，还有写作的价值和意义能够有可能被精英文化认可。

我之所以要努力厘清这样一个文学写作的语境，是因为这涉及一种新的叙事原则和形态的出现，以及其存在的理由。唯有清楚这一点，我们也才会明白，“先锋写作”作为一股潮流在几年后为什么会终结，而它的“先锋精神”却可以持续几十年不衰。可以肯定，作家的内在需求，在很大程度上决定着文学及其精神的走向。因此，我们现在看，《迷舟》这样一篇小说在当时出现的意义，不仅在于它打破了当代文学叙述的传统时空秩序，更重要的是，它在开启一场叙事学革命的同时，生发出了由叙事多元化所带来的新的历史审美观的变化。相比《迷舟》写作的更早些时候，也就是20世纪70年代末、80年代初，有王蒙等作家有意地模仿西方的乔伊斯和伍尔夫，用“意识流”的写法表现那个年代“忽如一夜春风来”的精神、心理感受，“旧瓶装新酒”式的艺术手法对一个精神上正在复苏的民族心理给予了异样的呈现，着实也令人耳目一新。而格非的《迷舟》等一系列短篇小说，进一步突破了这个格局，将小说带进了叙述及其策略决定文本意义的文学时代。

二

从某种意义上讲，真正的写作，其实就是一种宿命。格非小说的叙事形态，来自自身的宿命和诉求，更来自文化的宿命和写作的愿景。已故评论家胡河清，对格非及其写作曾有过精到的分析和评价，我认为，这是迄今最为切近格非写作发生学意义的评价。胡河清借用《鬼谷子》和《鬼谷子命书》中关于“腾蛇”的比喻，来阐释格非的小说及其意象的生成。“腾蛇”为神蛇，“能兴云雨而游于其中，并能指示祸福。腾蛇所指，祸福立应，诚信不欺……蛇之明祸福者，鬼谋也；蛇之委曲屈伸者，人谋也。”[1] 在胡河清看来，喜欢蛇的格非，恰恰就是这样一条观察、写作和叙述的“神蛇”。因为格非的小说里有大量关于蛇的隐喻，其中，“蛇在我的背上咬了一口”，构成了格非小说的基本意念。“格非的蛇会咬人，而且极其狡诈，这说明他感兴趣的是术数文化中的诡秘学成分……也许正因为深藏着这一种关于蛇的意念，格非眼中的世界是诡秘的。”[2] 这当然不失为一种独到的解读。“诡秘”“诡谲”“水蛇般缠绕在一起”“因为生病每天都要吃一副蛇胆”，这些神秘的字眼，以及蛇的意象，密布于格非的小说之中，而且，我们在他的诡秘里感受到一种文化的神韵，至少，我们能够强烈地感知到格非努力洞悉世界和存在真相时，那双如同蛇一般的目光，包括这双眼睛对世界的探究欲望和解读策略。于是，胡河清将格非描述为“蛇精格非”。这虽是一种

[1] 胡河清：《灵地的缅想》，第 174 页。

[2] 同上。

极具隐喻色彩的想象性概括和调侃，但我以为，这非常切近一个作家的本相，作家最渴望的，就是有一双与众不同的眼睛，不为已有的“框架”所束缚。我们也由此体会到，像格非这样的小说家，宿命般地走上虚构的道路，而他却会为我们必然地提供这个世界真实的基本图像。

但是，即使有这样一双的“鬼斧神工”般的眼睛，格非也依然无法清晰地看见一切事物的机枢，这不是一个作家自身的能力问题，这是人类认知所面临的局限和关隘。也许，只有小说这样的虚构文本，才可能大胆地肩负起猜想世界的使命。因此，就有了大量所谓“空缺”的存在。仔细想想，之所以有“隐秘”世界存在，是由于事物整体性的不可知。不可判断和预知，这是一个本源性的问题，因此，可以说，格非的小说《迷舟》，带领我们从另一个路径进入了历史、进入了存在世界，这不仅是小说叙事的革命，而且涉及美学、哲学、历史学与文学关系的深刻变革。它强调和重视的，是文学叙事终将无法“篡改”历史命运。

若想深入阐释《迷舟》这个小说，我们依然需要从文本的几个重要元素入手：时间、历史、回忆、人物、叙述、“空缺”和隐喻。

在这里，时间是使这个文本充满个性化的基本元素。空间是一个容器，而时间也是一个容器。所以，时间不是线性的，往往是多维的空间吞没了时间，令时间被假象所遮蔽。叙述现实、叙述历史、讲述人在现实和历史世界中的存在形态，却是在对时间和空间的想象和回忆中完成的。记忆，同样是一个复杂的容器，其中杂陈、积淀了无数事物的因子和元素，但时间本身无法唤醒和发酵它的存在价值和能量，只有“回忆”，才有可能揭示“时间的伪形”和历史假象的虚伪，发现既有“事实”的根本性缺陷，这样，在精致、超凡脱俗的回忆过程中，才能发现现实、历史以致存在间隐秘的时间、空间联系。时间在叙述的关键处发生了“断裂”，这是《迷舟》叙述的“症结”所在。无法接续的时间链条，被抛掷进时间的深渊。于是，小说的结构，成为对历史的解构和消解，成为对历史和真实进行重构、“还原”的基本过程。这也是《迷舟》能成为“先锋小说”杰出的代表性文本的重要原因。也可以说，《迷舟》是以自己的策略和哲学，直奔历史而去的，也是间接反思现实的。

谁能拆解开时间这个容器，谁就能打开历史和现实的真正隐秘，因为这个容器里面装的就是历史。这个容器之于小说而言，就是一个新的、属于它的叙述方法的出现。《迷舟》这个小说为什么要如此布局？为何一定要如此这般地结撰叙事文本？我想，最大的原因，还在于思想、精神或者心理容量的溢涨，已经令原有的形式无法容纳和承载存在可能性这个历史摇篮，唯有破茧而出，才能重建文本畅达的隧道。也许，这就是艺术的辩证思维。

短篇小说《迷舟》，选择的是一个开放性的叙述人“冷峻”的视角，时间，成为文本中一个明显的存在。无疑，这是马尔克斯式的时间意识的引入，如同“多年以后”这样的时间状语，在几乎所有先锋作家的文本里，一开始就主宰了叙事的秩序和格局。这些年来，人们大多愿意聚焦在“形式”的层面谈论这个小说的先锋品质，认为这个如谜一样的小说，这个叙事的“迷宫”，是作家营构的“形式的迷宫”、历史的迷宫。其实，在这里，格非的文本叙事，在引入特殊的叙事策略的同时，却始终牢牢地遵循着中国诗学的一个美学情境：超逸之逸，并且是“冷逸”。其中蕴藉着那种空灵清润的气息，覆盖着破败衰朽的悲凉之雾。这看上去像是一种文体色调，实际上弥散出叙事的语气、趣味和精神格调，旨意遥深。所以，在《迷舟》所裹挟的南方的氤氲之气中，始终渗透弥漫着萧索、苍茫、荫翳，也不乏透出隐隐的杀气。这仿佛对逝去的历史有种莫名的恐惧。这种语境，暗合了文本对历史乖张的假设和构想。混沌之气，搅和着历史的烟云，徐徐升腾。

小说中的几个人物，在叙述中也几乎都是处于虚无缥缈、朦胧、模糊的状态之中。有姓无名的“萧”，以及马三大婶、母亲、老道、杏、三顺。仔细感受和体悟，他们在这个故事里，仿佛都只是一个个符号而已。

那么，格非“如此”讲述“这样一个故事”的目的和意义是什么？是发现历史和时间的幽暗，感知个人与历史之间永远存在的、无法沟通的关系？若从本质上说，在这个文本里，历史也只不过是一个弱不禁风的框架，是一块早已风化的顽石而已。而“借尸还魂”永远是作家的拿手好戏，那么，历史之魂又在何处呢？一个作家，既不能肆意“俯视”历史，也不能刻意去净化历史，历史在文学叙事中可能是一种多维的存在，只有具有清晰的叙事伦理和美学品质，才能接近历史本身或者触及事物的可能性。

三

其实，《迷舟》里的“空缺”，就是历史的盲点和断裂之处，它也是我们在现实中回望历史时的盲点，是历史局部在我们判断中的“本质性”缺失，也是历史叙事时逻辑起点的迷失。说到底，相对于“人”这个主体，这个“空缺”，也就是存在的盲点。那么，是否可以这样理解，只有这样叙述历史的时候，小说家的谦卑也许才会尽显无遗，“全知全能”的叙事，再也无法在历史和“存在”面前大行其道。而且，在叙述中，作家已经隐藏起一个文学中至关重要的因素——情怀，像罗兰·巴特的“零度叙述”这样“主体困顿、风格忧郁”的文本，根本就不需要作家对历史“往事”有过多的热情。因此，在小说里，“萧”是一个冰冷的、几乎没有温度的人物，这是格非的一种刻意处理，他像某种意念、理念的影子，跟随着自己模糊的意识，在自己家乡的村落和小河里漫游，任由自己本然的欲望，信马由缰、狼奔豕突。我想，“迷舟”之意，就是迷失，是一只迷途之船——“迷失了的水上之船”——像是迷失在迷宫之中。这个整体的意象，或许就是在隐喻历史本身的飘忽性、不确定性，如同失衡在一片复杂的水域，处处遇到玄机。到最后，甚至连人物、故事和语言也会迷失在叙述里。在描绘这个历史主体“迷失”的过程中，凸显出的是历史的苍凉和羸弱，而历史的“能动”的必然，因为一种偶然性——一个人的“褊狭”——走入茫然无际的“黑洞”。

萧重新陷入了马三大婶早上突然来访所造成的迷惑中。他觉得马三大婶的话揭开了他心中隐藏多时的谜团，但它仿佛又成了另外一个更加深透的谜的谜面。他想象不出马三大婶怎会奇迹般地出现在鲜为人知的棋山指挥所里，她又是怎样猜出了他的心思。另外，杏是否去过那栋孤立的涟水河边的茅屋？在榆关的那个夏天的一幕又在他的意念深处重新困扰他。

……

这天，萧像是梦游一般地走到了杏的红屋里去。

三顺还没有回来。傍晚的时候，涟水河上突然刮起了大风。

萧的迷惑，既是格非叙述的迷惑，也是历史的迷惑。萧为现实所困惑，我们却为历史感到莫名的焦虑和惘然。历史前行的动力，在一个短篇小说的文本之中遭受到了巨大的质疑。个人的欲望，竟会在不经意间替代了历史欲望的达成，抑或，个人的欲望，就是历史欲望的“原型”。而“空缺”到底是历史的必然，还是叙述的圈套，抑或两者的“合谋”？这的确又是一个最“本质”的问题。显然，在这里，作家无力把握、决定这个人物的去向，不可能、也不想控制他的行动，这既是对历史的包容姿态，也是隐含悲观的对存在世界不可知的消解。在大战在即，部队采取重大行动之前，“萧”却突然遇到家事的变故，父亲意外身亡，他要去参加父亲的葬礼。而他的家乡，正是他们需要迅即占据的军事重镇，这个地域，也正是敌人蓄意占据、攻击的要塞。其实，“萧”的举动本身，就是一件极其荒谬和不可思议的事情，因为常识告诉我们，一个领命正在执行军事行动的军官，根本不应该有这样肆意的选择。“萧”完全沉入了一个非军人的情感纠葛的境遇之中，沉浸在与战争毫无关联的、日常生活的情境里，他似乎已经生活在一种幻觉里，同时，整个情势也为其生死蒙上了一层迷幻的阴影，此时，对于生死，萧已经在冥冥之中觉察到了周遭腐朽的气息。旧情萌动，萧与杏的私通败露，致使他继续沿着“错误”的方向滑行。“就在他站起身准备离开父亲书房的瞬间，他意念深处滑过的一个极其微弱的念头使他又一次改变了自己的初衷”，他执意要去榆关。此时的榆关，正是两军交战的要地，萧的哥哥率领的北伐军刚刚在榆关不战而胜，那么，萧去榆关究竟是探望被三顺阉割了的“杏”，还是与北伐军营中的兄长会晤？叙述就在这里中断了，也被叙述者“阉割”掉了。也许，无论萧去榆关做其中的哪一件事情，即使真的仅仅只是去看望遭受“阉割”的杏，萧都逃脱不掉被警卫员杀掉的命运。可见，历史处于每一个相关者的猜测和武断中，师长给看似不谙世事的警卫员的密令，也是对可能性的一种预设，偶然性转瞬之间成为一种必然的归宿。

马三大婶的角色，也令人深感吊诡和匪夷所思，她行为诡异，总是在时间的关键处翩然而至，她在整个叙述中不可或缺，穿针引线地连缀起时间和记忆的缝隙，推动着“萧”游弋前行。三顺“阉割”杏的行为，似乎是凭借一种直觉或第六感之类的暗示产生的强烈的现实冲动，却铸成了萧的选择。而老道的箴语，也早早铺垫、预示出历史的残酷性和神秘色彩。从这个角度看，这篇《迷舟》从整体上讲也是一部精致、严谨、结构感极强的杰出文本。

陈晓明教授更愿意使用“阉割”一词，直接描述格非的“空缺”对历史做出的“武断性”处理。而格非在小说中，选择让三顺对“杏”实施“阉割”，似乎就是一个明显的暗示。小说家还能做什么？对历史和往事最大的宽容，就是在“回忆”的途中“无籍因循，宁拘制则，挺然秀出”。格非就是要呈现历史的断裂，关键是这个断裂，竟然源出于一个中级军官的极端个人的偶然性。简直不可思议，历史的盲目性，难道就始于个人的经历和经验的一意孤行？

现在看，小说《迷舟》所承载的内涵，已经远远地超出了一个短篇小说的容量。诚然，它不仅充满对历史驾轻就熟的自信，而且，“迷舟”这个意象，构成了历史和存在世界变局的隐喻。我感到，这个小说的写作，还使格非的历史观及其审美视角的选择，或多或少地积淀了悲观主义和浪漫主义的因子。这一点，不但延续到《褐色鸟群》《青黄》《雨季的感觉》《唿哨》《戒指花》等一系列作品，还不断地在此后的一系列长篇小说《敌人》《人面桃花》《山河入梦》和《春尽江南》中若隐若现。

这些文本里，依然不断有“空缺”出现，唯独不会缺失的，是一个小说家、一个叙述者对历史这个“灵地”无尽的缅想。

2017 年 3 月于波士顿、北卡·杜克大学

短篇小说的“推拿”

——毕飞宇的两个短篇小说

《哺乳期的女人》和《地球上的王家庄》，是我最喜欢的毕飞宇的两个短篇小说。这是毕飞宇早期的两个备受关注、给他带来很大声誉的文本。的确，这是两个极其耐读的小说。我所说的耐读，一是文本本身具有超常的可读性，文字的细腻、故事的讲述、蕴含的情感张力，都会令人在其中流连忘返；二是，时隔多年，这两个短篇小说可以重读，让人丝毫不觉乏味。而一个小说令一位读者，在相隔一定时间后依然能够重读，是这个小说有可能成为未来经典的征兆。

短篇小说《哺乳期的女人》，写于 1996 年，这让我们惊叹时间的流逝，但更让人惊叹的是，二十年过去了，这篇小说并不显得陈旧，相反让我感觉它所书写的，就是今天发生的现实。毕飞宇以其艺术敏感，洞悉到时代的脉搏，从一个男孩的“异常”举动切入，写出了乡镇在当下的衰败境遇。这让我想到帕慕克曾经说过的一句话：“小说就是用一根针，挖一口井。”可以说，毕飞宇手中就操持着这样一根金针，他以极为微妙的笔法写出了当代乡村的破败与伤痛。

断桥镇的安宁让我们有一丝恍惚，这里“从头到尾洋溢着石头的光芒，又干净又安详”。文字中间透示出的氛围，让我想到沈从文的《边城》，仿佛“断桥镇”也是一个宁静的乌托邦。但读下去，我们就会发现，这样的联想无法持续下去。在《边城》的世界里，有一种生活的整全性，茶峒人的水边生活、端午习俗、哀乐，一切都浑然天成，有一种自足的静谧。而我们在“断桥镇”所感受到的，则是一种残破和断裂。这里缺少生机，年轻人都到外地谋生去了，断桥镇因此成为一个季候性的存在，成为一个生活的“后景”。还有，这个断桥镇，是个只有两条路的小镇，“一条是三米多宽的石巷，一条是四米多宽的夹河”，两条路都是狭小的、逼仄的，但流动的夹河“到了断桥镇的最东头就不是夹河了，它汇进了一条相当阔大的水面”。于是，断桥镇所有的年轻人都涌向这条宽大的水路挤进喧闹的城市，留下老人和孩子滞留在逼仄的石巷中。显然，毕飞宇这些貌似一个旁观者的叙述，呈现的是一个被渐渐遗弃的乡村小镇无法摆脱的寂寞和沉重。

在这样的“后景”中，毕飞宇讲述了一个“男孩”的故事。“男孩”的意象，在当代小说中常常出现，从莫言《透明的红萝卜》中的“黑孩”到余华笔下黄昏里的“男孩”，他们共同的特点是都有一种“本真性”，他们可以单纯地表达出自己对这个世界的欲望，也因此，他们的“本真性”与周遭的世界形成了某种张力。小说家则借助这股张力将叙述铺展开来，将我们带到或冷酷或忧伤的叙事情境中去。

在毕飞宇这篇小说里，我们看到“男孩”旺旺，对惠嫂乳房的迷恋。他禁不住去凝视，甚至去咬住惠嫂的乳房。这种冲动，毫无疑问源于一种“本真性”的渴望。他被父母留在“断桥镇”，被“不锈钢碗”和“锃亮的不锈钢调羹”一点一点喂大。我们可以感觉到，毕飞宇在有意经营金属的“冷硬”与母性的“温热”之间的对比，他在向读者暗示，旺旺对乳房的渴望，自然而且顺理成章。但是，对于“断桥镇”的人们来说，哺乳期女人的身体，充满“性”的意味。七岁旺旺的“异常”举动，被视为“流氓”行为。这种巨大的错位，无疑让我们感到无限的忧伤。在旺旺眼中，惠嫂的“身体”其实是母亲的替代物，它所补全的是一个男孩缺失的母爱，而在“断桥镇”人们的眼中，哺乳期女人的身体，则是欲望的对象。这种“经验”对“本真性”的误读，是毕飞宇这篇小说的核心动力。

然而，也正是在这种荒唐的“误读”中，我们的内心被擦伤了，我们在这样的叙事中，感受到20世纪90年代以来资本逻辑主导下的“山乡巨变”给乡村乡镇带来的冲击，他们生活的“整全性”被瓦解了。他们变成飞来飞去的候鸟，穿梭在城乡之间，而像旺旺一样的雏鸟，则在承受这样的无爱的伤痛。从这个意义上讲，毕飞宇书写的不仅仅是一个“男孩”的故事，也是一个“中国故事”。他选取了一个微小的切片，用一根针挖一口井，通过一个男孩写出了时代内部的隐痛。同时，他所选取的修辞策略，也让我们想到莫言的《丰乳肥臀》。如果说《丰乳肥臀》中“恋乳”的上官金童是现代中国遭遇西方时，生出的文化怪胎，那么旺旺以及这个故事，则是全球化时代，乡村文化破败的隐喻。

这个巨大的隐喻，竟是凭借悠长而绵密的细部工笔完成的。

我们看到，当惠嫂怀着满腔的母爱，来满足旺旺对母乳的好奇和渴望时，却遭到了旺旺的断然拒绝。这部曾获得第一届“鲁迅文学奖”的作品，把这样一个简单的故事讲得无比厚重：爱与欲、圣洁与妖娆、伟大与罪恶……这些近乎二元对立的沉甸甸的主题，围绕着乳房和哺乳蔓延开来，更让我们由衷地感慨那种生命不能承受之轻。这种“轻”，不仅仅是由文本中那个发生在小乡镇小人物身上微不足道的小事引发的，还不动声色地隐藏在毕飞宇精心铺排的每一个细节的褶皱里。我们知道，毕飞宇是特别擅长刻画细节的，在这部短篇中，细节，已经不再是锦上添花般的细腻描写，细节已然成为叙述本身，推动着情节义无反顾地向前，让人物的灵魂，在工笔细描下肆意蓬勃张扬。而“哺乳期的女人”——这篇小说的名字，竟然会让我联想到西方古典油画，而小说的叙述，也的确如同一幅诱人的人体油画，那些被放大的细部永远也让人欣赏不够。

旺旺家和惠嫂家，是留守在断桥镇的两户人家。“旺旺是一个七岁的男孩，其实并不叫旺旺。但是旺旺的手上整天都要提一袋旺旺饼干或旺旺雪饼，大家就喊他旺旺。”在那个时代，每天能吃到“旺旺”无疑是少数“先富起来的人”的专利，但膨化食品靓丽的外表，却无法掩饰其内在的空洞和虚幻。成天啃着“旺旺”的旺旺内心是虚空的，虚空到在城里打工的父母，在他的眼里永远只是一张汇款单。“惠嫂原来也在外头”，回家是生孩子的，生了一个男孩，还在吃奶。实际上，故事的发生，就存在于这个“哺乳期的女人”和成天啃“旺旺”雪饼的孩子之间。

旺旺从小就没有吃过母乳，“衔他妈妈的奶头只有一次，吮不出内容，妈妈就叫疼”，旺旺是吃着用不锈钢调羹从不锈钢碗舀出的乳糕、牛奶、亨氏营养奶糊、鸡蛋黄、豆粉长大的。旺旺长得壮，“比拱奶头拱出来的奶丸子还要硬铮”。奶奶告诉他，不锈钢调羹，这个没有温度的器皿，击打不锈钢空碗所发出的悦耳的工业品声响，就是“妈的奶子”。或许，在旺旺看到惠嫂的乳房之前，奶子对他而言，就是如此坚硬而冰冷的。“旺旺一直留意惠嫂喂奶的美好静态，惠嫂的乳房因乳水的肿胀洋溢出过分的母性，天蓝色的血管隐藏在表层下面，旺旺坚信惠嫂的奶水就是天蓝色的，温暖却清凉”。弗洛姆说过：“女性的力量就在于以自己的全部血肉和情感使孩子成长起来，失去母亲的童年，是不正常的童年，他们的心理往往会发生扭曲和变态，他们往往在最初遇到的女性身上寻找母亲的影子。”于是，旺旺第一次赋予空洞的汇款单以具体而丰满的形象，那就是惠嫂的乳房。“硕健巨大”的乳房，满足了他对母性的所有憧憬和想象，旺旺犹如一个漂泊归来的浪子，在这里找到了心灵的归宿，他“拨开婴孩的手，埋下脑袋对准惠嫂的乳房就是一口。咬住了，不放”。

然而，没有人知道旺旺的心事，没有人理解旺旺的梦想，他的行为立即遭受到全镇人的责难。人们说：断桥镇的大人也没有这么流氓过。为此，爷爷狠狠打了他。“他并没有哭——泪水汪了一眼，掉下来一颗，又汪开来，又掉。”他的泪水无声无息，肉体的惩罚，让他懵懂地把母性与罪恶混淆在一起，而这种混淆，造成了他这个年龄不应承受的充盈着疼痛的悲伤。或许，圣洁与妖娆的确只有一步之遥。正如惠嫂的乳房，“有一种半透明的晶莹效果，近乎圣洁，近乎妖娆”。当旺旺心中的圣洁被误解为妖娆后，他被击垮了，病倒了。然而，人的天性中对母爱的追求如此强烈，使他无法舍弃那柔软的乳房带给他的心灵慰藉，他天天躲在门背后偷看惠嫂给儿子喂奶，“他的黑眼睛总是在某一个圆洞或木板的缝隙里忧伤地闪烁”。他的忧伤唤起惠嫂强烈的同情。她决定给旺旺喂奶。“惠嫂蹲下身子，撩起上衣，巨大浑圆的乳房明白无误地呈现在旺旺的面前。旺旺被那股气味弄得心碎，那是气味的母亲，气味的至高无上。”但是，令人心碎的是，这种崇高感随即被罪恶感所淹没，乳房化作了邪恶的诱惑。“旺旺不敢动。那只让他牵魂的母亲和他近在咫尺，就在鼻尖底下，伸手可及。旺旺抬起头来，一抬头就汪了满眼泪，脸上又羞愧又惶恐。”“我不。不是我妈妈。”旺旺扔下这句没头没脑的话，瞬间就粉碎了惠嫂行为的崇高与圣洁，她也近乎疯狂了：“她的泪水泛起了一脸青光，像母兽。有些惊人。”她对围观的人“凶悍异常地吼道：你们走！走！你们知道什么”！

古希腊神话中，有一则讲述大力神赫剌克勒斯的故事。赫剌克勒斯在十字路口遇到两位美丽的女神，一位自称“幸福”，另一位叫作“美德”。“幸福”说，只要追随她就能够轻而易举地获得各种人生享乐；而“美德”则告诉他，只有通过劳动和磨炼才能获得真正的幸福。赫剌克勒斯的选择其实也是我们人类的选择。或许，美总是会呈现出正反两个截然不同的面，一如美丽的乳房，既是圣洁母性的象征，又是欲望堕落的诱惑。不同的选择，折射出心灵不同的镜像。毕飞宇在《哺乳期的女人》中以一个又一个沉甸甸的细节，揭示了人性中最阴暗的部分。赫剌克勒斯的十字路口，密布在日常生活的每一个角落。

是的，平静的、有劲道的、不露声色的叙述，一定会榨干生活全部的水分，貌似平淡实则撼人心魄的“残酷”叙述，才有可能造就短篇小说叙事强大的“内爆力”。这里，我们再次体会到小说叙事的意义所在：小说，尤其是短篇小说，仅仅讲述一个故事是不够的，它应该是既有趣又被升华了的故事。许多杰出的小说家选择这样给叙述增加“几何级数”，毕飞宇同样如此。而娴熟自然地将一个普通的故事进行富有寓意和吸引力的升华，正是一个小说家的责任和使命。而这种“升华”，“超越”生活本身的高度，是作家的价值取向、艺术才华和叙事伦理的综合体现。毕飞宇以超然的笔法，描摹了我们这个变动不羁时代，乡镇生活中人性的逼仄和苦楚。

一个小说家，如果仅仅局限在对现实本身的打量、揣度和判断，也就无法发现更多的隐藏在表象之下的秘密，无法发现更多人性呈现中命运的变数。因此，一些喜欢超越现实的作家，就会建构变奏、“飞翔”的寓言。

《地球上的王家庄》就是这样一个寓言。在毕飞宇的“王家庄”系列作品中，这个小说可以算是一个“另类”。在《玉米》《玉秀》《玉秧》《平原》等作品中，王家庄是鲜活而丰富的，在历史大背景下，生活的细节，把这个不起眼的村庄一点点地铺展开来，人物的喜怒哀乐，填充了村庄的每一个角落，使“王家庄”具有了属于自己的温度，真实可感，且愈加饱满。但是，毕飞宇精心营构的“王家庄”在《地球上的王家庄》这部短篇中，渐渐地消失在一张小小的“世界地图”里面。“世界究竟有多大？到底有几个王家庄大？地图上什么都有，甚至连美帝、苏修都有，为什么反而没有我们王家庄？王家庄所有的人都知道王家庄在哪儿，地图它凭什么忽视了我们？”看起来，这就像是几个蒙昧孩子的玩笑话，但其实已经暴露了作者创作的真实意图。作者在“王家庄”的前面加上了“地球上的”这样的限制语，很显然，作者所要讲述的故事范围已经扩大。他想写的已经不再是玉米、玉秧等这样的小人物、小事件、小的生活断面，一张世界地图，已然把话题引向了对中国与世界、地球与宇宙、存在与本质的探究与思考。

“世界一定有一个基础，这个是肯定的。可它在哪里呢？是什么托起了我们？是什么支撑了我们？”加上上面那几个问题，一连串的“天问”，毕飞宇却将它们交给了一个八岁的孩子，而读者读起来又毫无违和感，这是小说中最有意味的部分，也是彰显作者创作风格的地方。小说一开头写，“我”可以从一数到一千，却数不清鸭子的数量，这就奠定了诙谐的基调，到后面，“我”猜测着世界的形状，决定带着鸭子去寻找世界边缘的时候，这种诙谐的感觉更是不断地升级，让人忍俊不禁又有点摸不着头脑。不过，可能是因为“我”有一个思绪一直遨游在宇宙间的“神经病”父亲，一切似乎又不再奇怪，都变得顺理成章。而最后，“我”自然也被归入了“神经病”的队列。毕飞宇巧妙且充分地利用了儿童视角和他诙谐幽默的创作天分，把一个如此大的主题处理得如此简单轻巧、举重若轻，仿佛阿基米德的杠杆，在嘴角上扬的一瞬间，就撬起了永恒的沉重。

其实，作品中的“我”，除了有化重为轻的魔力之外，更大程度上是一个对立与统一的隐喻体。“我”身上之所以会产生诙谐的效果，其根源在于“我”生长在王家庄这样闭塞的空间里。在“我”或“我们”的认知里，王家庄是中国的中心，也是世界的中心，世界的版图是由王家庄这个中心辐射开去的。而“世界地图”则彻底地颠覆了整个村子原有的共识。“我”可以说就是封闭愚昧乡村的文化象征，“我”与“世界地图”就是封闭的乡村与开阔的世界，“我”有疑虑和恐惧都是因为“我”对世界茫然无知。故事中的“王家庄”是历史中的王家庄，但王家庄中的现实不论是在特定的年代还是现在，都依然存在着，还有许许多多个“王家庄”坐落在中国的各个角落里，这些村子里的人，可曾像“我”一样，对外面的世界充满好奇，也曾想过要走出村子走到世界的边缘看个究竟？毕飞宇在写这篇小说的时候正值新千年伊始，全球化的时代，中国面临着是否要走入世界的抉择，以及面临着如何走入世界、走入世界后又该如何等问题。毕飞宇用他的小主人公和小主人公的父亲给出了他的答案——“我要带上我的鸭子，一起到世界的边缘走一走，看一看。”“地球是不能用眼睛去找的，要用你的脚。”不论怎样，毕飞宇都坚持要勇敢地走出这一步。危险的最大值很可能就是安全的临界点，世界的边缘，也可能就是世界的中心；地球是圆的，不论我们怎么走都不会一直“坠落”。不论从什么角度来讲，这些似乎都不是一个八岁的孩子所应该考虑的，它是一个国家甚至是全人类所要思考的哲学问题。但是，谁又能说得准，或许孩子简单纯真的本质，就是打开真理那扇大门的钥匙呢？

毕飞宇凭借这个不到五千字的短篇"窄板"，举重若轻地就把王家庄"拎"在了地球上，恰似亦真亦幻的醉拳，出神入化、意象迭出，于虚实之间点击世相的"存在"。想想看，这是怎样的一种叙事策略？小说中的一招一式，拓展着想象世界的柔步与"勾连"，呈现出毕飞宇成竹在胸的文学自信和变幻莫测的艺术才华，叙述于波谲云诡的纷繁意念中，寻求一种特定时代世界平衡的哲学确证。

我一直认为，短篇小说由于艺术表现形式上天然的短小、敏锐、快捷以及有叙述技术上的探索性特征，往往凝聚着作家更深层次的艺术思考与追求，进而更能凸现作家的艺术创造力。这一点，在《地球上的王家庄》里体现得非常突出。一个小小的王家庄，如何能"立"于地球之上，进而容载下特殊时期那极端的话语思维和体系？小说家要采用什么方式，去覆盖这个存在世界的真实具象，才可能抵达意识空间的朦胧与幽深，并且，义无反顾地实施虚实幻化转换的"存在"勘探？我想，毕飞宇一定是让自己的翅膀紧贴想象的地面飞翔，进行着超越现实、创造寓言的哲学实践。因为，存在的可能性在哲学家那里，就是反思的结论性终点，而在小说家那里，则是小说的想象起点。一旦小说家把"存在"的可能看成小说思考的对象，那么就"可能"开拓出一个崭新的想象天地。对此，昆德拉说得很明白："小说家是存在的勘探者，小说不研究现实，而是思考存在，研究存在。"

进一步讲，在《地球上的王家庄》里，毕飞宇把一切意识形态的道具和生存苦难，统统推到了叙事的后台，掩蔽于地下，由此预留出一大片“纯真”的天空，通过一个八岁儿童蒙昧未开的想象之眼，来探测这个虚幻的地球和整个不知属于谁的宇宙空间，去寻找这个世界存在的真相。小说中，读者只能隐约看到“教育要革命”“学制要缩短”等标语，疯狂的政治斗争被作家滤掉之后，乌金荡、大纵湖那田园牧歌式的自我氤氲凸显了出来。“我”、父亲、王爱国、王爱贫，或者村庄中的其他任何人，都可以向世界发出不解的问询和猜测，他们既认为王家庄是宇宙的中心，又一个个游弋于世界的边缘。“我”的乌金荡世界、“父亲”的黑夜世界和村民的“太阳”世界，组成了三个戏谑的虚实“帆板”，父亲带来的一张世界地图，开启了王家庄连接太平洋和大西洋的“环球考察”。事实上，与鲁迅笔下的那个未庄一样，王家庄仍然是一片革命话语覆盖下的启蒙真空，毕飞宇将笔触游走于现实与虚幻之间，对社会与人生进行形而上的哲学考量，深刻表现了“文革”荒谬愚昧的本质，对国民心理与社会虚妄现象进行了双重审视和批判。无疑，《地球上的王家庄》就是一部审视民族人性扭曲、心理变态的寓言。可以这样讲，毕飞宇超越甚至改写了20世纪乡土文学尤其是“伤痕文学”框架中革命、启蒙和审美的话语谱系，我们从发生学和存在学的意义来考察，作家通过“法术性”的想象和语言实践，再次获得了创作精神上的自我确证与突破，在乌金荡的碧水中，荡漾起文学气象的“活态”之波。

毕飞宇曾在接受采访时说：“我写着写着就把文章写歪了。但很奇怪，我写歪了，却一点也不沮丧。”其实，我始终觉得，动笔的时候，他一定是处于某种微醺的状态，乘着醉意起手出拳。上下之间的天地往来，左右扩张的极致有度，动静兼备的神质妙韵，进退由之的幻化腾挪……这一切的一切，都在于毕飞宇“歪”到了点儿上，“斜”中了命门，他“歪打正着”地主动运用一套梦幻般的醉拳，以未被污染的孩童的眼睛，勘探那个时代的荒诞，将人生本能的灵魂诗性，进行了一次有意味的夸饰性扩张。如果说，毕飞宇的代表作《青衣》、“三玉”系列、《平原》《推拿》等创作风格总体趋向于写实主义的“凝重”拳击，那么，这篇《地球上的王家庄》，则是一种虚实相交的“柔术”，是一种艺术的“推拿”，轻盈里透露着刚劲，伸缩处翻卷着智谋，将文学的本质升华为禅性的哲学和妙悟。飘然间，笔端带出柔术般“四两拨千斤”的灵动，恰如杨露禅手托麻雀，以力生力。这种看似用力，实则用意的艺术手法，呈现出毕飞宇创作个性澄净和通透的鲜明特色。

艺术的至高境界，就是能够实现平衡中的哲学。毕飞宇在局促的篇幅里充满哲性的操度，既勘探到了“存在”，也打造出了协调和平衡。小说的结局是，在“文革”那扭曲的时代，父亲早被村民称为神经病了，“后来王家庄的人一直喊我神经病。神经病从此成了我的名字，我非常高兴……我八岁的那一年就和我父亲平起平坐了。”毕飞宇在完成了父与子以及王家庄荒诞的平衡后，也很好地破解了小说哲学的存在密码和互证迷津，于现实与浪漫、主观与客观、具体与抽象的多维组合处，凝聚起一种植根于虚实幻化转换中充满辩证的叙事信仰。无疑，毕飞宇的这种别具一格的艺术创造，是实现自我突破后螺旋式上升的一个新的精神道场。“谁把握了精神道场，谁就具有真正的生命力。”黑格尔的这句话说得真好。我感到，这样的写作，还体现为一种尊严，一个作家的尊严，其中蕴藉着作家的责任和担当，只有这样，其所有的期待，所有的梦想，所有的诉求，所有的激情、真诚和愤怒，都尽在他的叙述中完成。

可以说，在很大程度上，“王家庄”为中国的文学地理填补了苏北的空缺，也为中国当代的乡土文学贡献了又一个“原乡”。虽然，《地球上的王家庄》是“王家庄”系列中的“另类”，但它依然还是“王家庄”。在中国与世界之间的褶皱中，还存在着一个隐性的问题——中国乡村，它像断带一般横亘在未来与过去之间，我们在谋划如何发展、变革它的同时，也应该为这些乡村的命运认真思量。这是《地球上的王家庄》这个短篇小说的隐性思考，这样的忧思，弥漫在整个“王家庄”，也或隐或现地内含在许多中国乡土文学作品中，中国的乡村，早已成为这些作家悠远的、难以释怀的“乡愁”。

一个短篇小说如何能够在有限的叙事时空里，呈现、延展、超越存在本身的人性空间，是体现一个作家信仰、艺术追求和审美维度的关键。托妮·莫里森说过，其痴迷于小说的理由是，“它扩大了我的生存”，对于一个好的小说家来说，文学作品，从来就不会成为滥情和展示虚无的产物，它一定是对生存、现实的深入细腻体察，充满人道主义、人性的追问，在生存现实和理想之间的差距里，洞悉俗世存在的种种不可理喻性。我们看到，毕飞宇的短篇小说，常常从一个从容、节奏舒缓的叙述开始，缓缓地扎进生活深处，从容地咀嚼或吞吐现实生态的龃龉，延展出强大、鲜活欲滴的枝蔓。人文的情愫，被牢牢地嵌入叙事的草地上。他的叙述，看似用力均匀，实则无法掩饰他那种对现实锐利、直面的压迫状态，有时，他常常故意“压迫”故事或情节的形状，以柔美式的叙事掘进，简洁地白描生活原点的恍然。

作家张炜曾说过，一个短篇小说不繁荣的时代，必是浮躁的、走神的时代。一个时代价值观的变化，直接影响着作家的创作取向和审美判断。尽管人们的兴奋点已经分散，小说在这个社会的整体分量也已经大不如前，但艺术家、作家的责任和使命永远也不会终结。我们不祈望文学能在具体的空间和时间内，立竿见影地影响和改变生活，但至少，这种文体所具有的扭转精神生活的张力和纯净心灵的庄重感、仪式感，不应也不会被销蚀和淡化。毕飞宇的小说就是这样，总是能在他的“推拿”中，让我们感受生活的劲道和肌理，如“化骨绵掌”，无声无息地化去遮蔽生活的表象，让我们一次次从阅读中感受那份发现存在之秘的惊喜。

“残酷美学”：小说家的道德考量

——刘庆邦的短篇小说

刘庆邦在当代文坛，以短篇小说闻名。这些年，我们完全可以用“苦心经营”这个词，来形容刘庆邦的短篇小说写作。他在三十多年“持续性”的短篇小说写作中，凭借叙述的耐性和笔力的稳健，已成为近二十年来成就卓著的当代短篇小说大家。有人说他是“短篇王”，也有人称其为“当代中国写底层人的契诃夫”，我认为这些赞誉都不为过。对于一位始终保持旺盛创作力的作家，在此，我们并不急于确立刘庆邦在将来文学史上的意义和地位，随着时间的淘洗，他的有些作品当然会成为经典。这些年，刘庆邦短篇小说的创作量极大，平心而论，虽然前后期作品的水准偶有参差，但整体上，他的短篇小说，毫无疑问代表着当下时代短篇小说写作的高度。无论怎么讲，刘庆邦短篇小说，足以令我们这个时代的写作与阅读感到惊喜。人所共知，20 世纪 70 年代末至 21 世纪初，是一个喜欢给文学和作家归类、界定某种“属性”的时间段，但是，对于像刘庆邦这样基本上不为潮流所裹挟的作家，是很难依据某种特性给其“定位”的。因此，如果现在一定要对作家及其写作有某种“说法”的话，那么，在此我们恐怕只能称其为“持续写作的短篇小说作家”。

可以说，刘庆邦对于短篇小说的钟爱，已经到了难以割舍、如痴如醉的地步。这里，我们可以陈列出数十篇不同时期能够代表他创作风格的颇具影响力的作品，从他前期的《走窑汉》《保镖》《黑胡子》《煎心》《鞋》《梅妞放羊》，到后来的《响器》《踩高跷》《夜色》《不定嫁给谁》《遍地白花》《幸福票》《别让我再哭了》《红围巾》《空屋》《福利》等，再到近期的《黄花绣》《燕子》《一块白云》《玉米地》《远山》等。仅他三十余年写作的三百余个短篇的创作量，就已经令人瞠目，其间又不断有撼动人心之作，足见他写作短篇小说的用心用力、执着坚定，甚至九死不悔的韧劲和信念。显然，这样的写作，已远远不限于对短篇小说文体本身的热爱，这其中，还蕴藉着一个有良知、有责任感、有艺术追求作家的赤子情怀。一方面，他认为，“短篇小说是更纯粹更艺术的一种文体，因为体积小所以也掺不了假”。[1] 他所追求的“掺不了假”的写作，迥异于许多当下作家难以免俗的“功利心”写作，因为在当代，“为稻粱谋”的写作似乎不再是一种“诟病”，而是理直气壮的“顺理成章”。一个已有很大名气，并有很多机会“利用”文字创造财富的作家，却不计较“回报”地对待短篇小说这种事业，这无法不让你对其满怀敬畏。因此，在我们时代，喜欢或钟爱短篇小说写作，在一定程度上就具有了某种写作伦理上的崇高意义。“挣钱从来不是我写作的动力，不挣钱成了我的反动力”，[2] 这种写作姿态使得他的写作在很大程度上偏离了现实的文化语境，具有了一定的自足性。而坚持对纯粹文学写作的追求，成为他执拗的文学理想和精神坐标。另一方面，他笃信，

---

[1] 夏榆、刘庆邦：《得地独厚的刘庆邦》，杜昆编著《刘庆邦研究》，河南大学出版社，2015年，第 40 页。

[2] 同上。

短篇小说对现实、生活和存在具有非凡的“穿透力”，它对生活所构成的绝不是普通的压力，而是巨大的“压强”。[1] 因此，近年在对刘庆邦大量作品的阅读中，我愈来愈坚信，刘庆邦对待短篇小说写作的态度，就是他对待生活的态度和对待生命的态度。他对纯文学是如此的赤诚，他似乎以此在对抗着他与现实的某种龃龉。这就不免使得他的文字在表现生活世界时，显现出叙事形态上的激奋和粗粝。对他而言，短篇小说的确是一种非常纯粹的东西，也正是这种相对寂寞的文体，使他紧迫而从容地逼近存在的真实面相。

几十年来，他全神贯注地聚焦于他所熟悉的那两块生活的领地——乡村和煤矿，那里有他挖掘不尽的艺术矿藏。他小心翼翼、不屈不挠。刘庆邦近乎忘我的写作姿态，近乎某种宿命的写作，颇像鲁迅先生所说的那种“独自彷徨”的状态，这确属鲜见。他深深地了解和体悟到艺术传达对小说形式的内在要求，但刘庆邦写作的初衷始终影响着他对生活和存在的审美判断。“我觉得，写作光用心还不够，还得有良心，也就是凭良心。你可以说凭才华，凭勇气，凭想象，但最重要的恐怕还是要凭良心。”[2] 刘庆邦对良心的理解，是指人的内心对人间是非所做出的认识和判断，是一种极其高尚的人生观和价值观。而且，这不仅具有道德方面的含义，更具有良知良能的人性方面的内容。在这里，短篇小说似乎已成为他思考生活和存在的一种方式，或者说，就是他生命存在的方式。许多人在谈论长篇小说写作时，都喜欢强调作家需要巨大的写作耐心和耐力，其实我觉得，像刘庆邦这样迷恋短篇小说的

---

[1] 引自刘庆邦与笔者的一次通信。

[2] 刘庆邦：《凭良心》，林建法、徐连源主编《中国当代作家面面观——寻找文学的魂灵》，春风文艺出版社，2003 年，第 159 页。

作家，是更需要写作的耐心的。看得出，他努力抗拒着无数的非文学的物质诱惑，虔诚地信奉小说的力量和魅力，凭自己的良心在发掘一个时代的良心，在书写善和恶的审美空间，在思考和叙述中不断地解决自己创作中的悖论，不断地找寻我们时代灵魂和精神的出路。所以，从这个角度来看刘庆邦，他实质上又是一位满怀理想主义的小说家。

那么，面对刘庆邦的短篇小说创作，我们就不能不进一步地思考：他在短篇小说的思想、结构、语言、人物，包括叙事美学方面所呈现出的是怎样与众不同的特征？刘庆邦如何在短篇小说的空间里，克服自己的局限性，“苦心经营”并且做精神“腾挪”？如何发掘短篇小说形式内在的能量，拓展这一文体的想象视野？他的经验如何通过他的才华、激情和虚构进入小说？他的结实而略显寂寞的写作，给这个时代的文学叙述所带来的新的元素和活力是什么？像刘庆邦这样主要写作短篇小说的作家，究竟什么是支撑他持续性写作的动力？他每次在给自己的短篇小说规划结构、爬梳细节的时候，他内心是否总是有一个最能够接近事物和存在本身的“心灵的仪式”呢？

我感觉到，刘庆邦前期的短篇小说写作一点儿也不轻松，而我对刘庆邦小说的阅读也绝不轻松。刘庆邦很早就说过，他写作每一个短篇小说的时候，最初都是想将它们写得美一些，可是，他的笔一旦触摸到现实，就开始变得紧张、严峻起来。明显地，这种“紧张”长久以来充溢在他写作的过程之中。所以，在总体上，他的小说在美学形态或者说诗性建构上就呈现出异常“残酷”的意味。也许，这一点既与其小说的题材选择有关，也与其道德承载的信念有直接关系。但近年来，刘庆邦似乎渐渐意识到这样的“情绪”会大大影响小说本身的质地、品性，会冲淡小说独有的“劲道”、丰润和疏朗，于是他开始注意抑制自己强烈的道德节律和“愤怒”的冲动，竭力调整小说的审美方位，文字也尽力躲避开机锋，日益变得平淡隽永起来。或者说，残酷和柔美，都在小说文本中纠缠撕扯，起伏消长，并且，他在其中尽力找寻俗世生活和人性的美。我不知道，这对于刘庆邦来说，是否更符合他的本意或本性。但我们会看到，刘庆邦的短篇小说开始以浓郁的文学性，进入到一个可以自由驰骋的、非常文学化的空间。我们有理由推断，刘庆邦对小说，尤其是对短篇小说的理解已经发生了质的变化。他之所以沉迷于短篇小说的世界，更多的是因为这种文体给他平实的真情实感、丰富的想象和虚构，及其所追求的寓奇崛于平实的叙述风格，提供了既丝丝入扣的结构力量，也在文字的“空白”处蕴蓄了思想和精神的空间。

其实，刘庆邦最早给我留下深刻印象的作品，还是他写于 2001 年的短篇小说《幸福票》和《别让我再哭了》。这两篇小说给我带来的内心的震动非常之大，甚至可以说是一种灵魂的惊悚。我想，刘庆邦在写这两个小说的时候，一定是迫不及待地想对现实发声了。当然，我们正是在这里真正地见识了刘庆邦的“残酷美学”。应该说，短篇小说《别让我再哭了》是当代小说叙述苦难、悲伤和充满生命苍凉感的佳作，它也是写“哭泣”最精彩的篇章之一。由于这个小说的基调是建立在死亡和宿命的叙述方位之上的，这种哭泣也就成了关乎生死的哭泣。小说叙述的主体是孙保川的两次惊心动魄的哭泣。两次哭泣一次为假，一次为真，前者是真戏假做，后者是假戏真演。孙保川的两次哭泣将生命的境遇演绎得淋漓尽致，凸现出艰难人生的存在镜像。死亡在这里是被硬性规定的，百万吨煤产量约等于两个矿工的可能性死亡指数，这似乎预设某种宿命的合理性存在。但郑师傅和孙保川父亲的死则与众不同，他们都是执意选择死亡的提前来临，以“透支”死亡的决绝姿态，谋求解决自己子女就业问题的方法。郑师傅突然意识到自己的“能耐”是极其有限的，他对儿子说理的力量是苍白的。他朴素地相信会有办法摆脱这种为父的自责和痛苦。于是，他选择了“主动赴死”，这也许就是一个人能够自己把握自己命运的最后能耐。他没有任何恐惧和不安，主动去接受死神的拥抱。我们不能说老郑是草率的，他才是一个真正有存在感、不苟活的人。孙保川洞悉了老郑生死的隐秘，也恍然觉悟自己父亲的死亡谜团，因此才有了这种“惊天地泣鬼神”的生死歌哭。刘庆邦有意选择略带夸张的“死亡后”哭泣，表现当代人对坎坷命运不屈从、不回避的残酷的心灵抵抗。就像一个凝固的意象，刘庆邦的这种貌似舒缓的叙述，的确残酷得令人憋闷和窒息。《幸福票》所表现的是几乎无声的残酷现实，以及人承受存在苦难时不屈服命运、永不绝望的挣扎。刘庆邦通过一张看似可以计量幸福的“幸福票”，向我们展示了矿工和农民存在的“艰难时世”和灰色图景，也向我们提供了认识现实残酷和真实的一个维度。刘庆邦是清醒的，他似乎没有对把握现实无能为力的尴尬和无奈，我们从他的文本中依然能够呼吸到他直面存在真相的现实主义气息。在今天我们所面临的这个急剧变化、繁复无序的生活现场，孟银孩的生存现状和现实遭遇，具有很强烈的悲剧性。一个煤矿的窑主以一张难以厘定价格和价值的“幸福票”，使孟银孩们的内心展开了一场惊心动魄的自我搏斗，也带出社会道德、价值体系的混乱和失序。孟银孩质朴、厚实的品性能够轻松地抵御住欲望的引诱，却无法将意欲兑换成现金的“幸福票”顺利地出手。当“幸福票”被宣布作废时，孟银孩所选择的是没有任何抗争的接受或隐忍。

在这里，小说想表现的绝不仅仅是人性面对落后和贫困时的“低贱”，而是彰显在“死寂”与荒凉的人心沙漠上，小人物的羸弱、无助和艰涩。作者在此并没有显示任何救赎的姿态，其平静的、不露声色的叙述仿佛榨干了生活全部的水分。他貌似平淡地实施撼人心魄的“残酷”叙述，进而形成短篇小说叙事强大的“内爆力”。这里，我们再次体会到小说叙事的意义所在：小说，尤其是短篇小说，仅仅讲述一个故事是不够的，即使它是一个有趣的故事，它应该是既有趣又被升华了的故事。刘庆邦就是这样，常常娴熟而自然地将一个普通的故事进行富有寓意和吸引力的升华。而这种“升华”的内在底蕴则在于作家的价值取向和叙事伦理。

稍后些时候的短篇小说《福利》，接续了前面两篇小说的写作惯性，加之他那个著名的中篇小说《神木》，基本上延宕着刘庆邦对现实的深入思考。它们将刘庆邦小说的“残酷美学”推向了极致。刘庆邦在《福利》中所表现的，同样是“无法直面的存在本相”。读过这篇小说的人，丝毫不会怀疑作者一定是一个有着深厚生活积累的人，即使是一个想象力异常丰富的作家，也难以产生这样的关于“棺材”的细腻而奇崛的想象。煤矿窑主的创意，直接将家旺们拉到生死的临界点上。棺材的功能在小煤矿这个黑白颠倒的世界，发生了彻底的变异。其间的生命、金钱、性等人性的形态尽显无遗。生命的贫瘠和世事的苍凉在叙述的字里行间弥漫开来。在这里我无法不提到中篇《神木》，它所描述的人性、内心世界的道德异化和伦理整形，现实和存在的孤寂和冰冷，则是另一种别样的“叙述的暴力”。冷酷和残忍，作为一种植根于人内心的结构性因素，在重大历史转型期被彻底凸显出来。无论是叫唐朝阳、宋金明（赵上河），还是名字换成张敦厚、王明君，他们凶狠、残忍的阴谋，已将人性扭曲到令人发指的地步。即使是灵魂、良心訇然苏醒的王明君，作家也不得不让他以暴力的方式结束或涤荡掉自己的罪恶。

这里，我不由得想起作家余华一些中、短篇小说中的“残酷”。但余华小说的虚拟性、抽象性显而易见，荒诞、象征、隐喻埋藏其间；而刘庆邦的短篇写实意味浓郁，贴近现实，所以，他的残酷有时更近于惨烈，有时小说叙述的紧张，压抑得让人透不过气来。像《走窑汉》《有了枪》和《回家》等作品，文字中缠绕和笼罩的那种突兀、阴冷、惊悸、失落和惶惑，甚至荒诞和悖谬，直逼人的灵魂。《走窑汉》是最早给刘庆邦带来声誉的小说，我猜想，也许正是这篇具有实验性的早期作品，才给他增添了继续写作短篇的信心。刘庆邦在这篇小说里主要写了张清、马海州和小蛾三个人物，表现了他们之间复杂的情感纠葛和爱恨情仇。人物性格的偏斜与怪异、激烈的心理冲突、人性中的黑暗和非理性状态、他们自身的发展逻辑，呈现出煤矿人生活特定的氛围与情境。这篇写于 1985 年的短篇小说，给我最大的印象是，它是一篇非常讲究技术的作品。刘庆邦始终把握住人物、事件和事件发展的状态，让他们在这种偏斜的生存状态中，呈示出非常独特、细腻的人生滋味。而对这种状态精准的把握，成为小说持续的推动力量。作者的情感和态度在叙述中隐匿得很深，我们看不出有丝毫的倾向性，他将所有有关道德的判断先交给了读者。我想，也许正是因为这一点，它入选了当年上海文艺出版社编选的《探索小说集》。

如果说，刘庆邦在写作《走窑汉》时，还没有很明晰地意识到生活本身所具有的“残酷品质”，并且对自己未来的写作路径一度有些迷茫的话，那么，从后来的《踩高跷》《有了枪》和《回家》等作品便可以看出，他对现实和写作及其关系的理解，已经到达一个很自觉的状态。《踩高跷》写出了人的命运的必然与偶然。乔明泉是一个恐惧井下生活和未来命运的青年，但命运偏偏不眷顾并且有意折磨他，井下事故恰恰砸断他能踩高跷的腿，使他永远也没有机会摆脱一生的恐惧；《有了枪》试图表达一个人在行使工作职责的时候，不经意间对无辜的伤害，从而导致自己的无辜，铸成后半生的遗憾；《回家》则写了外出谋生的一个乡村大学毕业生梁建明遭劫的故事，梁建明丢失毕业文凭，从此难以就业，无颜见家乡父老，仿佛丢失了文凭就彻底地丢失了身份、丢失了机会，从此也就丧失掉存在的理由。他无法在自己家里久留，只能再次离家出走，小说写出了另一种“无家可归”的痛苦、艰涩的生存境遇。应该说，这些小说都是书写不幸和“残酷”，写得平实而凝重，人性的丰富与稚拙也尽显无遗。在人性的微妙的摇摆之中，人性的棱角和善恶的因子、无法逃脱的宿命，被不动声色地讲述着。当然，在这里，刘庆邦也无法变得不“残酷”，因为他面对存在，无力给出也不想给出这些有关生存的答案。那么，刘庆邦的内心肯定也是焦灼、困惑和痛苦的。其实，从一定的意义上讲，写作就是抵抗和拯救，作家就是要与人物一起，对抗日常生活可能带来的堕落。我们能够感觉到，刘庆邦一方面每时每刻都在文字叙述的过程中，苦苦地为他的人物寻找光明的出路，另一方面，他的小说向我们展现的却常常是无奈的宽厚和忍受。也许，小说的魅力就在这样富于表现力的坚实的悖论中。

后来，我重新阅读刘庆邦前期的大量小说，愈加感到这时的刘庆邦，的确是真正地越过了小说写作的一般性边界和层面，通过写作，他在努力抵达存在现场的同时，正竭力抵达自己的内心。故乡河南老家的乡村和煤矿，形成了刘庆邦开阔的小说天地。他几乎所有的作品皆取材于此，以此作为想象、虚构的心灵和地理载体。这不免使我想起近几年所谓“中国经验”和“底层叙事”的一些话语和争论。我倒是觉得，像时下人们所界定的“底层写作”过于简单和草率，而将“底层写作”视为作家写作中一种审美原则更显得僵直和浅薄。其实，像刘庆邦这样的作家，几十年如一日，早就在用心叙述我们现在所说的那个所谓“底层”。而他对这个存在层面的观察，对题材、经验的处理，最能够体现出他作为一个作家对生活和存在的把握能力和艺术功力，同时，强大的道德判断力和道德激情，成为刘庆邦写作的主要原动力。面对自己非常熟悉的生活，以短篇小说的形式来“捭阖”生活，这也对作家的控制力和想象力提出了一个巨大的挑战。我认为，生活和所谓的“经验”是一回事，写作则是另外一回事，现实世界和文学世界之间存在着我在前面提到的一个作家如何“经营”和“腾挪”的问题。这实际上就是作家写作的创造性的问题。所以，我们可能会感慨，刘庆邦三十多年来都在“揣摩”“回味”他曾有的经验，在他所尊重的小说形式中，超越日常生活对精神的覆盖，在想象、经验和叙述之间，发现时代、人性、存在的种种可能性。而我们知道，有更多的写作者，他们非常快地就将他们的经验转换成了文字。倘若如此，在经验和叙述之间，就不可避免地会造成想象力的缺失，也就是叙述张力、想象空间的逼仄。尤其对于短篇小说而言，作家一直要摆脱和避免的，主要是作者在小说中人为的、操作性的或刻意的痕迹。究竟什么样的经验能够进入小说，叙述所呈示给我们的能够唤醒每个人生命经验的故事、情节、细节，它具有多大的引申性和暗示性，这对每个作家都是不小的考验。人们不免会发问：你的故事是精彩和新鲜的吗？你的人物和情境与写作主体之间的审美距离究竟有多远？刘庆邦短篇小说的故事、人物和语言不仅是精彩和新鲜的，它们还蕴蓄着写作主体有关灵魂状态的考证。它们所"点击"到的社会、存在的隐痛"穴位"，穿越矿井的黑暗，渴望光明的愿望，都令我们震颤，进而让我们对刘庆邦的敏锐与执着充满了敬畏。

在这里，我们的确不能不认真地思考作家的写作、审美及其道德感的关系问题。桑塔格说：

> 一位坚守文学岗位的小说家必然是一个思考道德问题的人：思考什么是公正和不公正，什么是更好或更坏，什么是令人讨厌和令人赞许的。这并不是说需要在任何直接或粗鲁的意义上进行道德说教。严肃的小说作家是实实在在地思考道德问题的。他们讲故事，他们叙述，他们在我们可以认同的叙述作品中唤起我们的共同人性，尽管那些生命可能远离我们自己的生命。他们刺激我们的想象力。他们讲的故事扩大并复杂化——因此也改善——我们的同情。他们培养我们的道德判断力。[1]

米兰·昆德拉曾经将小说划分为三个层次，一是讲述一个故事，二是叙述一个故事，三是思考一个故事。乔治·桑塔耶纳在谈到审美表现的时候，讲到了审美的"第一项"和"第二项"的问题：

> 在一切表现中，我们可以区别出两项：第一项是实际呈现出的事物，一个字，一个形象，或一件富于表现力的东西；第二项

---

[1] 〔美〕苏珊·桑塔格：《同时——随笔与演说》，上海译文出版社，2009 年，第 218 页。

是所暗示的事物，更深远的思想、感情，或被唤起的形象、被表现的东西。[1]

在这里，桑塔耶纳赋予审美的“第二项”以深邃的期待。那么，桑塔耶纳的这个“第二项”所要求的，一定与米兰·昆德拉划分的后两个层次的故事密切相关。米兰·昆德拉讲到了对“故事”的“叙述”和“思考”，实际上，这时的叙述已经接近了诗的品质，也是我们常说的被“升华”的叙事。像《空屋》这样的具有浓郁个性的、自传色彩的短篇，就是在亲情、土地、生命的兴衰中揭示生活的沧桑变化、人生的宿命感，在日常生活中发现唯有小说而非传记才能发现和表现的精神、心理、文化亘古不变的存在法则。“空屋”就像是一个巨大的隐喻，母亲的念想、愿望和期待，唤醒我们更深邃的思想。这是一个叙述的故事，是一个思考的故事，也是一个由“第一项”唤起“第二项”的被升华的故事。

从文体的内在机制方面考虑，我觉得，短篇小说是最接近诗歌的文体。它也近乎是“戴着镣铐舞蹈”的一种技术性要求很高的话语叙述范式。那么，如何摆平其中每一个元素，是对作家包括控制力、想象力、叙述能力在内的所有功力的最大考验。因此，敢于非常自信地在短篇这条路上走下去的作家，一定是“经验”和艺术感都相当好的作家。所以，应该说，刘庆邦是一位短篇小说的艺术水准和境界都非常高的作家。

我们看到，这些年来，刘庆邦在叙写苦难的同时，并没有放弃在乡村和煤矿这两种题材中进行顽强的诗意发掘。我注意到，他那些写得优美、蕴涵诗意的短篇大多是取材于乡村生活的文学想象。也许，

[1] 〔美〕乔治·桑塔耶纳：《美感——美学大纲》，中国社会科学出版社，1982 年，第 132 页。

这类题材的作品，更具有古典性，它细腻而细碎的生活形态，更容易进入短篇小说的视野。那些动人的东西，也才更容易被彻底地审美化，尤其是在一个有理想的作家那里，即使是非常现实的事物也会充满浪漫主义的遐想。因而，在从生活到艺术的转换中，其作品的审美的“第一项”和“第二项”可能是相互黏滞的、难以区分的。刘庆邦前期的《鞋》《红围巾》《梅妞放羊》《空屋》和近期的《黄花绣》《燕子》《玉米地》等都可以说是抒写人性、人情美的经典之作。从某种意义上说，刘庆邦的这类小说，也是对残酷和苦难书写的一种精神的或神经性的缓解。

《鞋》《红围巾》和《梅妞放羊》都是充满叙事智慧的、非常精致的短篇。《鞋》这个短篇最大的特点，是小说的整体氛围充溢着温暖和期待。对期待出嫁的少女守明做“定亲鞋”的整个过程的描述，都充满情感的紧迫力。一个少女日常生活中发生的静悄悄的令人心动的变化，女性的渴望与羞涩，生命中的悸动、虔诚、等待、寄托、守望，统统集合在没有任何叙事极端的宁静的厚度里。《红围巾》与之有异曲同工之妙。少女喜如就像是守明的姊妹一样，对自己的未来满怀着向往，她与守明很相似，也是想凭借自己的勤劳创造幸福。在刘庆邦的小说中，有许多篇什是表现少女内心情感世界的。我感到，他试图表现在现代物质社会纷繁的喧嚣中，乡土世界的纯洁的青春躁动、宁静和美好。《梅妞放羊》中的梅妞和那两只刚出生的羔羊，仿佛具有一样的灵性。与前者不同的是，梅妞内心和身体的微妙、美好、纯洁，完全是一次自我实现和完成。刘庆邦的想象力和叙述功力在这里同样显露无遗。小说很巧妙地越过了某种禁忌，干净而坦荡地释放出生命的本真状态和美好情致。人性中朦胧的表情和意绪，与羔羊、大自然顺理成章地构成一幅美的生命图景，充满纯洁的神性和力量。

我一直觉得，《梅妞放羊》和《鞋》这两篇小说之间有着某种隐秘的联系。它们有相近的叙述节奏和小说的韵致，结构简洁而浑圆，汁液饱满，意绪温馨，诗意横生。前者更加蕴蓄、绵密，舒和回荡；后者清雅、感伤，情节富有张力却不事张扬。人物也都是近些年当代文学中难得一见的全新形象。可以说，这是刘庆邦小说中最具诗意和美感的两个短篇，也是他短篇中最具沉郁感的作品。

应当说，一个作家最终的写作成就有多大，不仅与他的小说智慧有关，与他的才情、韧性或神性有关，恐怕在很大程度上还取决于他的德性。在一定意义上讲，美好的德性必是神性的外化，而神性和德性的对面则是世俗。能够在世俗中发现诗意，仍然需要从世俗中“腾挪”出来，这是一个有良知作家的责任。若细细盘整刘庆邦 20 世纪 90 年代以来的创作，在他小说写作的脉络中，我们会清晰地看到这一点。他日渐从高亢激进的理想表达，走入深邃博大的境界，柔软细腻的内在精神在文字中熠熠生辉。这些年，他始终按着审美的精神和立场向前滑行。虽然，我们前面提及的他所具有的深重的道德承载力，不可避免地在很大程度上制约着他审美形态的自然和浑厚。但“文以载道”的古训，也会在相当大的程度上赋予他写作的信仰和激情。不过在当代，这个“道”实际上更多地蕴含着强烈的道德力量和情感担当。其实，刘庆邦十分清楚，对于一个职业作家来说，对社会的批判力量和发掘美的能力是同样重要的。用心去冷静观察、细致体悟和大胆想象，作家才能揭示人们在日常生活中忽视的东西，才能“发现唯有小说才能发现的东西”。[1] 这一点，被昆德拉视为小说唯一存在的理由。刘庆邦之

[1] 〔法〕米兰·昆德拉：《小说的艺术》，上海译文出版社，2004 年，第 6 页。

所以能够不断地发现存在世界的那些幽微的生动细节和别有洞天之处，一个重要原因，就是他特有的将现实的人生体验转化为文字的能力和特质，以及他出色的结构才华。

刘庆邦的小说还经常给我们带来细节和叙事策略上的惊喜。《一捧鸟窝》《守不住的爹》是故事意蕴、叙事结构都很有特点的小说。我注意到，在时间上这两篇小说是连续写成的。在写《一捧鸟窝》时，我感到刘庆邦特别地沉浸于少女小青和弟弟小龙善良美好心灵所滋生的诗意。姐弟俩相依为命的朴素生活，他们对鸟窝的呵护的隐秘内心，纯粹的、无私的天真和爱，他们弱小心灵所承载的生活的磨砺，映射出成人世界的庸俗、低劣和粗暴。这篇小说，我读到结尾时有种通体透明的感觉。我想，这可能是刘庆邦写得最细腻的一篇小说，小说散发着淡淡的感伤的愁绪。看得出，他无法掩饰住叙述中诗性的沉迷，所以，在完成这篇小说的第二天，他似乎还不能平息自己内心的情感波澜，接着写出了《守不住的爹》。虽然，小说在表意上没有延续前一篇小说的主旨，却在完全属于另一篇小说的结构里，放大了前一篇小说的某个细节，通过表现小青爹婚姻的尴尬和困窘，进一步反衬出小青姐弟超越年龄和阅历的单纯与宽厚。让先后完成的两篇小说形成互文，这两篇小说虽不是那种以人物贯穿的“系列小说”，却给人以开阔、舒展的感觉。

《燕子》是刘庆邦刻意“寻美”的代表性作品。这篇写矿区生活的短篇小说，虽然它的故事底色隐隐嵌有悲伤，但林志文和幼年就失去爸爸的纯真的小燕子之间发生的故事，演绎的却是人性、人情和人心无尽的美好。细节是短篇小说最重要的元素，它承载着小说的血肉、温度和个性。不能想象，一部没有细节的小说会苍白到何种情形。细节绵密、动人，是刘庆邦短篇小说呈现美好的重要叙事选择。所以，通过细节展现生活诗意的光辉和美的旋律，是刘庆邦积极地将存在带进另一种形态的魅力之源。《黄花绣》也是一篇重视细节想象的短篇。叙事的耐心，情节的细腻，节奏的从容不迫，内敛而隽永。主人公格明的“黄花绣”既是古老乡村对死亡敬畏的一个纯洁仪式，也代表了一个少女自我的觉醒和憧憬。小说于平实、平淡、平静中闪耀着不屈的光泽，于无声处孕育着人物内心的美好向往和波澜壮阔。

> 时常听到一些抱怨，说现实生活中不如意者十有八九，哪有多少美的东西可写。对了，正因为现实不那么美好，才需要我们从事创作的人去虚构，去想象，去创造一个个美的世界。一些真实的、实话实说的东西往往是不美的，而从作者的理想出发，所虚构和想象的东西，才会到达美的境界。[1]

可以说，这段话基本上道出了刘庆邦小说写作的美学原则和出发点。

当然，尽管刘庆邦开始比较“刻意”捕捉存在的诗意，但艰辛和苦涩、恐惧和焦虑、隐忍与绝望，仍包含在叙述的内核之中，挤压着生活自身应有的温润光泽。实际上，刘庆邦并不是一位具有较强形式激情的作家，这方面，他的小说与阿来的短篇小说颇为相像，在外在形式上都具有一种“拙”气，而很少那些戏剧性的紧张。虽然叙述中既有描写和铺陈，也有转折、突兀和起伏，更有很强的写实功力，常常想制造出清逸和诗化的意境，但刘庆邦写作短篇小说的秘密，更在于追求

---

[1] 刘庆邦：《哪儿美往哪儿走》，《山花》，2008 年第 10 期。

素朴而深邃的文学境界。在“经营”这种文体的时候，能“腾挪”和灵动起来，避免小说叙述的“类型化”，智慧地将存在、现实审美化，是刘庆邦持续写作并保持个性的重要方面。深邃和深刻是有区别的两个判断文本的关键词，深邃应该是相当诗意的形态。我觉得，刘庆邦小说素朴的美学，无疑都是源于对生活深入思考所带来的深邃。这种思考有时是坚硬或沉重的，但那些故事和形象却让我们感到生动、飘逸和柔软。而刘庆邦小说的叙述语言和结构的质朴力量就是在这个时候显示出来的。

所以，我们有充分的理由说，刘庆邦是非常“懂”小说的小说家。我这样讲，是想说明他对小说叙事的高度重视。他重视每一篇小说的叙事方法、叙事角度，情节构成、推进，结构、叙事是否合理。特别是，他始终坚持以自己朴素、结实、厚重沉郁的语言风格进行叙述。对于一位主要写作短篇小说的作家来说，这不仅是小说本身的诗性的要求，也体现了一个作家最宝贵的坚持创造、锤炼生活、高度概括生活的专业品质，以及更好地发掘、表现人性的美好与幽暗的良苦用心。虽然，我们现在能够清晰地描绘出刘庆邦短篇小说写作及其发展变化的轮廓，但他的写作，还正处于接近峰值的一个阶段，我们现在还无法预知他作品未来的形态和格局。但是我坚信，刘庆邦是我们这个时代可贵的内心诚实的好作家，他永远会以自己正直、善良、温暖的目光以及短篇小说的姿势，注视着我们时代以及存在世界的冷暖。

生命究竟都有什么样的颜色？
——阎连科的短篇小说《黑猪毛白猪毛》和《三棒槌》

一

李敬泽在评价阎连科的写作时，称其是在“扛千斤之鼎”：

有的人写小说时像玩儿，有的人写小说像个农夫，阎连科则是力士，扛千斤之鼎。当然，一个把自己弄得去举重的小说家是不聪明的，在我们这个时代，写小说的人通常是聪明人，聪明人不会去举千斤顶，他们去追逐鹅毛。小说家昆德拉发明了一句话‘生命中不能承受之轻’。但阎连科坚定地认为有些事物是实实在在的重，而且决心去承受和测量它如山的重量。[1]

---

[1] 李敬泽:《扛千斤之鼎》，转引自阎连科《三棒槌》，新世界出版社，2002年，第379页。

读罢阎连科的小说，人人都能体会到其不容置疑的“抓地感”。我们知道，阎连科两脚站立在大地之上，所“扛”的千斤之鼎，实质上就是以文字为器，对大地和生命肩负着的一种承载和承诺。阎连科所要“承受和测量”的“重”，其实是以“庄严的写作”去坚韧地面对“没有尊严的生活”。有人说，小说和故事最大的区别，在于前者的“技术性”，实则不然，我一直以为，决定作品以及作家写作成败的关键性因素，不是技术，而是内心的精神格局的大小，是你的写作是否为“庄严的写作”。这种“庄严的写作”就是在面对那些没有尊严的生活时，对世俗生活有自己庄严的认识，从世俗中写出庄严。因此，可以说，阎连科几十年来秉持的人文情怀和美学立场，就是“在世俗的生活中写人的庄严性”。表现生命的尊严，在阎连科的小说里，就成为他的文本永远大于故事的叙事伦理，因为，叙事伦理和尊严的建立，都不是一朝一夕的事情，它是一个有责任感的作家一生的追求，这也就使他成为一个不断进行自我革命的“写作的叛徒”。正因如此，写作对于阎连科，并不是一件愉快的事情。“面对这个现实的世界，我已经魂灵出血。”[1]的确，阎连科在这个时代的写作是不平静的，很少有人像他这样，内心充满对人性、对人的命运的焦虑，强烈地表现出与现实的紧张关系。可以说，阎连科对当代中国现实和存在是正面强攻的，他介入现实的欲望太强烈了。他要在自己的小说中找到心中的现实的结构，生活本身自有它自己的秩序，但他却执着地要梳理出内心的现实秩序，所以，他的小说不断地从现实、从生命真实向灵魂深度的真实抵近。这样，就使阎连科的文本形态显得日益与众不同。

---

[1] 阎连科：《魂灵淌血的声响》，《当代作家评论》，2008 年第 1 期。

其实，近二十年来，真正给阎连科的写作赢得巨大声誉的，是他的一系列长篇小说。20世纪末，他的长篇小说《日光流年》，令其引人瞩目，声名鹊起。这部小说运用了一种所谓“索源体”结构，让一个“单纯”的故事一下子变得异常丰富、坚硬起来。无疑，这也是一部令阎连科在创作上获得极大信心的作品，这是一部关于时间、关于生命、关于死亡和恐惧的作品，也可以说，是把作者自身从叙述迷谷中解救出来的故事。通过这部小说，他似乎在竭力地创造一种新的文体结构，或者说，在一种新的小说理念和哲学理念的照耀下，让一个现实的故事被一种精神照亮，获得再生性的力量。而且，更主要的是，这部文本呈现出一种“结构性”的力量，体现出阎连科非凡的小说结构能力。而这种结构性力量，日后渐渐养成了他写作的内在精神气度，构成了日后他许多小说的血肉，或者是小说的内蕴和灵魂，成为后面一系列小说的精神纲要。正是从这部小说开始，阎连科更加注重对小说文本结构的寻找和锤炼，将埋藏在内心多年的有关故乡历史及苦难的记忆整理出来，并且，激活了现实中处于沉睡状态的那部分生活。《坚硬如水》《受活》《丁庄梦》《风雅颂》《四书》《炸裂志》，一路下来，阎连科似乎已经在自己制造的话语的狂风暴雨中“顺水推舟”，突飞猛进了。每一个不同的故事，都在这里被打造成有密度、有强度、有深度、有冲击力的隐喻性结构。在其间，阎连科像一只“荒原狼”，在他的文字里，也仿佛在人性的、精神的荒原上“狼奔豕突”。在阎连科这里，叙述不是一种“小资”式的所谓“知识分子”作家的绵绵絮语，不是仅仅站在同情和怜悯的立场上，去完成对阴郁的乡土生活及穷困、落后农民的那种隔靴搔痒的人道主义体恤和按摩，而是超越普泛的人道主义价值审美维度，超越俗世的价值观念，在写作中逐渐确立有新的意义和精神价值的“乡土经验”。因此，从这种视界出发，“耙耧山脉”在阎连科的笔下，开始慢慢地耸立起来。我们在这些文本里，看到了一个有关生命的沉实的精神框架，或者说，这些文本为“耙耧山脉”树立起一个坚实、坚硬的骨骼。我们看到，就是在这个骨骼后面，不仅永远站着一个人，一个“力士”，一个“角斗士”，也站着“耙耧山脉”这块土地上一位忠诚、孝顺的儿子。而且，他始终坚韧地树立着一种永恒的姿态，面对坚硬的存在、实有和虚妄、意义与空无，在略微阴郁、感伤的情境里，不断地挣脱出深切的矛盾，经受着残酷的心理折磨。因此，可以说，阎连科是中国当代最具情感担当的重要作家之一。他对人生和现实直面而无情的剖视，显示出他对时代深层结构细腻的掘进式的探寻，也凸现出他与众不同的叙述现实的勇气，以及强大的精神力量。

二

那么，阎连科在运用短篇小说文体，采用“短叙述”去描摹生活的时候，会怎样发挥他的“扛鼎之力”呢？又会有怎样的审美形态？在我以往对阎连科写作的分析中，曾坚信“阎连科写作的内驱力之一，他对现实的冷硬与荒寒之感，肯定会直接影响到他小说的美学、艺术形态。实际上，短篇小说的力量，短篇小说的‘内爆力’、叙事气度和美学风貌，完全取决于文本承载故事、叙事内核的重量的大小。这个‘叙事内核’，凝聚着作家在经验世界中提取出的情感结晶，对现实、存在思索的力度，因此，它也必然是一种具有充足的个性光芒的生命咏叹、一幅别致又精致的审美图像。这个咏叹或者图像，在一个作家的叙事美学谱系里，必将成为他精神价值的趋向，贯穿其写作的始终，构成小说扑朔迷离的神奇景观。对于阎连科而言，近些年的长篇小说写作，是他一次次大规模的、对现实较为全面的整理或整合，这足以缓解他阅世的苦寂感、苍凉感和紧张的意绪。我还不清楚，阎连科在长篇小说写作的间隙里写作短篇小说，是一种写作情绪的调整，还是对某一个有叙事长度的文本的补充。我曾揣摩这两者之间是否具有'互文性'价值追索，这种对存在世界'横断面'的'窃取'，让我们感受到阎连科目光的犀利、锐利和强悍。阎连科也一定笃信，短篇小说对现实和存在世界具有非凡的穿透力，它对于现实生活，在很大程度上所构成的绝不是普通的压力，而是巨大的压强。这种'压强'，使文本呈现出深邃、驳杂、明暗不定、带着一股幽暗苦涩的形态，叙事'坚硬并不如水'，这也是我阅读阎连科小说时，总是感觉他的文本的'骨感'，往往大于美感的一个重要因素。"[1] 因此，短篇小说之"轻"，在他的叙述里，也就愈加地厚重，愈发地浓烈，锋芒毕现，锐意横生。

《黑猪毛白猪毛》和《三棒槌》，就是阎连科表现命运凄苦、现实残酷的两个杰出短篇小说文本。无疑，这是两篇奇崛的小说，让我们在极为狭小的叙述空间和短暂的叙述时间里，体悟到生命的沉重和惨烈，令我们感到生活的光景直逼存在的真实面相，它深刻地演绎着贫穷和权力如何剥夺人的尊严，如何烧灼人的品格和灵魂。在《黑猪毛

[1] 张学昕：《骨骼里树立着永恒的姿态——阎连科的短篇小说及其叙事伦理》，《当代作家评论》，2013 年第 5 期。

白猪毛》里，我看到了一个倾尽了心力，想帮助他的主人公在生活逼仄的缝隙里寻找生机和希望的作家，但这个作家又是如此无奈，在现实、存在面前，竟然只能选择隐忍或激愤。这简直就是酷烈的叙述，几乎令人窒息。一个作家的想象与存在世界的真实图像，正发生着猛烈的撞击或者重叠。因此，当我读罢这篇小说的最后一行文字的时候，仿佛一下子就理解了阎连科在许多文字里表现出的那种不可理喻的激愤。不同的是，这种将理性的力量包裹起来之后的冷峻，更让我们倍觉心碎。

小说里，一个镇长开车撞死了人，无论撞死了谁，都应该负担他理应负担的责任，这是天经地义的事情，不容置疑。但是，这个意外的事件，在这个小小的乡村，竟然成为许多人试图改变生存境遇的一次重大机会。像是百年不遇一般，乡里的四个人，都争先恐后地要去顶替镇长抵罪坐牢，他们都心甘情愿地给自己戴上镣铐。看似不可思议，其中却暗藏玄机。谁能取得镇长的恩宠，就拥有了改善生存状态的可能。在这里，权力具有至高无上的威慑力，它很可能会建立改变生活固有秩序和常态的新逻辑。很难想象，四个青壮年汉子，或者是因为生活的艰辛和困苦折磨，想尽早摆脱每日缓缓升起的噩梦；或者是试图依靠镇长的权力讨要回自己被霸占的媳妇，一个完全可能通过正常法律通道解决的问题；或者为了解决自己弟弟的职业问题，绞尽脑汁寻找巴结镇长的机会。他们都不惜选择牺牲自己的自由和声誉，争先恐后地去代人受过，去蹲监，更不必说有什么人的尊严。问题在于，这竟然成为求之不得的一件大事。鲁迅笔下有一群人“想做稳了奴隶而不得”，这里却有一群人为了基本生存想去坐牢而不得。召集人李屠户只能采取“抓阄”的方式，来抉择可以去顶罪的人选。主人公根宝，却没有那么“幸运”，没有得到可以为镇长消灾的那根“一寸长，发着光、麦芒一样尖尖刺刺”的“黑猪毛”，但他最后辗转从另一位获得“顶罪权”的柱子手里，求取了这次宝贵的机会。我们以为，根宝成家娶妻的梦想可能就要变成现实，但阎连科再一次将现实残酷地推向这个可怜的孩子，使得根宝及一家人从希望的看台，坠入绝望的深渊，因为，被撞死者的家属没有追究镇长的过失和法律责任。

阎连科将这篇小说的叙述背景置放在一个村落的屠宰场：

> 根宝从村里出来，一听到屠案上红血淋淋的尖叫，身上抖了一下，像冷一样，可他很快就把自己控制住了，不再抖了。说到底，是杀猪，又不是杀人……赤背的李屠户正舀着清水往扇肉上浇洗，一瓢一瓢，泼上去，淋下来，红艳艳的血水流过一片水泥地，从一条水沟流到李家房后了。
>
> ……
>
> 屋外又有了一阵猪叫，粗粝而骇人，像山外火车道上的汽笛叫，只是比那汽笛短促些，也比那汽笛混杂些。夹杂有猪的喘息和人的乱哄哄的声音。这样过了一阵，便突然安静了。不消说是利刃从猪的脖下捅进脏腑了。

人与猪，人与畜，同在一个杀戮的“场所”，接受命运的裁决。作家的用意不言而喻。显然，荒诞的隐喻之境，潜伏着有关生命的寓意。阎连科叙写的这个外部世界的环境，立即让我们联想起鲁迅的名篇《药》，这篇我们虽已读过数十年但仍然难忘的现代短篇小说经典，创造了一种 20 世纪独有的现代中国沉重、抑郁、窒息的生存语境和叙事氛围。

华老栓为儿子买下的饱蘸“革命者”鲜血的“人血馒头”，那血色的殷红，虽在他手中早已渐渐褪去，但仍然映照出人心的残酷、无色与坚硬。我们在内里所看到的，是一个有良知、有疼痛感的作家对人生和存在世相无情的剖视。困顿、灰冷的生存样态，就像是一个“无声中国”的缩影。而今，鲁迅半个多世纪前所描绘的存在，竟依然存在。这时，我感觉，阎连科的文字与鲁迅异常相近。

> 剩下的就是李屠夫指挥着说把这头抬去煺毛、把那头挂起来开膛的指令声，还有人们这条肥、那条瘦的议论声。屋子里有些热。忙着挣钱的李屠户，顾不上进来指着哪个人说令一句，喂，你去替镇长顶个罪，再指着剩下的，说你们三个就算了那样的话。也许，李屠户并不知该把这样一件好事留给谁，所以他才只顾杀猪，不管屋里的根宝、柱子、瘸子和李庆。屠户的媳妇和孩娃们都在楼上看电视，从电视机中传来的武打声像从房顶落下的砖头和瓦片。根宝抬头朝天花板上看了看，其余三个人也都跟着抬头看了看。
>
> 李庆说，半夜了。
>
> 柱子说，着急了你先走。
>
> 李庆说，我不急，等到天亮我也等。

这是几个想去顶罪的“候选人”，在深夜等候李屠夫裁定的情形。即使是一个替人坐牢的“机会”，竟然也是如此地煎熬人。此刻的李屠夫就像是他们的大救星，掌握着改变他们中一个人命运的权力。“时间如牛蹄一样一踢一踏走过去。夜已经深得如一眼干枯无底的井。他们就这么干干坐熬着。”最后他们在煎熬中等来的是一个“抓阄”的选择。当柱子幸运地抓到了可能改变命运的那根“黑猪毛”时，我以为这个荒诞的生存游戏会戛然而止了，但是阎连科似乎还要继续让命运再次作弄根宝，以苛刻地展示他的“不幸运”。于是，叙述不露声色地继续“延异”下去，开始将根宝整个生存状态进行“着色”。这时，短篇小说的“紧”，被叙述时间和情节的缓慢“压榨”得更加令人窒息。

家里，根宝的父母已经兴奋得一夜不睡，正为他准备行囊，仿佛他俨然已经是一个即将出征的英雄；东邻的嫂子来提亲了，说在他坐牢出来之后，嫂子那刚刚与丈夫离异的表妹，立刻就与他成亲。根宝只好为了实现这个寄寓着全家期盼的梦想，上门去给获得“顶罪权”的柱子下跪求助，以获得这个难得的机遇。人们心里都清楚，所有这一切的欣喜，都是因为根宝将要为镇长去顶罪。这意味着什么，是不言而喻的。权力的至高无上，以至于令人顶礼膜拜，它又像无形的、黑色的手掌，或者巨大的网笼罩人心。无疑，它已成为沉淀并压迫在人们心上的一座坟墓。

最终，根宝的“梦”，却意外地没有机会实现了。被轧死的那家父母非常“通情达理”，“压根儿没有怪镇长，也不去告镇长，人家还不要镇长赔啥儿钱，说只要镇长答应把死人的弟弟认作镇长的干儿就完啦——”。这个小说，表面上没有刻画人物任何心理的挣扎过程，但却写出了一种业已霉烂和腐朽的悲壮，我能强烈地感觉到，沉重的叙述，在字里行间艰涩地前行。我不得不惊叹阎连科的残酷叙述。人性的善恶、生命的卑贱和尊严，都在俗世的纠缠中被清晰地呈现出来。在耙耧山脉，有血有肉的男人在生活的苦难面前，无法主宰自己命运时的凄苦、无奈、穷困潦倒尽显无遗。我想，阎连科在小说里想表现的，绝不仅仅是人性面对落后和贫困时的“低贱”，他主要想表现的是在残酷的人心沙漠上，小人物的羸弱、无助和艰涩，以及乡村底层对权力的恐惧导致的人的生命主体尊严的丧失，这些，都在作品中尽显无遗。这个小说虽然只是个万把字的短篇，结构简洁而不繁复，是传统的线性叙事结构，但人物的工笔细画，与情节的跌宕流转，在此间构成愁肠百结的空间张力，成为一种“有意味的形式”。而推动小说叙述的动力，则是阎连科在生存、生命的绝境里，逼视、测量人承受苦难和压力的限度，以及拷问、书写生活的勇气。

我在另一篇关于阎连科的文字里曾经表述过：“作家没有显示任何救赎的姿态和悲愤的情怀，但平静、不露声色的艰涩叙述，仿佛要挤干虚构的水分，具有撼人心魄的震慑力，它倔强地挑战着我们的阅读。我们所看到的，是残酷，残酷，还是残酷；凄苦，凄苦，还是凄苦。这么多的人，像是被拴在一个无奈的绳索上面，都朝向一个必然没有出路的入口蜂拥而至，执拗地坚信那其中一定有一个实现梦想的机遇，而这个机遇，实际上就是寻觅一个基本的生存可能性。生活如洪荒、沙漠般的寂寥，无边无际，阴影如阴霾令人瞠目，它继续吞噬着那些最简单、最普通、最基本的生存需求和希望。”[1] 有时，现实的秩序，还可能改变生命的基本伦理，令生命的颜色发生变异，就如同猪毛的颜色，蕴藉着强大的宿命的成分。应该说，是残酷、困窘的现实，改变了生命的颜色。存在世界的荒诞悖谬，颠倒黑白、不可思议的人性变异，将阎连科的“残酷美学”“苦难美学”推到了极致。

---

[1] 张学昕：《骨骼里树立着永恒的姿态——阎连科的短篇小说及其叙事伦理》，《当代作家评论》，2013 年第 5 期。

另一个短篇《三棒槌》，与《黑猪毛白猪毛》的叙述意旨非常接近。在一定程度上，前者更像是后者的续篇。我开始在想，对于后者，我在文本里，为什么丝毫没有对现实苦难悉心追问：生活为什么会沦入如此这般的磨难？也许，无须梳理，我们就清楚了：混沌的空间和木讷的人群，人们的生活就是为了生存而挣扎。那么，人之为人，存在的意义到底是什么呢？苟活？倘若如此，这些飘荡、游弋在乡村的灵魂怎样才能安妥？在中国，一代代人生活过的乡村日渐变动不羁，旧乡村有意味的传统和文化，正在被所谓新的人性欲望吞噬，底色消失殆尽的时候，许多人几乎堕入动物般的生存境地。人即使发展出极为丰富的感受能力，但也只是为了嘴巴和胃囊在一个基本层面奔波，或兴奋或悲愁。当那个刘根宝无力、无意挣脱生活和命运的设定，任凭日子无奈、无尽地流淌时，《三棒槌》里的石根子本能的冲动，似乎煽动起某种并不清醒的自觉，他怒发冲冠，訇然咆哮起来。他对长年霸占自己妻子，欺辱自己到牙齿的李蟒，决绝地做了“一次性”的“了断”。表面上看，石根子的这次“了断”，似乎是一个男人在长期被羞辱状态下的火山式爆发，实际上，这个事件的表象背后，有一股巨大的有形或无形的力量在“怂恿”石根子制造这样一次壮举，也就是说，这是一件迟早都会发生的事情。对于乡间恶霸李蟒，就连弱小的孩娃，也会把可以致人死命的棒槌悄悄地移至石根子的身边，给他提供复仇的便利。石根子打死李蟒后接受法官审问时，法官也在提审中多次暗示石根子，希望他能修改自己的供词，他想竭力帮助他减轻罪责。同样，对石根子奋力一击所获得的最后尊严，无论是不谙世事的孩子、充满理性的法官，还是曾对石根子“怒其不争”的妻子，都因为他终于男人般地挺起了胸膛，给予了符合人性的支持、理解和爱护。石根子从一种自虐、自贱、自卑式的隐忍，到火山喷发式的爆裂，其间经历了长达八年的阵痛和折磨，在极限处生发出不可遏制的抗拒，一切既在情理之中，也在意料之中。这个复仇的故事，看上去丝毫不张扬，人物的命运和可能性，都不是通过性格和外力透露，而是内敛地渗透出一种无穷的膂力，这种力，是外力捆绑、压抑生命时，所产生的一泻千里、不可阻止的反作用力。在人几近崩溃的时候，人的生命本质，或者说人的品质的“另一面”就破茧而出。也许，对于石根子来说，在他生命的最后一段极其短暂的时光中，他的男人的举止，才真正接近了性格最真实的一面。人的性格的复杂性和结构的多层面，体现为人的性格是多极对立又统一的系统，这在石根子身上得到切实的演绎。余华谈到自己创作时曾经说过，“性格关心的是人的外表而并非内心”，如果只注意性格，就会妨碍作家进一步深入到人的复杂层面。那么，石根子究竟是什么样的性格？我甚至想，这是否是石根子的一种非自觉的“本能”冲动？如果是这样，作家及其叙述的意义将不复存在。作家在呈现生命的“细碎”，捕捉最真实的内在形态时，需要表现什么？怎样表现？导演伍迪·艾伦说过这样一句话：“生命有两种，一种是可怕的，一种是悲惨的。”显然，阎连科让人物选择了“可怕的”方式来体会、考验自己的“本质力量”，而暴力充当了更悲惨命运的吊诡的途径，让我们循着苍凉、凄苦的路径，遁入了权力恐惧和人性黑暗的渊薮。这是令人窒息和苦涩的结局，它恰恰产生于找回生命尊严的途中。生命的颜色，也许会由此而发生改变。可以说，《三棒槌》是一篇具有寓言化倾向的小说，充满戏剧性的生活场景，表现出对一个闭塞乡村空间里的现实深刻的反思和反讽。它与《黑猪毛白猪毛》一样，都是一曲没有歌哭的歌哭，一切生命的存在，都在鲜活中沉积出死寂，在摆脱苦难中又被苦难所囚禁，“为了爱而弃爱，为了活而苦活，为了生而逆生”，“荒凉与贫寒无所不在，人与人，吃与被吃，扭在一起。”[1] 存在是喧嚣的，是逼仄的，更是灰颓的。

此前，我的的确确很少在其他当代作家的文本里，看到这样令人心痛、令人心碎、充满隐忍的文字。它给我们提供了一些新的乡土经验、认知价值，而且，文本所呈示的这个世界的大量令人惊骇的图像，是那么令我们恐惧，令我们沉重。蕴藏其间的鲜活而冷峻的生活气息，生命、宿命的回徨，很难让我们陡增直面现实、反抗绝望的勇气，文字里丝丝缕缕渗透出来的，除了惊悚，还是惊悚。因为，在阎连科所感知、表现的苦难的世界里，人心是空虚的和恐惧的。正如王尧所说：“阎连科让我们听到了魂灵淌血的声响。”

三

小说写作，曾被阎连科喻为是“直面现实，其实就是作家拿头撞墙的艺术”。阎连科“撞墙”的含义究竟是什么？他想要撞什么样的墙？此后很长一段时间，在对阎连科小说的阅读中我渐渐清楚，阎连科是以自己真诚的心在奋力地撞“生活的心”，撞击现实的冷硬与荒寒。这种

[1]　孙郁：《日光下的魔影》，《中国现代、当代作家评论》，2007 年第 12 期。

姿态，似乎也决定了他写作的叙事方式和精神的基本取向。我在与阎连科探讨小说叙述和现实之间的关系时，曾谈到阎连科叙事的“急促”和结构的“坚硬”。这种情形，后来也不断出现在他的短篇小说中。我觉得，像阎连科这样的作家，在短篇小说结构里，应该会对生活材料做另一种有别于长篇的处理，尤其是在表现存在世界的矛盾和焦虑时，会放缓叙述节奏，没有想到的是，他始终用力强劲、威猛、严苛，甚至一往直前。如何处理写作中人与现实的紧张关系，作家如何把握“紧之度”，就成为深入地考量阎连科写作的一个最大“变数”。阎连科渴望他的人物摆脱苦难和死亡的厄运，渴望将他们从苦难和死亡的恐惧中解脱出来，这种诉求，使得阎连科将想象力推至“逼真”的极限，用直觉填满生活的空缺，让生活的材料真正地具有生活的气息。进一步说，这种诉求，实在是源于阎连科最内在、最柔软的心灵。他非常推崇中外两位伟大的作家陀思妥耶夫斯基和曹雪芹，他曾在阐释他的“神实主义”理论时，引用刘再复、刘剑梅的论述以为自勉。

> 这两位作家（陀思妥耶夫斯基和曹雪芹）虽然信仰不同，但都有一颗人世间最柔和、最善良、最仁慈的伟大心灵。这是任何知识体系都无法比拟的心灵。这两颗心都极为敏感，尤其是对人间苦难都极为敏感。陀思妥耶夫斯基被苦难抓住了灵魂，曹雪芹也被苦难抓住了灵魂。只是他们一个倾向于拥抱苦难，一个倾向于超越苦难。这两位天才的眼里都充满了眼泪，无论是感激的眼泪，还是感伤的眼泪，都是浓浓的大悲悯的爱的眼泪。他们两人造成了两座世界文学的高峰，风格不同，但都告诉我们：创造大文学作品，无论守持什么立场和“主义”，都应当拥有大爱与大悲

悯精神。一切千古绝唱，首先是心灵情感深处大爱的绝响。[1]

可以想见，阎连科的“精神基座”和“灵魂底线”，就是以大悲悯之心，或拥抱生命，或超越苦难。这也是阎连科作品之所以具有强大心灵力量和“内爆力”的重要因素。

后来，阎连科又明确、高调地提出自己的写作理念，或者说，写作宣言和“文学纲领”——“神实主义”，我想，这一定是阎连科作为一位乐于“直面现实”的作家，在处理与现实、与文学的关系时，一种决绝的、与众不同的选择。阎连科非常清楚，他所直面的不仅是生活的苦难、人性的乖张，更是笼罩生活和人物命运的存在的“结构性”荒诞。阎连科笃信，创作的源泉永远是现实。他崇尚马尔克斯“一切优秀的小说，都应该是现实的再现”，“一个人不能任意臆造或凭空想象”，所以，在连科看来，好的小说必定是源于现实又超越现实的，“再现”蕴藉着作家的叙述功力。好的小说都是有神性的，也就是有精神和崇高品质的。文本的精神维度、情感维度，决定一个作家写作的层次和境界。爱，是阎连科表现底层生命的日常生存状况的出发点，这也是他的作品始终保有生命激情和强烈现实感的关键。

尽管，近些年来，阎连科是当代中国最具争议性的作家，但是“并不是因为他有争议才引起了读者的关注。阎连科是以他对中原父老乡亲苦难的拳拳之心、对历史和现实的严肃思考和有原则的揭露，才赢得读者的尊敬”[2]。孙郁也概括阎连科的写作“在源头上颠覆了 20 世纪

[1] 刘再复、刘剑梅：《共悟红楼》，生活·读书·新知三联书店，2009 年，第 231 页。

[2] 陈思和：《第七届花踪文学奖得主阎连科的授奖词》，《当代作家评论》，2013 年第 5 期。

20年代以来的现实主义理论的基石。这里折射着生命体验的结晶和阅读的经验”。[1]

可以说，在阎连科的创作中，无论是长篇小说，还是短篇小说，我们都会感到阎连科文本结构及其内核的“坚硬”质地和柔软内心。特别是，“坚硬如水”的叙述，蕴藉着深度的灵魂真实，描摹出他“神实主义”的“人体结构”，以此，他不断地叙写着他心灵和情感深处大爱的绝响，继续着他创造性的表现。

---

[1] 孙郁：《阎连科的“神实主义”》，《当代作家评论》，2013年第5期。

生命像聚在一头乱发中

——阿城的小说《棋王》

一

仔细地回想一下，20 世纪 80 年代的小说，现在能够让我们记住的，实在是寥寥无几。其实，这其中的原委，并不十分的复杂。关于 20 世纪七八十年代的文学发生，这些年已经有为数不少的研究文字，但大多还是喜欢从那时的中国政治、文化转型的视角，反思文学外部因素对于文学尤其小说创作的影响，还依然沉浸在文学社会学研究方法的窠臼之中。这是一个很可悲的批评和研究现状。而事实上，"20 世纪 80 年代"仅仅是一个历史的发生过程，它也仅仅是一个不可复制的时间段，近四十年的世道沧桑变化，足以让我们有勇气和能力重新审视这个已经逝去的时间和空间，包括发生在其间的一切。尤其是，在我们重读那个时代文学作品的时候，不应该忽略的，应该是一个作家写作的有限性和文本所蕴藉的无限性、可能性。在任何时候，一个作家不可避免地要表现自己的、个人性的生活经验，以及他个人对生活总的观念和理解，因此，让他完整而详尽地呈现整个世界和生活，显然是不真实的，这是对写作的一种误解。我越来越觉得，作家在面对一个时代和生活的时候，恰恰是因为其对生活的充满个人性的理解和判断，恰恰是他的想象力和虚构、扭转生活的能力，得以使他超越了种种局限性，超越了对所处时代的浅薄的一般性认识，这样，文本才终至于能够避免“应景”，得以更久地存活下来。而且，我的看法是，对个人经验愈发充分地珍视，并且能够呈现出个人情怀如何自然地沉入大历史的风云际会，叙事中的个人经验和家国记忆才可能构成文本的真实编码和独特性。这样的作品，才会具有对时间和阅读的穿透性。无疑，我们对经典的期待由来已久，几乎成了真正写作者和阅读者挥之不去的情结。

我也常想，在不久的将来，如何对 20 世纪 70 年代末以来的中国当代文学进行重述，的确是一个难题。即使现在来看，已有的文学史描述，早已显得局促和陈旧，令人难以接受和信服。这不仅因为以往的社会学、政治学的标签化限制了对文学的美学界定，更主要的是，我们总是习惯将文本置于文学与现实的对应关系的层面，来考察所谓文本的历史、现实意义及其价值，而很少重视文本中所蕴藉的生命本身的承载，忽略了作家在文本中寻找人生、生存意义的个人修辞方式。

像阿城的《棋王》《树王》和《孩子王》，还有，像韩少功的《爸爸爸》《归去来》这样的小说，自从被肆意划入“文化寻根小说”之后，不仅使得对它们的阐释出现了局限性，而且还将直接导致对它们的文学史定位的偏差。因此，我也日渐理解了“当代文学是否宜于写史”的质疑。

无疑，阿城的《棋王》，是一篇奇特的小说、杰出的小说，是一部永远值得“重读”的篇章。这个关于生命的故事，既有自身无与伦比的传奇性，更具有超出一般文化层面的世俗品质。甚至，它在一定意义上，整理了我们以往关于小说的许多理解和观念。最关键的，是它产生的年代，令人瞠目，令人叫绝。它为何会产生在20世纪80年代初的中国？它不是所谓“与时俱进”的小说，何必非要将其“划归”到“文化寻根”的序列？这部极其“形而下”的小说，缘何深藏着极其“形而上”的内涵？一个下棋和“吃的故事”为什么有如此大的张力和多义性？回顾与它同时期出现的“‘文革’后文学”，《棋王》早已没有了“乌托邦”微言大义式的架构方式，它淡化了历史、革命和变革的纠结和沉重感，也没有刻意叙述成寓言，更无对意识形态的即兴敷衍。阿城一上手，就底气十足、另辟蹊径、举重若轻、杂花生树、徐徐道来，直逼小说俗世品质的本意。自它1984年横空出世三十余年来，我数次重读，每每爱不释手，总不厌倦。时至今日，我仍然愿意在这个文本世界里，体味一个人在一段岁月里的“艰难时世”，体味生命在时间之河中的影像和记忆。

二

这是一篇地道的中国当代的“世俗小说”。我想，它的写作，没有任何文学之外的负担，绝少启蒙叙事那样的功利，它只写人的“生”和“活”，“原生态”的时空表现，没有混沌的杂音，没有处心积虑的算计。因此，这是一篇极其纯粹的中国小说。

可以说，《棋王》的故事，是一个象棋的故事，一个饥饿的故事，一个知青的故事，一个世俗的故事，一个充满神性的故事，更是一个很“旧”、很扎实的故事，所以，它就有了其他作品难以比拟的传奇性。同时，它写出了一个人的认真和倔强，一个人的执着和痴迷，一个人的散淡和率性，一个人的恐惧和洒脱，一个人的智慧和纠结，一个人的从容和沉重。也就是说，这既是一个人的生命哲学，又是每一个人的存在宿命。再者，它仿佛在棋道和吃相之间，一下子连通了清雅与俗世的关系，让俗世于不经意间飘逸地进入了一种非凡的境界。很难相信，这个故事怎会有如此巨大的心理、精神和灵魂的容量；也很难想象，这个小说人物王一生，竟然已经成为一个有顽强生命力的美学符号，他凸显了一个时代的凹凸，影射了一个时代的贫血，民风与官气，以及乱世偷生。另一方面，这个时代也因之更清楚“神”和“魔”的区别。在这个故事里，或者说，在讲述这个最纯粹的“中国故事”的时候，阿城同时把最雅致的文化象征物——棋，与最具世俗性的“民以食为天”的“吃”，也就是精神和物质这两个既有区别又难以分割的层面，胶着一处，不露痕迹地演绎开来，使人读来手难释卷。最令人折服的是，阿城写出了两者之间妙不可言的辩证关系，写出了它们之间的“法度”。读这篇小说，必须放下架子，以地道的世俗经验和情感“浸淫”其中。实际上，阿城早已深谙中国传统小说之道，在随笔集《闲话闲说——中国世俗与中国小说》中，他细腻而简洁地梳理了中国“世俗小说”这一路的来龙去脉，从《红楼梦》《老残游记》到“鸳鸯蝴蝶派”，他审视从清末至民国的世俗小说，可谓林林总总，气象万千，特别是，在对其精髓了然于心时，他也才体悟到世俗小说的真谛。我也正是在读到了这本《闲话闲说——中国世俗与中国小说》之后，才猛然领会阿城小说叙述的范本和根脉。原来，阿城小说蕴藉着阿城独特的“世俗”观，他的文字并不是肆意敷衍成篇。后来，我又看到阿城的“小短篇”结集《遍地风流》，一下子就明白了为什么会有这样一个大气凛然的《棋王》。此前，阿城的功夫已经坚韧地修炼过，很是了得。哈佛大学王德威教授，曾精准地描述阿城的世俗观：“千言万语，阿城的世俗可以归纳到一个‘自为的空间’。这是一个浮世的空间，容得下男耕女织，可想也难清除男盗女娼。这是一个花样百出的空间。阿城认为世俗是文明的源头活水，总为礼乐教化提供额外的出路。”[1] 这额外的出路是什么呢？我想到了贾平凹当年的散文《丑石》，有“丑到极处，便是美到极处”之说。那么，“俗到极处，就是雅至极处”这样的说法是否成立呢？

了解了阿城的写作来路，自然就会慢慢清楚这个《棋王》为何引领当代短篇小说风骚三十年。而且，我坚信，它还会继续引领。一个作家，能有这样一篇作品永远存活于世，实在是足矣。

这个棋王——王一生，他的人性中附着了无比阔大的神性，而他身上渐渐滋生的神性，被俗性丝丝缕缕地、渐渐地剥离着。在这里，人物的神性和俗性，都不玄虚，在王一生的身上充满了不懈的元气。如果从人物塑造的角度考察中国当代文学，那么，王一生这个人物形象，无疑是一个独特的存在，也是十分“稀有”的、能够让我们真正记住的形象之一。王一生的“知青”身份，在这个小说里，显然已经不作为叙述的一个噱头或者关注点，“知青”这个略带有政治感、使命感和历史感的命名，已经被充斥其间的强大的世俗氛围笼罩和遮蔽了。取而代之的，则是体现在许多方面的“骨”“气”“慧”的文化气韵。从这里看，阿城

[1] 〔美〕王德威：《当代小说二十家》，生活·读书·新知三联书店，2006 年，第 307 页。

在1984年，就已经走到了“先锋小说”和“文化寻根小说”的前面。

“棋”和“吃”，是阿城用来支撑这个小说的两大基石。前者绝对是文化的，有大的“道”在其中，意蕴深厚，千年如斯，峰回路转，曲径通幽；后者，大俗至简。在文本里，棋和吃之间的微妙关系，已然融化成一体，相互缠绕，相互拉动，彼此促进，密不可分，故事和情节在浑然中衍变。在这个文本里，若想厘清这两者到底是谁“滋养”谁，实在很难说得清楚。在以往对这个文本的阐释和解析中，大多更加关注“棋道”中所蕴含的文化之意，而较少研讨“吃”里所蕴藏的深意和玄机。

我们先来看看文本中几个有关“吃”的细节。写得确实令人叫绝，读罢，竟然会让我们产生无限的悲伤。

> 列车上给我们这几节知青车厢送饭时，他若心思不在下棋上，就稍稍有些不安。听见前面大家拿吃时铝盒的碰撞声，他常常闭上眼，嘴巴紧紧收着，倒好像有些恶心。拿到饭后，马上就开始吃，吃得很快，喉结一缩一缩的，脸上绷满了筋。常常突然停下来，很小心地将嘴边或下巴的饭粒儿和汤水油花儿用整个儿食指抹进嘴里。若饭粒儿落在衣服上，就马上一按，拈进嘴里。若一个没按住，饭粒儿由衣服掉下地，他立刻双脚不再移动，转了上身找。这时候他若碰上我的目光，就放慢速度。吃完以后，他把两只筷子舔了，拿水把饭盒充满，先将上面的一层油花吸净，然后就带着安全抵岸的神色小口小口地呷。
>
> 他对吃是虔诚的，而且很精细。有时你会可怜那些饭被他吃得一个渣儿都不剩，真有点儿惨无人道。

王一生旁若无人、全神贯注的吃相，令我们瞠目。那是一个饥饿的年代，人对粮食的憧憬伴随着一种强烈的恐惧感。王一生在棋盘上是那种“无我”“忘我”的状态，而他在“吃”上，也依然是“忘我”的，较之前者是有过之无不及的。特别让我们惊异的是，王一生在面对食物时的虔诚，那种娴熟的吃法，唤起的竟然是我们内心巨大的悲悯。在他这里，食物不是用来养生、享受的，而是用来战胜对饥饿的恐惧的。因为，王一生永远处于一种无法踏实的生命状态。“吃得很快，喉结一缩一缩的，脸上绷满了筋。常常突然停下来，很小心地将嘴边或下巴的饭粒儿和汤水油花儿用整个儿食指抹进嘴里。”在对王一生的一系列动作进行了细腻表现之后，阿城用了“惨无人道”四个字，来总结这种对待食物的饕餮之相。

> 有一次，他在下棋，左手轻轻地叩茶几。一粒干缩了的饭粒儿也轻轻跳着。他一下注意到了，就迅速将那个干饭粒儿放进嘴里，腮上立刻显出筋络。我知道这种干饭粒儿很容易嵌到槽牙里，巴在那儿，舌头是赶它不出的。果然，待了一会儿，他就伸手到嘴里去抠。终于嚼完和着一大股口水，“咕”的一声儿咽下去，喉结慢慢移下来，眼睛里有了泪花。

读到这里的时候，我的眼里也噙满了泪花。我相信阿城的描述一定具有真实的生活基础，否则他断然不会写下如此令人惊悸的场景。我实在是没有任何真正意义上的饥饿的经验，我对于阿城描绘的王一生的饥饿体验，很难产生心理上的渗入肌理的感受。

余华极为推崇博尔赫斯小说里的一段话：“我一连好几天没有找到

水，毒辣的太阳，干渴，和对干渴的恐惧使日子长得难以忍受。”这句话表达的感受，与阿城小说所凸现的人物心理完全一样。这个句子令人赞叹的原因，就是因为在“干渴”的后面，博尔赫斯告诉我们还有更可怕的“对干渴的恐惧”。同样，王一生也绝对不是仅仅对一顿饭有期待和渴望，而是不知一顿饭的后面，下一顿饭在哪里，什么时候才能吃得到。所以，我们在文本里面，还看到了王一生对食物及其产生的热量的精确计算。那么，在这样的生命的艰难处境下，一个人如何消解这种忧愁和困顿？“何以解忧”？唯有象棋。于是，就在这个时候，与“吃”衔接和紧密呼应的，就是“棋”的出现。棋，从最原初的“苦中作乐”开始，扭转了一个人存在的精神境遇，也在平淡隽永的文字里重新整饬了生命的状态。

还有，王一生来“我”的农场访问时，在吃完蛇肉、下过棋之后，知青“脚卵”为了表示对王一生的敬意，又拿来六颗巧克力、半袋麦乳精、纸包的一斤精白挂面。“巧克力大家都一口咽了，来回舔着嘴唇。麦乳精冲成稀稀的六碗，喝得满屋喉咙响。王一生笑嘻嘻地说：‘世界上还有这种东西，苦甜苦甜的’。”这次“盛宴”似乎是一次极大的享受，几碗稀稀的麦乳精，“喝得满屋喉咙响”，这种俗世之乐，除非出现在那样的年代，否则真正是惊奇猎艳的虚拟。

阿城的高明在于，他没有将“吃”“民以食为天”引向所谓文化的范畴来考虑，而是将“吃”与生存统筹一处，陈述一个最平常的道理。我们终于想明白这样一个问题：未知吃，焉知生？

三

在阿城《棋王》这个叙述极其老到的故事里，阿城既写出了一个历史阶段、一个畸形年代的喧嚣浮躁与生命的飘零，写出了在一个逼仄的岁月里人的尊严和风骨，也描摹出一个特殊年代的存在之荒寒。这种荒寒之意，尽管浸入骨髓和肌肤，但却因为一个“瘦小黑魂”在“九局连环”中，独自与宇宙天地的非凡对话，庄严地唤起我们对生活的温存的向往。《棋王》是在写棋，又不仅仅是写棋，它写人物，又不仅仅是写人物，它似乎是写一个人的生命片段，却又是写所有人的生存真谛。

王一生与象棋浑然一体，看上去像是王一生对尴尬人生和苦楚的挣脱，实际上，其中所隐藏的“大乐”“大智”，不是一个“智”能够概括，也绝不是一个“慧”就能阐释的。我觉得，阿城主要想凸显的，其实是那个年代最匮乏的“骨”。因为，骨、气相生，才可能有智，才可能有慧。阿城写“棋”，也像写“吃”一样，仍然有声有色，不拘小节。如果说，他写“吃”是表现人生存的困窘，那么，写“棋”则是努力在帮助一个人渡过一种俗世“苦厄”。因此，所谓雅和俗的界限，在这里也就无关紧要。在棋里，可以“纵浪大化”，在“吃”里，可以寸断柔肠。大雅的事物，原来照旧可以从俗入手；俗的事物，同样地叠加着不屈的志向。这还让我们从棋里看到了一份生命存在的气力，一个人在宇宙里存在的灵魂模样。阿城写尽了王一生的内宇宙，这文字中，呈现出许多阔大、厚实、醇厚的象与意。这些人文意象，身影憧憧，皆根植在世俗生活浓重的氛围里面，扎实，深沉，平淡，质朴。阿城曾说，寻根文学“撞开了一扇门，就是世俗之门”，“世俗之气漫延开了，八九年前评家定义的‘新写实文学’，看来看去就是渐成气候的世俗小说景观”。[1]

那么，可以说，这种“世俗之气”在小说里的表现，自民国以来，到当代的汪曾祺、苏童、阿城等人这里，达到了一个峻峭的高峰。而且，文学写作所蕴藉的世俗品质，一样可以将现代意识充分地张扬出来。阿城笔下的王一生，就是从传统意义的“俗世”走向了具有现代感的“大道至境”。

“一下棋，就什么都忘了。待在棋里舒服。就是没有棋盘、棋子儿，我在心里就能下，碍谁的事儿啦。”“你管天管地，还管我下棋？”“家传的棋，有厉害的。几代沉下的棋路，不可小看。”王一生谦逊地“跟天下人”学棋，他痴迷地沦陷在棋子本身的意境里，不能自拔。对于王一生，比赛、下棋，早已不再是输赢之间的博弈，而是生命中对一种事物的敬畏。王一生的棋，在沉实中充满机智和活力，飘逸洒脱，散淡中包含着谨严，自强不息。重要的是，他的卑微、谦逊和沉迷中透射着宽广和膂力。棋里面，裹挟着桀骜的风骨，是因为这个人物崇尚品行节操。“脚卵”为了能让他参加比赛，送给书记一副家传的名贵象棋，王一生立即敏感起来，坚决放弃比赛，因为“这样赛，被人戳脊梁骨”。他散淡中荡漾着不灭的正气。

对于阿城小说中的“棋”道，已故评论家胡河清先生曾有精彩论述：“我认为王一生的棋道并不仅仅是道家文化的体现，其中又含着现代的精神，是一种东西方精神互相交融渗透而成的‘道’。”“阿城的

[1]　阿城：《闲话闲说——中国世俗与中国小说》，第169页。

《棋王》表面上写棋，实质上则具有多层次的象征意义，表现着他对中国文化传统的历史评价和对中国文化进步的展望。”[1] 在这里，胡河清将阿城的叙述，归结到人类对于精神文化创造的欲望的张扬，凝聚着“天行健，君子以自强不息”的精神气度。而且，他认为，阿城的写作，直抵东西方文化经纬的聚焦点。《棋王》的结尾，写王一生九局连环，车轮大战众棋手，超越了中国棋道自身的闭合，而体现出“奥林匹克”竞技体育的战斗精神，“阿城在这里暗示了一种深远的文化理想：一方面继承中国棋道的伟大传统，同时又使历来被称为‘手谈’的清娱性质的棋道与西方文化的奥林匹克精神在现代意义上结合起来，成为一种兼具独创性和开放性的新文化。”[2]

无疑，王一生对“棋道”的沉迷，已经超出古代棋道的消遣和“清娱”性质，高手对决，月白风清，数千人的棋场，竟又是万籁俱寂。王一生在棋盘上呼风唤雨，内心舒展开来，骤然间如水落石出，乾坤朗朗。

> 王一生的姿势没有变，仍旧是双手扶膝，眼平视着，像是望着极远极远的远处，又像是盯着极近极近的近处，瘦瘦的肩挑着宽大的衣服，土没拍干净，东一块儿，西一块儿。喉结许久才动一下。
>
> 王一生孤身一人坐在大屋子中央，瞪眼看着我们，双手支在膝上，铁铸一个细树桩，似无所见，似无所闻。高高的一盏电灯，暗暗地照在他脸上，眼睛深陷进去，黑黑的似俯视大千世界，茫茫宇宙。那生命像聚在一头乱发中，久久不散，又慢慢弥漫开来，

---

[1] 胡河清：《灵地的缅想》，第 155 页。

[2] 同上书，第 160 页。

灼得人脸热。

众人都呆了，都不说话。外面传了半天，眼前却是一个瘦小黑魂，静静地坐着，众人都不禁吸了一口凉气。

王一生，人棋一体的生命状态，熔道禅一炉，气贯阴阳，沉潜着骨、气、慧的光芒。“俯视大千世界，茫茫宇宙。那生命像聚在一头乱发中，久久不散”这句话，一下子将这个人物的精神嵌入了浩渺的天地宇宙，一头乱发中，一个生命就是一粒尘埃、一颗精魂，肆意在宇宙中旋舞。

即使，阿城仅仅为中国当代文学贡献了这一部《棋王》，写出了这个文学人物王一生，已经功德无量了。

丙崽究竟该如何生长？

——韩少功的《爸爸爸》及其“寻根”考古

一

算起来，丙崽已经活了三十多年了。无论从文学的视角看，还是从文化的层面分析，丙崽，的确是一个“人物”：他有时候在我们的视线里，影影绰绰，波诡云谲；有时候，也隐遁或消失在我们的注意力之内，我偶尔想起他，颇觉怅然若失；而且，他是一个怪物，一个在魔幻语境下富于强烈隐喻特征的、符号化的文学形象。至今，他仍然处于接受美学阐释的兴味之中。

那么，丙崽是谁？他何以让我们如此难以释然？其价值和意义何在？

丙崽，是韩少功的短篇小说《爸爸爸》中的一个文学人物，他和作品一起，“问世”于 1985 年。三十余年来，这部小说文本，始终作为 20 世纪 80 年代中期发生的“寻根文学”思潮中的代表性文本，与阿城的《棋王》、贾平凹的“商州系列”、李杭育的“葛川江系列”、郑万隆的“异乡异闻”一起，经常在文化研究的视域下被界定和考量，成为中国当代文学史研究中一个绕不过去的话题。仔细想想，在七十年的当代文学历史中，有多少文本，有多少人物形象，能够令我们过目不忘？实际上，像《爸爸爸》这样的文本和其中的形象，可谓寥寥无几，屈指可数。

日本学者加藤三由纪，曾在一篇题为《〈爸爸爸〉——赠送给外界的礼物："爸爸"》的文章里，较为深入地谈到这篇中国当代作家韩少功的小说《爸爸爸》的修改。加藤的文章指出，1985年《人民文学》第6期的本子，在收入小说集《诱惑》（湖南文艺出版社，1986年）的时候，作者"稍微有些修订"，但差别不大；大的修订是在2006年，修改本已经收入"中国当代作家·韩少功系列"的《归去来》卷中。鉴于修改幅度很大，这位加藤三由纪就有了如下判断："新版本与其说是旧版本的修订，还不如说是重新创作。""新版本《爸爸爸》包含着21世纪的眼光。"国内的批评家、研究者这些年在谈论这篇小说的时候，也大多没有注意到版本的这一情况，他们并不说明他们征引的是哪一个版本。加藤教授告诉洪子诚教授，日本的盐田伸一郎，早就对《爸爸爸》的修改写过文章，文章的中译版也已在中国发表。这些，令我们深感惭愧，我们都没有注意到，或者根本就不知道。由此，洪子诚教授想到"生长"这个词。他认为：

> 文学作品，包括里面人物，它们的诞生，不是固化、稳定下来了；如果还有生命力，还继续被阅读、阐释，那就是在"活着"，意味着在生长。或许是增添了皱纹，或许是返老还童；或许不再那么可爱，但也许变得让人亲近、让人怜惜也说不定。"生长"由两种因素促成。文本内部进行着的，是作家（或他人）对作品的

修订、改写（改编）。文本外的因素，则是变化着的情景所导致的解读、阐释重点的偏移和变异。后面这个方面，对韩少功来说也许有特殊意义。正如有的批评家所言，他的小说世界里，留有读者的活动、参与的空间，读者是里面的具有“实质性的要素”。[1]

作为最有影响力的当代文学史家，洪子诚教授扎实、朴素且严谨的治史风格中，其实还蕴藉着灵动、思辨和开放的路数。我由此感慨，在一个读者有限的数十年的阅读史中，密切地关注一个文本及其动态的审美演变，既体现出审美活动的复杂性和丰富性，也彰显出一个文学史家和评论家的激情和责任。所以，我愈发坚信，一个时代，只要有一位杰出的文学史家，伟大的作品就不会轻易地流失掉。

在这里，“读者似乎被邀请去做一种心智旅行，……或者被邀请去搜集和破译出遍布在小说中的线索、密码”。无疑，作家与读者的互动，构成了实际意义的美学“互文”。因此，“生长”这个词变得愈加富有浑厚的内涵和无穷的魅力。我们经常说的“一千个读者就有一千个哈姆雷特”“说不尽的《红楼梦》”“说不尽的阿 Q”，其实，讲的都是这样的道理。一部小说、一个文学人物，它是存活在阅读者的心间的，甚至可以说，它是在阅读者的呵护下不断成长的。

可见，从一定的意义上说，一个文学人物的出现、生长和存在方式，不仅显示出一个文本独立存在的价值，也构成了文学史发展的重要内容。不长不短的三十余年，丙崽竟然发生了不同程度的变化。我没

[1] 洪子诚：《丙崽生长记：韩少功〈爸爸爸〉的阅读和修改》，《中国现代文学研究丛刊》，2012 年第 12 期。

有想到的是，2006 年，他的主人韩少功对他依然“放不下”，甚至对他进行了较大幅度的“整容”，作家对作品的这种修改，虽然在文学史上并不鲜见，但是对于一个短篇小说来说，确实可以看出作家对这个形象、这部小说文本的“耿耿于怀”。作家在完成了文本的写作之后，并没有让它独自上路，去开始自己的旅程，而是像一位“监护人”，始终陪伴着自己的“孩子”成长。这样的作家，在文学史上并不多见。这与许多作家，因为政治或一些“集体性”的因素而修改自己的作品，不可同日而语。

在这里，我不想过于纠结版本学意义上《爸爸爸》的修改，但有兴趣对这个小说的写作发生做一些回顾、梳理、思考和判断。在历经几十年的风风雨雨之后，时间，拉开我们与之曾经过近的那个年代的距离，让我们对于文学和生活及其关系的理解，更加宽广和踏实。通常认为，《爸爸爸》是所谓“寻根文学”的产物，韩少功发表于 1985 年的短文《文学的“根”》，被人们视为“寻根文学”潮流的重要理论宣言之一。阿城、李杭育也都纷纷撰文，阐释小说与文化的关系，或者，讨论传统文化和世界文化双重语境下，文学何为。阿城干脆写下了《文化制约着人类》，试图从文化的维度，链接文学的可能性。那么，韩少功、阿城等人，似乎也就成为在“寻根文学”中既有理论，又有创作实践的作家。而 1984 年秋天的“杭州会议”，后来更是被评论家、文学史家视为“寻根文学”的“前奏”，不断地被梳理、澄清或“证实”。这些年来，我也常常在想，这次“杭州会议”以及后来被命名的“寻根文学”，是如何发生的？所寻之“根”，到底是什么？为什么在这个时候，会有这样一股自觉或不自觉的文学思潮滥觞？当时，阿城有一句话，可能真正道出了“寻根文学”的内在诉求：“中国的小说，若想与世界文学进行对话，非能体现自己的文化不可，光有社会主题的深刻是远远不够的。”[1] 仔细思考这句话，可以感觉到，这几位作家对中国文化的命运，皆怀有深沉的忧患意识，而且，充满了以文学写作参与跟世界文学对话的渴望。可以说，在这一方面，这个时期的中国作家，比任何时候都更加具有民族文化的自觉和文学的使命感。

也许，未来的文学史会被不断地改写、重写，甚至“涂抹”，几十年、上百年的文学史，无疑也将变得越来越薄，而像“寻根文学”这样的概念还会不会存留其间，自然难以断定。刚刚过去三十余年的“杭州会议”与寻根文学之间的关系，现在就已经变得扑朔迷离，莫衷一是了。回到当时的语境审视这段历史，已经变得非常困难了。实际上，即使都是在“寻根”的这一面旗帜之下，当时，也还是存在两个截然相悖的向度：一个是倾向于继承中国传统文化，一个是倾向于否定中国传统文化。甚至，介于两者之间的兼容状态也大有人在。就是说，关注中国文化的哪一个层面，要达到一个什么样的目的，人们各怀心思，从来就不是一个声音。[2] 现在看，寻根终究要解决的问题，无非是要找到并建立一个异己的参照系，重塑我们文化的自信、写作的自信。但是，我想，理论的争论和辨析，毕竟只是一个理想的承诺，无论什么时候，唯有文本才可以说明一切，也唯有文本，才有可能以自身的蕴藉，真正还原文学发生的真相。所以，“写作之树常青”这句话，在这里有着特别的意义。

问题是，韩少功对自己“寻根文学”的代表作《爸爸爸》，数年来

[1]　阿城：《又是一些话》，《中篇小说选刊》，1985 年第 4 期。

[2]　参见韩少功、王尧：《韩少功王尧对话录》，苏州大学出版社，2003 年，第 57 页。

仍然难以释怀，这显然已经远远超出了作家对自己作品的某种偏爱，而一定有某些重要的“情结”隐含其中。所以我在想，2006年的韩少功，动笔大幅度地修改、“修缮”这个奇特的小说，究竟源于何种叙述的动力呢？韩少功一定是将文学写作，视为是在一本“练习簿”上的书写和“涂抹”，未来大师的影像，也许就是在这种刻意的“涂抹”中出现的。这是文学和文学史本身发展的一个积极的动态的过程。

二

现在，我们可以回到《爸爸爸》这个小说。

1985年，这篇小说作为选本的头题，被选入吴亮、程德培主编的《新小说在1985年》。吴亮和程德培还为这篇小说写了一段“引言”：

> 韩少功以冷峻的笔调描画了一幅民俗图，湘山鄂水，祭祀打冤，迷信掌故，图腾崇拜，服饰食品，乡规土语，全都囊括在这篇不足三万字的小说中。《爸爸爸》的容量庞杂得惊人。它像一把有许多个匙孔的锁，可以用不同的钥匙去打开。它的语言表层和精神内涵都具有一种震撼人心的效果。叙事语态或晦涩、或沉重、或幽默、或粗野、或俚俗、或奇幻、或象征。丙崽和他娘、祠堂、鸡头峰和鸡巴寨、树和井、仁宝和他父亲仲满、谷神、姜凉与刑天，每个词组后面都系着一种久远的历史，并把它的阴影拖进了

> 现代，让人感到魂魄不散。人性在那种生存状态和文化氛围里以特殊的形态表现出来，它被某种神话、习俗、谬误和人伦所淹没。这部小说尽管非常地凝重、峻冷和超脱，我们仍然能够觉着生命的活力和深沉的感悟与忧虑。在它的字里行间时时透出激动人心的意味，使我们浮想联翩。[1]

由此可见，吴亮和程德培在20世纪80年代的阐释和理解，已经非常“到位”。他们不仅指出了这个文本的历史感和现代性之间的纠结，还引申出这篇小说文本具有更深远的人类文化学价值和意义。时隔三十余年，我们还能在接受美学的“窄门”里，找到怎样的审美“间性”呢？

韩少功在这个小说里，用他的故事，截取了一个时间的断面，一个现实的断面，也是一个历史的断面。这个“断面”简直就是一个“容器”，它承载着我们无尽的想象。正如吴亮所讲的：“容量庞杂得惊人。”这种“庞杂”，几乎容纳了一个村庄的“秘史”，一种生态的原图，一个族群的流变，一个乡土世界或有关人性结构的“原型”，一个有关人类的隐形结构，一种“起源”，一种“创世”感。

我想强调，真的不要忘了，这个小说，产生在20世纪80年代，其中蕴含的“元素”已经足以令人惊叹，它甚至远远超越了文学本身的边界，当然，这也是它迄今仍富于无限阅读魅力的重要原因。

“他生下来时，闭着眼睛睡了两天两夜，不吃不喝，一个死人相，把亲人们吓坏了，直到第三天才哇地哭出一声来。”这个开头，疑似卡

[1] 《新小说在1985年》，吴亮、程德编，上海社会科学院出版社，1986年，第1页。

夫卡的《变形记》，也很容易让我们联想到马尔克斯当年刮起的“魔幻”旋风。20世纪80年代以来，经常有这样的中国作家，选择类似一个“半人半神”或“特异的另类”，从一个特别的视角来试探、洞悉人类本身的诸多奥秘。但是，在这里，我感觉韩少功并不是出于这种考虑。这个小说细致描摹的，都是与丙崽有较为密切关系的几个人物：丙崽娘、仁宝、仲满和传说中的德龙。因此，从一定意义上讲，丙崽其实很难说就是一个人物。他没有性格，没有主体意识，没有生活和存在的方向。他既可能成为一位人们膜拜的神灵，也可以被视为怪物、灾祸的起源，甚至是村寨命运的煞星。他简直就是一个符号或者人类孤独的影子。进一步说，丙崽或许更像是一面镜子，他虽然不知道如何照见自己，却不断地警示世人，而且，他时时用无比简洁的语言和肢体语言，向人们发出疑问：我是谁？而且，你们又是谁？

丙崽一生只会说两句话：“爸爸”和“X妈妈”，但是，他可能正是要透过这两句话，猜透人性的天机。

必须注意到，丙崽娘是文本中一个重要的存在，她身上的尖锐、粗鲁、愚顽无意中传承给丙崽的同时，一股英豪气概、殉古殉道的勇气，同样不应该被忽略。她一只手几乎接生了整整一个山寨的人，自己却生养出一个旷世的怪物。但是，她却能够坚韧、执着地坦然面对。德龙抛弃妻子，男性的缺失，反而使得丙崽娘陡生一股阳刚之气。实际上，她最后神秘地失踪，更像是选择了“出走”。人性中最绝望的选择，也许就是放弃。

仁宝这个人物，在以往的文本阐释中，被确认是“新生力量”的代表，实际上，他是一个最具两面性的人物。他丝毫没有秉承父亲仲满的善良、正直和刚烈，人性的狡黠，在他身上却有着充分的体现。他游手好闲，欺辱弱者，巧言令色，哗众取宠，曲意逢迎。他虽经常去山寨之外的世界盘桓，但也是伺机投机，只是带回几个陌生的概念，而非联通山寨与外部世界；倡导“新思维”，却只学来一些新生事物的皮毛而已。我们在作品中，也没有感觉到韩少功对这个人物较为明确的态度。

所以，我们看到了韩少功的可贵，他在20世纪80年代，就建立起自己与众不同的叙事伦理，在捕捉人与事物及其相互关系的诸多节点上，呈现事物并行相悖的“二律背反”样态，却不轻易地陟罚臧否人物的情感方式、精神向度和行为逻辑，而是兼容性地凸显世界的芜杂和动态之变。人性的复杂性、矛盾性在文本中自然流露出来，作者并不肆意地对人物做出某种规约、限定和判断。

特别是，在读到丙崽失去母亲之后，茫然不知所向，一个人独自地行走和寻找，我不由得产生一种巨大的苍凉感。这种苍凉甚至大于鸡头寨与鸡尾寨交锋、火拼失败后的悲壮。那仿佛是人类“原初民”的踉跄与蹒跚，也似乎像是苍生在寻找来路和归宿途中远去的背影，孑孓独行，沿着妈妈曾经为许多人接生时走过的道路。一路前行，喃喃自语中，他仿佛带走了人类身上那种永远似懂非懂的常态。丙崽发现了女尸，吮吸了母乳，依偎着柔软，沉沉睡去的时候，“寻根”的意味陡然浓厚起来。这个丙崽，可能是一个神明附体的“圣灵”，也可能就是生长在人类庞大躯体上的一胎“毒瘤”。

其实，在这里，作家是寻找文化之根，更是寻觅生命之根、存在之根。这个俗世的图像，或者说场景，状写出神话般的原始气息，与文本中通过德龙之口唱出的姜凉和刑天的形象，相互映射出对人类历史的钩沉。一个有关民族步履维艰、生生不息的隐喻，愈加地清晰起来。

在鸡头寨，时间仿佛是凝滞的，如同丙崽的身体和大脑。历史和时间，人物和空间，始终处于一种混沌、茫然和未知的状态。在一个几乎封闭、蒙昧的存在之境，一切都处于“未可知”的状态。“先民”自由、自在，没有启蒙，没有未来，但却充满了生命的活力。奇怪的是，充溢着东方神秘主义的“祭祀谷神”、“占卜”吉凶、预测事件、祭祀打怨、图腾崇拜，竟然都选择丙崽这个“怪胎”来主宰整个村寨的命运。可见，一方面，传统的文化积淀的力量，统治和主宰着鸡头寨，它像是一个隐形的绳索，规约着山寨的生死轮回；另一方面，人性在一个极其封闭的生存世界里，处于一种自然、无序、野性、冲动、臆测和逼仄的状态。而最终，这个僵化、原始的结构，必将被发展、变化和文明所打破。在韩少功看来，即使没有外部世界的冲击，事物内部的结构性调整、催化和裂变，也会自然而然地到来。

三

我能在两个版本的比照阅读中，感受到韩少功的良苦用心，我也努力揣摩他在 2006 年的“心思”。也许，这就是作家由于一种下意识的“洁癖”，在重读文本时不由自主的修改，准确地讲，也许应该称为“修订”。但无论如何，我们在文本中，还是感受到了很大的差异。至少，我们可以强烈地感受到，最初的版本，文字于简洁中渗透着混沌和粗粝，蕴藉着民间故事般的轻快、平易和率性，叙述语言也颇带些口语的平实、机智，甚至油滑。叙述语言和人物之间的对话，文白相生、不拘小节、杂糅一处、浑然一体，类似一个不修边幅的说唱艺人，在茶楼酒肆的演绎，充满着“裸露感”。而修订版，则极其注重话语的修辞，令文风、语境、叙述节奏以及文字所营构的氛围，都有很大程度的改变。韩少功有意地在“摩挲”原有文字的“糙面”，刻意修饰，保持叙述话语与叙述对象的平衡度，又不失词语的整洁和清晰度。看上去，文字的细致，紧缩了最初版本的开放度，但是，语言的细密和精到，同样产生出庄严、凝重的语境。韩少功格外注重情节、细节的细部修辞，其中，大量叙述话语和人物对话，都有很细致的调整和“改良”。实际上这样做，也体现出韩少功对最初版本美学风格的进一步完善和充实。例如：初版的“寨子落在大山里，白云上，常常出门就一脚踏进云里”，在 2006 年修改版中改成“寨子落在大山里和白云上，人们常常出门就一脚踏进云里”；初版的“丙崽喜欢看人，尤其对陌生的人感兴趣。碰上匠人进寨来了，他都会迎上去喊‘爸爸’。要是对方不计较，丙崽娘就会眉开眼笑，半是害羞，半是得意，还有对儿子又原谅又责怪地呵斥：‘你乱喊什么？’”在修改版中调整为：“丙崽对陌生人最感兴趣。碰上匠人或商贩进寨，他都会迎上去大喊一声‘爸爸’，吓得对方惊慌不已。碰到这种情况，丙崽娘半是害羞，半是得意，对儿子又原谅又责怪地呵斥：‘你乱喊什么？要死呵？’呵斥完了，她眉开眼笑。”

类似这样的例子，比比皆是。日本学者盐田伸一郎曾对《爸爸爸》新旧版本做了细致考校，发现《人民文学》的首发版是 22708 字，修订版是 28798 字，也就是增加了六千字左右，而新旧版本不同的字数，则有 10725 字。在这里，细心的读者不会忽略其中一些重要的变化。我们不仅会看到作家叙述重心有所倾斜，增加了对丙崽、丙崽娘、仁宝和仲裁缝几个人物的描述，而且，作家还对叙述语言做了规范的调整，我们会意识到作家在修改版中强调话语的修辞，关键是，个别词语的变动，无形中增加了叙述方位、叙事视角的重大变化，原本的叙述人“混迹”于文本“作者隐形叙述”之中，现在，基本上浮出了水面。无疑，调整了叙述角度，也就调整了文本的结构，这是小说的政治学。

一般地说，修辞被视为话语的技术层面要求。在炼字，遣词造句，搭建情节、细节和结构故事过程中，作家处心积虑，殚精竭虑，这是谋篇布局的心智体现。我想，在这样一个极为缜密的叙述结构里，修辞绝不仅仅只是一个技术层面的要求，更是一种在思想和精神上具有文化意味的选择。就像亚里士多德讲的那样，“只知道应当讲些什么是不够的，还须知道怎么讲”。就是说，当一个作家知道自己写什么的时候，他在一定程度上已经拟定或预设了叙事的空间维度。发现应该聚焦的生活，洞悉其间或背后潜藏的价值体系，对历史、生活做出深刻判断，这可以视为从整体到细部最基本的文本编码。这里面就埋藏着“怎么讲”的倾向。修辞是一种发现，是一种能力，“细部修辞”，则是那种用心的发现，是很少整饬生活的独到选择和朴素的叙述策略，虽然细部无处不在，但是只有将其作为语言层面的问题来加以重视时，才会产生意想不到的效果。在《爸爸爸》的“修订”版本中，韩少功毫不掩饰地做了大量细部的调整，大量抽象、生涩的词语被替换掉了，包括语气、语句、断句和分行，都重新做了协调，使沉郁、遒劲的叙事风格得到深入地强化，文本的整体意蕴也得到更趋精致完美的丰润。词语的调整和变化，使整个文本更加宽厚、从容和温婉，文体色彩也趋于柔软、雅致和舒畅，因此可以说，作家的修辞在叙述中是无处不在的，我想，只有当作家真正想扮演一个“角色”的时候，他的修辞才会有“独立性”

和广泛的渗透性。看得出来，韩少功在叙述中继续保持着“中立”的姿态，但是，叙述却延伸出更加宏阔的风貌。

2006 年，距离韩少功写作《爸爸爸》这个小说过去了二十多年，包括“全球化”风潮在内的世界格局，发生了令人意想不到的剧烈变化。作家韩少功，对他自己笔下的“鸡头寨”和丙崽们，有了新的理解和思索。文化所具有的强大惯性，拖曳着在历史尘埃里走过的每一个人，这些人有时候身处存在的窘境之中，步履维艰，甚至是难以自拔的。无疑，韩少功比以往更加同情、包容他笔下的人物，因此最早版本中犀利的批判锋芒，渐渐衍化成善意的呈现，这也许是一位作家应有的胸襟。他十分清楚，虽然无力改变大世界的风云变幻，但却可以选择在自己虚构的世界里重新审视人类以及人性的变迁。因为，一个作家，完全可以用内心的善良和真诚，触摸人性的温度，与世界对视，判断人性和自然的神秘节律，掩埋愚昧和丑陋，让这个世界变得日益美好起来。

也许，这才是一个作家对中国文化的理解和期待。

为什么不去跳舞
——读王祥夫的两个短篇小说

一

我们知道，关于短篇小说内涵的界定和理解，因人而异，不一而足，因此，短篇小说的魅力、魔力或可阐释性也就可想而知。在当代，我国许多作家都有自己的短篇佳作发表，很多作品与外国作家的短篇比较也毫不逊色。可喜的是，当代还有一些作家，能够数十年持续短篇小说写作，并保持相当高的品质和水准。汪曾祺、林斤澜、苏童、刘庆邦、王祥夫、范小青、叶弥等，都可谓当代短篇小说的大家，正是他们的写作，使短篇小说创作保持着一定的厚度、深度和高度，尽管短篇小说这种文类在当代处于式微的尴尬境地，但这些当代的重要作家恒久的短篇写作热情，使人备受鼓舞。美国作家厄普代克就曾做过这样的描述，他说现在是“一个短篇小说家像是打牌时将要成为输家的缄默的年代。”[1] 这种来自一个短篇小说家的感慨，难免令人忧虑甚至沮

[1] 《世界著名作家访谈录》，王洗编，江苏文艺出版社，1992 年，第 278 页。

丧。由此可见，短篇小说的落寞，早已不是当代中国的问题，而是世界各国作家都面临的一种困局。那么，苏童、刘庆邦和王祥夫们的坚守，就显得难能可贵，令人敬畏。既然是一种坚守，那肯定是因为有一种信仰在，那他们为何会有这种信仰？因为他们具有坚定的短篇小说叙事伦理，对短篇小说美学精神和传统有所敬畏。

在当代中国作家的文论或笔谈中，经常可以看到他们对短篇大师们的精细解读。王安忆有一段话让人印象深刻，她说：

莫泊桑的《项链》，将漫长平淡的生活常态中，渺小人物所得出的真谛，浓缩成一个有趣的事件，似乎完全是一个不幸的偶然；契诃夫的短篇《小公务员之死》《变色龙》《套中人》短小精悍，饱含现实人生，是从大千世界中攫取一事一人，这出自特别犀利不留情的目光，入木三分，由于聚焦过度，就有些变形，变得荒谬，但底下却是更严峻的真实；欧·亨利的故事是圆满的，似乎太过圆满，也就是太过负责任，不会让人的期望有落空，《麦琪的礼物》《最后的常春藤叶子》就是欧·亨利的戏法，是甜美的伤感的变法，其中有难得的善心和聪明；卡佛外乡人的村气已经脱净，已得教化，短篇小说深奥得多了，也暧昧得多了，又有些像谜，像刁钻的谜语，需要有智慧并且受过教育的受众；卡尔维诺，专门收集整理童话两大册，可以见出童话与他们的亲密关系，也可以看出那个民族对故事的喜爱。[1]

苏童说得更是干脆、直接，他说对短篇小说的喜爱，几乎是“来自生理的喜爱”。他认为：

[1] 参见王安忆：《短篇小说的物理》，《书城》2011 年第 6 期。

谈短篇小说的妙处是容易的，说它一唱三叹，说它微言大义，说它是室内乐，说它是一张桌子上的舞蹈，说它是微雕艺术，怎么说都合情合理。[1]

看得出来，王安忆极力表述出她对世界短篇大师们文本的喜爱和细腻的感受，苏童则对短篇小说的文体形态做了形象的描述和比喻。我想，苏童提出短篇小说更像是一种“微雕艺术”，可能更契合这种文体最实质性的特征。而王祥夫的短篇小说观，同样耐人寻味：

短篇小说的魅力在于由容积带来的种种限制。如果说长篇和中篇是让人们来看，而短篇却是让人们来想。你面对一个短篇，一是不要希望它给你更稠密的故事；二是短篇太像是一颗手榴弹，看上去是小小的一颗，炸开来却是一大片，烟雾腾腾鬼哭狼嚎的。但一般读者更希望看到一个弹药库在那里，有琳琅满目的内容，这一点，短篇小说永远也办不到。短篇小说恐怕难以以宽广取胜，但可以深，是一眼细细的深井，让人一下子看不出它有多深。”[2]

王祥夫在这里强调短篇小说的魅力恰恰在于其篇幅所带来的种种限制，就如苏童讲的是“一张桌子上的舞蹈”，或者是“微雕艺术”。这也毋宁说，短篇的写作就是作家在限制的“高压”之下一次次的出生入死。其实，无论如何，讨论短篇小说的优劣最终都是徒劳的，只有那些身体力行的写作者才真正知晓其中的甘苦和奥秘。如果说“一千个读者就有

[1] 苏童：《桑园留念》自序，人民文学出版社，2008 年，第 1 页。

[2] 王祥夫：《为什么不去跳舞》扉页，北岳文艺出版社，2018 年。

一千个哈姆雷特”，那么，一千个短篇小说就有一千种写法，就有一千种表现形态。

汪曾祺先生的小说写作理念，与前面几位讲的同样到位和“接地气”。他说：

> 我相信接受美学。作品是作者和读者一起完成的。如果一篇小说把什么都说了，读者就会反感：你都说了，要我干什么？一篇小说要留有余地，留出大量的空白，让读者可以自由地思索、认同、判断、首肯。……要使小说语言有更多的暗示性，唯一的办法是尽量少写。不写的，让读者去写。古人说：“以己少少许，胜人多多许”。[1]

汪老的观点，就是王祥夫说的“短篇就是让人们来想”。小说，尤其是短篇小说，“有多少篇小说就有多少种结构方法”，生活的样式，就是小说的样式。我坚信，小说的可能性，一定是仰仗生活的可能性的。只有生活的可能性进入小说之后，才有可能改变或者影响既有的生活。我记不清是哪位作家说过这样的话，我们不可以按着生活的样子写小说，而可以照着小说的样子去生活。如此说来，短篇小说就是要在生活和文体的“规范”和“限制”中无畏地前行，在重新结构生活的同时创造小说的结构。每一位优秀的短篇小说家，都会以自己对生活的把握和独立判断，处理好个人性经验、体验与小说结构之间的隐秘关系，去拓展短篇小说之“深”，而这个“深”，我们则完全可以视为另一种意

[1] 汪曾祺：《晚翠文谈新编》，第 87 页。

义上的“宽广”和“细腻”。所以，好的小说，就是需要创造出另一种不同于生活的别样语境、情境。唯有这种独特的语境和情境，才会凸显文本存在的诗学品质和美学价值。这种语境和情境，最终呈现出的，应该是一个作家，一个灵魂勘探者对自然、人生、命运和灵魂的精确修辞。

二

我们注意到，王祥夫的短篇小说，涉及的题材领域极其广泛，从乡村到城市，各色人等、喜怒哀乐、市井人生，而且，小说进入现实生活的视角也格外机智和敏锐。重要的是，他的表达没有停留在一般性的现实表达与现实经验的层面，而是凭借其结构和语言的能力，写出具有浓郁语言质感的文字，创造出大于呈现经验、复制经验并具有雄浑现实感的新的经验。这些，无疑是审美意义上具有深厚生命意味的哲理、象征和隐喻，让叙述本身超越了故事，超越了人物自身，在一个更高的维度上再现了生活的品质。唯此，也避免了文学叙述可能产生的庸俗社会学的功利性价值取向。可以说，王祥夫就是以叙事的灵魂之“深”，表达上的内心之“柔软”和“细腻”，来呈现生活及人性世界之“宽广”的。恰恰是这种宽广，才让我们深刻地感受到王祥夫文学叙事的独特魅力。以前，我在阅读他的小说时，并不知道他还是一位擅画工笔的著名画家，水平相当了得。直到我第一次看到了他画的工虫，我立刻明白他的小说之所以是如此形态的缘故了，也就丝毫不怀疑王祥夫小说内在的美学功力了。据说，王祥夫从十岁就开始画画，每天都要画上一只鸟，他说现在要趁着还没有老花眼，多画一些。也许，他对绘画比写小说还要投入和沉浸，一个人一旦痴迷于某件事物，必然有“玩物丧志”的危险。但是，我相信王祥夫绝不会“丧志”，因为他在短篇小说写作中所表现出来的韧性，足以见得他若真的“丧志”，也是在他所钟爱的事物上，而他所钟爱的自然都是在“奇志”之列。其实，不同艺术之间是“通情达理的”，“工虫”技艺，实际上也为他的小说写作做了心理的和自信心的铺垫。

王祥夫的小说理念十分清晰，他十分明确作家与生活究竟是一种什么样的关系，小说既不可能高于生活也不可能低于生活，写作只能贴着生活。具体说，这个“贴”应该怎么“贴”？作家与生活的“距离”和松紧度如何把握，并非易事。我的理解是，“贴”不是粘，不是实，也不是密，而是“揉”，是一种精神、心理和灵魂层次上的“过滤”，在叙述上可能就是看似具有叙述平衡感的“一团和气”。当然，这一点可能与作家的性格有关。我相信，小说的风格、表现形态在很大程度上取决于作家的性格。有些作家的性格是很柔软的、内敛的，这样的作家，他的叙事和文字很可能是紧凑的、绵密的，结构上的严谨可能自不待言；另一些作家的性格是很硬的，个性的气场很大，豪放而粗犷，他写起来自信从容，处理人物和细节不折不扣。实际上，从心理学层面讲，人的性格本来就没有好与坏、高与低之分，我们也无法说清什么样的性格更适合作家这个职业。职业的水准、文本的形态无法用性格去测量。但是一个作家有才气、勇气和大格局则至关重要。也许，王祥夫是一个特例。他喜欢酒，诗酒豪情，喜欢花草和古董，又是一位无可争议的工笔、写意俱佳的画家。这些，必然使他的小说埋藏着更为复杂的元素和因缘。像前面提到的他的“工虫”，岂止是一般性的文学叙事的“贴”和“揉”可以比拟的。他的内功、心力和“手筋”，在“捭阖”故事、人物和情节的时候，不软不硬，遒劲中透出清秀，不依不饶；柔韧中充溢着挺拔，刚毅俊朗。他可以在日常生活的常态里发掘出“骨力”，也能够在平淡的人物性格中“复原”其应有的峭拔。我们常提到的叙事的吊诡和乖张，总是在文本中若隐若现，人物心理上的“死角”和细节的肌理，相逢一处，互为渗透和促进，构成叙述的张力。智与情的“推拿”，雅与俗的比重，细腻与厚实，沉稳与灵动，都能体现出王祥夫性格上的包容、多元、自谦的品质和品位。所以，王祥夫的短篇小说里充溢着酒气、浩气、豪气、才气，该淡的时候就淡，该浓墨重彩的时候，却懂得收敛，举重若轻，浑然圆通，读起来令人难以放手。

其实，对王祥夫小说最初的阅读，就让我想起美国短篇大师雷蒙德·卡佛，想来王祥夫的小说叙述，也都是写日常生活的“细碎”和“一地鸡毛”样的世俗气。若干年前，我曾经这样分析和描述卡佛短篇小说的叙事策略：

> 生活就是由许多极大的事情和极小的事情构成的，也可以说是累积、堆砌起来的。而最难说清楚的就是，哪些是重要的，哪些是不重要的，哪些是有价值的，哪些是无所谓的。还有，那些“有深度”的叙事才是有价值的吗？这些，又都是由谁决定的？在小说里，当然是由作家自己说了算。作家会按着自己的构想，也按着自己的方式，坦然地写出他所感觉到的一部分生活，这部分被呈现出的生活，能够给我们带来什么样的兴趣、震撼、鼓舞或沮丧，会因人而异。而且，卡佛的小说所呈现的形态，常常令人

> 感觉他把小说和现实混淆在一起了，这种混淆充满了魔力，我们从卡佛的小说文本里，感觉卡佛仿佛是要放弃虚构，他写得很自我，我行我素，“叙事流”就是生活流，他所呈现给我们的，更多是种种生活场景的有机串联。也许，我们还会有疑问，写实的东西就一定是可靠的吗？一个作家的诚实，是否就可以决定作品的品质或成败？写实和虚构结合，是否更接近小说的本质？写实，或者说能够写实，将梦想融入写实，将写实融入梦想，都是一件了不起的事情。

当然，卡佛始终有自己所恪守的叙事伦理：“在任何情况下，我都无法设想自己以一种嘲讽贬低的姿态对待普通日常生活的题材，或所谓‘俗事儿’。我认为在我们过的生活和我们写的生活之间，不应该有任何栅栏。”[1] 在许多方面，王祥夫的短篇小说与卡佛的短篇小说有极其相近之处。但是，王祥夫就是王祥夫，他有自己的叙述方向，有自己的“劲道”。而且，他不会像卡佛那样，常常可能在叙事的道路上迷失自我，被自己的叙述所淹没。王祥夫与卡佛有一篇题目几乎相同的短篇小说，王祥夫的《为什么不去跳舞》与卡佛的《你们为什么不跳个舞》相比较，可以看得出王祥夫这篇小说的叙事与卡佛小说不同的“流向”。虽然，两者叙述文字的简洁和绵密有异曲同工之妙，但他们各自都有着不可复制的精神气质。也许，王祥夫这篇写于卡佛之后的小说，有意在回避什么，他有意在摆脱卡佛的“死角”，打开一种更舒展的叙述。这一点，实际上是很难比较的。卡佛在貌似一种“流水账”的记忆里寻找人

[1] 〔美〕雷蒙德·卡佛：《大教堂》，译林出版社，2009 年，第 236 页。

在时间里的姿势，试图把生活中的一切都做出“暧昧”的细密呈现；而王祥夫依然还有重新“结构生活”“扭转生活”的欲望，也不乏试图赋予存在某种品质或“本质”的奢求。但是，他们两位好像都特别喜欢在意犹未尽的时候，让叙述戛然而止。

苏童在说起卡佛时，也有自己独特的感受，他说，不错，卡佛是一个记流水账的作家，但“只不过那是一本男人的流水账，可以从低处往高处流。卡佛对文学样板的叛逆也是离奇的，别人努力从高处叛逆，他却是从低处开始”。[1] 这个男人是怎样记流水账的？仔细想想，有哪个作家记的不是流水账呢？关键是，好的作家给我们的不是一个面面俱到的账单，而是给我们一种设法为生活埋单的方法和提示。苏童在这里讲的“从低处开始”，是否可以这样理解和考虑，卡佛在梦想与现实之间，有一种与众不同的自由的叙述方向，他的眼睛所放射出的，是从下面向上逼视的目光，目力所及的地方，未必是一个多么宏大的场域，但是，它的力量，足可以从一个细微处贯通到另一个细微处，从一个灵魂抵达另一个真实的灵魂。在这方面，王祥夫的小说同样表现出对生活和人性审慎的注视，他除了有着像卡佛那样从下面向上逼视的目光，迥然、自信，王祥夫叙述的穿透力和字里行间的“隐忍力量”，有些时候恐怕还是卡佛所不及的。所以，我特别喜爱王祥夫这一类小说。

短篇小说《为什么不去跳舞》，写人生、现实和存在的逼仄，由此极写人性在极度无奈状态下的扭曲，以及因生活所滋生出的吊诡和不可理喻的乖张。这是一篇属于那种“几乎无事的悲剧”的小说，叙事表

---

[1] 苏童：《河流的秘密》，第 202 页。

层的平静背后，潜隐着巨大的波澜。这个故事的情节、线索、人物关系都十分单纯，讲的是小古、美芳这对年轻夫妇和他们的朋友王鹏，这些生活在所谓“底层”的普通人，他们面对生活的艰辛和坎坷时是什么样的状态。这是一个老题材，属于“身边经常会发生的故事”，但是王祥夫写出了令人不可思议的“味道”和意绪，这种意绪将生活的可能性引向了另一种“绝境”。从这个角度讲，王祥夫的工虫技艺，转换到小说叙述中显得更加“辛辣”“手狠”。男主人公小古被解雇而失业了，这种事情，如果发生在普通的家庭就已经是重大事件了，何况这样的生活变故，偏偏发生在一对年轻夫妇的身上，女主人又怀有三个月的身孕，这究竟意味着什么，可想而知。也许，男女主人公可以咬咬牙挺过去，但是，当生存的压力扑面而来的时候，其内在心理的、精神的、尊严的感受就成为难以躲避的重量。王鹏那句“好在你老婆还有工作，你老婆还能养你一阵子”，就像是一场“龙卷风”，或者说，就是“核爆”的蘑菇云，将小古推向自尊的悬崖。接下来，叙述并没有向外释放什么突变的事情引发小说结构性的震荡，而是让一个男人由此进入了一个漫长的幻想、模拟的空间。在这个空间维度里，一个男人在焦虑貌似逐渐缓解的过程里，却在幻想、幻觉中一步步走向虚妄，一种内在的紧张充斥在表面平静的生活里。小古和王鹏两个人颇带着几分神秘，小心翼翼但并没有特别避讳美芳，从容地谈论、探讨、酝酿着如何抢劫银行。“我说什么都得搞点钱了，为了孩子也得这么做”，“抢银行是个技术活。咱们最好先看看书，看看书上怎么说。”小古和王鹏讲这些话的时候，表现得异常轻松，仿佛在聊家常。美芳意识到他们的企图后，努力让自己先平静下来，然后再试图不露声色地将他们引向一种理智、平静和轻松：“你们怎么不也去跳跳舞？”

一见美芳过来，小古和王鹏马上就说起别的什么事来，说文化宫跳舞的事，说现在好多没事做的人都在那里找乐子，文化宫为他们提供这种免费娱乐主要是为了让他们消磨时间，不让他们乱想别的事，让他们忘掉最低生活费给他们带来的痛苦和不安。

……

“不过我也许很快就会有一大笔钱。”小古忽然又开了口，瞅了一眼王鹏。

美芳的心就“砰砰砰砰”乱跳了起来：“你们最好还是去跳舞吧。”

看上去，美芳的话与小古和王鹏的话题相去甚远，但两者之间却有着强大的、内在的逻辑联系。两个男人内在的紧张和神经质的“疯癫”，差不多临近一种“雪崩”的状态，已经使他们进入了对现实的玄思和狂想。他们几乎就快要混淆现实和想象的基本关系及其差别了。同样，美芳也被拖进了一场悄然而起的预谋，其带来的恐惧，旋即刮起了内心的风暴。不同的是，美芳作为女性始终在以“柔软”的方式，小心翼翼、如履薄冰地试图消解这两个男人铤而走险的“狂想”。小古和王鹏交谈的过程里，笼罩着小古、王鹏的是一块巨大阴影下的冲动，这个冲动源自对于生活和现实更大的物质欲望，人性在遭到某种挫折时迅速变形的脆弱，立刻就显现出来。王祥夫没有让这种冲动和欲望径自前行，而是让一个女性来“揉和”，美芳在将事情向一个相反的方向扯动的时候，实质上，在叙事上所起的作用是进一步推进。无疑，这就是王祥夫式的叙事的“隐忍”。

美芳更担心了，她一手抱着猫一手推开了阳台门："你们俩去跳跳舞吧，要不我跟你们一起去。"

"跳舞跳不出什么，但你想让我去我就去"，小古说。

"你躺在沙发上瞎想也想不出什么，跳跳舞心情就会好了"，美芳说。

当发现小古正在读一本《爆破学》，并发现家里藏有一支高仿真玩具枪之后，美芳除了大声告诫小古"咱们有孩子了"外，依然是苦口婆心地劝小古去文化宫跳舞。美芳冥冥之中似乎相信跳舞本身具有调节的力量，可以真正地缓解焦虑和压抑的生命存在状态。也就是说，小古和王鹏的心理和精神，已经明显出现了局部的"破碎"，在一定程度上，这属于精神和身体的双重欲望造成的非理性膨胀，其中孕育着难以想象的潜在的危险。而自由、轻松的舞蹈和乐曲，或许会对心理和精神有按摩的作用。显然，小古和王鹏的狂想应该算是一种极具个人性的隐私，而隐私是相对于这个世界的窥探才得以形成的，它必定要承认或接纳必要元素的注视。或许美芳让这两个男人去跳舞是不经意而执着的期待和诉求，这是在试探隐秘的心理欲望能否从身体上得到缓解和冲淡，或许，这真的会成为一个灵魂的出口。在这里，美芳这个人物形象，成为支撑起这篇小说的骨骼，甚至成为这篇小说叙述的动力。仿佛美芳就是来为这两个男人修正他们的错位的，尽管她以那种极其微弱的方式，努力让自己的男人回到正道上来。当然，我们也能看得出王祥夫对这个人物的偏爱，美芳在这个小说里是唯一有力量感的人物，作家对这个人物的呈现方式，就是举重若轻，小说基本上是通过她与小古简洁的对话，呈现出美芳这个人物的性格和内力。"跳舞跳不出什么，但你想让我去我就去。”无奈，小古和美芳去了舞厅，但是小古的心绪在归来时达到空前的沮丧。小古在舞池里失去了舞姿，失去了舞步，他像失去工作一样轻易地失去了舞步。这显然是作家一个有意味的“安排”，小古不可能在“放松”的舞步里找回力量和勇气，叙述让小古继续走向绝望。一切都不会顺理成章，不幸的事情可能总是延续不幸。深夜，小古面对充满雪花的电视屏幕，仍然无法实现他想做的一切。从写作的角度来说，接下来的问题也许更加重要，王祥夫为什么要如此残酷地对待小古？为何如此地写出小古内心的无力感，让他整个人几乎像是要飘起来？由萌生“抢银行”的念头起，小古似乎就已经开始活在“想象”里，他已经开始离开现实，彻头彻尾地走进了另一种“自我”。现在，我们要反过来看这个问题，如果王祥夫的手不狠，不将小古逼上绝路，这个短篇的自身力量将无从谈起，作者就无法给叙事留下更大的想象空间，王祥夫就是要在小说中建立某种神秘性，唯有写出作家自己的“硬气”，才会生成唤醒灵魂的力量。当然，主人公小古那种模糊的、无力的语气，也暗示出一种即将到来但也可能难以预料的结局。

这篇出色的小说，在如此短小的篇幅里，写出了小古一个人的内心风暴，在一个线性的时间段，在一个狭小的空间维度里所经历的“盛与衰”的转折，也写出了妻子美芳不折不扣的对待生存变故所表现出的隐忍之力。美芳这个人物在小说里没有扭转生活的力量，但是我们感觉到这种力量的存在。一个家庭面对意外的遭遇或变故时，由于女性的承载，男人的不堪重负多少变得温婉和沉郁，仿佛令人有了些许的期待。可见，小说的叙述动力和内在力量，就是缓缓地在叙述中从容地前行，并且，在这种缓慢的行进中，轻轻地将生活的缝隙撕开，将一些不易察觉的内心的褶皱铺展给你看。说到底，这篇小说就是要表达人活出尊严的艰难，生存中的无奈和尴尬。因此，在这里所有的叙述和呈现，都要比卡佛的沉重。而且，画“工虫”的王祥夫，语言的白描功夫体现在每一个细部的纹理，弥散到情节、情境的气息之中。短篇小说最大的特性，还应该是我们常说的“以小见大”“以己少少许，胜人多多许”，或者说，是“四两拨千斤”的力量，是简洁的力量。那么，短篇小说这种文体，到底能有多少叙述空间留给细部的处理和细节的谋划？细节本身是否可以构成短篇小说叙述丰厚的主体？毫无疑问，细节可以强有力地推动叙述前行，成为一个故事奔向终极目的的引爆点，并充分地引导出故事、人物、象征或隐喻，包括对话、情境等等的生成、发展和变化。在一个篇幅有限甚至可能很狭小的叙述空间里，通过细节或细部，发现或制造生活的玄机，实在是一件异常艰难却了不起的事情。因为，我们会看见，就在这碎片的聚敛、整饬之中，一种具有感染力、震撼力的事物，正以自己的方式在从低处向高处奋力地攀缘。

三

现在我们明白了，《为什么不去跳舞》这个只有三个人物的小说，如果不是王祥夫写，换成另一个作者，比如卡佛，它完全可能是另一种状态和结局。主人公小古就不仅仅会如此沉溺于幻想，也许会更加无力，或者连继续挣扎下去、继续边缘下去的勇气都没有了。因为卡佛在叙述中经常不惜让叙述本身离开作家的意图，有意让人物的思维方式和行为逻辑相互间发生不可理喻的龃龉和错位，表面上的“和谐”“平衡”随时可能会被打破。其实，在小说叙述中，所有人物之间的对话可能都是不平等的，无论怎么交流，也掩藏不住他们根本性的陌生、无法沟通的存在真相，当然，人物交流的误区和盲点或许会给叙述制造出意外的空白。在卡佛的《你们为什么不跳个舞》里，女孩“不停地说着。她告诉所有的人。这件事里面其实有更多的东西，她想把它们说出来。过了一会儿，她放弃了”。可见，有时卡佛也会让小说人物之间的对话在小心翼翼中进行，而人与人之间，还是无法抵达一个理想的沟通状态，甚至还会给人一种滞涩、敷衍的感觉。我感到，王祥夫的叙述，似乎永远也不会倦怠，这可能是因为他愿意站在每一个人物的背后，审慎地对待人物，同时也十分自信自己对生活的判断。

王祥夫的另一个短篇《房客》，同样是写一对夫妻在生活中的一场意外遭遇，这是一篇更为“极简”的短篇小说，它就像是一篇特写，仅仅是通过一个场景就折射出社会和人性的境况，既让人忍俊不禁，又令人深思。但这篇小说最令我们惊异的，还是这个“小剧场”背后所隐喻的世道人心和社会伦理。究竟是什么东西可能创造出一篇小说的张力？卡佛认为

> 在一定程度上，得益于具体的语句连接在一起的方式，这组成了小说的可见部分。但同样重要的是那些被省略的部分，那些被暗示的部分，那些事物平静光滑的表面下的风景。我把不必要

> 的运动剔除出去，我希望写那“能见度”低的小说。[1]

其实，王祥夫的许多小说，都应该属于这种“能见度”低的小说。这篇《房客》也是一篇能体现王祥夫结构功力的文本，是一只用文字微雕的“工虫”。租住房屋的一家人，在除夕之夜正享受年夜饭的时候，家中却突然闯进一个不速之客。这个不速之客，就是租借房子给汤立和李菁的房东的老父亲。他在除夕之夜从养老院跑出来干什么？他儿子一家在哪里？老人家无非是想回到自己的儿子家过年，不曾想儿子已经将房子租出去了，而且一家人正在三亚度假。老头在敲门不开之后用钥匙打开“自己的”家门，这让老头与房客汤立一家都十分惊恐而尴尬。现在，一切都水落石出了，老头说，四个月前儿子“找了辆车把我拉来拉去，结果我就在养老院里边了”，“我只想回来看看，我不知道我的房子被出租了”。不言而喻，儿子将完全能自理的父亲强行送进了养老院，出租了这幢两层楼的别墅。没有想到，这个颇具悬疑意味的、戏剧性的事件，搅动起的波澜在叙述中很快就平息下来。算得上善良的汤立夫妇，与房东也就是老头的亲儿子联系上了，在电话里，当听到老头的儿子抱怨养老院不应该放出老头之后，他们清楚了这一切，容留并且款待了这个可怜的老人，在除夕夜这个特别的日子里，他们给了老人一个安身之地，给了他酒菜，帮助他挨过这个特别的夜晚。就这样，老头成为自己家里的一个“房客”。这个老人是一位有尊严的老者，他知道自己打扰了房客，执意住进了堆放杂物的储藏间，尽管他内心充满无尽的悲伤。可以明显地感觉到，这个小说的叙述节奏，平静中有

[1] 〔美〕雷蒙德·卡佛：《大教堂》，第237页。

些起伏，三个人物在除夕夜晚的心理纠结可想而知。这时，我们又会想到卡佛所说的，这个场景背后“那些被省略的部分，那些被暗示的部分”，更让人如鲠在喉，感慨万端。正是小说这种低“能见度”的叙述策略，才会留给我们无限的思考。当然，写到这里，王祥夫不会就此罢手，他一定要在叙述的另一个端口重新掀起波澜。因此，我们才能够在这篇小说里，深切地感受到那些“被暗示”细节的“坚硬”。我觉得，这也正是王祥夫最“手狠”的地方。当一切渐显平静之后，老人突然又向汤立夫妇询问起自己豢养了十六年的那条狗的去向。“我那条狗一直跟着我，”老人又说，“我回来也是想看看它”“那是条好狗，从来没有咬过人”。这是几个颇具杀伤力的句子，一下子就将老人的伤感、绝望和愤怒推向了峰值。在这里，潜台词就是：我已经无家可归，我只是惦记着曾始终忠实于我的一条狗。我的儿子丢弃我，就像丢弃一条狗。我的那条狗从不伤害人，可是，我的儿子却肆意地伤害我，我是如此孤独和无助。我使用这些话语进行猜想，绝不仅仅是我个人率性的推断，而是因为我觉得，王祥夫就是按着这样的反逻辑来描述这样一件普通而不幸的事情，他将一种房屋租赁的契约精神，诉诸当代社会的现实、伦理和道德层面，以此来考量俗世人生的冷暖。如此残酷地叙写现实，或许这并不是王祥夫的本意或刻意，但是，王祥夫能够在一个短篇小说里，将一个封闭的故事结构彻底地打开，呈现出开放式的辐射。好的短篇小说就是精灵，它们极具张力和弹性，让我们从“冰山”一角，审视当代现实生活中令人惊悚的人性变异，而且它们佯装不露声色、不苟言笑，这也确实颇有些残酷美学的意味。

生活是如此复杂，人性是如此深邃，每个小说家都会有自己倚仗的逻辑。生活的逻辑明明是这样，但作家可能偏偏不按照生活的逻辑去“结构”生活，因此就会打破了我们通常的、惯性的逻辑。像卡佛、王祥夫这样的作家，就会在自己的叙述里“一意孤行”，写出最贴近生活本身的悲喜剧。其实，在小说里描写小人物要困难一些，因为小人物的心理和欲望，与现实生活最不容易兼容和默契，本分的背后可能就是固执和愚顽。所以，有时会让读者产生困惑和不自在的感受。但是他们的现实之痛，恰恰可以让叙述变得陡峭，或者异峰突起。杰出的作家，都会找到他们灵魂的“七年之痒”。王祥夫除这两篇小说之外，还有像《乔其的爱情》《战栗》《怀鱼记》《玻璃保姆》《街头》和《饥饿》等，也都是我喜欢的当代少有的短篇小说。我认为这些文本，足以让我看到一个小说家内心的真实和困惑，紧张和得意。

富阳姑娘、日本佬和双黄蛋

——麦家的几个短篇小说

必须承认，许多年来，我曾一度与很多人一样，对麦家的小说及其写作有一种极大的误解，以为麦家是一个优秀的畅销书作家，是一个“类型作家”，这样的作家，难以进入所谓“纯文学”之列，很难进入“文学史”，最多可能成为如金庸、张恨水似的某种“类型”写作的后裔。现在我很清楚，这种由来已久的误解，是来自某种文学理念上的趋向，也是长期的文学思维惯性使然。当然，还有一个重要的原因，就是20世纪末，麦家在文坛出现后，他的一系列作品如《暗算》《解密》《风声》等，很快就被成功地改编成影视剧，并成为收视之王，形成一股麦家影视剧的狂潮。麦家迅疾成为“中国当代谍战剧之父”，小说文本也开始成为畅销书，吸引大量读者蜂拥而来。这几本小说的销量，更是长期位列图书排行榜之首，而且渐渐由热卖、畅销变为长销不衰。但可怕的是，其文本也就随即被归入畅销的“类型小说”之列，评论界、读书界开始对他“另眼相看”。另一方面，一旦书畅销，就意味着赚钱，所以，有些人对之嗤之以鼻，似乎麦家占了文学偌大的便宜，由此而来，这些人就基本不考虑他究竟写得怎么样，究竟是怎么写的，但凡是出自他之手的作品，一律按照“谍战小说”的模式来判断。即使是他其他题材的文本，他们也断言其不会写得成功。现在，麦家的那几部畅销的长篇小说，到底是否应该划入“谍战小说”这一所谓“类型”，确实需要我们用心去斟酌。我觉得很大程度上，我们仍然不自觉地在受“题材决定论”陈腐理论的影响。不错，麦家的《解密》《暗算》《风声》题材独特，传奇、神秘、悬疑、智力博弈、隐蔽战线等元素，无疑完全符合“谍战”的类型，但是，我们也大可不必过分纠缠其小说题材的大致相同，纠结或诟病麦家的写作开了一种风气，而应尽可从文本的品质入手，考察其审美策略和艺术表现力的程度如何。问题的关键在于，我们若不仅仅从题材以及相关文学元素考虑，而是重新审视麦家的文本，即纯然从文学写作的审美层面看，会体会到其叙述语言精致，叙述从容克制，文体结构和格局大气洒脱，情节、故事逻辑严谨；作品中人物形象的刻画，不仅个性鲜明，也实属当代文学人物画廊之鲜见；其文体的色彩格调优雅，全无任何“类型小说”的固化、粗鄙。而且，麦家的文本，绝不仅仅有这些，他在文本中的主要叙事重心，如美学家桑塔耶纳所说的审美“第二项”，实际上是直指政治、人性、命运、宿命、自我等等纯文学母题，呈现并探测人脑、智力、人自身和存在世界的深层隐秘。还有，麦家在写作上我行我素，没有考虑迎合读者口味，却广泛地“迎合”了大众，当然，他似乎也从没有考虑过评论家们的感受。而其文本蕴涵丰富，如果不从“谍战”视角思考这几部小说，我们的审美视域和审美感受，是不是将会更加开阔和丰腴呢？最近，我在阅读麦家的小说，特别是读了他的许多短篇小说之后，很惊异麦家的想象力和写实功力，他不仅大胆地处理人物的生死、俗世人生和伦理现实，并对当代历史中的细节进行细腻的“还原”式重构，而且，他还擅长以极其简洁的方式，讲述荒诞、吊诡的故事，探触生命最朴素实在、富有“落地”感的质地，既擅写悲情、虚构悲剧，更有返璞归真的叙事气魄。由此看来，我更加觉得，现在真的是到了该为麦家“正名”的时候了，对他的写作，我们终究应该有一个恰切的审美判断，应该辨析他写作中的变与不变，阐释他在写作中对诸多文学元素的发挥，或者在文学史层面，梳理和审视麦家的叙事美学及其精神内涵、人物谱系。尽管，这些年来麦家只管写作，对这些并不太以为然，因为在他看来，文本写作的意义和价值，从来都不是由自己的叙事动机决定的。几年前，麦家作品入选“企鹅经典”，无疑从世界文学出版的角度，证明了其“纯文学”地位的“合法性”。在许多人看来，麦家的名气，似乎多半得之于所谓“谍战小说”及其影视改编的风生水起，这不可否认，但他的才华却绝不为“谍战小说”所限。包括前面提及的那些长篇在内，他的许多作品都能够突破悬疑、传奇、智力等元素的局限，达到真正属于“纯文学”的艺术水平。我下面要细读的几个短篇小说，就足可以见出他的小说给予我的个人阅读感受。这几篇小说都大道至简、张力十足，叙事虽不刻意求工，但绝不是粗枝大叶，由此，我们可以充分地认识到麦家驾驭短篇小说艺术的功力，同时窥见他把握生活的另一个路数和面向。那么，我们就会发现一个“不一样的麦家”，就会发现麦家是一位极懂小说的小说家，同时，可以真切地看到麦家文学叙述中的文化、文体创造性之权重。

像驾驭复杂的叙事结构一样轻松，麦家短篇小说的文体文风，依然自由洒脱，故事、结构简洁朴素。就连小说的题目也是信手拈来、顺其自然、毫不纠结，《两位富阳姑娘》《日本佬》《双黄蛋》，都取其叙事中表现对象的特征、特性作为称谓，不做任何故弄玄虚的设计和冥想，更不会选择那些具有视觉冲击力的尖锐视角。我没有想到的是，麦家会不断选择短篇小说这种通常被认为可以直面现实、保持对现实特殊敏感度的文体，并以此进入当代历史，讲述20世纪五六十年代的中国故事。想必他喜欢选择这种题材，喜欢这种“历史叙述”，这对于20世纪60年代中期出生的麦家，可能更容易产生拉开时空距离之后的想象和审美张力。

这三个短篇所表现的生活，其骨子里着实还都具有传奇性的人物，命运的叵测，暗合时代中人所遭遇的突发的转折。人生的道路并非直线，像在《暗算》中，极可能就是一念间的偶然酿就危机，尤其是前面提及的叙事的悲情、不可思议的悬念和结局，常常渗透着彻骨的森然之气。所以，历史、现实的畸变，人生的窘境，世事如烟中的偶然与必然，相倚相生。那种吊诡衍生出的传奇，甚至光怪陆离的个人历史，这样的文学元素或特质，或许正是麦家一直以来的制胜法宝。短篇小说《两位富阳姑娘》《双黄蛋》和《日本佬》并非都是十分“单纯”的小说，而是一种具有集体记忆和独特个人性经验的叙事文本。它对20世纪70年代的中国社会的政治、文化、道德、伦理和思维方式，都是一次深刻的触及和反省。这里面的人物是麦家时隔多年后，经过沉淀、回忆，重构并“打捞”出的几个鲜有的、被生活和时间淹没了的小人物。麦家以悠长的凝视直面人物的人生、命运，直面历史，重新整饬和回顾历史的幽谷。他搅扰着时间和记忆的细流，追讨着梦魇的延伸，再现历史消弭之后的传奇。也许这才是短篇小说的使命和责任，它简洁地横切了历史的断面，由此可见，短篇小说不仅仅是可以直面现实的，它更能发掘历史的斑斑遗迹。这种叙事所产生的张力和修辞力量，正可以重现那个年代底层人群的生死之契，乱世偷生。一个情节、一个细节，或者一个情境，看似是在给历史“做减法”，实则在实践一种重现荒谬的感伤美学，以此表现那个年代被湮没人群的疼痛。

短篇小说《两位富阳姑娘》初看上去是一个关于个人命运的残酷故事，但也揭示了那个年代非常珍视的女性“贞操”问题。“破鞋”，是那个年代里一切不“洁”女性的指代，这个极其通俗的名词，混杂着那个时代的政治、道德和伦理判断，这个词语，可以否定掉所有关于情感、婚姻、自由恋爱、隐私的自由选择。一条“道德红线”变得清晰可见，不同年代的“道德”变迁，奇妙吊诡、因时而异、令人沉思。这个小说写了一个初涉人生、一切都还没有开始的女孩子，刹那间就遭遇到人生的“畸变”，尚在懵懂之际命运就从浪峰直跌入谷底的境况，这些构成了特定历史时空里命运突如其来的无形的暴力。至今回顾，还让人惴惴不安，对那个年代不胜唏嘘。小说叙写出那个年代从军入伍的政审和体检，是判断一个人是否值得信任的两个必备程序。小说中，这位淳朴、内向、懦弱而倔强的富阳姑娘，被“体检”出处女膜破裂，立即被遣返，送回原籍。在一个完全没有个人隐私的年代里，一个荒谬的逻辑，随时就可以摧毁任何尊严：处女膜在什么时候破裂，决定了对一个女性的道德判断；一个人的个人身体是否“异常”，直接决定了对一个人思想品质的判定。这在一定意义上，具有人格阉割的意味。“体检”在那个时代，也意味着由身体到道德、灵魂到政治的“人肉搜索”。这个富阳姑娘入伍后被遣返的结果，立即使得这一家人的面子被彻底撕碎。恰恰这个“面子”，就是这一家人的现实存在的理由。最终，这个女性意识尚未觉醒的富阳姑娘，由沉默到爆发，在无法隐忍中引爆了人物性格或品质中最深处的解脱执念，以死来建立起一个小人物的尊严。麦家不露声色地写出了她的绝望，让这种无法落地的绝望，缓缓地从父亲的暴力中滋生出来，并且，细腻地让我们目睹父亲是怎样捍卫他那强大的尊严——面子。那个传统的礼教般的道德感，让他在暴力的刀刃上行走，最后血刃了自己的女儿。显然，父女两人属于两种倔强，但是，他们在尊严的道路上并驾齐驱。麦家在情节的处理上，既体现出他的想象力和爆发力，也施展出其设置“悬疑”的本领。也许真的没有人想到，新兵队伍里会有不老实的撒谎者，令富阳姑娘被“张冠李戴”，那个撒谎的恶人轻而易举就将厄运丢给这位无辜的富阳女，酿成一个无辜者的生死大祸。

看得出，麦家怀着悲悯之心，叙写这样一个懦弱乡村女子的自我控制力。我感到他是在用迟到的文字为她申冤，更是在潜心思考那个时代的政治、道德和伦理。这样的故事，也许是那个年代的一种常态，因为若干年来，类似这样的事件不知发生过多少。问题是，我们是否都还有这样的记忆？我们显然已经遗忘了，我们真该想一想，作家麦家为何在 2003 年还要写那个时代的往事？保持记忆、反抗遗忘，也许，只有文学才可能完整地留存那些卑微者的历史，就像是无字碑，即使是沉默的痕迹，也无法肆意抹去。

作家张炜曾说，一个短篇小说不繁荣的时代，必是浮躁的、走神的时代。而一个时代价值观的变化，则会直接影响作家创作取向和审美判断。重建短篇小说叙事的尊严；在新的政治、文化和历史语境中，从新的美学向度出发，回到历史深处；“还原”艰难时世中的灰色图景，省察真相；向生活和存在世界发出新的质询和诘问……我想，这是任何时代的作家都需要的无畏的气魄。《两位富阳姑娘》要写出那个年代渺小的人物因为另外一个人的“谎言”遭受的严酷悲剧，要得出在特定历史环境中人的命运更加无常和脆弱的真谛。通常，谎言说上一千遍就成了真理，可是，这里的一句谎言就结束一条无辜的生命，这既表明谎言的强大，也显示了一个时代道德秩序的混乱。正是这种撼人心魄的残酷叙述，造就了短篇小说强大的“内爆力”。来自富阳的麦家，在世纪之交回首故乡大地上的历史悲歌，在记忆深处淘洗时间的铅华，无疑，历史在作家的经历、经验、情感、时空感、艺术感受力，以及全部的虔诚与激情中的重新发酵。十一年之后，写于2014年的《日本佬》，可以看作《两位富阳姑娘》的精神延续，只不过这种历史意绪的时间间隔，显得有些漫长，但是，这也让我们进一步感知，麦家对历史总是如此耿耿于怀，如此眷恋。

《日本佬》这个短篇，讲的是一个被称为“日本佬”的父亲的故事。说是“日本佬”，但写的并不是真正的日本佬，而是一个普通中国人，抗战时，十五岁的父亲被日本人抓了“壮丁”，当“挑夫”，有过在鬼子阵营里打杂干活的经历。小说讲述的仍然是随时可能被湮没的小人物的个人生活史。依据“只要给鬼子做事了，就是汉奸”这样的逻辑判断，“日本佬”的经历成为一个极其敏感、极其“原则”也必须调查清楚的经历，那个年代里人的政治“清白”是最重要的做人原则，否则就可能被划入“黑五类”。问题的关键在于，“日本佬”父亲对自己的经历还有更大的隐瞒，这样的隐瞒就构成了叙事最有嚎头的“爆破点”。父亲在被抓“壮丁”、当“挑夫”期间，最大的隐秘，就是他竟然救过一个掉到江里险些淹死的十岁日本孩子，他为了保护自己，多年来并没有向组织报告，隐藏并虚构了自己个人生活的历史，直到这个被救的长大成人的日本人，前来寻找恩人，“日本佬”的这个历史隐秘才暴露出来，这就等于是当年的日本男孩害了“日本佬”。事实上，当时还存在着另一种情形和可能，那就是“日本佬”如果不救这个与他一起去江边给狼狗洗澡的日本男孩，他难辞其咎，必然会被日本人杀掉。当然，这里的情理和逻辑自难辩说，重心还在于要写出一个人处境的两难，小说就是要将人的逼仄处写出来。所以说，这篇小说不仅仅是想写一个普通人骨子里的善良、他与生俱来的人类的悲悯和良知，还想写一个人选择的无奈，然而，从另一方面看，这又关涉民族大义与人性之间的一个悖论。小说叙事，显然试图将人性置于历史、民族、伦理的锋刃之上进行考量，特别是，刻意将这样的尖锐的问题，置于“敌我二元对立”的场域来审视。因此，这个小说叙事的背后，隐藏着一个家国、民族和人性之间的深刻主题，一个有关民族大义的大伦理。与《两位富阳姑娘》相比，这篇小说，似乎可以归结为有关“政治贞洁”或“民族立场贞洁”的小说。也就是说，这依然是一个有关“政审”、有关“纯洁”的故事。这一次，麦家把故事背景依然置放于20世纪60年代中后期，也许，这样具有传奇色彩的故事，发生在这个历史时段，才可以将人物、故事和叙述推向极致。

父亲——“日本佬”，这样的叙事称谓，本身就隐含历史的玄机和继承关系。在某种意义上，这段历史也是“家世”或“家史”。这与历史的“大叙事”逻辑形成了对照。“日本佬”这个人物形象，也有十足的象征意义。“日本佬”说是一个绰号，在中国现当代汉语词汇中实则是一个具有特殊意义的词语，它凝结了历史的激烈、沉重和乖张。父亲这个“日本佬”所负载的，是“抗战”史中构不成传奇和悲壮的一段往事，却在20世纪60年代演绎成一场新的“人性的战争”。麦家从一个极其伦理化的视角——“儿子”的视角，来观照“父亲”的历史，而且，小说叙述了包括爷爷在内的三代人，同时直面“父亲”这段“极不光彩”、理应“遭到严惩”的历史。家族的小伦理套在国族的大伦理之中，麦家耿耿于怀地反刍历史中小人物的命运，看似纠结于个人与历史的错位，实则是对“抗战”和“文革”双重历史记忆的摩挲与思辨。进一步说，任何时期都不存在所谓“绝对正确的人道主义”，这就可能让我们深入思考下去：在什么样的情况下，人们可能逾越人类社会人道主义的道义底线？文学叙事的历史张力和现实诉求，都体现出当代人所应有的超越性，以及对历史逻辑演绎的推陈出新。

有趣的是，这一次，麦家没有让当事人“日本佬”选择“自绝于人民”，而是让“爷爷”无法忍受人们对父亲“日本佬”的行径，他愤怒、气恼至极，为保持家族和个人的尊严，喝了农药要服毒自尽。麦家在叙事中始终让“我”保持一个中性的姿态和立场，让三代人共同走进历史的现场，人物的性格、心理、精神以及伦理，多种元素在文本中呈现，张力十足。看上去，这个小说在整体叙事上轻松、诙谐，充满夸张和调侃的语气，鼓荡着那个时代特有的生活氛围和政治气息，但叙述中人物、故事和环境的凝重感显而易见，最后，“祖辈”喧闹的悲剧性的结尾，颇具隐喻性，足以体现那个年代的政治、道德、人性的伦理，展示了啼笑皆非的遭遇和种种不堪。历史的风车，犹如《堂吉诃德》一般，生命个体的存在，在大历史的了无理性中充满自我解嘲的玄机。

在前面的叙述里，我始终在想，麦家为何在 2003 年还要写早已属于往事的《两位富阳姑娘》，2009 年，他写出了《汉泉耶稣》，在 2014 年，又写出《日本佬》。写于 2018 年的《双黄蛋》，再一次令我感受到麦家所具有的进入当代史的冲动、欲望和勇气，以及他自觉而强烈的时间观念和历史感。可见，麦家愿意将自己深陷在历史的幽谷里，勘探、爬梳历史激流中人性裂变的可能性或者“极端状态”，不断地在重现大时代中小人物离奇的悲剧时，书写出历史和人性的“异端性”。可以想见，作家隔着时空，遥望前尘往事，虽一已境遇与之无关，可他仍会体现出一种历史的担当和仗义豪迈。无法湮灭的前尘往事，俗世里小人物的命运沉浮，孰是孰非？今天又该如何面对？无论如何，历史终究会有一个可以揭开的谜底。幽灵般的历史，隐藏着个人命运的苍凉和无奈，都是实实在在的存在，令人难以置之度外。作为有良知的作家，麦家一定牢记约翰·多恩的那句："任何人的死亡都将使我蒙受损失，因为我包蕴在人类之中。所以，不要打听丧钟为谁而鸣，它为你敲响。"也许，作家最基本的良知，就在于发掘历史和现实烟云中弱小生灵的呼吸和呐喊、幽沉和柔韧，甚至紊乱苍凉、一己悲欢。

也许，《双黄蛋》是一篇关于历史烟云中小人物俗中有奇的故事。这个故事同样暗含着巨大的历史隐喻。从一定意义上讲，这也是一篇以个人性悲剧演绎时代、历史悲剧的文本。至此，我们可以猜测，麦家正逐步建立通过短篇进入"革命"历史的文学叙述谱系。也许，我们可以将这个"谱系"与《暗算》《解密》《风声》联系在一起，梳理出麦家进入中国现代历史的基本脉络，洞察他的历史观和叙事美学理想。

描写出生于20世纪50年代，活跃于20世纪60年代中后期的"双胞胎"——"双黄蛋"兄弟俩毕文和毕武，其实就是想以此隐喻历史的多幅面孔，毕文、毕武——"必文必武"，不仅隐喻"文攻武卫"的历史暴力，也隐喻"文化大革命"历史的"疯癫诸相"，以及在"革命"厮杀中展示出来的残酷人性。选择"双胞胎"作为主要叙述对象，也暗示一种历史的宿命和那些惊人的相似。不错，这依然是隐匿在历史深处的不可忽视的吊诡，在"小镇笃定是小的，里镇的小又是过于小了"的这样一个"邮票大小的地方"，竟然还会有这么多"浩浩荡荡的样貌"。在这里，麦家又开始试探历史的深度和人性的畸变，再次将人置于特殊境遇下，寻找暴力与人性的辩证。他不仅探讨个人主体性的根源，而且在不经意间深度质询历史进程中“集体无意识”和教育、成长、革命的诸多母题，以扎实贴地的写实，展开历史的细部和幽微之处。无疑，麦家要在一个看似短篇小说不可能承载的体量里，进行“四两拨千斤”的叙事实验。

小说中的人物及其关系格外简单——一个母亲和两个双胞胎儿子，还有一个叫作“王八蛋”的坏人。故事情节也不复杂，主要是一场“复仇”之战，兄弟俩为蒙羞的母亲登门报复被称为“王八蛋”的“仇家”，结果酿成杀身之祸。小说肆意铺排的主要情节，也就是两兄弟得知母亲遭受了“王八蛋”的侮辱和威胁之后，如同走火入魔一般，与“王八蛋”进行的一场“肉搏”。凶险、残酷、狼藉、流血，小说几乎用掉三分之一的篇幅来细致地描述这场恶战及其结局，写真这场厮杀，那场景肆无忌惮、残酷荒谬，“王八蛋”和这兄弟俩都如发疯的巨兽，可谓杀气即景，暴力奇观。为什么双胞胎兄弟俩视“命”如儿戏？很简单，不仅在于他们是“顽童”，更是因为正在发生着“革命”。整个小小的里镇，就是一个“武斗”竞技场，在这里，“眼看着，好人一个个变坏，‘坏人’一个个被抓挨打”。仔细分析这场“报复”之战的因果关系和逻辑链条：先是近乎无知的母亲勾结“王八蛋”，盗取试卷，因此引发出被胁迫形成的“偷情”交易，这是一桩罪恶的开始；继而，在大揭发中反目成仇，扭曲、变态的“革命”成为极端暴力的渊薮。麦家有意无意间，在这篇小说里控诉和反思着暴力的起源和人性中的盲目和惘然。

一个人如果对一件事走火入魔，那一定是魔由心生，实质上最大的问题是，兄弟俩的“魔”从何而来？这就完全回到了根本——教育，或者说，成人的示范。母亲就是一位教师，在整个小说中的叙述称谓就是“张老师”，在这样一个荒诞的故事里，这是一个荒唐、讽刺而滑稽的指代，她作为一个地理教师，竟然“国内，不知道洱海是个湖；国外，不知道新加坡的首都”。从身教、“家教”到学校教育，这位“张老师”，都是那个时代畸形社会和文化病态的体现者、践行者，是孩子走向暴力和罪恶的教唆者。在一定意义上，这个母亲就是两个魔鬼孩子的魔鬼教父。她怂恿和支持两个儿子去找“王八蛋”报复，“母亲立在门口目送他们走远”，而两兄弟受令出门时，“心里没有半丝杂念，是满当当的信心，胜券在握的从容”。这其实是一幅多么可怕的图景！首先让我们喟叹的是，天下竟然会有这样的母亲，简直是不可理喻，以致两个懵懂的孩子，全然不知政治风云和俗世利害，他们沿着一条“疯癫”的道路疾驰而去。整个时代疯癫了，充满臆想的欲望，令人不寒而栗。在小说里，孪生兄弟的称呼不是“双胞胎”而是“双黄蛋”，学校教务处那个“半个流氓”根本就没有名字，文中索性直呼其“王八蛋”，这似乎是叙事中一种刻意的设计。整个小镇，仿佛是一个“牛鬼蛇神”魑魅魍魉的世界，“镇上最臭的是人，地主、富农、反革命、坏蛋分子、破鞋、流氓、臭老九，都臭气熏天的：比烂的尸体要臭”。在特定历史时期，这又是怎样的一片人的狼藉之地？

然而，暴力之中潜隐着不可名状的宿命。麦家没有忘记小说的叙事“噱头”——“双黄蛋”双胞胎的命运，孪生兄弟心理和身体惊人的一致性，催生出叙事中新的暴力和悬念。父亲在小说中一出现，就立即去充当另一个儿子的替死鬼。由于这个“双黄蛋”同体同心，惊人一致，他们生来所接受的一切都别无二致，因此，没有人会怀疑其命运的同构性。那么，“双黄蛋”中的一个，在暴力搏斗中毙命了，另一个的性命该如何安妥？“双黄蛋”归根结底是一个蛋，这个“双胞胎”，实际是喻指一个时代悲剧无尽的循环，在这里，既是一种嘲讽，也蕴含着一种刻薄的辛酸。这个小说在整体上，写得亦庄亦谐，令人忍俊不禁，陡生含泪的苦涩。这个小说也再次显示出麦家丰富的叙事风貌，以及风格变化的多元。

我们看到，这三个短篇小说，都各自以一个生命的终结作为结尾，而它们发生的时间则是“文化大革命”期间。麦家先后写出那个年代里三种离奇而暴力的死法，这种死亡，彻底突破了人性和道德的底线，令人惊诧。那么，我们现在是否可以这样诘责：终究是死亡暴力构成了“终结”暴力的暴力，还是无法“终结”暴力的暴力还在“延异”？这一切并非语焉不详的荒谬，而是在一定情境和时间坐标上的历史变动和宿命，是一种完全没有任何理性逻辑可寻的“罪与罚”，也是一种无法救赎自己和他人的“罪与罚”。它组合成一个不断延宕的死亡谱系。虽然，死亡丝毫不能消解或救赎一切，人性只能在那个不可思议的时代，像是遭遇了凌迟而不断抽搐。在长篇小说《暗算》里，麦家写了在特定时空里天才阿炳和黄依依之死，看似偶然与荒诞，可他们又何尝不是死于某种“暴力”？现在，麦家在几个短篇里，继续书写这些普通人的命运危急、内心风暴，以及生命在惊涛骇浪之后的死寂。生也有涯，死亦有涯，我感到，麦家正在历史的尘埃里找寻令人惊悚和震撼的一丝苍凉，而这苍凉在字里行间，渗透着丝丝缕缕的无限忧伤。

小说世界的“化骨绵掌”
——金仁顺的短篇小说

一

写作是一种宿命。一个作家终其一生能写出什么样的小说是一种宿命。而我感觉，一个小说家能写出什么样的短篇小说尤其是一种宿命。与长篇小说相比，短篇小说写作常常是一种灵感触角延伸至生活纵深处的一次闪耀，或者是，在一种经验、精神和感觉之间，故事、人物、语言、结构相约之后的不期而至。同时，它也是作家与存在世界、与自身的一次次激烈的博弈。从这个角度讲，作家有时又可能是被动的，冥冥之中是被某种事物所牵引的。余华在谈到他的写作过程时，就经常说起作家自己进行小说叙述时的某些失控状态。莫言也说过：小说在写我。但这里面却有一个重要的前提，那就是作家一定拥有对生活和现实进行寻找、发现和选择的自信。大江健三郎在论及小说写作的时候，曾引用《圣经·约伯记》里的那句话“我是唯一一个逃出来向你报信的人”，他以此作为小说写作的最基本的准则。其实，这是需要一种开天阔地的勇气的。文学本身不会轻易给一个作家装模作样地拯救世界的机会，能够发现并且通报存在世界的奇妙和隽永的意味，这涉及某种叙事的伦理和法则。

金仁顺的写作，在很大程度上就有一种宿命的意味，特别是对于她的短篇小说写作而言。其实，我更早时候读到她的《彼此》《云雀》和《桔梗谣》三个短篇小说时，就意识到金仁顺与短篇小说之间的某种宿命。

记得金仁顺的长篇小说《春香》发表时，我正在阅读程永新的那部《一个人的文学史》，在其中，曾读到金仁顺 2002 年写给程永新的一封信，她在信中坦诚地表达了写作第一部长篇小说时的困扰[1]。我不知道那部长篇是否就是后来的这部《春香》。金仁顺在开始写作的十余年后才构思、完成了她的第一部长篇。这十余年的不算短暂的写作时光中，她都在小心翼翼地经营着她的中、短篇。而实际上，自 1996 年起，金仁顺的短篇小说每年不过只有三四篇，甚至更少。看得出，她的写作，始终保持着一种审慎而轻松的心态，在我们这个时代，一个执着于中、短篇小说写作的作家，总是会令我生出由衷的敬畏。我在对金仁顺创作的所有短篇小说的阅读中，开始觉察到了一个作家与某种文体、某种艺术样式的宿命般的神秘关系，即作家表现生活和存在世界的精神取向和艺术选择之间的微妙。并且，我从中感到，金仁顺的写作，的确是我们这个时代的一种能够耐得住寂寞的写作，这不仅因为她能尽量地“出离”现实的喧嚣和嘈杂，沉浸于她虚构的精神、情感世界，还在于她对短篇小说的偏爱和执拗。她或许意识到了这种文体与自己的艺术感觉和品位的某种契合。“写作十年，我的生活如今可以用‘沉静’来形容。

[1] 程永新编著：《一个人的文学史》，天津人民出版社，2007 年，第 99 页。

我的写作始终不能——我也不想——把‘超越’‘理想’‘崇高’之类的词具象化。对我而言，写作更像是一个可以独处的房间，能让我看看树，看看天，无所事事。”[1] 我们完全可以在金仁顺的小说里，体味到她十年来对自己写作方式或者说写作姿态的某种坚守，体会到一种非功利性的、率性而纯粹的写作。这里面有她对生活、事物或存在世界的耐性，有“十年磨一剑”的韧性，加之她丰富的想象力和虚构力量，久而久之，在她的小说里，就渐渐地生成一种对生活本身的洞穿力，金仁顺的文字中蕴藏的这种奇异的力量，通过性爱、情感的母题繁衍开来，并贯穿始终，她在一种命定的目标里展开了对世界的化骨绵掌。这时，虽然我们无法知晓金仁顺究竟是想质疑和揭露什么，还是要彻底地击碎什么，但小说带给我们的是叙述文字之外无限的精神延伸，那是一种详尽而绵密、认真而有韵律的表达。

二

我对金仁顺小说的阅读始于20世纪末。有趣的是，“文学新人类”丛书中的那本薄薄的小说集《爱情冷气流》，与朱文颖、卫慧、周洁茹的小说集一道，成为当时部分年轻“70后”的一次集体出场和亮相，还引发了那个时期的人们对她们“诡异”而冷峻的目光。回味起来，我们现在竟也能体会到她们写作的“先锋”意味、“反叛”倾向，以及越出

[1] 金仁顺：《时光的化骨绵掌》，《作家》，2008年第13期。

某些意识形态、社会习俗、文学写作惯性边界的有些“冒险”的青春写作。其中,《爱情试纸》《冬天》《秘密》《外遇》和《玻璃咖啡馆》《爱情冷气流》几个短篇，可以视为金仁顺“出道”的带有浓郁薰衣草味道的“青涩之作”。在这几篇作品中，虽说没有像她后来的作品将人的精神世界深层的东西、超常规的困扰剖示给我们，但也已见出金仁顺对人的情感的敏锐感觉，还有她能选择独特角度，准确把握事物、勾勒现实的能力。在这些短篇小说里，我们可以感觉到金仁顺写作出发时的用心准备和不可忽视的才情。

我们看到，除《玻璃咖啡馆》之外,《爱情试纸》《冬天》《秘密》《外遇》《爱情冷气流》，都是描写两性关系的。《爱情试纸》是一个单纯得不能再单纯的小说，一句肆意的、不负责任的传言，险些彻底地毁损掉一个家庭。李宇的脆弱和方城的粗略使这个家庭付出了沉痛的代价，也足见他们夫妻之间情感的脆弱和粗糙。这个有着轻喜剧味道的爱情小说习作，虽然没有我们期待的某种深刻，但我猜测，这时的金仁顺，就已经充分地意识到了什么是真正的小说。细细地体味就会发现,《冬天》和《外遇》在很大程度上发散着宿命的意味。《冬天》中，作家没有从表现夫妻恩爱的角度来写方旗的忠诚，而是刻意地表现一种执拗。《外遇》依靠出人意料的情节坚决地扭转了叙述的方向，虽然男女主人公庄建设和葛菲的“动作”像是经过蓄意设计的，但虚构的力量在金仁顺的小说里已经不可阻挡。这几篇小说给我们深刻的印象是：故事、结构、语言简洁而单纯。这似乎开始呈现金仁顺短篇小说的一些重要品质。《爱情冷气流》将恋爱中的男女置于一个狭小的空间里，展示了这一代人所处生存环境的压抑和精神、心理的困窘。一个喜欢在衣橱里做爱的男人，展现出他们在生活中的不安、骚动和苦不堪言。

李小心在万亚、洪树甚至更多女性之间的“腾挪”“轻浮”，在爱与无爱的间隙，在企盼和冷漠之间，让我们感到令人窒息、令人心碎的寒冷。“冷气流”和“衣橱”，隐喻了人与人关系和情感的灰冷、丑陋、挤压和变形。可见，金仁顺的写作，一上手也是试图深入地探测人性和情感的肌理。在中国当代社会的转型期，道德感和伦理观的变化、动荡，人的心理坐标的失衡，造成内在的精神、情感的分裂和破碎，这已然是20世纪90年代以来残酷的真实。金仁顺不可能回避，只能面对，与众不同的是，她选择的叙述路径是，不断地在文字里重现那些情感、情绪等事象所隐藏的张力，一如花开展示了树的张力。

或许，我们很少能在金仁顺的短篇小说中体验到那种沧桑感，但她小说的字里行间却发散出一种强烈的充满诗性的苍凉、残酷的气息，这也许正是容易被我们忽略的。我们发现，在她的这些短篇小说里，题材、故事、人物及其人物关系，还有出人意料或是意料之中的故事结局，小说的结构，大都是比较相近的。两性之间的关系及情感纠葛是小说的基本链条和框架。但从不同文本之间的内在张力方面看，从文本所表现的事实层面到精神价值层面来看，在她反复的对主题、意蕴的追逐中，小说文本呈现了超出所谓“本质”属性的多极状态。我们注意到，金仁顺从20世纪90年代至今的短篇小说，也发生了一些内在的变异，这也使我们清晰地看到她小说写作过程中的诸多“贯穿”性的“成长”性因素，同时，我们也欣慰她终于没有被这样绵长的、颇具“近似性”的叙述所自我淹没。毫无疑问，金仁顺的小说是非常好看的。看得出来，金仁顺并不想描述或营构一个个美妙动人、具有极强吸引力的爱情故事，那些“艳遇”“外遇”“不期而遇”的场景和情境，也绝不单单是为了“好看”所布设的奇风异景，而是一次次进入生活现场，在大量具象化的细节中，逐一地裸现人物情感、性爱世界的经络和纹理。她刻意地寻求着生活的真实感和重量感，并在叙述中剥离或者打碎我们既往的道德秩序，进而颠覆我们的阅读和接受，尽显出她的小说叙事的魔力。我想，这才是金仁顺小说叙事的精神内核所在。我之所以格外愿意回顾和分析金仁顺这些早期的作品，是想寻找支配这位女作家写作的神秘的原驱力，以便能更确切地梳理她小说创作的精神走向。实际上，金仁顺最初的写作就表现出了她敏锐的艺术触觉，她很早就敏感地、自觉或不自觉地意识到，身体、欲望和性爱，始终具有革命性的因素和力量，因为它们代表了不能被编码的本质。

金仁顺在《水边的阿狄丽雅》《云雀》《爱情诗》《秋千椅》《人说海边好风光》《拉维茨基进行曲》等中短篇小说中，一次次地写到爱情、性爱或爱欲，以及人在情感、爱情或性爱方面的犹疑和徘徊。在对金仁顺小说最初的阅读中，我曾一度忧虑她的小说会被锁定为“性爱小说”“爱情故事”之类，小说表现性爱固然是小说的天然权利，这就如同小说应该描写人物的幸福和忧伤，问题在于，如何才能够在爱情的两性空间里，思考或找到亘古永存的伟大命意。令我惊奇的是，金仁顺在平易、朴素生活的表面之下，找到了需要我们悉心发现的一段段动人故事。她在这些充满想象力的情爱故事里面所盛放的事物，在谨严、宽柔的景象中，表现出对现实世界和人性的尊重。无论是表现追求和渴望、失落和幻灭、悲凉或忧伤、幸福或缠绵，还是诗意与梦想、浪漫与纯真，金仁顺的叙述都在努力使纷杂、凌乱或坚硬的现实走向朴素的诗的抒情。也就是说，金仁顺的小说所要表现的都是对美好事物的渴望。这样，她的虚构和叙事，始终是在饱含个性的氛围中，沿着非物质性的方向呈现出富于魅力的一面。

有人认为，金仁顺的小说似乎是在质疑着什么，情感或者爱情。其实，作家的写作与生活之间有无数紧密联系的纽带，但写作需要有对现实生活的精神的超越。实际上，质疑生活，质疑这个世界，也许并非小说唯一的功能和使命。人与人的信任、肯定、否定和情感纠缠，却都应该被安置在像金仁顺小说这种丰富多彩的单纯中。因为生活有时也许无须解释，文学作品本身也是这样。金仁顺的小说，从不让我们直接看到什么生活的本质或事物的真相，而是让我们看到一种单纯或纯粹的感情，这些被表现的情感，可能既没有浓度和强度，或许也没有情绪化的极致，但却有潜在的力度。小说《人说海边好风光》所展示的人性的复杂和微妙，以及坚硬，简直令我们瞠目。这个小说在一定程度上很像她早期的那篇《爱情试纸》，连环套般诡谲的人际、情感关系，极力地消除事件与人物之间一一对应的界限，一个人的欲望和梦想、爱与困扰的折磨，交织到若干人的身上，让每个人都努力在世界里找到爱的理由和应有的尊严。这或许也是人与人寻求内在交流的有效通道。

当然，小说有小说可以解决的问题，但它也有无法呈现的盲点或空白。这也许正是小说的魅力所在。在“彼此”之间，有多少不可理喻或无法澄清的内蕴，我们面对生活的时候肯定是一言难尽的。金仁顺的小说叙述总是在接近两性之间那种由坚硬到柔软或者由柔软到坚硬的目光，撞击出人的心灵最隐秘的地方。她并没有像当时许多作家那样，在文本中非理性、无节制地表达甚至制造幻象，她在骨子里是一位清醒的理想主义者。她不仅拥有超强的感受力、极为细腻的情感，还对人的行为方式、细节和灵魂深处的体察异常冷静。她发现了整个社会结构、家庭结构与人的情感本身、与人性的天然冲突。我认为，发表于2007年的短篇小说《彼此》，应当视为金仁顺短篇小说的成熟之作。在这里，我感觉金仁顺对短篇小说这种文体的理解也发生了相当大的变化。虽然，这篇小说同样是表现婚姻、情感错位和“婚外情”的小说，但她却能够将一篇婚姻爱情小说写得既起伏跌宕又从容不迫。这一次，她再次挖掘人性的共性和惯性，以及人性中的某种顽固，以展示爱情脆弱的一面、情感的不堪一击。但是，她开始格外注意探查人物内心的不可抗拒性、偶然性因素。黎亚非与前夫郑昊一样，都在结婚前相似的时刻，无法抵御生命里的那最后一丝缠绵，无法彻底摆脱镌刻在内心深处的最原初的情感记忆，无力斩断情感历史的愁肠，与前夫发生了最后的冲动。这看上去轻率而随意，实质上，这是由于男女主人公都不能在各自新的选择中获得新生所无法避免的情感选择的悖论。因此，在“彼此”之间，不能回避的矛盾冲突，给人与人的情感重新制造出隔膜、误解、裂隙。无论周祥生和黎亚非对这次重新获得的爱情如何倾心，他们依然无法在充满新质的契合里真正地涅槃，而可能在某一时刻发生不可预料的奇异转折。

这样看来，金仁顺讲述的故事，在诗意的背后都埋藏着一个悲剧性的、近乎残酷的宿命苦果。男性和女性几乎可能同时遭遇来自对方的精神、情感冲击或重创。我在这里想进一步探究的是，金仁顺在多大的程度上来认真地印证什么是健康的、积极的、人性化的、具有美好品质的生活或者选择。

在这里，我们可以将“彼此”，看作金仁顺情感叙述的一个整体的隐喻。我不知道，最终，这个令我们快慰的“彼此”世界，会在生活、现实中不断呈现，还是只能在金仁顺的小说里被合情合理地虚构出来？

还有，在小说文本之外，我们究竟还想看到一个什么样的世界呢？我们究竟还需要多少这样能够打通现实和幻想的小说呢？

三

我想起美国当代短篇小说大师雷蒙德·卡佛的话："写作，或是任何形式的艺术创作都不仅仅是自我表达。它是一种交流。""我开始写东西的时候，期望值很低。在这个国家里，选择当一个短篇小说家或一个诗人，基本就等于让自己生活在阴影里，不会有人注意。"[1] 而我们却没有在金仁顺的小说里看出任何自我的阴影或沉郁，相反，她在表现这些沉郁和悲凉的时候，给我们展现的是她更为积极和慷慨的姿态，尽管她更多地选择短篇小说的方式与现实对话。也许她感觉短篇小说这种文体方式，最为切近她对现实生活的内在感知，适合她将生活虚构成一次记忆、一个梦境和一种情感的迷宫，表现当代生活，表现当代人的情感、精神危机，以及在危机中的沉醉与挣扎。所以，我们总觉得，金仁顺是一位对自己的写作选择和取向异常坚执的作家。她耐心、细腻而平静地以自己的小说与生活进行对话和交流，这个过程对于她来说，不仅始终伴随着其自身真切的生活感受，同样，她也在竭力地通过小说语言对情感世界追根索源，凸现生活的意外和

---

[1] 〔美〕雷蒙德·卡佛：《大教堂》，第 233、238 页。

变迁莫测。

我会在不同作品的叙述中，感到她也许是有意无意地使某些段落、情境、对话以特定的方式发生微妙的相似性重复，但在这种戏剧性的、不厌其烦的一次次叠映中，我却看到了每一次相似情感的细微差别，故事情节和人物心理节律的不同伸展和收缩，它们之间也一次次构成文本表达的“互文”。她的若干小说组成了若干的竹笋，细心的阅读者，一定会在层层剥笋式的展开中，领略到自己无限的感动。我曾一直在技术的层面探讨一些作家短篇小说写作的方法或策略，以及短篇小说获得力量的渊薮。我觉得金仁顺的短篇小说结构，往往是依靠叙述的自然性、内在规定性。好的短篇一定是可遇不可求的，是际遇和灵感的产物。金仁顺喜欢把小说写作视为“将过往生活进行‘碎片整理’”，而且，“我们也是被选择而不是选择的一些人，一些故事找上了我们，如同灵魂附体，不把它们抖搂出来我们就不得安生”[1]。显然，这里体现了金仁顺的自信、她的小说理念的日趋成熟。我不怀疑她的小说写作功力，作为被视为缺少生活沧桑感的“70后”作家，在这个时候，内心的淬炼和艺术品质的高贵就显得特别重要。我格外欣赏和认同金仁顺良好的艺术感觉和气质、其小说的形式感和纯粹性。这是一个有个性的作家必备的先天性因素或条件。我看到，生活和情感的“碎片”，总是能够被她冷静地整理成一个个幽微入细、暗香浮动或灵魂颤动、撕心裂肺的梦与现实交织的文本，弥漫着感伤主义气息的文字，似梦似幻的氛围场景，人物之间或微妙、或朴素、或困窘的关系，以及相互间

[1] 金仁顺：《之所以是我们》，林建法、徐连源主编《中国当代作家面面观——寻找文学的魂灵》，第459页。

真诚的感应，金仁顺都能够赋予其一种直觉的把握。她显然已充分意识到自己探测生活的纵深度、事物发展变化的逻辑和本然性、人物的本能和非理性，因此，她能很好地掌握叙述的节制和分寸感。

《云雀》《水边的阿狄丽雅》和《拉维茨基进行曲》等几个短篇，在叙述节律的把握上都曾给我留下深刻的印象。从中，我能够体会到金仁顺小说叙事的形式感，审美表现方面的独特气质。

我一直在琢磨，《云雀》这篇小说的名字为什么叫“云雀”。一个在大学里读书的叫春风的女孩子，结识了一个在这个城市经商的韩国白领姜俊赫，他们之间产生了恋情，发生了并不算令人惊奇的“婚外恋情”。这期间，春风与同学裴自诚也在不经意间演绎着更“本色”的青春故事。小说所讲述的这两个交叉的故事，一个平淡中透着悠长、沉郁和世故，一个张扬着本然、冲动和单纯。金仁顺很好地把握了人物在故事推进中情感方向的变化和内在玄妙，昭示爱情使人成熟也使人迷惑的特性。小说在叙述过程中，充分而细腻地在一种平易、朴素的语境里，将人在情感方面的暧昧性、自私性、肆意性和脆弱表现出来。也许，正是因为金仁顺并不想在小说中追问什么，才使得她的叙述和结构没有太多的负担，她的故事总是散发出轻逸、浪漫的余韵。可以说，这种对人的行为细节和心灵深处的感知，是非常冷静的，阅读《爱情诗》《彼此》《秋千椅》等小说，你也处处可以感到她叙述的节制。这里面，小说不回避“性”的冲动和缠绵，但作者绝非满足于对人的潜意识或非道德化冲动的控制，她很少将自我的情绪施加在人物的身上，更不用二元对立的价值视角恒定人性的复杂，而是表现性爱、情爱本身的自然和美妙。这样，金仁顺小说叙述的结构和节律，就在很大程度上“连通”了生活的自然形态，并以此凸显出社会结构、家庭结构以及人性的偏离和冲突。特别是，金仁顺的小说语言，舒缓有致，天然具有的文学质感构成她小说叙述力度的美学支撑。在许多短篇小说中，金仁顺还小心翼翼地在人物的心理层面进行艺术解剖，不经意间制造出情感的落差和悬疑，使人在徐徐前行的叙述中体会内心世界的奇崛诡秘，甚至渊深狂乱，她通过引爆人物的内心世界而引爆整个生活世界。《松树镇》《莫莫格》和《爱情进行曲》，这几个短篇在人物心理的挖掘和呈现上就显示了她的干练和细致。

只要简单归结一下金仁顺小说不断呈现的几个主题意蕴及其小说结构方式，我们就会发现，她特别热衷、习惯选择出其不意的跌宕叙述将人物和故事引向宿命的结局。在一定程度上，这些小说中的戏剧性场景，给我们的感觉就如同一场场排练，现实与虚构模糊呈现，虚构的故事、小说对现实或存在世界的“扭转”性想象，不时地越出体验的边界，给我们提供一个洞察现代人情感、灵魂的不安和悸动的新视界。这些无疑是现实情感和人心的具象写照，表现着当代生活不容忽略的、最为深刻的精神主题。

王安忆认为：“小说是目的性比较模糊的东西，它不是那样直逼目的地，或者说，它的目的地比较广阔。”[1] 以我对金仁顺的阅读，可以肯定，金仁顺的“目的地”是非常开阔的，因为她有不可估量的才气和叙述能源。但是，我提醒金仁顺应该注意的是，她的小说题材的单一性，小说布局及其结构的缺少腾挪，长此以往必然会造成文学表达格局的狭小，也可能会造成自身整体性写作视域的某种局限。所以，她的小说写作，需要一种更为结实的结构力、更具精神境界的叙

[1] 王安忆：《王安忆读书笔记》，新星出版社，2007 年，第 217 页。

事信仰，这就不仅要有“化骨绵掌”般的激情和彻骨力量，还要有那种对于世界的宽容情怀、对生活的虔诚心和承载力，也就是说，要深切地表现出存在世界的重量感，呈现出小说所特有的对生活的判断力和高渺状态。在此，我们对金仁顺的写作满怀信心和期待，相信她有着比较广阔的目的地，因为，我们已经在她的长篇小说《春香》中看到了这种变化的端倪，而这部长篇完全也可以视为短篇小说写作的厚积薄发。

寻找生活与短篇小说文本的“纯粹”

——王手的短篇小说

一

在读过王手几乎所有的短篇小说之后，我感觉王手是一位踏实、虔诚又令人信服的“叙事者”。至少，王手的小说里已经充分地体现出他对写作的极度用心、对文学的满怀诚挚，而且，他对短篇小说的敬畏，更是表现出一个作家最需要的“纯粹”。这种“纯粹”，不仅仅在于写作的态度，还在于一个作家对生活的用心。倘若一个作家，能以对生活的用心来实现并完成对短篇小说写作的用心，就一定会在文本中建立自己的这种“纯粹”，而在我们今天这个时代，文学是多么需要精神和艺术的双重纯粹。因为，文学写作在这个时代有太多的承载，也受到了太多的困扰、扑面而来的冲击和难以挣脱的诱惑。实在说，在今天，做一个诚实的写作者是异常艰难的，尤其做一个短篇小说的写作者。

在这里，我并不是说，专事写作短篇小说的作家就一定比其他作家更崇高，这也没什么可夸耀的，但他一定是在艺术的层面更忘我、执着、忠实的写作者。我相信王手对短篇小说的表述："我写短篇的负荷还是挺重的，是的，这也是我写得比较艰难、写得不多的原因。那是一个犹如生病的病理现象，它不一定天天纠缠着你，但你一定要坚持吃药，一旦病状发作，你一定要认真对待。这个病生在你的身上，你一点办法也没有。"[1]这种几近病态的艺术追求，俨然已经成为我们这个时代的稀缺内容而显得难能可贵，这可能也是小说这种文体样式尚能存留、保持活力的根本缘由。这种写作，当然应该算是"纯粹的写作"。

因此，我愿意提到苏童，他对短篇小说也有着几乎病态的喜爱。他的短篇小说以及他对短篇的理解，都显示出他极好的艺术感觉和天分。在谈到中外短篇小说大师的作品时，苏童所钦佩的，不仅仅是霍桑在叙事中对道德、良心在人心中存在相互距离的考察，辛格在人物上不惜气力进行描摹的朴拙的小说观，而且，他还特别击赏博尔赫斯在作品中通过捕捉人类生活的重要细节呈现人类的巨大困境。同时，苏童还尤其喜爱雷蒙德·卡佛对普通人生活的洞察力、毫不矫饰的文风。他将这些归结为"短篇小说，一些元素"[2]。而苏童自己的短篇小说写作，更像是一次次愉快的旅程，在这些旅程当中，他凭借出色的想象力，自觉或不自觉地整合种种文学"元素"，再制造出属于自己的精神的、技术的小说元素，以此接近艺术宿命般的纯粹，从而，在短篇小说的有限时空里聚焦人性和生命的律动，蕴藉既属于个人又引证时代的种种现实。

王手欣赏、崇拜苏童短篇小说叙述的宽广和从容，因为，这的确

---

[1] 本文中王手文字，都引自王手即将出版的短篇小说集《西门之死》自序。

[2] 苏童：《苏童散文》，浙江文艺出版社，2000 年，第 232 页。

是短篇小说最为难得的品质，他在这种文本的镜像之中发现了自身的局限，当然，他也清楚地看到了自己写作的出发点和前景。很多时候，我们面对一位作家时，不难从这位作家面对另一位作家的目光里，发现他自己的内心和诗学踪迹。因为真正的作家，都走在共同开掘小说新的可能性的途中，他们都在以小说抵达现实和心灵的梦想，这一点，实际上也是有出息的小说家长久以来的美学抱负。我相信，在小说的基本元素之外，仍然有远未达到顶点的小说叙事的结构，还有安睡着的想象力没有被作家的创造性所唤醒。而每一位作家内心的“纠结”，都在于渴望能够以自己独有的写作炼金术，企及小说艺术绝妙的高度。当然，这里除了需要光芒四射的智慧，还需要一个作家坚持的纯粹的信仰，无论是面对生活，还是从事写作。如今，这样一个最基本的写作伦理或底线，在许多写作者那里已经变得格外奢侈。

现在，我们在大致厘清了王手虔诚的写作姿态和方向之后，还无法猜测王手为何如此病态般地迷恋、醉心于短篇小说写作，可是，我还是忍不住要问，王手短篇小说的叙事动力来自何处？纯粹属于王手的独一无二的文学元素都有哪些？王手小说叙事的出发点在哪里？毋庸置疑，王手是一位自觉的短篇小说的叙事者，那么，他究竟如何通过他的短篇小说来处理现实生活或存在世界？他在短篇小说中发现了什么？或者说，他发现了有关短篇小说的什么堂奥？像王手这样诚恳而有痛感的写作，对于王手本身和短篇小说的文本意义何在？王手在小说中将自己置于一个怎样的世界里？王手的坚执与纯粹，他的自我认同和“野心”之间还有多大的距离？除此，我更感兴趣的，还有王手在他的短篇情结中所遭遇的无奈、妥协、挫折，或者他的得意、喜悦、胜利，这些都肯定藏在了纸面语言的背后。但无论他能否意识到自己文本的表层或深层意义，对一个执着于短篇小说写作的作家来说，在我们这样一个时代，写作的过程已然不是炫耀的过程，而是内心试图把握生命、寻找诗意、努力发现的过程，想刻意承担些什么的过程。当然，也可能是精神焦虑、无助而苦楚的过程。

我这样考虑王手写作的时候，也就是在不断地预设这些问题的时候，我也试图用心而冷静地考虑：一个作家，无论是否富有经验，无论能否将现实的和艺术的困难重重的环节抛弃掉，他一定是在不惜一切代价地追求精神的自由、自立和艺术的独特，尽管写作中布满了可能永远也参悟不透的命运玄机。王手说：“我的短篇很少有虚构的故事，都是些真实生活的反映，以我对生活的用心来完成对短篇的用心，生活的纯粹加上文本的纯粹，我以为短篇就是要纯粹，就是要品与质兼优。”

二

我对王手短篇的解读，想从他的叙述方式或手段开始，同时，努力去考量王手在调动、整饬各种小说元素时所获得的意外叙事效益。人性的较量与纠结，命运、宿命的传奇，不可知的力量所导致的悲剧，琐碎而热闹的生活，都在王手实实在在的短篇独幕剧里率性而轰轰烈烈地上演。王手对短篇小说写作有着自己的看法：“短篇不一定都有一个大的起势，但一定得找到一个好的入口，这个入口可以很小，但进去之后一定要有绮丽的风光。这个‘风光’，就是一些短篇小说新的元素。”在此，王手的短篇小说最为用心的是叙事的“入口”。所谓“入口”，我理解为就是小说的视角选择或方位，还包括视角展开后牵动叙事的逶迤的通道。有了好的、恰当的“入口”，才会使后面的叙述趋于和谐或平衡。王手的与众不同在于他老实而略显笨拙的布局、看不出有任何手段的手段，没有匪夷所思的情景安置，但让人倍感踏实、稳健。他所依赖的是，在充分的、流畅的、人物困顿尴尬的人性夹缝里，进行种种点滴的、持续的、跌宕的故事讲述。我感觉，这些文本本身，也是从作者对生存现实的思考缝隙中诞生的，它带着那种生存现实的感慨和沉重，因此，王手的许多短篇小说都蕴含着人性深处悲凉的况味。

我感觉《英雄穷途末路》和《柯一娜一个人》是王手写得最沉重的两个短篇，但也是王手蕴蓄了很大力量和心劲的作品。作者仿佛憋足了一股劲，小说小心翼翼地先开了一个很小的“入口”，慢慢地让水流静静地流淌进来，接下来的空间就开始阔大起来。首先说人物。正是人物心理的渐变或骤变，让他们在巨大的社会和个人心理的变化中，以及由此所带来的纷繁、漂浮、欲望纠结的存在现场里，生发出令人震惊和骇异的状态。在这两个短篇里，王手没有让人物的意识、思想、渴望和欲望只停留在心理阶段，他们必定要表现出来，化为实际的行动。《英雄穷途末路》中的阿诺德和《柯一娜一个人》中的柯一娜，都是有着各自力量的人物，在现实的挤压下，他们的行动感异常强烈，似乎要不断地涨破小说叙事的固有空间。这些行动饱含着冲动，引发各种各样的冲突，心理的、现实的、理性的、非理智的冲突都纠缠在一起，他们带着自己的意志力从容不迫地登场，呈现出鲜见的人性的图景。阿诺德的力量和一系列“动作”，源自生命本身的内在压抑感和与精神无关的物质欲望。他以自己的“血肉之躯”向现实发起冲击，试图凭借身体创造“价值”，他和妻子阿香都沉浸在与现实博弈的快感里，生命的欲望和冲动与现代消费社会的怪影相纠缠，结果却被现实无情地解构。阿诺德身体的幻象，在一种强大的现实秩序中必然成为泡影。王手轻松地发掘出主体能动性的荒谬性，在表现生命的惆怅、失败、挫败感的过程中，无意间将生理学、政治学与叙述学做了一次绝妙的联袂，这使他的叙事充满了反讽的快感或黑色幽默的效果。

与阿诺德相似，柯一娜的个人命运，更有些苍凉、残酷的味道。许多作品叙述的直接力量来自对人物自我意识的不断揭示，它们发掘人物自我意识与现实处境的种种关联或纽结，而王手却在描述柯一娜这个人物的外在行动时，一步步给她编织一条无形的生命之索。似乎一个人的命运被另一个人牵扯着，而这个人放纵掉道德的底线成为风中芦苇之后，仍然无法把握自己，而且其行为自身，最终成了自己命运的否定者。这时，柯一娜不自觉地陷入自虐、自贱、自卑的迷津里，生命在这里被王手演绎得灰暗、深刻，阴冷、透彻，构成这个短篇小说的黑色咏叹。这篇小说的“入口”依然很小，但整个叙述则直线推进，一个人的生死、命运就像一座堤坝的坍塌，在任由洪水数次拍击后的一瞬间訇然变成齑粉。在这里，我强烈地体会到短篇小说不容忽视的独特的“内爆力”。我曾阅读过很多相当优秀的作品，它们同样能够深入到生活的纵深处，深入到事物的肌理表现生活，也能触及生活和人物的“复杂性”，但却难以对我们的内心形成强烈的冲击、震撼，王手想努力获得的便是这种能使人产生震撼的惊悸，这无疑是一种叙事的力量。

我还注意到，这两个短篇情境设置的紧凑、抑郁，叙事节奏和时间的舒张、紧迫。两者不同的是，《英雄穷途末路》是先扬后抑，《柯一娜一个人》是“先擒后纵”。开阖的幅度也略有差异，但最后都令人感到无法忍耐的窒息。就小说的基本意义而言，它们都可以看成是对现代人存在状况和处境的忧虑，对人性中坚硬、柔软、错位、扭曲等质地的盘诘。

《软肋》和《夫妻》，也是王手短篇中的精品，它们同样体现了王手短篇叙事的基本策略：扎实推进、举重若轻，在看似粗粝的对现实生活的复现中，洞烛探微、深入肌理。《软肋》中“外强中干”的人物龙海生，过着并不富裕甚至很“紧巴”的生活，但他凭借“江湖气”在单位里霸道行事，常常获得一些大大小小的利益。但作者捕捉到了他性格中最复杂的那部分，他无论怎样“江湖”，任何环境或格局里面终究潜伏着秩序与规则，人的个性与欲望只有在相对的限度内才能发酵。所以，在生活的行走的斜线里，龙海生的内心也必须把握应有的尺度和经纬。这样，人的“软肋”就变成坚硬冰冷生活的“溶栓剂”。《夫妻》描写小夫妻的一场“叫劲”“怄气”，平淡、极普通也极典型的一场波澜。王手给女主人陈节先系上一个“心结”，再让丈夫天录惶惶不可终日，内心和行为都处于翻江倒海的“负疚”状态，接下来又在叙述的不经意间设置一个“拐点”，陡然中断一贯的节奏，反置陈节于被动的情势之中。这虽说只是男女主人公情感、心智、秉性多方位的一场并不离奇、没有阴谋的较量，但当代社会生活中家庭、婚姻巨大的情感隐忧被王手演绎得精微、别致、出其不意。男人和女人各自的娇弱、微妙的心理和感受，人性中的浪漫、执拗、倔强、自尊的天性，毫发毕现。实际上，现代小说就是对日常生活的奇迹性的发现，包括对问题、病患和病态的发现。可以说，这篇小说就是一篇有所发现的小说。对于那些日常性的、可把握的生活事物，王手都没有将其转化为个人经验的事物加以呈现，而是在叙事切近生活“原生态”时，向着没有刺痛感的、客观冷静的日常性展开。这种趋向，应该说是王手短篇小说与众不同的叙事倾向。这些，是否也是王手所追求的一种“纯粹”的叙事诗学？

这里论及的这几篇小说的叙事起点，都是平缓展开的，格局也不算大，但叙事方面则格外精致和睿智。前面所说的“入口”和“收口”以及整体结构、布局，都是颇为下工夫的。王手短篇小说的叙事过程，也是人物的自我意识与环境的互动过程，时间和空间也绝少人为的刻意处置，讲究自然、规整、逻辑性。不能忽略的是，在这里，我们能够确切地感受到一种温度，一种情感温度，正是作家在作品里设置了这个有高有低、又很神秘的温度，作品里才充满了氤氲，充满了叙事的魅力。很显然，这其中蕴藏的不仅有作家的独特感受，更有作家整理生活现场时所采取的属于自己的修辞方法。看来，这一定也是王手“别有用心”而“有意味的追求”。

三

在这里，我并不想将王手的小说做一种狭隘的叙事方法和策略上的简单理解或简化处理，也并不想探究小说叙事中作者是否自觉选择或者已经具有、坚持某种明晰的创作方法，而是想思考，一个作家在他的写作中所一贯坚执的文学观念、小说理念，与文本形态的默契或错位，与小说的虚构品质、想象关系之间的默契或错位，进一步思考一个作家是如何通过文本虚构来实现自己的想象，转化自己不安分的冲动。那么，作家究竟是需要生活中的实感经验，还是要把握主体对叙述的控制呢？对于短篇小说而言，是否一定要越出经验的边界，让叙事从文体的局限中溢涨出来？即使像王手这样踏实的叙述，也是裹挟着写作主体意识到的问题展开的，虽然没有通过精雕细刻的叙述来组织、抽象和阐释这些问题，没有让叙述成为隔在现实生活和人的心理、感受之间的夹层，但我想，王手最终还是获得了文学叙述的直接的品质。

叙述有时可能就仿佛一只粗糙的或者细腻的手，抚平、抚慰着生活中的褶皱、凸凹和沧桑。在叙事方面，王手不纠缠、不刻意、不矫情，只是踏踏实实地做“写真式”的呈现，之后，再用这只有力量的手，拧干毛巾里的所有水分，裸露出世道人心“原生态”的样貌。看似笨拙的表达，却直接抵达事物的核心地带。王手似乎也无意赋予现实任何一种形式、一种结构，也没有去强调心灵主体的“介入”。这多少显得有些“憨”或“拙”。实际上，“20 世纪 80 年代后期，写真式的写作已经陷入了少有人问津的尴尬窘境，加缪式的、卡夫卡式的、福克纳式的、马尔克斯和博尔赫斯式的寓言写作已经开始变得深入人心。小说新观念的兴起与传播瓦解了以往作家对生活与所谓真实的理解，也彻底改变了人们对于小说的认识价值、表现对象、文本特征等等根本性诗学问题的理解。”[1] 无疑，写真式写作在今天再次成为对短篇小说写法的一个挑战。显然，这已经不再是一个简单的技术问题，而是对小说理念和作家个人智慧的重新审视。虽然，小说的力量并不只是暴露的力量，也不是依靠寓意和象征就能够深邃起来的。坦然地揭示灵魂

[1] 张清华：《文学的减法》，吉林出版集团有限责任公司，2009 年，第 163 页。

深处的隐秘，探查、揣摩人类不可摆脱的宿命才是最终的目标。那么，问题在于，面对有时很“粗鄙”的现实生活，一个作家如何下笔？尤其在当代，现实的问题已包裹起整个人类的精神形态，如何表现生活，实际上是作家面对的最重要、最复杂的问题，其实，这就是一种叙事姿态的选择。王手坦言：“生活中有很多残酷的东西，这是我一直在极力回避的，我以前告诫自己，要以温暖之心写身边的善良，现在我觉得还不够。”是的，温暖之心，会使叙述产生力量，会使王手的小说不断地让我们对他的故事产生信任感、亲近感，因此，他始终没有辜负我们的阅读。

《推销员为什么失踪》极力状写商场如战场般激烈竞争中的残酷无情，但王手还是竭力地发掘出人物内心深处的柔软、同情和自我失落。将人打得一败涂地之后，打人的人自己的内心燃烧起来的可能是极端的空洞、空虚感。它刹那间唤醒了我们的良知，使鼓胀的欲望之火一下子就冷却下来。《软肋》也是在淋漓尽致地呈现龙海生“霸道”一面之后，叙述了他的退让、收敛和羸弱，与此同时，开始张扬其他人的进攻、报复、得意。但两股力量对峙的结果却是难分胜负的平衡。我想，这个时候，王手一定没有按着自己的意志“控制”小说叙述的走向，而是在很大程度上尊重了生活或现实的可能性，这就是简单而朴素的短篇小说的本色和底色。可以这样讲，与其说短篇小说有技术，不如说作家对待自己的情感和精神判断更需要定力和对技术的内敛。

王手笃定要追求一种“纯粹”，其实，“纯粹”也只是相对的一种写作状态或叙事境界，它不是作家一厢情愿的诉求，但一定是作家呈现生活时试图超越世俗、超越现实逻辑的内在追求。即使在叙事的激流中，作家也应该让生活中的可能性潜伏下来，哪怕是呈现给我们一种模糊性，这种模糊性就是叙事的可能性，也是生活的可能性、人的可能性。必须承认，所有人对世界的描述都是局部的描述，再完美的描述也有无法抵达的盲区，这里面必定隐藏着一种逻辑的动力，有着一种甚至是作者都难以把持的逻辑的动力，有时捉摸不定，难以驾驭又必须驾驭。一个短篇究竟能蕴含多少有意义的人物、故事、情节，再借助语言的功能和魔力，传导出语言所暗示、隐喻和象征及其指涉的文本之外的“有意味”的世界，这不仅与短篇小说这种文体的限制有直接关系，更与作家赋予生活或经验以多大的想象力有关。也就是说，与长篇小说不同，短篇小说叙事呈示出的只是一个生活片段、横切面、局部，是一个不完整的世界，但它却必须通过其有限的叙述引申出一个完整的世界，一个可能的或者充满迷局的、模糊的世界。说到底，一个作家只能在叙事中呈示自己所意识到的、所能呈现的那一部分。

《飞翔的骡子》《双莲桥》《火药枪》所叙述的故事都格外引人入胜，它们将我们带进一个非常陌生的世界。每一篇小说的容量有限却仿佛都贯注着充沛的精力，这种“精力”来自人物，来自叙事的跌宕、冲击力量，当然，也来自作家对生活的把握能力、对生活的判断和选择的自信，因为这是小说的支配力量。而晚近发表的短篇小说《坐酒席上方的人是谁》，则显示出了王手深思熟虑般的成熟，叙述更加自信和从容，也更沉醉。现在我所想的是，他会不会变成一个有“匠气”的写小说的“匠人”？那样的话，他就是一个真正的“纯粹小说家”了。

我渐渐感觉到，在王手的小说背后，隐隐出现的是一个中年人的身影。中年，是一个老成持重、思想日渐深邃但也愈发会变得世故的年龄，更是走向成熟的年龄。我想，我们应该重新理解“世故”这个词的文学意义。这个字眼所蕴藉的内涵，一定包含了生活的历练和深深的生命体验，以及存在的自信和判断的从容。我相信，小说家的中年意味着成熟，甚或是真正写作的开始。在文本中，王手的目光总是略微低垂的，气质显然也不是“贵族”的，更不见什么“知识分子立场”，他有的是这个时代的作家身上已经很少有的英雄气概、任劳任怨的宽厚。虽然，我们看到王手小说中有许多无法掩饰的结构、语言上的“糙面”，甚至是令人惋惜的缺憾，这可能与他内心的尺度感有关，也可能是因为他贴着生活的“地面”很近，以致一时难以找到自己最确切的位置，造成了一种“深刻的惶惑”。但是，在我们这个时代，王手把追求写作的“纯粹”当作一种存在的目的和理由，把其视为自己精神和文本的最大“政治”。敬畏文学、潜心写作，成为他生活、生命的重要内容，有此，就已经足够了。

我就是我想象中的那个人

——范小青的几个短篇小说

其实，近二十余年来，执着于短篇小说创作的当代中国作家没有几位，说起来，苏童、刘庆邦、范小青，应该算是非常突出的三位。他们短篇小说写作的数量和质量，都能长时期地保持在一个较高的水准上。可以说，对于当代的短篇小说写作而言，他们都有自己独特的贡献。

江苏作家范小青的短篇小说处女作《夜归》，发表于《上海文学》1980年的第9期。八年之后，1988年，短篇小说《瑞云》发表，这篇刊于《小说选刊》的小说，是范小青第一个引起文学界广泛关注的短篇小说，也被许多人认为，这是其整个文学创作中第一个优秀的短篇小说。其实，即便在当时，这篇小说无论在题材领域，还是在小说理念方面，都没有给我们带来极富冲击力的感官刺激和价值认可。但其中却显示出范小青出色的叙事天分和良好的小说感觉。这个时候，并没有人，或许也不会有人意识到，范小青将在其后近三十年，与短篇小说结下不解之缘，并呈现令人惊异的短篇小说创作状态。虽然，她的短篇小说，长期以来为评论界所忽视，但她坚持不懈，从容自信，日益显示自己扎实、持久的功力：艺术想象力和虚构能力、独特的语言感受力和结构力量，以及处理生活现实、经验与文本关系的方式，都有不俗的气象。这些，使范小青的短篇小说凭借个性和独到追求，自成一格。很难猜想，三十余年间，范小青的一百五十余个短篇小说，与她的长篇小说写作之间构成了怎样的平衡或者呼应。在她若干部长篇小说的写作间隙，短篇小说如何像旋舞的精灵，传导出生活的韵味、命运的玄机、精神的尊严和人性的信息。可以看到，她的小说，善于整合、调理文本中的各种元素。无论是故事的讲法、悬念的制造，还是某种智性的有效传达，都让我们感觉到一种摆脱了媚俗和虚妄、凌乱和浮躁的稳健而俊逸的踏实感。而且，含蓄的情感流动，舒缓节奏中的恬淡，情节和细节的沉实、耐人寻味，剔除开雕琢和做作的姿态，都开始让我有更加充分的理由，信赖和喜爱范小青的短篇小说。

我感觉，范小青写作短篇小说，更像是一个迷恋生活、乐于采撷岁月沧桑露珠的敏感而勤劳的人，一次又一次地尝试各种各样固有的经验模式，或者是执着地偏要打破某种禁忌，来认真、悉心地表达对一个时代的期待。同时，她也小心翼翼、严谨庄重地向我们透露这个时代人性的尴尬和危机。我们也许可以从范小青的小说里，看到并体味到“乾坤”和“沧桑”这两个词语在“人寰”“世间”的确切含义。而这样的写作，的确是需要一种较大的“气量”。对一位作家而言，选择短篇小说这种在当代鲜受青睐的艺术形式，至少表明了她较为纯粹的诗学品味。通过这种艺术样式，展开对社会生活和时代广阔的勘察，遍访市井人生的生存困境，聚焦人性在道德、伦理法则限制下的心理曲线，是范小青短篇小说的基本面向。但我们若想真正完整地理解范小青小说的丰富性和复杂性，还需透视诸多文本所呈现的多副面孔，还要留意范小青小说的叙事形式、情节布局、语言魅力，这些，直接关系到作者的修辞意图、文本意识形态指向。

一个优秀作家的出现，的的确确需要一种契机，而一个作家的成熟，同样需要一个契机。这个契机，缘于作家的天分，以及天分充分舒展的那个时间段落，甚至还与作家能否找到表达自我的一种诗学形式有关。我觉得，范小青总共花了三十多年的时间，才真正地找到了属于自己的人生和文学表达式。

许多人认为，范小青属于苏州，也有的研究者将其框定为诸如“小巷文学”“新市民小说”“市井文学”的范畴，认为她承袭了如陆文夫小说般细腻温和的苏州文脉。无疑，范小青之于地域，之于苏州，有着挥之不去的深层情结，她的文学创作与生命活动可谓根本无法与之截然分离。这的确没有错。但我觉得，如果从更广阔的文化、美学视阈看，将范小青局限在苏州文化的格局里未免狭隘，对范小青这样一位沉稳而洒脱的作家来说，这种界定未免显得有些单纯。因此，我想说，范小青写作的价值和意义，并不完全在于她小说的选材是以苏州为背景，或保持所谓“苏味”。我相信，当她经意或不经意间越出地域的边界时，等待她的必定会是一个更开阔的人生剧场和生命旷野，在这个叙事情境里，范小青的叙事就会产生更加绵延不绝的艺术力量。特别是她的短篇小说，之所以经常有对生活的意外表现，是因为，一方面，她依赖深厚的生活经验和用心积累的材料，及其对生活和人物的想象；另一方面，她凭借逻辑的抽象思维力量，艺术地腾挪的机敏和灵气。所以，从这个角度讲，范小青的写作已经不仅仅属于苏州，属于地域，而是属于中国和世界。现在看，她的短篇小说写作实际上已经充分地证明了这一点。

洞悉、触摸和呈现我们这个时代的人性，并且通过描绘缤纷的市井图像，来考察、发掘不同意识形态和文化背景下个人的命运和处境，一直是范小青短篇小说感兴趣的主题。三十余年来，她始终希望通过写作，踏踏实实地表达自己对这个世界的感受与困惑。她极端用心地坚持着富于个性化的对人物、故事和整体生活的判断，并且，她不受任何已有经验的诱惑和左右，也不会肆意无端地去构造、编织远离生活的幻梦，而是踏踏实实地书写和描摹出人的困境，凸现人的生存状态、人性的变化和转移的趋势。而那种穿透人的表层生存状况和生存行为，沉积到人性最深处并生发出深刻感悟的文字，无疑，成为她对人的存在本身的极富质感的生命解码。

我们正处在一个人心和灵魂发生剧烈变动的大时代。人性不是一成不变的，甚至可能出现颠覆性的改变。尤其是人性的差异性以及人性的状况在近三十年的中国当代社会中的复杂多变，前所未有。这也就给这个时代的作家提供了写作的可能性。如何把握这样的“新现实”，如何以小说的方式解析变体之下的日常生活，也就是作为一个作家如何讲述有关人心、人性的故事，正视生命中灵魂的变迁，对每一位有出息的小说家都是一个巨大的挑战。于是，人的内心结构、人性中向上的前行和向下的滑行、自我救赎、幽灵般的错位、本能的诉求、生存缝隙中的挣扎，都使得人性的故事，在范小青的短篇小说里呈现出自己独有的姿势。我认为，《你要开车去哪里》《我就是我想象中的那个人》《人间信息》《谁能说出真相》和《城乡简史》是范小青几个非常重要的短篇小说，充分显示出范小青整饬、虚构、超越生活的能力。其实，穿越被遮蔽的表象世界，了解我们自己，了解人的本性，探察生命内部的自我纠葛，胜过一切升华出的所谓价值和意义。范小青就是从人自身的内部和外部环境两个角度，发掘人在现实世界中的生命的“进与退”、伸张与退缩、跌宕与平实。在当代这样一个没有整体感的生存、生活状态里，展开想象的翅膀，对于一个小说家并不是一件十分容易的事情。那么，范小青是如何解码这个时代人性的隐秘呢？她给我们提供了怎样的有说服力、有魅力的新的叙事美学？她又是如何把更多的想象安排在这个世俗平常的人间的？这些，都是我们阅读范小青的时候需要思考和解决的。

《你要开车去哪里》，表面上是写一块玉佩的得失与人物的命运机变，实则是想透视在物质消费时代，世道人心的变迁和心理扭曲，除此之外，故事还隐约地表现人性错位后，灵魂的麻木与失控，以及人物宿命般的孤独和虚无感。倘若仔细揣摩，在这里，仿佛有着某种命运的牵引，隐含着无法破译的生命的密码。小说中的人物子和曾有的一段真实而纯粹的情感，被牢牢地寄托在一块天然翡翠玉佩上面，而当价值昂贵的玉佩失而复得，继而又被子和的妻子拍卖掉，随即置换成一台家庭小轿车的时候，车祸发生了。从此，一场交通事故，纠缠着妻子的身心，她无法释然，这成了子和与妻子正常、幸福生活的终结点。子和在丢失玉佩之后，对前女友的思念和伤痛也似乎发生了“失忆”，近乎麻木的神经导致子和夫妇与外部世界的关系，像那辆轿车一样“锈得面目全非了”。以往的一切，心态、感觉和精神方位，都发生了改变，很难说清这是偶然还是某种必然。我们在这里清晰地看到了那种强大的、动人心魄的“物质性”扭曲力量，魔障般对人的精神进行着不留余地的改变。读完这篇小说，我们也许会意外得到一次自我检测，会因震撼而做轻轻的深呼吸，然后，会思考这样较为抽象的问题：真的有一种什么样的事物或者力量，在冥冥之中左右我们的内心，还是我们的内心被自我所纠缠？我们还会思考，我们在这个世界上究竟需要什么？我在想，写这篇小说的时候，范小青对这个时代的理解和认识是异常清醒的，她已经意识到我们此时面对的是一个无比躁动的生活的新空间，人的内心更像是层次丰富的森林，也可能是欲望丛生的灌木丛，关注人性和内心，安妥一颗不安的灵魂，当然也是一位作家的责任。从这里，我们看到了范小青小说叙事的基本维度。

任何时代的任何人，可能都无法逃脱一个最基本的追问：我究竟是谁？我到底是怎样的一个人？而且，终究都无法说清自己的“本色”。

对于《我就是我想象中的那个人》中的主人公老胡而言，想象中的自我，压倒了生活中的自我，彻底地统治了一个人的主体意识，并且，最终在自我求证的过程中，自身被强执的、卑微的内心所攫住，自己被自己的“谎言”和制造的幻觉所击穿。这篇小说的价值和意义，在于表现了一种人性的缝隙，或者是自我精神与现实的某种脱节。我们常说，真理和谬误只有一步之遥，其实，人性也是在有限和超限的临界点及其边缘游走。在一个多声部的世界上，每个人都会有自己的个性化的发声方式，但这种声音在如此之大的人间剧场里发出怎样的动静，既取决于人所扮演的角色，也受到环境的制约。来自“底层”的老胡，为什么偏偏会生活在别人的目光里？他之所以不断地丧失自信，反复地试图说服自己、迫使自己认同自己的幻觉，把别人的故事当成自己的故事，乃至近乎病态地折磨自己，自己常常让自己不寒而栗，是因为在他的心里有着不能承受的“重”。那么，他人性深处究竟发生了怎样的扭曲？这种内在的紧张和歇斯底里的根源在哪里呢？也许，一个人永远也不会写下自己对自己的证词，从这个意义上讲，每个人都是活在别人眼里的动物。这是一个具有戏剧性的叙事架构，范小青只是打破常识地将一个人荒诞行为的“无理性”呈现出来，没有沿着理性的道路，阐释这块笼罩在人物内心的阴影为何出现的深层原因。她给读者留下了更大的思考空间。从另一个角度看，社会生活的复杂多变，人与人交流空间的逼仄，造成了人性的紧张和乖吝，“强迫症”的起源和由来，正可以略见一斑。生命存在之“轻”，与当代现实生活的沉重，构成不可缓解的挤压，精神的阵痛是不可避免的，而老胡这种从心理到精神，及至灵魂的飘忽与游弋，已经超出了日常性的人性和命运的压抑性。小说在充满喜剧色调的叙述中，呈现出老胡这个小人物不胜唏嘘的灰色人生。

《城乡简史》仍然是一篇充满了戏剧性因素的小说文本，可以视为作家对当代现实生活的一次深入破解。一个在向贫困地区捐赠物质、书籍过程中遗落的“账本”，竟然牵扯出“城与乡”“贫与富”之间的神奇联系，就像这部小说的名字一样，“简史”，实质上是一份城市物质生活史的“缩略版”，不仅让我们看到了种种戏剧性中弥散的那股倔强的延异性力量，还让我们看到了它揭示出的人性的扩张欲望所引发的物质、精神历史的变形记。而且，这不是简单的那种引人深思的“城与乡”的撞击与交汇，“账本”对于城里人自清而言，是“失去”，对乡下人王氏父子来说，可能是一种根本性的、非常现实的“获得”。实质上，作为叙事“引子”或者说“引线”的卖书、“弃书”，本身就具有一种隐喻性。仔细想来，城市文化与精神的载体——书，向贫穷乡村的流向，是以一种“遗弃”的方式呈现的。账本，仿佛是意外输送给乡村的一份城市生活导游图，更仿佛是城市生活中一部普通人的个人秘史，它点燃了一股强劲的欲望，改变了一家人的生活走向和现实命运，从此，小说将王才和王小才父子俩，由乡土、落后和贫穷的世界带进了可以“庄生梦蝶”的梦想空间。“账本”在叙事中已经不是一个道具，而是商业化时代的“试纸”“试剂”，诱惑着人性中对幸福的渴望；或如调配心理制衡的砝码，让希望拥有更多生命欲求的“乡下人”，在冲动中释放生命的潜能，挣脱宿命的安排。仔细想，在这里，王氏父子寻找和试图建立的，仅仅是一个大于原有生活的新物质家园，他们还远未接近作为一个人应该拥有也可以拥有的精神世界，而这个新物质家园可能是大多数中国农民的“基本梦想”或是“梦乡”。范小青最可贵的叙事品质，就是从不刻意放大任何文本元素应有的属性和功能，即使是一切与价值有关的事物，她也只是将这些元素置于平等的地带进行揣度，朴素中隐匿着淡淡的诙谐，冷峻的洞察中包裹着对俗世、醇厚的忠直之爱，由此，产生出流畅、旷达、夸张、深刻的叙事效果。小说结尾处，如同自清与王氏一家在相同的路径、相反的方向上失之交臂，自清与王氏父子在精神的交流上再一次擦肩而过了，形成无法逾越的阻隔。小说中弥漫的惊人的、不寻常的进行沟通的渴望，渐渐地湮没在市井的喧嚣声里。这个小说完全可以印证这样的疑问：如果生命不在梦想中存在，那么它还能在哪里存在呢？

写于20世纪90年代的短篇小说《人间信息》，对于范小青的写作有着特别的意义。那个时候，范小青就已经注意在小说中思索生命、记忆、遗忘、偶然和世情等等的关系。不知道为什么，我在阅读这篇小说的时候，始终为一股强烈的孤独感、寂寥感和苍凉感所环绕，这个短篇小说里面，隐藏了那么多有关生命的信息和可能性。范小青似乎是有意无意地“大智若愚”般地叙述这个故事。一个外出为单位讨要货款的名叫建一的职员，在去往目的地的路上遭遇车祸，所幸没有生命危险，更有趣的是，他要去讨债的那个工厂的厂长，恰巧前日与他乘坐同一辆车，两人可谓同病相怜又大难不死。厂长似乎是顿悟了生命的真谛和要义，爽快地将二十万的债务全部还清。小说叙事的关键是，建一回来后向人们讲述车祸，人们却忽略了这场重大事件可能使建一丧命，对建一可能遭遇死亡的危险出奇地淡漠。在所有人的眼中和头脑里，只有讨回了债务才是硬道理，其余都显得并不重要了。其实，我们完全可以假设建一的另一种结局，那就是，他在车祸中与那个厂长一起遭遇不测，撒手人寰，人债两空。小说还设置了另一个人物——小陈，看似闲笔，其实不闲，他们各自因替单位讨债同住一家小旅馆而相识，彼此建立联系。转年，建一出车祸之后，他曾经想要将此事告知小陈，可是他们都很奇怪，无数次的联络竟然都因无法接通电话而没能深谈。年末的时候他们终于沟通上了，而当小陈问起建一曾经提及的那件“死里逃生”一事的原委时，建一本人却已然忘却。无疑，这是一个令人惊异的现实。周围的朋友和亲人都忽略了建一的“生死之旅”，最后，他自己也变得麻木，并且迅速自我解脱。在这里，我更愿意将这篇小说联系到人的生命之“轻”的意念上，并从这个方面来考虑这个小说的意图。每一个人的内心深处，其实都是脆弱的，每个人都有自己感情和思想上的角落，在这个角落里，人会发生不可思议的改变，这是非常可怕的事情，人是不怕别人改变自己的，最怕的是自己对生活的遗忘。范小青发现了建一内心生活的重要角落，也体察了世情的冷漠，她呈现出一种彻骨的冰冷。一个作家只有真正洞悉这个角落，才能触摸到人的外壳和灵魂。范小青就是这样，为我们提供了比较深的对生活和生命的感悟，我们也才能真正理解范小青为什么给这篇小说命名为《人间信息》。

从尊重生命本身的角度，叩问灵魂的现状，尽可能地获取现实中隐藏的诗意，应该是一个严肃作家的责任。一个作家写作的困境，往往在于如何面对人性本身而不是题材。人性中最可怕的部分，是自我封闭，或者无限度地自我扩张，这是一切不幸的根源，但如果永远待在一间屋子里，无疑等于无家可归。人就是如此矛盾地自我对抗着。特别是，20世纪以来的风风雨雨，使人的问题变得越来越复杂，写出人的真实痛感，就是写出一个时代的精神痛感和缺失。我相信，文学也许无法阻止一个时代的惶惑，但却可以在相当大的程度上使人的内心变得平静。可以说，作家范小青，就善于触摸这种幽微而粗粝的存在。在这里，我们用“捕捉”“抓住”“把握”“揭示”这些词语，来形容她感知和表现人性的坚固或者瞬间变化的方式似乎都不够准确。说到底，作家的气魄和小说的功能，就是在写作中“触摸”未知的、沉默的甚至黑暗的领域，用心智倾听、辨认事物，尤其在面对那些暂时性哑然、黯淡的事物的时候，不惜在暗中摸索。这时候，我能感受到，作家以善良、虔诚之心和温暖轻柔的爱意，对抗着世俗、人性的荒谬。人有的时候需要寻找一种东西来自律，不同的人会有不同的选择。有人会很理性地选择一种信仰，来支撑自己的灵魂，因为精神终究要穿越肉体和欲望的原始森林。范小青发现了人在现实中的困境的同时，也注意到人的这种“自律”与社会一般道德、伦理和欲望之间相互的纠缠和摩擦。但她将个人的道德观隐居于审美的背后，她的叙事绝不武断地“干预”、主导人物的选择，从这个方面讲，范小青的思考和写作也是极其自律的。

我感到，范小青始终是在一个世俗能够接受的层面上讲述这些日常的故事，她的叙述视角总是移动在“他人”的生存状态里，这不仅与作家的个人情怀有关，也与一个人的经历、气质、修养息息相关。可以明显意识到，范小青的叙事心态是轻松的、平静而坦然的，她在发掘隐藏在社会生活深处的个人经验的时候，目光是平和的、略微下沉的。一个作家的最终目的并不是要在文本里解决什么问题，证实何种理念和价值的高低，而是依靠小说的智慧来刺激沉闷、庸常的生活。日常生活的平庸性，是消费社会持续发展的社会心理基础，对小说家而言重要的是，解构这种平庸性，切实而机智地表达对这个时代人性的理解和深刻洞察，穿越表象、直抵事物背后的荒诞和遮蔽，发现唯有小说才能发现的事物的原生态样貌。

在我看来，范小青的短篇小说叙事，又是不乏心智的。她小说的一个主要的立足点和出发点，就是如福斯特说的，用叙事的观点写小说。作家在叙事过程中需要依据不同的情况变换叙事视点，而不是选择一个统一的叙事视点。“扩大或缩小观察力的能力，这种断断续续处理知识的权力，正是小说艺术的特色之一，而且，这与我们对生命的理解是一致的。有时候，我们并不比别人高明；有时只能偶尔进入别人的内心深处，但却不能经常做到，因为这样也会使自己心智疲乏，所以这种断续性能使我们获得的经验更为多姿多彩。”[1] 南帆也提出过类似的观点，即所谓“叙事者介入”。他强调：“叙事者的介入并非抒情的形式。以往的观念中，人们常常将主观介入与抒情等同起来——仿佛客观与再现、主观与抒情天经地义地结合在一起。”[2] 范小青在很大程度上打破了惯常的叙事模式，在叙事中作家自我的主观介入非常冷静，在几近“常温”的叙述中，已经少有那种作家自身的激动，而是尽可能多地冷静描述，很少分析和臆断人物的是非。其实，对生活的悉心揣摩如暗香浮动，潜滋暗长般在叙述的背后鼓胀。这就是前面所谈论到的“空白”的设置，这也是作家处理情节、细节，包括平衡小说各元素之

[1] 〔英〕爱德华·摩根·福斯特：《小说面面观》，花城出版社，1984 年，第 71 页。

[2] 南帆：《丰富的“看”》，《当代作家评论》，2007 年第 3 期。

间关系时的关键。进一步说，情节、细节的每一步都要踩稳，要踩到生活的实处。人物的言行，都要有现实生活的可靠依据，写小说要顺应一种符合情境的、扎实的逻辑，并且要更加注意避免过度地将人物、情节的处理浪漫化、传奇化，避免将人物置于“悬浮”的状态。

除了情节、细节和结构的结实，范小青小说的人物群像也令人难忘。我们梳理一下范小青短篇小说里的人物就会看到，那些机关干部、厂矿里的工人、农民、农民工、教授、职员、老中医、厨子等等，每篇中出现的人物都是有新意的、让人惊异的，没有千篇一律的感觉，没有那种写法上的“匠气”。这一定也是范小青一次次“逃离”写作惯性的结果。

小说毕竟不是现实，也无法摆脱存在的宿命。那么，小说的精神力量缘何而来？小说叙事的魅力和动力缘何而来？我们可以坚定地说，对范小青来说，除了巨大的、持久的叙事耐心之外，对文学的敬畏之意，必定是深藏心中的。可是，面对她这些结实的短篇小说，我们还是忍不住要问，她是如何用心地以短篇小说叙事的方式，去努力精微地囊括、描摹这个世界，汲取那些来自人间的信息的？这其中，范小青为何迷恋她的那些人物和故事？她与他们是怎样依恋、相互唤醒的？鼓舞她写出这么多的故事和人物的动力是什么？总的说来，范小青的写作，在她写作的不同阶段，都始终远离“当下”的写作潮流，搁置“道德化诉求”的写作姿态，坚守自己独特的美学形态和追求，在朴素、平实、平和中衍生故事和结构本身的内在张力，营造贴近俗世、超越存在世界的想象空间，这既表现了范小青个人写作的内在情愫，也展示着她挚爱生活与艺术的“虚构的热情”。

光景里的声音是怎样流淌出来的

——读葛亮的短篇小说

一

就在两三年前，我最早读到过葛亮的几个短篇小说，竟然感觉葛亮像是一位经历过世间风霜的老者，趟过了许多磕磕绊绊，日渐变得从容不迫。然后，他开始选择文学叙述，选择一个正在成长的少年的视角，讲述一些令人感动的故事。叙述的文字，平实而老道，清淡的故事中还透出沉郁，人生的些许况味尽藏其中。他的小说字里行间仿佛流淌出丝丝缕缕的声音，像是水里的声音，也像是静夜里树木的婆娑，有时疏朗，有时稠密，有清脆，有洪亮，有青涩，也有嘶哑。阅读的时候，我们会在文字所呈现的图像和风景中，辨别出不同的奇妙声音和旋律，我感到，这不是一种简单的可以被称为“通感”的东西，而是一种新的叙述、呈现生活的方式。这种感觉，在我还是第一次。这些小说中能够牢牢地抓住我们内心的东西，不是别的，而是不同的、丰富的声音。作者的文字叙述的感觉、文学的感觉是如此之好，如此老道，我想，他必定是一位娴熟的隐匿许久的老作家。现在，我知道了，葛亮，原来是一位非常年轻、俊朗的葛亮，饱含才情，叙述文字质地绵密，激情内敛。这使我一下子将他与20世纪80年代成名的苏童联系起来，当时也居住在古都南京的二十六岁的苏童，一上手就以娴熟、老练的笔法，写出了具有“先锋”意味的《妻妾成群》和《红粉》，堪称杰作。我在他的小说中，看到了当年苏童的影子，看到了一个文学信徒对自己文字的虔诚经营和快乐向往。优雅的姿态，神圣的情感，没有太多的矛盾与残酷，没有孤独的深层结构。我意识到了他正不断地在写作中放大自己的目光，正从一个与苏童那一代作家所不同的起点上，迈开自己的步伐。

近些年，不断有年轻的、更年轻的小说家出场，而现在的情形是，许多这样的小说家，常常是被裹挟着，他们的作品在时间的激流中冲撞和震荡。一些人成了名，作品却可能从此平庸下去；另一些人，在自己年轻的、还没有立稳脚跟的文学中，在鲜活的、充满生命力和颖慧的文字中尽显天赋和才华。而葛亮没有轻飘如云一样的“青春写作”的逃逸感，也没有超现实的虚拟意识，却有脚踏实地的扎实和执着。在我们这个时代，这个年龄段的作家能追求这样的写作风范，那么，这样的作家，即使在时间的流逝中也不会从我们的记忆中轻易滑过去。我敢断言，葛亮最有可能成为这样的小说家。

葛亮将他的首部小说集命名为《七声》。葛亮这位年轻的叙述者，他所感受和讲述这些故事的年龄，早已离我而去，那么现在，我何以能在想象的图像里发掘出其“声学”的价值？这些小说，这些零落的声响，如何才能凝聚为大的和音？我在这次集中阅读他的短篇小说时，捕捉到一种新的小说叙事美学，虽然一时很难用几句话来概括，但它使我想到许多问题，也唤起我对小说写作的种种猜想和兴趣。我们在小说里，究竟想看到什么？想听到什么？而且，又真正能够看到什么或听到什么？通过阅读，到底能在那些文字里得到多大的延伸？生活本身是有内容的，也是有形式感的，种种人、种种事物，形形色色，林林总总，但都有各自的形态和形状，小说家怎样发现和感受这样的形态，又如何选择小说的形式或形状？实际上，每一位作家，都在不同程度上，想在这形状的正面和背面，发现事物以及事物之间清晰的或者模糊的影像。生活本身，究竟是一个整块儿，还是一堆碎片？其实，我们所看到的，就是作家如何把大小不一的、形状各异的碎片拼贴成相对完整的图景，并感受他想从中找出怎样的历史脉络，勘察怎样的人性和命运的踪迹。有时候，这种寻找和勘察，究竟蕴含着多大的价值和意义，有多少特殊性，有什么是属于自己的叙述秘密，就成为每一个作家和读者同时面临的问题。因为，写作对于小说家而言，最忌讳的就是借用别人的语言和方式表达自己的意思，而没有自己的声音。

前几天，读批评家张新颖的随笔集《此生》，有一段文字令我着迷和喜爱。张新颖描述他三岁的儿子张健尘，比比画画地无意中对他说出了让我们瞠目结舌的话："你知道水的形状吗？用瓶子装水，瓶子的形状就是水的形状。瓶子是圆的，水就是圆形的；瓶子是长形的，水就是长形的。"在他还没有回过神来的时候，三岁的小屁孩又问："水在水里是什么形状呢？你知道吗？"小孩其实不需要你来回答，他自己就说了："水在水里，就是水的形状。"我联想到小说的形状。那么，小说究竟是什么形状呢？我仿佛像三岁的小孩一样发问了，接着，又自己回答：生活、经验、故事或者情感，装在了小说里，于是，小说的形状就是生活的形状。生活是什么形状呢？我就实在说不清了。但我还是愿意找到并描述出一个作家写出的那些小说的不同“形状”。可是，我们可能会想，形状的最高境界是无形状，所谓“大音希声”“大象无形”“大道无门”，人们一下子就把某种具象的比拟或隐喻提升到了哲学的层面。实质上，这与小孩子张健尘对事物的感觉在智力和悟性上并没有多大差异，只不过在抽象事物的目的上大相径庭而已。在这里，我们成人世界的很多纠结，常常被孩子的单纯和简洁映照得羞愧难当，甚至很轻易就会被自我解构。这似乎不是一个智力问题，仅仅是一种近于宿命的选择而已。

这时，我感觉自己及其小说家们，有时真的就会像孩子一样自以为是，有时会将简单的事情想象得很复杂，也常常将复杂的事情想得过于简单，在一个独自拥有的世界里，无中生有，似有还无。但仔细想想，这些，都没什么不好，都对。其实，许许多多的小说家，已经给我们建立了大量的有说服力的例子。

葛亮的小说必然也有自己的“形状”。葛亮将自己第一个小说集取名《七声》，就是想为自己的叙述找到一种形状，他可能没有想到，声音会成为影响他小说风貌的重要元素，于是，这种声音就产生了形状。这声音并非来自葛亮，而是来自葛亮所描述的生活，来自他所看到和选取的世间的种种光景。有人在评价他的小说时，用“写人生的一个小小的光景”来界定他小说的整体面貌。他对此表现出一种颇为满足的心境：“光景一词我认为用得很不错，因为光景总是平朴的，没有大开大阖，只是无知觉地在生活中流淌过去，也许就被忽略了，但确实地存在过。人生也正是一连串的光景连缀而成。虽然稍纵即逝，确实环环相扣，周而复始。”[1]“目光所及，也许亲近纯净，也许黯然忧伤，又或者激荡不拘。但总有一种真实。这种真实，带着温存的底色，是叫人安慰的。”[2]读到这些话的时候，我听出了沉重的沧桑感。因为我们在光景里听到或者“看到”许多渐渐发出的声音，这些声音，被葛亮自己描述为“一均之中，间有七声”。“七声”里面包含多少种声音，肯定不是一个定数，“七声”必然是驳杂、交错、舒展、急促或乖张、幽远、浩渺的集合。以声音论短长，以品质论高雅与粗俗，以气势谈沉重或飘逸，都可以管中窥豹，但只要想充满生气，都需要赋予现实或浪漫的奇想。这样，声音，在文字里和感觉里迅疾就变成了“生音”。生的光景，里面的意义和无意义都会噼啪地呈现出来。想想看，光景是没有形状的，声音也是没有形状的，光景是时间和空间的聚合与弥散，流动的生命汁浆在其中冲突、溢涨。浮生的人间烟火，平实与苍凉，绵长与急促，都在字里行间丝丝缕缕、从容地铺展开来。

二

我感觉得出来，《泥人尹》和《阿霞》是葛亮最用心也一定是他自己最喜爱的两个短篇。如果以前文提到的，以声音或者“生音”的视角

---

[1] 葛亮：《小说一说》，引自葛亮的新浪博客，2011 年 1 月 28 日。http://blog.sina.com.cn/s/blog_5462f5df0100om87.html，访问时间为 2013 年。

[2] 葛亮：《七声》自序，作家出版社，2011 年，第 3 页。

来诠释这两篇小说的话，《泥人尹》和《阿霞》的主人公都是有微弱声音的顽强发声者。《泥人尹》中的尹师傅，算是一个有沧桑感的“古旧人物”。这个民间泥塑艺人，有着坚韧、清冷的性格和品质，他的存在让人感觉有种力量，他做人极其克制、隐忍，平凡且坚忍不拔。也许很难想象，具有这样性情的人，手中的泥塑作品，竟然可以呈现出“江湖”中最有风骨的姿态，尽管细小、卑微，但面貌、气度、精神合而为一。

读这篇小说时，我心里似乎憋着一股劲，渐渐地，可能还会有种疲倦感。因为，葛亮写出了一个人最终的疲惫、倦怠和困顿。泥塑张扬着与尹师傅相近的倔强品格——因为大量的外贸订单变得疲惫，但也没有失去最初的“原味”。可以说，任何人都无法蔑视尹师傅的存在，无论是在朝天宫的地摊，还是在后来的作坊，谁都无法小视他说话时哪怕略显微弱的声响。尹师傅经历了几个时代的流转变迁，掌握了一门娴熟、出神入化的手艺，算是经过了“江湖”的洗礼，他厮守着它，它也陪伴着他。世间有许许多多的事情都变本加厉地在变，我们所说的物质和精神都在疯狂地衍变，在光景的流转中世道人心也变得快要面目全非，唯独尹师傅的手艺和他对这门手艺的情怀丝毫没有变。只是，当英国教授凯文出现以后，尹师傅的手艺，才在一夜之间大放异彩。从此，尹师傅以及他的民间艺术，产生了另一种与艺术有关的价值。一个人天分里的东西，在恪守了几乎一生的时候，突然发生了变化，这对于一个有骨气的、将“穷则独善其身”视为自己道德水准的弱者来说，难免一时会反不过劲儿来，生活又一下子将他裹挟进一种洪流中。

尹师傅由平凡和平静，迅疾地腾挪至急促和疲惫，最后耗尽了最后一丝气力，为了一门手艺，拼出了一种匠人才有的功夫。但是，这篇小说没有令我们真正感到疲倦。我想到了葛亮写这样一个人物的真实用意。他并不是想要发掘什么深度，而是想写出一个人的存在，想写出一个人在世间的光景里的沉浮。这里面有他自己的选择，有他的无奈，也有他的宿命。主要是，葛亮更想写出他的平静。这种平静，依然渗透出一种强大的力量，这种力量是借助于“泥塑”这种民间艺术向外张扬的，无声音的泥塑作品，栩栩如生，传导出生命、文化和历史的信息，它的魅力从尹师傅的手里发散出来，产生巨大的征服力。尹师傅是为了他残疾的儿子，还是为了拯救濒危的寂寞的中国民间艺术，这些似乎都不重要了。他是与他的手艺同在的，沉默和寂寞就是伴随尹师傅的不朽的声音。尽管生活变质了，可是，在尹师傅的手中，这种古老的民间艺术，这种艺人的情操却没有变质，他的作品在世间流传时，尹师傅的声音就变成绵延不断的绝响。

《阿霞》是一篇令人酸楚的小说。这种酸楚，伴随着一种意想不到的叙述的跌宕。其中的主人公阿霞，在今天，可能会被看作一个极容易被生活淹没的人。容易被淹没的人，也会发出意想不到的声音，或者微弱，或者顽强，或者诡异，或者尖利。这种声音可能从很小的、很狭窄的空间里发出，有的时候，它的意思也许我们一点都不懂，但我们又必须面对，必须倾听。“缺了一根筋”、有些病态的阿霞，究竟算是怎样一个人物呢？在一个非常世俗的社会和群体里面，究竟是阿霞有一个病态的神经呢，还是我们原本就是一个病态的人群？没有什么文化修养的阿霞，显得特立独行，她很认真地面对一切人、一切事情，经常发出理直气壮的声音，“一种孩童式的理直气壮”的声音，包括她不够斯文的大口吃饭、喝汤的声音，都显示出她一种游戏的态度。一个小餐馆的弱者，在人群里却能以某种规则建立起自己的权威，让人无法忽略她、小视她。她可以为同伴安姐挺身而出、仗义执言，用刀砍伤虐待安姐的丈夫，但也会对安姐无奈的偷窃行为丝毫不留情面。仔细想想，究竟是谁不正常呢？至少，我们现在不该完全用对待正常人的标准来判断阿霞，可是，我们有多少所谓正常人，能够像阿霞那样明了是非曲直，并且敢于担当呢？阿霞的偏执倾向我们可以暂且不论，仅就她内心的善良、直率、勇敢、仗义、不计得失而言，我们正常的心理健全者，也是应该感到汗颜的。

《洪才》也是我非常喜爱的一个短篇。表面上看，小说描写的是两个孩子天真、自然、没有任何功利性的友情，连带出两个家庭大人间的交往，却款款地叙写出人情世故、生老病死、家庭琐事，几代人在漫长光景里，感受着人情冷暖和沧桑变迁。时代的变迁会给人情、人性带来什么样的改变？人与人之间最真切、最朴素和最有意义的东西究竟是什么？一个城市里面到底埋藏了多少如烟的往事？在这个短篇小说里，同样出现了不同声音的碰撞和交汇。我们通常会以为，从六合郊县迁移来大都市南京的成洪才一家，几代人生活在一种重伦理、讲传统习俗的朴素日常生活状态里，与知书达理、知识分子家庭出身的毛果的交往，会出现较大的“落差”，而实际的情形是，尽管他们之间有不同的生活方式和理念，但厚道和朴实，使人与人之间实现了一种彻底的沟通。阿婆这个人物，成了这篇小说最具生命力的内核，她待人接物自然、耐心、通达、深明事理，让人很难想象一个年届九旬的老人会如此清明，尽管她并没有读过什么书。显然，她也是一个有自己独特声音的人物，我想，这是我在近些年的小说里看到的不多见的一个人物。我也感觉得到，葛亮在写这位老人的时候，内心涌动着无限的深情。

我在另一个短篇《琴瑟》里，读到了一种绵长、悠远的声音。表面上看，这是一则写老夫老妻恩爱相伴，安度幸福晚年的故事。对于早年的外公外婆究竟过着怎样的生活，小说只做了简单的交代，叙述的重心定然是要放在主人公生命的后半段旅程。特别是外婆生病之后，外公如舐犊般的精心呵护，正是人间的大暖，外婆的身体虽每况愈下，但外公的耐心和乐观积极的心态，成为人生路上的美好、难忘风景。这种平和、默契的爱，被葛亮细腻地描摹，小心翼翼且游刃有余。这样的爱情故事，尽管平凡，没有特别的新奇，但读后仍会觉得了不起，令人敬畏和欣慰。一个男人和一个女人的一生，如果是美满和谐、默契恩爱的话，可以用很多事物进行比喻，古今中外佳句佳话数不胜数，但细想想，实在是没有比“琴瑟”这个词更贴切的了，因为，唯有这两种事物，才可能一起奏出不离不弃的和声。

葛亮自己也说：“这样的声音，来自这世上的大多数人。他们被埋没于日常，又在不经意间回响于侧畔，与我们不离不弃。这声音里，有着艰辛的内容，却也听得到祥和平静的基调。而主旋律，是对生活一种坚执的信念。因为时代的缘故，这世上少了传奇与神话。大约人生的悲喜，也不会有大开大阖的面目。生活的强大与薄弱处，皆有了人之常情作底，人于是学会不奢望，只保留了本能的执着。”[1] 尹师傅是执着的，阿霞也是执着的，《琴瑟》里的外公和外婆也是执着的，只是他们每个人又都兼有别样。也许，正是在这许多种执着里，才有了多姿多彩的人生。虽然，葛亮的文字后面很少形而上的意味，但却蕴蓄着一股强大的、与生俱来的生命力量，而小说也就是在这个时候开始叙述，开始让那些无声的文字说话，显示这种力量的。

[1] 葛亮:《七声》自序，第 3 页。

三

我始终对短篇小说情有独钟，尤其敬畏那些优秀的短篇小说家。我对短篇的理解是，它的写作难度远远大于长篇。就像是我在前面说过的，短篇小说这种文体，因为容量与体裁、题材、故事、人物的紧张关系，可能很难给事物或生活界定为某种形状。美国年轻的短篇小说家威尔斯·陶尔，在接受采访时被提问："从短篇小说到长篇小说的转换是不是一个作家创作生涯的必由之路？"陶尔的回答是："不。我知道一般人都看重长篇小说，说如果你是一个真正的作家，你最好着手写长篇小说吧。但我认为，在某种程度上，写一篇成功的短篇小说更为困难。"[1]我们这个时代似乎也更加青睐长篇小说，许多人情绪高涨地写作长篇。我常常想，究竟是谁更聪明，更智慧？一个用心选择并认真写作短篇小说的作家，一定是一位对文学怀有敬畏之心，能够沉潜文本的作家，他也必然会在文本中追求小说精微、整洁的质地。这时，他也就不会畏惧"小"和"细"，而能够深入到生活或者事物的肌理之中，让叙述形成一种很大的张力。葛亮显然是一个钟爱短篇小说，相信短篇小说可以创造出巨大能量的小说家。

我记不清楚纳博科夫在什么时候，在什么情境下曾讲过这样一句话："拥抱全部细节吧，那些不平凡的细节。"其实，在一个短篇里，能够拥有一两个精妙或有震撼力的细节，就已经不容易了。谁能发现一

[1] 陈安：《短篇小说：美国对世界文学的独特贡献》，《书城》，2012 年第 8 期。

种富于个性的细微的声音，谁能洞悉一个个生命方向上的正路、岔路、窄路和死路，谁能在一个大的喧嚣的俗世里面，感受或者感悟到一个普通心灵的质地，谁就可能产生一种驾轻就熟、举重若轻的大手笔。这是一种能剔除杂质的目光，这种目光才会发现一种眼神，这是一种大音希声的声音，这种声音才能传达细节的气氛和气息，这也是一种大象无形的抚摸，这种抚摸会在一种事物上面感知大千世界、万物众生。这样的话，作家的写作，他的叙事，就不必担心细小和琐屑。世界就是由无数琐碎的事物构成的，作家点石成金般的才华、质朴、心智和良知，与现实生活中无数细小的东西连起来，就会形成一个巨大的张力场，作家在这样的场域中写作，给人的感觉就会非常特别。葛亮的小说，常常有许多耐人寻味的细部和细节，这是最见作者真功夫的地方。《洪才》在写两个少年养蚕采桑时，情节从粗到细，孩子和蚕之间，仿佛正透过桑叶，亲密对话，入情入理；《琴瑟》中，外公在外婆病痛时，为转移外婆的注意力，为她清唱《三家店》，哄睡了外婆后，外公眼睛里有混浊的灰，眼角荡起有些清凉的水迹；阿霞的种种“粗放”，更是通过展示、凸现她的“细”来实现的。一个年轻的小说家，一上手就注意细致地梳理生活，寻找能支撑结构的坚硬物质外壳，可谓踏实勤勉，令人钦佩。

短篇小说大师卡佛曾经讲过，他所有的小说都与自己的生活有关。葛亮的诸多短篇小说中，总有一个儿童或者少年的影子。

葛亮在小说集正文前的留言页上，写着这样一句话：“给毛果及这时代的孩子们。”毛果，也就是葛亮这一代人，他们从十几岁开始到三十几岁，经历了历史转型期的某些变化。那么，这一代人会怎样看这个世界、判断这个时代的生活呢？这时的葛亮，似乎首先走回了童年、少年和正在蓬勃生长的青春，走回了自己所处的生活。

每一个作家的写作无不与其生命经验和经历存有一定的联系。葛亮在他许多小说里，都选择作为一个故事的参与者，毛果在小说里自由来去，进行着与成人世界不尽相同的种种体验，有时他作为角色在文本中发出声音，有时静静地倾听人物的声音。世道的复杂，人生的曲折，人心的幽微，人性的机变，他能听出这其中的玄妙和单纯吗？葛亮不停地尝试着让毛果代替他倾听，很少让他轻易地与人物对话和交流。这个人物是个毛头少年，可是我们一点儿也不觉得他形同虚设，他反而像是一副目光，或者两只耳朵。

在葛亮的小说里，我看不到伴随着这个时代的焦躁一起肆意生长的种种欲望，其中更多的是，人物的顺其自然或者任劳任怨的生活常态。即使是偶尔表现人物的欲望，葛亮似乎也能够从人性最根本、最柔软的地方入手。葛亮在将目光不断地移到像尹师傅、阿霞、洪才等这些小人物的时候，他就是在用心地触摸那种人世间和人性中最柔软的部分，同时，他也有意地在向人们貌似熟悉，实则是新的、陌生的领域拓展开来，让人物身上最细微和羸弱的部分潜入我们的内心，这样，实际上是一位作家通过写作，通过文学的媒介，以一种对生活世界的谦逊的态度，发现生命存在的真实及其真实的声音，呼唤出生活世界和人性深处最具震撼力的真实。阿霞这个人物，在给我们以真实和感动的同时，也令我们心悸和无奈，我们的感觉，可能是来自生活，也可能是来自对命运的猜测，在这个奇妙的过程中，完全是文本内部的力量牵动出我们的激动。尹师傅的故事，跨越了几个年代，葛亮寻找着这个人物在几个不同年代里的“不变”，描摹着人性最本质的那部分。他愿意将他们的人生，他们已经水落石出的格局，经年的快乐与痛苦，转化成一波微澜，涟漪泛起，撞击心灵。其实，一个人依赖的生命本质，只是一个点，并没有太清晰的方向，葛亮就是想把生命里最核心的部分表现出来，发掘出他们内在的力量。由此，在小说文本和生活世界之间，在写作和阅读之间，正是因为这种平实的、隐喻的、暗示的、延续的关系，才产生了种种意味。这里，叙述的个人性、“陌生化”、独创性，和叙述、结构的相对自足性，都是有理由和出处的生活元素的再现，在任何时候，作家对生活和经验的依赖，都是写作的源泉。只有这样，通过叙述、虚构，才能真正打通文本和生活世界的真实关系，才能让我们获得对文本的信任感。这一点，也是我之所以喜欢葛亮小说的重要理由。

在《安的故事》和《英珠》里，葛亮似乎是有意暂时更换了一副笔墨，他好像加足了马力，让一种更青春的气息飞扬和旋舞起来，无论是人物的声音，还是叙事者的语气，都变得更有力量、更尖锐、更具活力。但是，由于叙事节奏的加快和变换，文本的语境里就显得情绪凸凹，许多意绪轻松掠过，容不得慢下来深思。看得出，葛亮无意在这类作品里呈现舒缓光景里的绵密、沉郁的生活。所以，我认为，没有像前面谈到的那些篇章一样，这几篇小说中的人物的灵性和作家的祈愿，并没有互动起来，也就没有活起来。

无疑，葛亮是一个让我们信任的作家。看得出来，他在写作小说时用力的方向与众不同。他聚焦小人物，耐心倾听他们的声音，倾听来自生活世界里说话的声音。他没有心高气傲和自以为是地对待他笔下的人物，对人物是平视或者仰视的，另外，他没有文本之外的小算计，很早就学会降低自己的调子，很谦卑地叙述。让我们听到说话的声音，这本身就是一种角度的选择，现在很多小说为什么很难读，一个很重要的原因，就是我们听不到人物说话的声音，也听不到作家与人物之间交流的声音，而只有作家一个人喋喋不休、自以为是、非常霸权地叙述，文本成为话语的肆意泛滥。我非常赞同批评家张新颖的一个观点，他认为，说话和写作之间的差别很大，说话基本上是一种民间性很强的表达；而写作，是一种知识制度里面的规范行为。我们有时候将这个问题看得太简单了，以为从说话到写作可以很自然地跨越过去，其实这之间存在一条鸿沟，知识分子写作，农民说话，如果农民要写作就一定要转换身份，需要一个基本的文字训练，但经过这样的转变以后，写作已经不是说话了。[1] 不错，在小说文本里，声音和文字，说话和写作，在它们之间应该自然而默契地有交流、有过渡、有交叉、有影响，我们应该在文本中听到丰富的、各种说话的声音，时而舒缓，时而急促，时而清凉，时而喧嚣，当然，有时也会寂静无声。

我们在年轻的小说家葛亮的文本世界中呈现的一个个光景里，清晰地听到了丰富的、细腻而逼真的，令人心动又感动、充满了回响的声音。这个回响里面，呈现出一个更年轻的南方作家在“更南方”的地域，也呈现出与苏童那一代作家相承接的“南方想象”形态，这种形态包括文化上的、地理上的，还饱含日常的生活状态、每一个生活的细节，以及与之相映的美学风范，这种气质和风范，也成为贯注葛亮写作的内在基调和底色，形成了别具风貌的文学叙事风格。我们期待，也相信葛亮，在彻底地度过了写作的“青春期”和“膜拜期”之后，将会在未来的写作中，衍生出一个自由宽广的创造领域，建立起自己不同凡响、日臻至境的小说世界。

---

[1] 张新颖：《此生》，上海书店出版社，2012 年，第 81 页。

叙述如何打开生活的“纽结”

——戴来的几个短篇小说

一

我最早读到的戴来小说，是她的短篇小说《红烧肉》。后来，我很快又看到了她的获奖小说《茄子》。我忘记了这两篇小说的写作时间孰先孰后，但给我的震撼都非常大。当时，令我十分惊异的是，一个被称为“70后”的年轻女作家，对短篇小说和生活的驾驭，竟然是如此娴熟和老到。其小说的“短篇因素”异常活跃：精巧的构思、有趣的故事和戏剧性的张力，人物内在的冲突和戛然而止的高潮。并且，这些元素之间，在叙述中还能够达到一种有序或平衡。我记得戴来在一个什么场合说过，她的写作很轻松，她是把写作当成一件有趣的事情，正是因为有趣她才写。可是我联想起她那篇《红烧肉》，尤其是看到短篇小说《茄子》和近年的一些短篇小说，我感到，戴来只是说得轻松而已，我猜想，她的写作实际上是很沉重的。因为，经验的处理，对于所有叙述者都是最见功力的，是一种智慧，更是一种格局和气度。当然，还有不可或缺的天分，因为天分中必然隐匿着昆德拉所说的“小说的智慧”。

至今，对小说《红烧肉》的阅读给我造成的心理震动，仍难以忘怀。那位下岗的母亲在生活边缘的挣扎、隐忍，生活在诗人梦想中的父亲的骄傲和焦虑，他们的女儿莫名的厌世，都被聚焦在短短的七八千字的篇幅里。那顿被“馈赠”的红烧肉，在从容不迫的叙述中弥散着令人沉醉的气息，那时，你简直难以想象这诱人气息的背后隐藏着巨大的惊悚。其实，小说中的父亲与母亲一样，都在承受着无与伦比的生存压力和困窘，他们的心理支撑力在衰竭到一定程度时使精神骤然发生断裂，失去常态。在小说的结尾，瞬间让你产生临近寂灭的感觉。我知道，戴来无意让自己的小说去承载或肩负说教功能，也不想将人带入虚无，但她以一种出人意料的叙述将你带进阅读的黑暗之中。如此说来，戴来很早就开始关注“底层”普通人的命运了。而且，她善于把握、表现小人物细腻的内心世界，有层次感地表现他们的脆弱、困窘和艰辛，以及那貌似平静外表之下人心的波澜万状和骚动不宁，以至于我们甚至可以清晰地听得到他们复杂、错乱的生命喘息。

《茄子》讲述照片洗印店的一对父子，意外从照片中发现一个男人与一个年轻女性婚外恋情的秘密，父亲和儿子两代人面对同一事件竟然产生了相同的心理困惑。他们试图保护女孩子的善良的初衷，促使他们揭露有妇之夫的行动直接而坚决。父子俩按着传统道德伦理的逻辑，扮演着拯救者的角色，却反而招致女孩子的诘责和“出轨者”的妻子的不屑，“受骗者”继续生活在假象中难以拨云见日。当人们拍照时，带有做戏成分地喊出“茄子”这一事物的时候，这一切就已经成为一个仪式，成为强迫人们进入虚构生活状态的隐喻，是一种脱离了本真的修饰。在这里，传统道德伦理招受沉重打击，小说试图穿透生活的表象，呈示世道人心的某种沉沦，彰显人性中那些极易隐藏的虚假和无法“澄清”的真相。其实，完全可以用“密不透风”“严丝合缝”来形容戴来的这个短篇，在近乎精微、密实、整饬的小说结构中，作家在生活的许多细微部位，发现、发掘了无数存在的“纽结”。而细节、细部所呈现的真切和真实，让我们洞见了俗世的苍凉与微茫。

显然，戴来很早就注意在生活的偏斜中，越过现实的边界，通过想象去触摸现实中的也许永远也无法打开的某种存在的“纽结”。这个“纽结”也许是生活、存在本身的，也是小说的；是现实的，也是想象的；它可能是故事、人物，也可能是叙述和结构；其中有大的“纽结”，也有小的“纽结”。这个“纽结”可能充满了质感和毛面，可能是某种意念、理念，也可能是生活的神秘和玄奥，或者就是小说的“幽韵”。戴来不断地在叙述中给生活、存在系上大大小小不同的“纽结”，构成她小说强有力的支撑，使得她的小说具有极强的“小说性”。我感觉戴来一直在寻找这个神秘的生活的纽结，同时，她也让我们的阅读，在人性的缝隙中体味到存在的荒诞和悖谬。那么，戴来打开这个“纽结”了吗？她能打开这个“纽结”吗？

二

在对戴来小说的阅读中我们会发现，她的若干短篇小说表现出一种持续的创作力量。这种持续的力量，来自她对人的精神处境和对人性的惊人的推想力和艺术匠心，也是这种持续的力量让戴来的小说愈发有重量。因为我们知道，戴来小说触及的现实和生活领域并不是她十分熟悉的，但这丝毫没有妨碍她将小说写得精彩纷呈，叙述的空间如此充满张力。我认为，这其中一个重要的原因，就是戴来有意去挑战自己不熟悉的生活，甚至不惜“放纵”自己的想象。这使我想起余华曾在许多年前极力推崇过的一句话：“强劲的想象产生事实。”他高度重视想象的力量，认为想象完全可以使本来不存在的事物凸现出来。在想象和事实之间究竟有多少距离，我们无法推测，我们所关心的是，我们在作品所提供的经验里能否获得一种出人意料的可能性生活，特别是在短篇小说这种文体里，就更需要有匠心的想象结果和“结实”的虚构场景。戴来一定深谙，小说在某种意义上说就是词语对不存在事物的言及，是作家在叙述的空白处遗落的“白日梦”，所以，有着小说家“世俗之心”的戴来，对自己的艺术感受力和想象力非常自信；而“白日梦”，是使叙述呈现出强大的“陌生化”的缘由。

《剧烈运动》和《后来》是两篇充满想象力和叙述张力、“错位感”的短篇力作。尤其是短篇小说的“浓缩性”“断章取义”的特性，在这里被淋漓尽致地表现出来，可以说是近年这一题材范围内不多见的作品。这两篇小说写的都是中年、青年人的婚姻生活变异故事。《剧烈运动》写丈夫程翔和妻子何天雯婚后没有激情、日复一日的单调生活，他们在性生活的“交规”禁锢下终于出现裂隙、失衡，夫妻之间开始处于一种丧失向心力的偏离状态。当住所附近倒闭、破败的“洗浴城”发生强奸案之后，夫妻各自的心理发生了惊人的变化。丈夫在不愿改变生活状态和秩序的前提下，幻想着自己渴慕已久的富于激情或刺激的体验，用于弥补日趋干涸的生理、心理生活，以至于最后在妻子的迫压之下产生幻觉、错觉、梦境感，将自己置放于非现实的境地；妻子的内在孤寂则衍化为对丈夫的怀疑和跟踪。当得知那起给他们家庭生活带来巨大纷扰的强奸案是一个中学生的谎言时，小说的叙述戛然而止。一时，我们还真的难以判断构成这篇小说主线的叙事目标和方向。无疑，这是一个谎言中的谎言，谎言的不可靠也使叙述布满了悬疑。主人公的情绪和情感是悬疑的，夫妻在一种外表和睦、伦理坚固的假象遮蔽下就连话语也是虚构的，最后，他们共同被一个谎言推到了极端。《后来》同样是一篇颇具想象力的作品。它虽不是一个救赎或劝诫的故事，却很自然地切入了人性最深邃的部位，作者超常的想象力和叙事智慧，解决了一般性感受和经验的贫困问题，呈现出人性内在的畸变和昏暗。除了想留下叙述上的大“空白”，戴来在这里似乎无意展现人物心灵图景的复杂性。小说看似以夫妻间一次很平常的通话组成，实际上彻底地击穿、挫败了一个成熟男人的从容和自信。实际上，小说在一个预设的叙事套路中隐藏起另一个叙述的纽结，没有人会想得出，妻子在与丈夫通话同时，竟同步演绎着她与“第三者”的一场从容不迫、游戏般的交欢。从这个角度看，戴来小说还呈示出令人惊悚的“残酷性”的一面。

《向黄昏》和《在床上》这两个短篇，颇具契诃夫小说的精神韵味。这两篇作品显示了戴来把握现实、发掘现实生活悲剧性的能力。这两个“几乎无事的悲剧”发生在一对老年夫妇和一个刚刚步入老年的男人身上。《向黄昏》是戴来近年的一篇面对现实的短篇力作，老龄化社会的巨大情感隐忧，被戴来描绘得精微、别致，出其不意。一对退休夫妇的情感世界会是怎样一种情形，可能是非常容易想象的，但戴来的叙事，谨慎地、轻轻地走进人物的内心世界，写出了别样的味道。男人和女人各自娇弱、微妙的心理活动和感受，个中人生滋味，人性中天真、浪漫、执拗的天性，毫发毕现。我们可以将其视为一篇走进“日常生活”的小说，但是戴来的叙述有张扬也有内敛，有味道也有劲道。老童和陈菊花，几乎“无事悲剧”般的失魂落魄、心灵振荡，给人对现实无可奈何的惊惧之感。现代小说就是对日常生活的奇迹性发现，包括对问题、病相的发现和细致扫描。《在床上》也是一篇具有悲剧意味的小说。刚刚退休的老张，常年忍受着妻子朱秀美鼾病的折磨，失眠的痛苦令其反思自己多年来压抑、乏味的情感生活。相处了十几年的女同事王芳，似乎唤醒了他早已逝去的青春和浪漫情愫。夜深人静时给王芳的一个电话，给他多年粗糙、躁动的生活掀动起波澜。这是一个人对欲望和冲动的一次修复，一个老者的内心隐秘在悄无声息的自我抚慰中的消解，一个普通人的软弱显现出一种坚强和无畏。戴来小说的人物大多都被自己的生活系上了难以打开的纽结。戴来从不轻易地对世界表达自己的看法，而是从眼花缭乱的世俗表象中剥离出存在的坚硬质地，而不是率性而冒险地打开这个存在纽结。这一点，同样显示出戴来的叙述经验和思想的成熟。

我注意到，戴来的每一篇小说的结尾部分几乎都像“豹尾”，有着极强的收束力。许多篇小说都选择在情节的高潮处戛然而止，虽不绵长却有余味，奇崛、开放却又不让人感到突兀。这从另一个角度看，正是想象力在以另一种方式向更加开阔的叙事空间进一步延展。也许，正是因为生活的纽结永远不会被打开，叙述才会变得扑朔迷离、充满魅力。

三

此后，尽管戴来写出了好几部影响很大、反响很好的长篇小说，但我对她的关注点或更加看好的却是她的短篇，也许对于她目前的创作而言，短篇小说是最适宜她的文体形式。因为她的短篇小说，的确已让我感到了十足的小说味道和劲道。从大的文学背景上看，戴来的短篇小说出现在 20 世纪 90 年代之后，正值文学的高潮过后的低迷时期，这些小说显然凝聚着戴来更多的纯粹的艺术思考。托马斯·曼说：“小说既要通晓现实，又要通晓魔力。”如果说，20 世纪 70 年代出生的小说家，给我们带来了什么新的写作因素的话，那么，戴来带来的，就是超越了小说写作技巧的、以感性的方式自然而然地表达对日常处境中精神与人性的勘察和思索。她的小说没有给我们呈示任何答案，似乎也不刻意去追求深度，但却能将我们的阅读引向存在的纵深处。像《在床上》《白眼》《在澡堂》《亮了一下》《向黄昏》等都在一种沉寂的、细微的，甚至变异的人性形态中“唤醒”精神的崩溃。尽管戴来所叙述的往往只是生活的一个瞬间，或者我们常说的“截取了生活的一个断面”，但却是对存在世界的一个整体的判断和选择。戴来短篇的“魔力”恰恰就是在瞬间显现出来的。特别是，我们在这些作品里，读到了戴来叙述中自然而然流露出的“细节的快乐”。在这种“细节的快乐”中，戴来表现出对叙述出色的控制力，文本中弥散着的情绪、意绪在人物心理的“颤动”和情节冲突的缝隙中被丝丝缕缕地呈示出来。《白眼》中的秦朗，在生活中忍受着生理和心理的双重挤压，在旅途中莫名地招致一个女孩子的白眼后，一个男人的自尊被彻底颠覆时鼓荡起骚动不宁的内心波动；《茄子》中，老孙和小龙分别给“受骗”女孩打了电话，第二天早上都提早来到洗印店时的微妙心理刻画；《在澡堂》中，青年小安面对女友的父亲老徐时内心的忐忑不安、诚惶诚恐，他们在澡堂戏剧性的相遇和小安的回避，这些非常具象化的细节，将生活、存在世界的经络和骨骼演绎得清晰可见，既不显得细碎又充满了质感。人物的内在丰富性、生活的复杂性都获得了有效的表达。我们也体会到了戴来小说的细节对阅读的征服力量。我不认为只有长篇小说才能从“整体上”把握现实的面貌和特征，短篇小说依然可以在有限的时间内凸显价值，揭示人物隐秘的内在精神真相，传达人类在现实生存中所遭遇的许多难以言说的荒诞感和悖谬。可以说，我反复提及的存在的“纽结”，在一定意义上讲，也是作家无法通过写作解决和破译的某种存在的悖谬。也许，正是这种难以克服的悖谬，构成了存在世界的精彩纷呈。

可以看出，戴来的兴趣一定在于要体现托马斯·曼所说的“现实的魔力”，这不仅要有对艺术的呈现，更应该有一种智慧的领悟，而且，若想让以往的种种经验积累在短篇的写作中不受到任何的限制，就需要不断地发现积淀深沉人生意味的生活的纽结。我肯定，戴来在写作这些短篇的时候是甘于寂寞的。我曾想过，假设戴来不去河南的那个小城，而在喧闹、浮华的都市里，他会不会写出这么扎实、有分量的小说？生活对文本的影响太大了，个人的生活状态和体验深度会直接关涉文本的叙述方向和力度，对于一个渴望实现自由写作的作家来说，写作的过程也是一个对抗种种干扰的过程，无论是来自外部的还是来自内心的自己对自己的干扰。多年来，戴来似乎很轻易地就排除了许多形形色色的干扰，依靠自己的才华和韧性踏实地生活和写作。如此说来，戴来对写作本身的要求肯定是异常单纯的，是少有写作之外的功利心的，虽然，她在构想这些作品的时候也不乏严肃和沉重。也许正是由于这一点，戴来永远也不会辱没“70后”小说家的荣誉和光环，因为我相信，戴来始终都会是一位保持自己写作理想和叙述伦理的作家。

伊斯特伍德、赫本和鲁迅的胡子

——蒋一谈的几个短篇小说

蒋一谈的三本短篇小说集，分别以伊斯特伍德、鲁迅、赫本来命名：《伊斯特伍德的雕像》《鲁迅的胡子》和《赫本啊赫本》。而且，都以这三个人物的绘画或摄影头像作为小说集的封面。从接受美学的视野看，这几部与中外杰出人物密切相关的文本，很容易引发我们的阅读兴趣。很快，我就被小说集封面的人物影像所吸引、震慑。《鲁迅的胡子》选择的是鲁迅的半身画像，鲁迅神态沉静而刚毅，向上耸立的毛发，呼应着眉宇间的宽阔，硬朗独特的胡须，牵动着嘴角的一丝惆怅、几丝坚毅，给人一种无声的力量。无疑，这是我所见过的众多鲁迅影像中不同凡响的一幅。这时，我还无法想象，这位影响了中国半个多世纪的杰出人物，会使蒋一谈的短篇小说发生怎样的“内爆力”。他与小说中的虚构人物，又会发生怎样的联系？仅仅《赫本啊赫本》这个书名，就会使那些 20 世纪五六十年代乃至七十年代出生的读者引发怀旧之感。面对赫本，人们容易想起的，不只是赫本清纯、姣好、圣洁的星光，恐怕还有她的拍摄影片的年代，还有我们至今仍无限缅怀的，一代人欣赏《罗马假日》和《战争与和平》的那些纯真岁月。这部小说集的装帧，略带当代“小资”的绵密意味，看来，生活中有些情绪、情感、色调，是可以穿越时空国界的，可能是人类的某种必需。而集演员和导演于一身的伊斯特伍德，20世纪90年代凭借《廊桥遗梦》掀起的一次“廊桥遗梦”浪潮，曾使无数人沉醉和耳熟能详。我同样难以猜想，这两位影响世界电影艺术的重要人物，会在蒋一谈的小说里再次扮演何种角色。这些真实的人物，早已为我们创造或演绎了许多不朽的故事，现在，我们感兴趣的是，他们如何被蒋一谈大胆而巧妙地赋予某种意象或寓意，进而成为其短篇小说不可替代的标志，蒋一谈如此选择，如此喜爱、迷恋这样的命意和呈现方式，的确需要一种不同寻常的精神气质和写作气度。

当我将这几部短篇小说集放在一起阅读的时候，我开始意识到，蒋一谈绝非简单借几位重要人物制造猎奇或“陌生化”效果，而是试图在短篇小说的写作中，探寻一种新的小说叙述方式和结构方法，发现短篇小说写作的新元素。事实上，一部小说的写作发生，并非只是一个作家经验、技术、情感的集大成，或叙述的“加减法”，它必定源于一种力量，决定于某种必须。这种必须是什么呢？也许是一种宿命，一个作家的宿命，一个人与一种事物、与一群人、与存在世界之间的机缘和宿命。坦率地讲，短篇小说写作，在我们这个时代其实是一扇“窄门”。一方面，它是一个寂寞、孤独的文体，是一种接近纯粹精神信仰的艺术活动，在这个喧嚣、功利和物质化时代写作短篇小说，是一件极端奢侈的事业，以它给写作者可能带来的收入看，它就无法作为一种职业选择；另一方面，短篇小说世界中，已经有无数中外短篇小说大师的身影和盖世的经典力作，像一座座山峰耸立在这一文体的前面，超越前辈，这是只有那些具有强大使命感的写作者才会有的倔强的选择。这时，我又不免想起美国当代短篇小说大师雷蒙德·卡佛的话：“我开始写东西的时候，期望值很低。在这个国家里，选择当一个短篇小说家或者一个诗人，基本就等于让自己生活在阴影里，不会有人注意。”[1]显然，蒋一谈对短篇小说写作的选择，蕴藉着精神深处丰沛的庄重感，这已经算是一个难得的存在。

蒋一谈为什么在最初的这三本短篇集里，勇敢而小心翼翼地将包括鲁迅、赫本、马克·吕布、吴冠中在内的真实人物植入小说？这些，真的构成了蒋一谈小说独特的生长点吗？或许，蒋一谈是在试图摆脱现实题材处理上的乏力和尴尬，让历史和这些依然闪烁的智慧、文化星光，唤醒现实的苍白或空洞。除此，蒋一谈还在不断地调整自己的写作方位，构建着属于自己的短篇小说格局，难道他与短篇小说之间确有某种神秘的联系吗？

可以说，蒋一谈首先是一个小说隐喻的精心设计者，他将对历史和现实人物的理解巧妙地意象化了。鲁迅、伊斯特伍德、赫本、马克·吕布，在很大程度上已经部分脱离了表象的真实，而进入到了一个饱含精神意念的层面。蒋一谈所关心的，已经不是与人物密切相关的故事自身和现象界的外在过程，他在一个别出心裁的幻想里，使旧人物焕发出更为巨大的“内爆力”。这些人物曾有的文化认同感，转化成了新的艺术驱动力和精神佐证。

《鲁迅的胡子》是一篇给我们带来巨大文化伤痛感、惊悚感的小说。我是一口气读完这篇小说的。那种感受从最初的有兴趣、猜测，到复杂和犹疑，再到结尾处，陡生出难以名状的混合着伤感、苍凉、沉重的撕裂般的疼痛。因为与一个二流星探邂逅，四十岁的沈全，被发现

[1] 〔美〕雷蒙德·卡佛：《大教堂》，第 233 页。

其形象与大师鲁迅非常相似，特别是化妆之后，俨然鲁迅再世。原本做过中学语文教师的讲授过鲁迅的正在经营足疗店的沈全，无论如何也想不到，自己在这样一个喧嚣的商业化时代，会以这种方式与鲁迅相遇。在这个时代，还有多少人知道鲁迅、怀念鲁迅？沈全的演员造型让鲁迅的外在形象清晰起来，可是，人们与先生精神世界的隔膜令人惊悸。无疑，在一定程度上，鲁迅已经成为一种巨型的文化的符号，在被严重神化的同时，也被世俗社会的驳杂所遮蔽。仅仅因为足疗师成为扮演鲁迅的特型演员，足疗店生意火爆。让"鲁迅"给自己做足底按摩，得到的是怎样的满足呢？难道连鲁迅的幻影，也真的变成"俯首甘为孺子牛"的当代公仆了吗？我不知道，这是一个时代的悲哀、困惑，是对一种精神和文明的亵渎、伤害，还是一种难以抵御的孤寂、无奈？鲁迅在天有知，一定会感动，因为这个叫沈全的青年，一位一心想演好他的后来者，怀有一颗善良、慈悲的心，给一位弥留之际的鲁迅研究者以巨大的鼓舞和慰藉。同时，鲁迅也会感知到人无法在现实中把握自身的窘境。我们看到，谋求生计并遭遇挫折的沈全没有绝望和崩溃，他不能容忍自己依赖扮演鲁迅而获得存在的依据，他选择了回到自己生活的原点，"想实实在在地生活"。在这里，我们尚能看到，在时过境迁的当代，鲁迅精神作为一种文化精神，深深地潜伏着、积淀着、传承着，无疑，也在顽强地挣扎着。似乎在不经意间，小说的穿透力由此而显现出来，以鲁迅文化为代表的现代精英文化，正在经受现代世俗社会的考验、洗礼，甚或逼压。沈全、苏洱、苏洱的父亲周宜——那位患有妄想症的鲁迅研究者，还有那些络绎不绝在足疗店等待"鲁迅"按摩的人们，他们是"底层"，还是那些当年可以被鲁迅誉为"民族脊梁"的人们？今天，我们仍然"无法直面"这样的现实。在小说里，虚构与真实、形象与意念相连通，温暖和感伤交集于一体，带出了几分素朴的哲学的幻影。

这个时候，我们可以欣慰地说，是鲁迅帮助我们留住了一个时代，以及那个时代曾经存在的一种不屈不挠的精神和魂灵，甚至存在的勇气。尽管，在阅读这篇《鲁迅的胡子》的时候，我还会感到阵阵酸楚。精神的缺失、神圣的衰颓、心理的失衡，使这个时代充斥着不堪入目的病象。沈全嘴巴上那块粘贴的胡须，伪装了每一个人的目光和真实，也掩抑了一个时代的良知和人性的善良。

相对于《鲁迅的胡子》,《赫本啊赫本》则呈现出另一种沉重和沉痛，因为惨烈战争和不幸婚姻的双重故事背景，整篇小说的悲剧色调、难以摆脱的伤感和虚无感，浓郁地笼罩着作者有节制的叙述。如果说前者“鲁迅的胡子”是一种精神的符码和表征，那安静、纯粹的赫本，则对不同民族和不同时代人的情感和心理，构成强大的辐射。只要仔细探究这个文本就会发现，赫本与小说的情节、人物之间，竟然隐含着人性深处固执的、不可更改的积淀。

蒋一谈为什么会使这样一位女性与自己的一个短篇小说密切相连？我感觉蒋一谈试图表现人类的某种宿命，也就是说，这是一篇有关宿命的小说。在《赫本啊赫本》这部小说集的扉页上印有：“人生充满痛苦，我们有幸来过。”这是小说结尾处“父亲”在信中写给女儿的一句话，表现了人生的沉重。人性的煎熬、战争留在人内心深处的重创、梦魇和现实的双重折磨，构成“父亲”存在的焦灼与紧张。我们可以很自然地将这句话视为一个“代沟”或者爱情悲剧。但一个更深刻的问题，引发了我在另一层面的联想和思考。奥黛丽·赫本，被誉为“完全构筑了一个神话和一种别人无法替代的风范”的一代奥斯卡巨星，不仅是欧美男性也是亚洲男性的“梦中情人”。“父亲”对赫本的迷恋，很大程度上是由于赫本具有的东方的古典美与“父亲”的情人安慧具有的美“不谋而合”。从时间上看，赫本早在20世纪50年代就风靡世界，但中国男人却是在20世纪80年代发现赫本的，足见中国文化封闭给我们带来的精神、文化之“痒”。宿命，成为爱情、婚姻悲剧的一个坚硬外壳，爱情是一种机缘和宿命，文化也是一种宿命。而需要我们清醒的是，文化的宿命，却会使一个民族的人性在自我封闭中变得更加沉重、扭曲起来。我想，这个短篇小说的深意恐怕就在于此吧。

说实话，我无法掩饰对这组小说的喜爱，因为它们流溢出一种短篇小说写作的新的美学倾向、新的短篇小说理念。小说的本质是虚构，小说的品质也是通过虚构的力量显现出来的。这决定了小说的话语方式、基本成分或元素的比例，以及叙事策略。说到底，写作需要才华、智慧，需要一种状态和具体方法，需要虚构能力。但是，一个作家的灵感，却往往是决定一篇或一部小说走向的关键，是启动叙事可能性的第一推动力。从短篇小说的结构功能角度考量蒋一谈的写作，可以深刻地感觉到，他是一位对短篇小说技术有较高要求的作家。在思考和写作的途中，他始终有着极其明晰的方向感。在写作中，他不仅重视作品内在力量和外部形态之间的关系，努力发掘、探索小说结构可能产生的弹性和张力，而且，他在不断地摸索一种短篇小说新的构思、虚构方法，试图在这种新的虚构可能性中，改变短篇小说的面貌。

《马克·吕布或吴冠中先生》，选择了两位当代具有极高艺术成就的大师级人物——著名画家吴冠中和法国摄影大师马克·吕布——作为小说叙述的引线，通过叙述两位大师短暂的交往和他们之间发生的错位和龃龉，引申出何西递和艾树两位当代文化青年关于艺术观、价值观、道德感的差异和碰撞。两位来自不同国度的老艺术家之间的故事直接影响了“后来者”的爱情发生和情感变化。吴冠中的坦诚、坚执，马克·吕布的沉默、神秘，使这段往事成为一个悬疑的“公案”。都是终生以艺术为生命和使命的艺术大师，他们有意和无意间产生的“僵滞”、沟通的困难，竟然关涉另一代人艺术伦理的选择取向，“蝴蝶效应”般地成为另一个故事的拐点。问题在于，这样将真实事件和人物植入小说，蒋一谈的叙述目的是“借壳生蛋”“移花接木”，还是想“把水搅浑”呢？毫无疑问，这是一篇很地道的现代小说，人物关系、故事情节简洁而工整，尤其是雅致、微妙的小说结构，人物转瞬即逝的变化、冲动，还有在马克·吕布的那些画前，主人公游弋的眼神中难以盛放的疑惑和不安，多多少少隐匿着人物内心的暗影和纠缠。

如果说，《赫本啊赫本》具有“审父”的意味，那么，《中国鲤》则有“审族”“审祖”的情结和蓄意。《中国鲤》的创作灵感来源于一则纪录片报道，作者将这个真实事件，变换视角之后直接写入了小说。这个真实事件立即就由“非虚构文本”衍变为一个“虚构文本”。起初，美国人为了解决自己水域内藻类可能造成的污染问题，大量引进喜食藻类的中国鲤鱼来吞食这些藻类，净化河流湖泊，但当他们意识到它超强的繁殖力和生存能力之后，开始忧虑中国鲤会影响美国原生鱼类、古老鱼种的生长，以及水域的整体生态保持。于是，他们便产生巨大恐惧，开始大力捕杀中国鲤鱼。小说细致地描述了美国人举办捕杀中国鲤鱼大赛的惊心场景，令每一位中国读者撕心裂肺。很显然，这个故事情节的题旨，具有开放性，所以，这篇小说的寓意和引申义，远远超出了作家写作的初衷。具有了虚构品质的新文本，让我们体会到的已经不仅仅是诸如破坏环境与保护环境的关系、人类群族之间的竞争和搏杀的关系，也不仅仅是千百万中国人移民在他乡的命运隐喻，我更看重的是，小说中那个美国人的父亲，与作为叙述者“我”的那个父亲，各自在面对新生代的儿女们的时候，有怎样的策略来缩短“他们”的文化和“我们”的文化的巨大差异，“异质性”如何磨合成“一致性”。因为，人类发展到一定的状态时，文化跨界、尊重特殊性，以及避免不同种族在文明的掘进中由于局部的“乡愿”而发生根部的深层断裂，这些，都是人类必须去努力的。正如美国人类学家威廉·A. 哈维兰所说的：“我们总倾向于把由一个统一国家所维持的和平与社会秩序理想化，而同时又往往把由于对文化独特性和地方自治的宽容而带给其他民族的危险夸大了。”[1] 蒋一谈所描述的文明进程中民族间的文化、利益碰撞，像一阵“现实的风暴或历史的细雨”，在这里，叙事使小说的内涵已经越出人性的层面，伸展到文化人类学的范畴。

可见，蒋一谈总是喜欢将事实、叙事、虚构的最大值，整合并铺张为具有现实感、历史感和道德感的隐晦而复杂的情境。作家虽然没有刻意去寻找人物、事件与现实的隐喻关系，但结构的独特却开拓了小说新的表现空间和维度。可以说，这是小说写作经由“新闻故事”转向、转换为“情境叙事”的经典范例，如同给叙事文学注入一股有生机的活水，完成这种转换的内在推动力是新结构的支撑。进一步说，近年来，小说写作出现一股强调“非虚构”的倾向，我觉得，这种倾向的发生，是由于对既有文学写作、想象力和虚构的乏力状态不满意而产生的新的写作诉求。因为，21 世纪以来，文学正渐渐失去对生活、对人

[1] 〔美〕威廉·A. 哈维兰：《文化人类学（第十版）》，上海社会科学出版社，2006 年，第 510 页。

的精神和灵魂的干预能力，失去对生活和人心的介入、影响能力，恢复或者说重建这种能力，在今天尤为迫切。或许，蒋一谈也正是在这方面想做出自己的努力。

但是，这类小说存在着另一个不容忽视的问题是，由于故事发生的逻辑起点，是一个既往存在的事实，或具有新闻报道、纪录片性质的有案可稽的生发点，其非虚构的结构素材、原型，决定和限制了虚构文本主体的“骨骼”承载的叙述主线，而现代小说“后现代”的写作范式，也使得文本中“做”的味道会隐隐彰显出来，所以，整体风貌也就无法做到“天然去雕饰”“春梦了无痕”。但这类叙事策略却容易产生较大的冲击力、震撼力。这就要求“链接点”的自然，特别是细节的动人、真切和绵密。看得出来，蒋一谈是一位有使命感的小说家，他没有沉溺于文本间的交叉、互文，刻意设计现实与文字的纠结，而是选择了雷蒙德·卡佛般的简约，沉重或轻松的题材，都可能在直觉和暗示中率性地完成。这样，我们在文本中所感知到的，不仅有理智的玄思、不便轻下结论的主题、可阐释的丰饶的意蕴，还有叙述的语态、人物生动的表情。

蒋一谈进入短篇小说写作，是有充分准备的，更是踌躇满志的。他坦言：“我在文学上有野心，这野心首先是为了让自己在这个特殊的年代活得更有激情、动力和温度，也帮助我规划了十年写作计划：从四十岁到五十岁，这十年要静心写出几百篇短篇小说，出版十几本短篇小说集和两本诗集。短篇不好写，既然选择了主攻短篇，那就必须下苦功夫钻研，一步一步地把自己想写的写出来，呈现出来。希望多年之后，自己能成为一名复杂丰富、包罗万象的短篇小说家，而不是一个在单一风格上自娱自乐荡秋千做陶醉状的写作机械手。”[1] 这时，我想起短篇小说大师博尔赫斯讲过的两句话：“我认为每个人总是写他所能写的，而不是他想写的东西。”“作品必须超越作者意识到的领域。”[2] 我从蒋一谈的作品中也能够看得出，他是一位具有写作使命感的作家。现在，我明白了，蒋一谈选择短篇小说写作，就是要找到自己与现实对话的方式。他一定是感觉到短篇小说这种文体形式最为切近他对现实、存在的内在感知，适合他将对存在世界的虚构和隐喻处理成一次记忆、一个梦境、一个情感的迷宫、一个潜意识的扩张，或一种道德和非道德的冲动。对人心和世界的图像放大或聚焦、象征或引申、超越或内敛，最终都是要映现当代人的精神、情感危机，以及在危机中的迷惘、沉醉和摆脱。

蒋一谈的另一部分短篇小说，像《枯树会说话》《保佑》《刀宴》《公羊》《芭比娃娃》等，同样不可忽视。在这一组小说中，我们体会到蒋一谈在另一路径上的掘进。

王安忆说：“好的短篇小说就是精灵，它们极具弹性，就像物理范畴中的软物质。它们的活力并不决定于量的多少，而在于内部的结构。作为叙事艺术，跑不了是要结构一个故事，在短篇小说这样的逼仄空间里，就更是无可逃避讲故事的职责。”[3] 作为短篇小说的身体力行者，王安忆对现代短篇小说的理解，显示出迥然不同的见地。故事是小说存在的坚硬内核，而灵动、飘逸的思绪和精神是牵动叙述行走的灵魂。

[1] 蒋一谈、王雪瑛：《中国需要这样的作家》，《上海文学》，2011 年第 9 期。

[2] 〔阿根廷〕博尔赫斯：《博尔赫斯文集 · 文论自述卷》，王永年，陈众议等译，海南国际新闻出版中心，1996 年，第 171 页。

[3] 王安忆：《短篇小说的物理》，《书城》，2011 年第 6 期。

蒋一谈短篇小说在这方面已经做出了很大的努力。

蒋一谈很会讲故事，而且，能够赋予故事以新的结构形态，而且，他常常以一种老实的“拙态”的扎实描述，显示出叙述的强悍力量。《枯树会说话》《公羊》和《芭比娃娃》，就是这方面的代表作。前两者的叙述过程，都更像是作者在完成一次“扭转”生活、重新调整自我灵魂坐标的过程。其实，这两个短篇都是关于思念的故事。《枯树会说话》，是在写生的同时，延伸了死的长度。阿霞对丈夫黑头的念想顽强、倔强，如此刻骨铭心的情感，仿佛中国当代版的《人鬼情未了》，善良、穷困和志气，弥漫在字里行间。《公羊》这个故事的表层是写对母亲的思念，实则其中隐含着更深远的意蕴：一个外乡人进入城市后，处在人生的临界点上，在娶妻生子、事业爬坡、需要赡养、照顾老人的中年时期，他所需要担当的承载、难以跨越的精神痛觉，让我们看到了这一代人的苦境。柳河就像一只公羊，他的命运和几近崩溃的精神，使他只能隐忍生活的煎熬。而《芭比娃娃》讲述的，是地道的当代“底层”故事。在一个喧嚣、浮躁、人性迷失的生态环境里，生存和欲望、绝望和失望、柔软和暴力、善良和扭曲、城市和乡村、今天和未来，聚焦在一种叫作“芭比娃娃”的玩具上。蒋一谈细致而无奈地触摸着这个时代的伤痛，把笔触伸到对人的存在意义的审问之中。在这篇小说里，他已经无法与主人公保持距离，审美的姿态还原成了“原生态”的非虚构冲动，这使这部作品的色调愈发冷酷、惨烈，以致令人窒息。对弱者的同情、对善的认识和表现，最可以看出作家的文化态度和修养层次，而蒋一谈对现实的审视和思索，则交织着现代痛苦的理性主义的声音。

枯树、公羊、芭比娃娃，分别是关于情感、伦理和苦难的象征指涉。如余华所言：“一部真正的小说应该无处不洋溢着象征，即我们寓居世界方式的象征，我们理解世界并且与世界打交道的方式的象征。”[1]我认为，善于发现世界以及人与世界的象征、隐喻关系，并且在故事的层面再进一步超越故事，这是一个小说家应有的本领。

另外，有关小说的语言和节奏，汪曾祺先生曾有非常坦率而简洁的表述：“一个作家的语言表现了作家的全部文化素质……语言的粗俗就是思想的粗俗，语言的鄙陋就是内容的鄙陋。”而且，汪先生还用“揉面”的比喻来形容小说的写作：“面要揉到了，才软熟，筋道，有劲儿。”[2]一直以来，语言和结构在很多写作者和读者眼里，始终是一个形式问题，实际上，它直接关系到一部作品或文本的内在质地和灵魂。蒋一谈格外注意在不同题材和意蕴的小说中，使用不同的叙述话语、叙述节奏，选择适当的文本结构。蒋一谈不追逐语言的喧嚣、吊诡或华丽，不喜欢感官的过于反射，虽然他喜爱“故事创意 + 语感 + 叙事节奏 + 阅读后的想象空间”这样的叙事美学法则，但他还是能够非常理智地处理感性经验、直觉与事物之间在语言、词语维度的合理性。蒋一谈笃信：“词语是空间。找到属于自己的词语，你才能感知与这个世界的连接距离。空间的大与小，光线的明与暗，语意的明快与晦涩，都是你自己的选择，找到选择就好。”[3]蒋一谈似乎深谙汪曾祺先生的那句“有多少篇小说就有多少种结构方法”：《鲁迅的胡子》那种无法摆脱的沉郁、感伤的基调，规定了小说的基本语言风格；对于《中国鲤》跨越国界、民族的题意，结构上就呈现出开放、洒脱的气度；《芭比娃娃》和《枯树会说话》的世俗悲剧，语言厚实而素朴；《刀宴》的语言轻灵、

[1] 余华：《我能否相信自己——余华随笔选》，人民日报出版社，1998 年，第 172 页。

[2] 汪曾祺：《晚翠文谈新编》，第 83、89、109 页。

[3] 蒋一谈：《点点滴滴（后记）》，《赫本啊赫本》，新星出版社，2011 年，第 209 页。

雅致；《赫本啊赫本》选择书信体、第一人称，避免了在一个沉痛的叙述里，让冷漠和距离控制整个小说的氛围；《伊斯特伍德的雕像》的语言是自然流淌的，意绪是起伏的，而结构是散漫的……可以说，这些小说，既让我们感觉到他探索小说艺术的浓厚兴趣、对丰富性的追求，也让我们体察到，他警惕并试图摆脱一味沉陷于短篇小说写作虚弱“幻象”的努力。

作家东西在谈论纳博科夫小说《洛丽塔》的时候，仔细分析了一部经典存在的可能性，他得出的结论是：“真正的经典都曾九死一生。”[1]我在想，哪一位作家不期待自己的作品能够成为跨世的经典呢？那么，即使你小说的故事、你的人物、你的语言和结构，与你所处的时代和这个时代的精神状况，与读者、与出版方式和契机等等，都已经很契合了，你的作品就能够超越时空，开始几十年、几百年甚至上千年的跋涉吗？不一定。但是，一个真正的作家，他首先就该有这样的信念：“人生就是从摇篮到坟墓的旅行，而我想在这个旅行中给自己寻找那份内省、温暖和自由……想在文学上取得大成就，需要才华和严肃认真的写作精神，需要命运的支持……我不是天生的作家，我要靠后天的训练和勤奋完成写作，我不知道我能创造出什么样的文学世界，但到今天，我还有心、有力追寻文学，已是幸运……我希望能够用中年人的心、男人的心、女人的心、青少年的心、儿童的心写出不同风格的中国人的故事和命运。”[2]

我感到，蒋一谈已经准备好了。

---

[1] 东西：《真正的经典都曾九死一生》，《当代作家评论》，2010 年第 4 期。

[2] 蒋一谈、王雪瑛：《中国需要这样的作家》，《上海文学》，2011 年第 9 期。

南极在哪里？

——克莱尔·吉根的短篇小说《南极》

一

我在读完爱尔兰小说家吉根这个短篇小说《南极》（收入作者短篇小说集《南极》，姚媛译，浙江文艺出版社，2010年）之后不久，很快又看到中国小说家蒋一谈的短篇小说《温暖的南极》（收入作者短篇小说集《栖》，新星出版社，2012年）。一位西方女人和一位东方女性，在小说里一先一后地向我走来，或者说，是迅疾地离我而去。巧合的是，我在阅读这两篇小说的时候，都是在初夏的黄昏里。敞开着的西郊山荫里小书房的北窗，阵阵吹拂的微风，骤然消失，空气一下子僵硬凝固起来。我在三个星期内，两次在小说里强烈地感受到彻骨的寒冷和绝望。眼前的文字在抖动，仿佛巨轮撞击冰山，轰然炸裂，慢慢地，一切归于宁静。南极，是这两篇小说的题目，这个时候在我这里，这个词语正成为我阅读视界内两座巨大的迎面扑来的冰山。

看似是两个故事，实则是虚构的张力在相互延伸，它们所造成的文本的巨大磁力，它们相互咬合在一起的旋舞的感觉，无比强烈地攫住了我的神经。虽然两个女人都是平静而坦然地走出家门，一如既往，但是，她们身体内部燃烧的欲望一泻千里，不可阻挡也无法回避。所不同的是，东方女性是枕着西方女人的恐惧、地狱感和惊魂入梦的。这时候，我思忖，吉根不会想到，她的小说《南极》，会如此之快地点燃一位中国作家的灵感之火。东西方的女人，可能走上同一条或极其相似的道路吗？有的时候，一个人，无论是一个女人，还是一个男人，都可能突然地爆发出一种莫名的走进明知的危险里的冲动，不可理喻地勇往直前，挑战某种常态或惯性。这是一种与生俱来的本能吗？极限，变成了大限，用朦胧的月光拥抱死神，也许是生命内部的“原型”。小说的结尾，多少有些出人意料，这是小说的本性，是我最感兴趣的部分，也是我产生改写的冲动，跃跃欲试地试图补叙的缘由。尽管吉根在小说开头已经暗示了“她想要在自己还不算太老的时候试一试，她知道结果会令她失望”，但在吉根的设想中，在这个女人潜意识里，她是被囚禁的，她需要挣脱一下，获取一种带有飘忽感且很刺激的自由状态，哪怕是一个短暂的瞬间。就这样，叙述从此拉开了帷幕。

自由究竟是什么？是无羁，是变化，是飘逸，是忽远忽近，还是重新选择、任性取舍，抑或是另一种定力？也许，人的天性就是要寻求获得纯然的自由。人不可能永远被关在需求和欲望的牢笼中，吉根笔下的这个女人虚拟了自己的牢笼，并假设了走出去体验的可能。这时的决定，并不取决于身体或者说性欲——她的身体并不是年轻的、青春期的，或者中年的“问题的身体”——而主要是出于潜意识的冲动和探险的心理。一个原本并不浪荡、并不风骚的女人，现在想拿出身体满足心理。抑或，心理也是身体的必需？那么，这个女人不惜冒险所要企及的东西是什么呢？里尔克说过：

> 身体的快感是一种官感的体验，与净洁的观赏或是一个甜美的果实放在我们舌上的净洁的感觉没有什么不同；它是我们所应得的丰富而无穷的经验，是一种对于世界的领悟，是一切领悟的丰富与光华。我们感受身体的快感并不是坏事；所不好的是：几乎一切人都错用了、浪费了这种经验，把它放在生命疲倦的地方当作刺激，当作疏散，而不当作向着顶点的聚精会神。[1]

这个女人是不是觉得，走出了家门就是走向了自由，好像一切都可以很任性、很随意？而且，吉根发现，这个女人已经积蓄的足够的强大的心理能量，足以战胜她自己的意志力，甚至造成了这个人的内在分裂。于是，她带着自己的梦想、激情和欲望，来进入、理解、接受、参与这个陌生的世界或存在的空间。

因此，小说的开头就用了一个很简单、很随意的句子，让这个女人很率性地走出家门。一个女人走出家门，在这里有了一种“仪式感”，她开始模糊自己的底线，无视自己的原则，将自己生存所需要的心理条件，当作了做人、存在的理由和意义，将人性中低矮的那一部分，放大为个人具体生活的重要依据。这时，一种固有的、日积月累的生活内在形态被覆盖了，女人开始诉求向外发育出别样的枝条和天空，无风无雨的鸟巢即将坍塌。虽然，这是一个故事简洁的开

[1] 转引自张新颖《印象阅读　矮纸斜行》，大象出版社，2011 年，第 155 页。

头，只有简单的起始的设定，但吉根的关键，大约是她将一个故事的开头，直接切入或变成了一个故事发展的动机。这是故事必须发展下去的充分理由。另外，故事和虚构之间，还有很大的差异，虚构对故事的许多元素，都会有出其不意的改变。吉根与许多作家有所不同的是，她并没有以所谓严密的逻辑关系推进一个事件的发展，而且，在叙述的发展过程中，每一个环节似乎也并不需要有合理的动机，也没有在人物和情节的发展中一步比一步深入地寻找任何理由。倘若有了这样一个寻找理由的过程，就会在叙述中形成一个我们通常所习惯的、作家不遗余力地挖掘深度的过程，而吉根似乎根本不需要挖掘什么。那么，吉根的开头，最多只能算是一个很平静的“悬疑”。因此，我在整个叙述中，感到了一种强烈的反逻辑的力量，使我意识到了什么是构成小说魅力的真正力量，它既不会是故事本身，也不可能是小说家的某种推断，而是一种来自叙述对象的有吸引力的奇妙的意绪。也许，这一切都没有理由，在生活中如此，在小说中是否更是这样呢？叙述所表现出的别出心裁的结构、作家对人性的细微洞察，特别是，难以厘清的由于人的生理、性别、心理和精神困境，所造成的命运、宿命和某种扭转，可能使小说抵达它应该抵达的角落。就像这个短篇，它可能是在吉根的深思熟虑中开始的，也可能是灵感突然袭来后，作家的又一次猝不及防的“被迫”叙述。灵感是根本不讲道理的，人物的命运、人物行走的路径，常常不以作家的意志、意识所制约。小说就是要在没有理由的地方开始叙述，在可能找到依据的时候结束叙述的行旅。当然，也可能因为一时冲动，作家交给读者一个匪夷所思的结局。吉根从哪里得来这个短篇的灵感并不重要，重要的是，吉根是这样的作家，她试图在虚构中探讨清醒的生活与梦境之间存在怎样的关系，而且，她还要将叙述搁置在一个世俗小说的框架内，用心地发挥自己的哲学思考。

二

我敢断定，吉根式的开头，再重重地压上吉根式的结尾，足以与欧·亨利叫板一次，成为经典的“吉根式结尾”，就像加西亚·马尔克斯的开头“许多年以后”。它不是一个句式，也不仅仅是话语基调，而是一个结构方式，一个小说家进入时空、进入可能性生活的方式。吉根好像给了我们一个从容的、可以预知、可以猜测结局的开始，但这仍然是一种诱惑的开始。女人、寻找“一夜情”和燃烧的欲望，这些元素无法不启动故事的魅力，阅读有的时候是从好奇、追根溯源甚至窥视事物的私密性开始的。吉根的结尾，虽说是情理之中，但绝对是意料之外。人物的行为和情节的进展，奇异又合理，这不仅取决于作家的叙述动机，还必须审慎地考虑小说中人物的动机，甚至在小说之外想进入另一种生活的读者的动机。也就是说，小说家无论有怎样想洞穿生活的欲望，仍然要在小说中建立一种新的秩序，或者放弃写作主体自己的某种叙述逻辑，或者重新集合起若干风马牛不相及的生活碎片，这些，可能只是表层的秩序，而深层的秩序却常常没有既成的、有编码的、现实而实用的逻辑。

走进吉根的小说世界，首先，我们会充分体会到她叙述的节制和控制力，应该说，这是《南极》这篇小说最出色的地方。疏朗从容又密集的细节、雅致的文字、举重若轻的情节动作，如树叶在月影中的晃动，时而斑驳，时而绵密。我不怀疑青年翻译家姚媛充满生机而美妙的文笔和落落大方的才气，但我确信，吉根文本的原生态叙述所能抵达的情境，才可能给译者提供绝佳的机会。博尔赫斯说过类似这样的话，伟大的作品，都经得起各种各样糟糕的翻译的糟蹋。幸运的是，吉根和姚媛是一次有缘分的相遇，她们共同遇见了对方美妙的文字，姚媛用她汉语的才华出色地证明了《南极》的价值，这也是我在此忍不住要诚挚赞美《南极》这部小说集翻译水准的重要理由。

吉根就是踩着可能性，自信地注视着人物的一举一动，并不轻易、草率地进入人物的内心。在小说里，"一夜情"发生的过程中，吉根难免也会偶尔落入俗套，几杯美酒、几道美食，男人生疏的气息和女人渴望的呼吸，勾兑成一种令观感者足以产生异样陌生感的猎艳感，以及满足窥视欲的挑逗。即使高明的小说家也难逃其法，但吉根做得天衣无缝、浑然天成。而推动叙述、情节向前发展的，似乎已经不是浪漫欲望的逻辑，我们更无法用道德或者伦理的底线来衡量、驾驭这些情节。我感觉，真正统摄整个小说叙述的牵引力，一定是吉根对女人彻骨的了解和精微的感觉、判断。

应该说，小说中这个男人的面目也是模糊的，但他诱惑一个女人的一系列动作娴熟、老到而诚恳，可谓一丝不苟，处心积虑。吉根没有交代，这个老男人在与这个女人行事的时候，是否还联想到他以前对女人是怎样的、对女性的期待、对性的选择等。我们更不会想到，他这么一个侍者或者羔羊般的男性角色，会慢慢地在女人面前施展"本领"，就在他一转身锁门而去的时刻，他突然变成了一只金黄的野兽，获得了嗜血后的满足，他像是蕴蓄了某种深不可测的力量，让一个女人以及我们，不知不觉地在一种被他肆意扭转的气息、气味里沉醉，然后他再破坏掉整个世界的和谐，令人惊悚、惊骇。这已经无法用扭曲和变态，来界定这个男人的本质。现在，可以回忆一下，这个老男人——允许我这样称呼这个猎艳场上的“老手”——与这个善良、单纯、好奇又成熟的女人在尽情地云雨之后，一边从容、惬意而尽情地享受着他亲手烹制的美食，一边探讨有关地狱、魔鬼和永恒的话题，尽显他无尽的慷慨和男人气度。此刻，我不想发生任何阅读停顿的心理，使我对吉根的叙述魔力钦佩不已。其实，这个时候，女人几乎是顺水推舟地沉浸在床笫之上浓浓醉意的氛围里。吉根除了暗示性地让女人不经意地发现收音机闹钟后面的猎枪弹药筒之外，没有让叙述留下任何缝隙。但这个事物的出现，已经足以说明这个男人体内的暴力基因，我们隐约清楚了吉根在细部上下的功夫。

> 她伸手去拿烟灰缸时，看见了放在收音机闹钟后面的猎枪弹药筒。
>
> “这是什么？”她拿起弹药筒问。那东西拿在手里比看上去要重。
>
> “哦，那个。那是给一个人的礼物。”
>
> “礼物，”她说，“看来你打的不仅是台球。”她说完大笑起来。
>
> “到这儿来。”
>
> 她依偎在他身边，两人很快就睡着了，睡得像孩子一般甜美。

看起来，她的警觉，或者内心偶然泛起的一丝细腻微小的“波澜”，迅即就被眼下的“情境”所打破、遮蔽，性之旅后的小憩，冲淡了一丝犹疑，身体和心理再次被新奇和刺激淹没掉。其实，这是最应该引发她警惕的信号。但是，这就像是一趟没有任何思考和疑虑的轻松的旅程，她深度地滑翔着，滑向了自由的深处。这篇小说究竟意味着什么？人性中究竟有哪些不可抗拒和克服的弱点和困境呢？也许，诱惑，是人的原罪的一种，没有人可以摆脱。所以，她没有任何顾忌，没有任何恐惧，也没有任何紧张，只有沉浸在美妙的过程中。

危险是从悄无声息的、静谧而温柔的时间里拥挤出来的，或者说，是点点滴滴渗透出来的。渐渐地，小说的叙述偏向了另一条线路，这是一种致命的叙述，这在女人欣赏那部关于南极的纪录片，引出了冰山和寒冷时，似乎就现出了端倪。继而，是地狱、魔鬼、孤独和永恒，这些沉重的话题和抽象的事物接踵而至。接着，她在慢慢的引诱下，被牢牢地铐在黄铜床头板上。

> 她发疯似的试图把手铐打开，试了各种方法想要让自己自由。她有力气。她试图把床头板拉下来，但是当她把床单推到一边时，却发现床头和床架是连在一起的。她把床摇晃得咯咯响，摇了很长时间。她想叫“失火了！”——警察说妇女在遇到紧急情况时要这么叫——但她嘴里塞着布，叫不出声。她费了很大劲把那只没被铐住的脚踩在地板上，砰砰地捶地毯，但又想起来住在楼下的老奶奶耳朵听不见。好几个小时过去了，她终于平静下来，开始思考、倾听。她的呼吸变得平稳。她听见隔壁房间里窗帘在拍打。他没有关窗。刚才那一阵折腾，把鹅绒被弄掉在了地上，而她是光着身子的。她够不到被子。冷气正从外面涌进来，涌进房子里，

充满了房间。她打起了冷战。冷气是往下降的，她想。终于，她不再发抖了。持续的麻木在她身体里扩散开来。她想象血液在血管里流得慢了，心脏收缩了起来。猫跳到床上，在床垫上来来回回地走。愤怒已经麻木，变成了恐惧。恐惧也消失了。隔壁房间的窗帘在墙上拍打得更快了：风变大了。她想到他，却没有任何感觉。她想到丈夫和孩子。他们也许永远也找不到她了。她也许永远也见不到他们了。

当读到这一段文字的时候，我意外地想起了杜甫《新安吏》中的那句“眼枯即见骨，天地终无情”的旧诗。我不知道为什么会想起这个已经很古老的句子，但我认为以此形容这个女人再合适不过了。可以想象，这个女人的血管里，此时流淌着的，或许已经不是血液。

其实，我小时候最初的愿望，是成为一个小说家，没想到成了一个没多少准头的、跟在作家后面或跟在理论后面亦步亦趋的批评家。读吉根的小说时，我竟然有了很强烈的虚构的冲动，这也许是长久的写作压抑状态和羡慕小说家本事且不太服气的结果。我读完《南极》后，曾设计了结尾的另外几种可能性。而且，我下决心让自己的想象也能够飞翔起来，让结尾出乎意料又在情理之中。就在编故事、虚构的时候，我才深刻地意识到理论是多么可笑和蹩脚，在写作的常青树下又是多么的尴尬。这样一个压抑、惨烈的结尾，让我们失去了阅读高潮的体验，在最渴望阅读高潮的时刻，吉根留给我们无尽的猜测。我似乎没有能在这次阅读中，感受到这篇《南极》最激动人心的部分，但是，它却给了我那种强烈的虚构、改写的冲动。

因此，对于故事的结局，我和我的朋友曾心有不甘地设想，吉根也可能在情节上有另外的若干种考虑。一种是，她为了满足阅读者，满足她作为虚构者的女权主义写作心理，还可能会这样描写下面的情景：在女主人公第二次在宾馆被男人阻截、引诱，再次回到住所，男人将女人的两只手和一只脚，用手铐牢牢地铐在床上做爱的时候，男人突发中风或者脑出血，而男人手里正紧紧地攥着打开手铐的钥匙。女人吃力地用嘴从他手里噬咬出钥匙，用牙齿紧紧地叼住它，一次次尝试打开手铐而不能。到这个时候，小说用在人物身上的力量，似乎可以在叙述上获得某种平衡。第二种可能是，接续前面的叙述，女主人公终于打开了手铐，将男人推到一旁，有些仓皇不堪和恐惧，就在她急匆匆地离去的时候，她在门厅的过道边被绊一脚，踢开了一只井盖样的东西，意外地发现了一个地板的夹层，一只只塑料袋整齐地摆放着，好奇心再次驱使她打开了其中的一袋，竟是死人的白骨。这样的结局，可能是吉根早期对悬疑小说兴趣的一种极大满足，但她又实在不忍放弃一个留下空白结局、吊起读者胃口的愿望，所以，吉根没有如此选择。第三种情况，吉根可能会这样设想，为了将这篇小说处理成一个彻底的情感小说、道德小说文本，她试图用一把锁暗示心灵的禁锢，锁成了某种隐喻或象征。这个女人永远找不到这把钥匙，永远也打不开自己的心锁。我想，吉根或许还想到，让女人在几近绝望、被冻得瑟瑟发抖的时候，在麻木中，沉入一个似真似幻的梦中，梦见她自己戴着手铐，一个人向着南极的冰山和雪白拼命地攀爬、奔跑，去寻找一把能打开手铐的钥匙。她一路上发现了许多从未见过的奇异的景观，离冰山愈来愈近的时候，太阳升到冰山上面，冰山开始融化。她浑身立刻变得温暖起来，火光烧灼着她的脸颊，她闻到了焦煳的味道……她醒了，睁开眼睛，她惊呆了。眼前火光冲天，火苗从门和窗棂疯狂地串入，床单已经燃起。“失火了”，她立即意识到她原本想喊叫出的词语。原来，楼下那个耳聋的老奶奶在使用电炉的时候引起了火灾。第二天凌晨时分，这个男人回来时，眼前是经过消防队员处理过的一片废墟。或许，这篇小说的名字，吉根也曾命名为《废墟》。

显然，吉根所选择的仍然是一个非常稳妥、非常周全，也非常富于弹性的短篇小说策略，无论怎样结尾，都会令虚构简洁、朴素而又杂花生树。对一篇小说而言，不仅仅是叙述的起点和终点，即使是叙述的过程，也同样可以闪现类似电影《罗拉快跑》那样的多种可能性。

世界，有时就是这样的，谁都想改变它已有的面目，可是谁也没有办法改变它的本质。小说却可以。

三

吉根为什么将主题曲牵引到南极？南极是冰冷、令人绝望和尸体的代名词和隐喻吗？吉根这篇小说的结构、叙述方式，的的确确是一次性的，不可复制和模仿的，这让我想到李洱的《花腔》。从某种角度讲，小说家的积累也是一次性，不能重复使用的，一篇小说的写作经验在这篇小说完成时就宣告终结。问题在于，对这种经验的整理或者文本传达，对一个作家或者一篇小说而言，是不是与众不同。

吉根的小说并不仅仅是靠细节取胜的，更多的是依赖叙述过程中整体上的觉悟感、结构的结实。还有，在吉根的叙述世界里，声音和文字，流畅清雅，而且，我们在这种写作中似乎还听到说话的丰富的声音、语气。对于一个作家来说，真正的短篇，是可遇而不可求的。吉根遇到的故事，其他的作家肯定也会轻易遇到。关键是，遇到故事并不等于可以找到灵感，可以写出杰出的短篇小说。《南极》中的意蕴，人物，叙述的方式、节奏，甚至弥漫在字里行间的气息，都是巧夺天工、浑然天成的巧遇。《南极》中，始终有一种悠远、古旧、滑润并散发着金属的气息或者说是气味的东西，它在阅读中飘动，像浮尘，像游丝。好的小说一定是有独特气味的，这篇小说的气味，好像来自那只铸铁大浴缸、那张黄铜的大床，也可能来自那个猎枪弹药筒，或者那几只手铐，还可能来自一种对南极充满想象性体验的极度寒冷的气息，包括晚餐时芫荽、青柠檬汁和洋葱的混合气味。最终，这些都归结于一种来自这个男人、来自人性的寒冷的气味。其实，寒冷是没有气味的，因为寒冷并不是一种物体或事物，但吉根像福克纳写作《喧嚣与骚动》一样，让人物或者读者嗅到了寒冷的气味。作家在这里，完全是凭借她的想象力，赋予了没有气味的物体和事物以气味，小说产生出一种具有生命的气息。我们知道这是作家的虚构，但我们却深陷其中，并为其感动不已。

可以说，小说的可能性，是仰仗生活的可能性的。生活的可能性进入小说之后，可能会改变或者影响既有的生活。我记不清是哪位作家讲过，我们不可以按着生活的样子写小说，而可以照着小说的样子去生活。中国作家蒋一谈的《温暖的南极》“赤裸裸”地践行了这句话，他的叙述告诉人们，一个刚刚发现《南极》的女人，不顾叙述所呈现的冰冷，照着小说的样子上路了。他的人物，像灵魂附体般在一个小说文本中狼奔豕突，同样彻底地扭转了自己有惯性的生活。我看到，吉根和蒋一谈，两种叙述方式，却呈现出一种奇妙的相对性，都属于那种不能自拔的一意孤行。这样，我们可以从中看到一个小说文本的力量是多么大。能触发作家写作灵感的机缘很多，中国另一位小说家鲁敏，她的《邮递员罗林》等一系列中短篇，还有长篇小说《六人晚餐》，写作的灵感都源自凡·高的绘画。一个场景、一组对话、一个故事、一个事物都可能产生另一种呼应，其中蕴含着许多值得放大、值得引申和深究的密码和信息，它们与作家的内心和想象力交织起来，就会变得有恃无恐。

蒋一谈借助这个爱尔兰作家为他提供的故事“引子”，讲述了一个当代东方女性在“现实生活”中对这篇小说的“接受”故事。吉根小说悲惨的结局，非但丝毫没有影响这个女性，反而怂恿了她内在的欲望和诉求。两个小说里的女人，都没有自己的名字，也没有特别明显的外貌特征，我们甚至也看不出她们各自的个性性格，这一点儿也不符合福斯特小说中对人物进行“扁平”划分的尺度。中国女人这样判断和评价吉根的构思：“她想描摹出存在于女人身体里面不知何时会被点燃的那种内在的普遍‘性’。”

短篇小说，怎么写才会更好？没有一位作家可以自诩有可靠的经验或策略。蒋一谈的写法，好像是没有愿望要做什么突破、超越，仿佛是有意要落入吉根的陷阱，他让女主人公贴着克莱尔·吉根的文本前行。两个小说的结局，一个是开放的，一个是封闭的，但都是一气呵成的。我没有比较的兴趣，任何两种事物、两个文本，都不可能具备品质共生的特性却不依赖它们的异质性而存在。吉根的噩梦，在蒋一谈《温暖的南极》中的主人公那里变成了一种憧憬，这种憧憬随即又成为一场新的噩梦。不同在于，吉根笔下的女人，过了最初的兴奋期之后，立刻觉得这个东西已经无法辨认，而蒋一谈则将这个还处于想象世界的女人，直接送到了南极的谷底。

胡适在《论短篇小说》中说："短篇小说是用最经济的文学手段，描写事实中最精彩的一段或一方面，而能使人充分满意的文章。"这段话，后来被许多谈论短篇小说的文章提及、引用。我并不觉得所谓"经济"的笔墨就能写出内蕴丰厚的佳作，这不是一个充分必要条件。王安忆在谈到短篇小说的时候，讲到她并不欣赏和喜欢都德那篇著名的《最后一课》，尽管这篇小说历来被认为是短篇小说的精品和典范，它为"攫取横断面""以一斑窥全豹"的短篇小说观念提供了强有力的佐证。这一类小说，貌似巧妙，以"以小见大"的事物、事件暗示或者"比兴"另一种大事物或者意义，体现了一种过人的机智。这种同样很精致、炼意、做工讲究的小说，却给人一种看戏剧的感觉，像是浓缩、雕刻的典型场景，可能很饱满完美，但终究给人一种片段感。吉根的《南极》写几十个小时内连贯发生的一个故事，既没有娴熟地影射、抽象出某种哲理的技巧，也没有刻意抽象、概括什么人性本质，但它满足了不朽的阅读。说到底，吉根是一位真正理解了小说品质和特性的作家。她给我们设置了一个严丝合缝的、体面而精致的小说之瓮。仔细想想，整个叙述，吉根没有浪费一点笔墨，优雅、节俭而从容。好的小说，不一定都要带来智力方面的愉悦，但好的小说会让人在漫不经心的状态中，感受到时间的流淌和命运的机变与快感。我们也看到了，蒋一谈的虚构能力，同样与他的才华、想象力一样并驾齐驱。

托宾对吉根的小说有极其到位的评价，他认为吉根的短篇小说"具有纯净的魔力。它们带着优雅、智慧和对节奏超凡的敏锐，为爱尔兰优秀的短篇小说增添了新的篇章"。我想，吉根不仅是为爱尔兰小说增添了新篇章，也是给当代世界短篇小说增添了新鲜的内容和质地。

这两个短篇小说，都充满了寒气，沁人心脾。其实，小说有时也像是一座冰山，八分之一在水面，八分之七在水下。但它也可能会被融化，有时会被小说中的人物融化，有时会被作家自己的写作冲动融化，有时还会被读者融化，甚至被蒋一谈这样的作家融化。吉根的南极在撞击了我的阅读冲动之后，在我的内心融化了。我的 2012 年初夏的阅读也融化了。

这个初夏是如此的荫凉。

“我可以看见最细小的东西”

——雷蒙德·卡佛的《羽毛》和《软座包厢》

一

听见院门发出的响声时我正在床上躺着。我仔细听了听，没听到其他声音。但我确实听见了那个声音。

院子里足够亮，我能看见所有东西——草坪椅、柳树、两根杆子之间拉着的晾衣绳、牵牛花、栅栏和敞开的院门。

但没有人走动。没有令人恐惧的阴影。一切都在月光下躺着，我可以看见最细小的东西。比如，晾衣绳上的衣夹。

这是雷蒙德·卡佛的短篇小说《我可以看见最细小的东西》的片段，它差不多是卡佛写的最短的一个短篇小说之一。小说几乎没有故事，没有任何大的情节，只有两个人物在深夜短暂的对话和很自然的交流。女主人南希晚上睡觉时听到一个响声，再也无法入睡，然后起来到院子里查看院门是否闩住。她发现邻居山姆·劳顿正在他自家的院子里捉“鼻涕虫”——一种吞噬花朵叶子的虫子。这几乎是“一个无事的故事”，两个人在关于“鼻涕虫”几分钟短暂的对话后，南希就回到自己的家里，准备重新入睡。“这时，我想起来我忘记把院门闩上了”，南希恰恰就是为查看自己家院子门有没有关好才出来的，结果门还是没有闩上。读完这个短篇时，我在想，卡佛到底要表达什么呢？这个文本的意义在哪里呢？在小说里，卡佛并没有放大什么，也没有夸张什么，小说中没有一点儿体现作者观点的阐释性文字，更没有隐语之类的噱头和摆设，他是让一种类似“生活流”“自然流”的叙述，在一种非确定性叙事的状态下，缓缓流淌，叙述者的语调又十分节制，最终，卡佛所讲述、描述的一切都没有任何答案，答案可能在文字的背后，在读者的想象里。但在同时，我们也许会像卡佛一样，看见“最细小”的东西——穿插在两人对话中的短小叙述，含蓄、隐约地透露出场景背后的故事和信息：邻里的两位男主人山姆和克里夫之间曾经发生过的故事，以及南希与山姆的前妻米莉的情谊。这像是信息的传达，也像是留下的空白和悬念，它丝毫没有构成推动叙述向前的动力因素，看上去就是一种不经意的省略或空缺，却将叙述引向多义性的层面。山姆以委婉的口气，向南希吐露出向克里夫示好的愿望，这时，我们仿佛看到了山姆的表情和南希的惋惜、期待。所有这些，在人物那种模糊的口气里，暗示出一种即将到来但也可能难以预料的结局。正是这些细节或者说细部，既让我们看见了能够看见的“最细小”的东西，也让我们看到了我们暂时还无法看到的“最细小”的东西。卡佛的小说，几乎都是这样，想阅尽世间万象，却可能在我们最不经意处让人了然于心。

近些年来，卡佛已经被公认为是美国文学史上最杰出的短篇小说家之一。那么，他究竟杰出在什么地方呢？对此，应该说人们是见仁见智。许多迷恋卡佛的人，被他的文字所覆盖，可谓沉湎至深。当然，也有一些并不喜欢他的读者，他们的理由是，卡佛很像是一个记流水账的作家，因为其小说的叙述形态，呈现出说不清的细小、琐屑、绵密甚至破碎，其呈现的生活，就像中国作家贾平凹在《秦腔》里所写的那些"颇烦的日子"，也像20世纪80年代刘震云的那些小说如《一地鸡毛》《官场》《官人》，"一地鸡毛"，就仿佛是生活的细碎的隐喻，由表及里，形成一幅幅渗透进骨子里的实实在在的镜像，而那些细碎则成为叙述中不可阻隔的流淌。苏童在说起卡佛时，也有自己独特的感受，他说，不错，卡佛是一个记流水账的作家，但"只不过那是一本男人的流水账，可以从低处往高处流。卡佛对文学样板的叛逆也是离奇的，别人努力从高处叛逆，他却是从低处开始"。[1] 这个男人是怎样记流水账的？仔细想想，有哪个作家记的不是流水账呢？关键是，好的作家给我们的不是一个面面俱到、不遗余力的账单，而是一种设法为生活埋单的方法和提示。苏童在这里讲的"从低处开始"，是否可以这样理解和考虑，卡佛在梦想与现实之间，有一种与众不同的自由的叙述方向，他的眼睛所放射出的，是一双从下面向上逼视的目光，目力所及的地方，未必是一个多么宏大的场域，但是，它的力量，足可以从一个细微处贯通到另一个细微处，从一个灵魂抵达另一个真实的灵魂。

我想，"短"与"细"，是短篇小说的特性，也是短篇小说文体的形态和意义。短篇最大的特性，还应该是我们常说的"以小见大""四两拨千斤"的力量。短篇小说能有多少叙述空间留给细节？或者说，细节是否可以构成短篇小说叙述的一个丰厚的主体？细节，或许可以强有力地推动叙述的进行，并充分地带出故事、人物、意蕴，包括语言等

[1] 苏童：《河流的秘密》，第202页。

等的发展和变化。在一个篇幅有限甚至可能很逼仄的空间里，发现或制造生活的生机和玄机，实在是一件异常艰难却了不起的事情。因为，我们看见，就在这短小、细碎中，一种具有震撼力的事物正在从低处向高处攀缘。

其实，还有一个问题，就是细节和细部是否有区别？这是我读到卡佛小说之后开始仔细考虑的另一个问题。

细部是什么？说它是细节也行，说它是细部也罢，它必然是文学叙事的细致和精要所在，是触动心灵的切实要素或原点。一个好的叙述，它的精华之处，一定在细部。仔细想想，任何一部杰出、伟大的作品，无不是无数精彩细部浑然天成的组合。在这里，细部所产生和具有的力量，一定会远远覆盖人物、情节、故事本身，而且，它所提供的生活经验、生命体验，既体现了一个杰出作家的美学理想和写作抱负，也能够体现出一个作家的哲学、内在精神向度、美学品格和生活信仰。平凡、平实、平淡，朴素、诚挚、充满情怀，才是一部作品熠熠生辉的根本和底色。唯有从最基本、最普通、最细致，而非有深刻命意和表征的生活着眼，进入最实在的生活之中，不想通过作品来说服什么的文字才更加令人信服，而不故弄玄虚、掩人耳目地制造悬疑的叙述才会更加耐人咀嚼，这样的文学，才会有绵延不绝的艺术力量。实际上，这不仅仅是一个技术层面的问题，而是一个与作家价值观、生活观、美学观有关的问题。仔细想想，一部作品，一篇小说，真的非要概括出现实的意义或所谓生活的性质才算是达到目的了吗？对细部的迷恋和重视，至少说明这个作家放松了自己的姿态，回到了具体的事物，回到了事物的本体，回到了生活的原点，没有从“高处不胜寒”的高度，凌空蹈虚般凌驾于基本的生活流之上，摆脱了所谓神性和理念的控制。我想，卡佛可能完全是自觉或不自觉地做到了这一点。

南帆在评价贾平凹的长篇小说《秦腔》和《古炉》的时候，曾经用“细节的洪流”，来描述和形容其叙述的艺术形态和文体特征。贾平凹的那些密密匝匝、叠床架屋、滔滔不息的细节之流，充分地展示出作家无与伦比的气魄、触摸生活的欲望、呈现生活肌理的能力。从长篇小说的结构上看，我们几乎不会有疑问，因为，长篇给了作家太大的空间和太多的时间，慷慨地赐予其更多的叙述机会，于是，大块大块儿的细节布满了长篇小说叙事的语言密林和深沟险壑，那么，短篇小说呢？是否可能用节制的、几近“原生态”的细节，在狭窄的空间里制造浓郁的意绪的森林呢？

在读过卡佛以后很长一段时间里，我还思考过一个最基本的问题，卡佛的写作，为什么会被命名为“极简主义小说”，被认为是一种“新小说”？而且，这个“主义”还带动了20世纪80年代美国小说的叙事走向。卡佛自己可能并不喜欢这个标签，也许他每次的写作初衷，只是想尽可能在自己身心能承受的状态下完成一篇小说；尽力在构思以后，运用减法，隐藏自己的“修辞”策略；按着写作主体的自我意愿，摆脱庸常的思维惯性，寻找属于自己的风格。也许他并没想到他的极简会成为一种被追捧和模仿的风格。那么，这种“极简”到底“简”在什么地方呢？在短篇小说并不“宽裕”的篇幅里，密集的细节，构成一个个绵延的细部，有声有色的自然律动，何以“极简”呢？是以少胜多、“删繁就简”，还是刻意布局，追索过程的神秘，在神秘的叙述过程里切近他所想表达的内核？那么，这种看上去毫无诗意的生活，究竟隐含了多少卡佛对自身、对他所写世界的根本看法呢？似乎他在刻意地追求自己的小说之短、之简、之洁。卡佛非常清楚，究竟是什么东西可能创造出一篇小说的张力："在一定程度上，得益于具体的语句连接在一起的方式，这组成了小说的可见部分。但同样重要的是那些被省略的部分，那些被暗示的部分，那些事物平静光滑的表面下的风景。我把不必要的运动剔除出去，我希望写那种'能见度'低的小说。"[1] 现在，我们意识到，正是那些"省略""暗示"，也就是被"空缺"的部分，造成了小说天然的"低能见度"，那些潜隐在句子与句子之间的空白地带、细节和细部缝隙中"最细小"的东西，成就了小说的张力和魅力。也许，暧昧也成就了卡佛小说，张力就是由此而来。如此说来，卡佛呈现给我们的每一篇小说，都是在考验我们的感受力和审美穿透力，测试我们有没有这种能力看见"最细小"的东西。在卡佛的这些"低能见度"的小说里能否从容地"着陆"，这正可以检视我们阅读的成败。

二

那么，接下来我要说卡佛的两个短篇小说《羽毛》和《软座包厢》。此前，就是在读完这两篇小说后，我才彻底明白，为什么会有那么多人如此喜欢和迷恋卡佛。我也曾一直在猜测，卡佛是依靠什么力量吸引读者、控制读者的。读遍卡佛的小说，我发现灌注在他的"生活流"中的最有耐力、最吸引人也最有力量的，就是无数个细部构成的绵密的生活片段、动态起伏的局部和整体的开放性结构。在这里，我想起

[1] 〔美〕雷蒙德・卡佛：《大教堂》，第 237 页。

余华在谈论阅读和写作时，特别提到“细部”重要性，他说：“现在回头去看，川端康成对我的帮助是至关重要的。在川端康成做我导师的五六年时间里，我学会了如何去表现细部，而且是用一种感受的方式去表现。感受，这非常重要，这样的方式会使细部异常丰厚。川端康成是一个非常细腻的作家。就像是练书法先练正楷一样，那个五六年的时间我打下了一个坚实的写作基础，就是对细部的关注。”[1]余华在他的小说里，就是以无数个强有力的细部，建立起自己的感受生活和生命的方式，彻底地打开了他叙述的道路。《活着》和《许三观卖血记》中，就有无数精彩的难以捕捉的存在世界的细部。

现在，面对卡佛的时候，我们无论打开怎样一篇或长或短的文本，细节的洪流总是扑面而来。它呈现出的细部，让朴实的文字既闪闪烁烁，又质朴厚实。

短篇小说《羽毛》和《软座包厢》，同样是两条汩汩流淌的细节之流，只不过卡佛截取的是，他以为能够折射、映衬或者呈现某一种现实、某一种生活、某种复现真实的“扇面”。其中的细节，依然由无数繁星点点的细部——人物的动作和心理流程、对话、虚实相间的生活的“意思”组成。《羽毛》里描述的是两个家庭，或者说两对夫妇的一次聚会。这种很庸常的事情能够写成什么样子呢？卡佛自然不是那种喜欢在叙述中寻求隐喻、有所隐含的作家，但他却可以在叙事中给读者留下探索深层含义的机会。两对夫妻中两位男人是同事，关系比较近的那种，两人的妻子彼此并不熟悉。他们都是“普通劳动者”，好像还没完全到“中产”的水准，似乎介于“白领”和“蓝领”之间，他们或许就

[1]　余华：《我能否相信自己——余华随笔选》，第252页。

属于那种随时可能就“被生活淹没的人”。他们的一次极为普通的交往，会有什么价值和意义呢？这些也许并不重要，关键是，我们稍不留神，就会看不到其中还有“别的”什么。现在，是一对夫妻去造访另一对夫妻，一次在预想中就很普通的、没有特别兴奋点的聚会，难道作者能够写出什么惊心动魄或平淡无奇以致某种极致的份儿上吗？所以，我是怀揣疑虑继续我的阅读的。

卡佛在叙述中总是似乎有意让人物的思维方式和行为逻辑相互龃龉和错位，表面的“和谐”，掩藏不住他们根本性的无法沟通、交流的误区和盲点。卡佛让小说人物之间的对话，在小心翼翼中进行。但人与人之间终究无法抵达一个很理想的沟通状态，给人一种疙疙瘩瘩的敷衍的感觉。话语的流向，常常因为不明原因发生转向。我注意到，一件很细小的事情，就可以成为卡佛小说人物关系的小盲点。当杰克见到对方女主人奥拉后，提及他有一次曾给奥拉家里打电话，奥拉接起后，杰克却莫名其妙地挂掉了，没有与对方讲话。杰克下意识地提起这件不足挂齿也有些无聊的旧事，奥拉没有接茬，事情很快滑过去了。文本中有许多这样的情形，人物在本可以深入交流的节点上戛然而止，双方莫名地关闭了交流的通道，叙述在松散、游离中发生了黏滞。

在整个聚会过程中，还有两种声音，始终或隐或显地伴随着他们的相聚。这就是孔雀的叫声和婴儿的啼哭。当这两种声音一次次出现时，我就觉得似乎要在这里发生什么了，果然，问题也就出在这里了。女主人有意延宕婴儿出场的时间，婴儿的哭声又催逼不可避免的尴尬发生。当主人不得不抱出自己的孩子时，一种最内在的冲突被立刻引爆了，丑陋不堪的婴儿，成为这两个家庭友情原本可以继续延伸的终结者。我感觉，这依然是一个极其重要的细部，只不过这个细部，就像是一股暗流，一切都是静悄悄发生的。卡佛的功力在这里凸现出来。

当读到小说五分之四的时候，我还没有明白卡佛为什么给小说取名《羽毛》。直到小说即将结束时，看到弗兰狠狠地诅咒那只臭烘烘的孔雀，我恍然大悟理解了卡佛的用意。很简单，造访的客人，于不经意间深深地伤及了主人极其脆弱的羽毛。实际上，在内心深处，每个人都有属于自己的羽毛，有时人们可能会愿意主动拔下来送人，这一定是属于光彩照人的那一束；有的时候，却不愿意让别人去触碰，这是难以示人的那一部分。而去做客的杰克和弗兰夫妇，却在一种已经很尴尬的场景里带走了主人的羽毛，而且，这羽毛不仅仅是那只讨厌的孔雀身上的，还代表了主人的尊严。对处于同一生活层面的人而言，这简直就是一件变本加厉的心理和精神侵扰。主人可以将自己破损的牙齿的模型在客人面前展示和任意摆弄，却不能容纳客人与自己另一种隐私的无意邂逅。

卡佛不像其他作家，在小说里追求一种自圆其说，将一个产生于假象和虚构的前提繁衍、延宕到叙述的结局，而是在整个叙事中，让读者置于一个悠长而坚执的凝望的过程，一直延续到叙述的尽头。“对于我写的那些人物和那些境遇来说，优雅地解决困难不仅不合适，而且在一定程度上也是不可能的。我承认我非常羡慕那些以经典模式展开的小说，有冲突，有解决，有高潮……作家的职责，如果作家有职责的话，不是提供结论或是答案。如果一个小说能够回答它自己，它的问题和矛盾能满足小说自己的要求，那就够了。”[1] 卡佛似乎是打散了故事，将叙事的“内核”弥散在整个叙述空间里。或者，就是将故事

[1] 〔美〕雷蒙德·卡佛：《大教堂》，第 234、235 页。

隐匿在叙事的背后，让其在文字背后接受读者的想象。阅读卡佛小说，就像是在用力地拧一条有水分的毛巾，而且，故事完全是伴随着某种气息被拧出来的，如果按着以往我们对故事的要求和阅读惯性，我们甚至无法在他的某一篇小说里拧出故事来。在卡佛的小说里，细部可能多于细节，这些细部有时可以构成他全部叙述的实体。相视而坐时，男人或女人脸上不宜觉察的细微的表情变化；擦肩而过时，人物步态中隐藏的心理活动；硬座车厢和卧铺车厢里迥异的气息；夜阑人静的庭院里，两个邻里遥望对方时的复杂心绪……就像前面提到的短篇小说《我可以看见最细小的东西》，细部，在一定程度上，甚至决定了叙述的方向和结局，埋设了小说叙述的无数的可能性。

作为阅读者，我们在这篇《羽毛》里，就是处在这样一种凝望、等待甚至有些疲惫的状态里。难道不疲惫吗？两家人既熟悉又陌生，我们无法知道他们的聚会会在何处终了，也永远不会看到在叙述中摇曳的主题终究在哪里。在《软座包厢》里，我们也会在其中产生了一种愈演愈烈、充满焦虑的有气息的凝望感。我们仿佛就是要全力地注视他是如何开始这次行程的，我们会不断地猜想在这列车的包厢里，主人公迈尔斯的一举一动，将会牵扯出什么样的意外故事。旅途遥遥，自然会令人有所期待。中年男人迈尔斯的一次既犹疑不决又有些怅然若失的旅行，一开始就令人猜忌，令人同情。小说描写他与妻子离异八年后的这次旅程，显然是憋足了一股劲儿的，但卡佛把他带上一列火车，又将他送进软座包厢，似乎很慷慨地省略了许多容易产生冗长感的细部临摹，却陡增了悬疑和凝望的氛围。所以，很快，我们就在迈尔斯的一个人的旅途里，隐隐地“看到”了这个男人强烈的孤独，还有无奈、无助。接下来就是一往无前的逃避。于是，我们的阅读也必须在凝望迈尔斯的行程中注视故事的慢慢结束。

“加拿大诗人作家阿特伍德称卡佛小说里‘所有发生的事情都藏在字里行间，而其中很大一部分是你不想知道的东西……尽管如此，你想知道它们，没有什么能阻止你这样去做……’”[1]

可以说，《软座包厢》和《羽毛》的叙述，就是典型的“卡佛式”叙述。小说叙述都极其平淡而有节制，节奏非常缓慢，且很少有戏剧性的冲突。让人感觉到，是内敛之中的再度收敛。但绝非没有冲撞，这个冲撞常常是在不经意间发生的，属于那种“契诃夫式”的“几乎无事的不知不觉中发生的悲剧”，有时，也可能像欧·亨利，在叙述的尾部，腾挪出一个意外的空间。《软座包厢》描写主人公迈尔斯在一次旅途中丢了手表，并且因火车重组，错过自己的车厢，再度丢掉手提行李后，内心的无限沮丧迅即泛起了难以阻挡的虚无感，他竟然出乎意料地拒绝了那个站台，拒绝站台上可能出现的等待他的儿子，这总算是让人物的内心掀起了别人还无法洞悉的波澜，让人物自己刮起内心的风波，很快地，令人匪夷所思地，迈尔斯又开始归于平静，沉湎于法国南部乡间的景色里。这个人物算一个什么样的人物呢？一个失败者？一个心理上脆弱不堪的可怜男人？但旋即，他又好像顿悟一样立即调整自己的心绪。他在自己的旅途中，貌似陷入了一种难以自拔的状态，实则，浓重悲剧氛围已经潜伏在叙述的每一个神经末梢。平淡无奇的叙述下面，人物内心来历不明、无法解释的心理变化，神秘和可能性，催生出难以想象的奇崛，确如潮起潮落，风云突变，而这一览无余的背后，

[1] 小二：《译后记》。转引自〔美〕雷蒙德·卡佛《当我们谈论爱情时我们在谈论什么》，译林出版社，2010 年，第 185 页。

也许正隐藏着主人公可能发生的另一次深刻的改变。而《羽毛》的叙述，同样貌似平淡无奇，简直也可以说是一览无余地呈现。两个家庭难得的一次聚会，确是被疙疙瘩瘩地呈现出来，可以说，它是在琐碎中铺展琐屑，让絮语、赘语，缠绵、牵引着絮语和赘语，整个叙述都笼罩着无边的压制感。有压制就会产生“内爆”，卡佛采取的是不可理喻的隐忍和耐心，他将想解决的问题放在叙述的“最后”的背后，“雪藏”这个词，对于卡佛的小说是再合适不过了。这两个短篇小说，都有所“藏”。这种“藏”，显现出小说的弹性魅力。

苏童也格外喜欢这两篇小说，他还在一篇文章中推介、分析过这两个短篇。他称卡佛的小说是“流水账里的山峰”，这实在是一个杰出小说家对另一个杰出小说家的理解、宽柔和心悦诚服的赞美，是一种脱帽致敬。苏童一语中的地说出了卡佛的神奇和叙事耐心，形象地道出了卡佛小说最深层的文本品质。

于是，在卡佛小说几近封闭的结构里，我们看到了一股巨大的潜流在文字下面延展，而且阅读时不会产生任何被欺骗的感觉。一切叙述都是开放的，因为生活是开放的，文本也必须选择开放。

三

我感觉，卡佛是依靠自己坚执和朴实的小说理念及其叙述方式，建立起小说世界的结构的。王安忆说：“好的短篇小说就是精灵，它们极具弹性，就像物理范畴中的软物质。它们的活力并不决定量的多少，而在于内部的结构。作为叙事艺术，跑不了是要结构一个故事，在短篇小说这样一个逼仄空间里，就更无处可逃避讲故事的职责。"[1] 而卡佛却偏偏不那么用心去讲故事，不用心，却还是讲出了值得令人推敲的细密的故事。在这里，程式化的语言和不必要的修饰，都被剔除了，剩下的都是文字肌理中新鲜的活力。

现在，我们可能还是要回到卡佛所选择的小说"题材"。纵览卡佛的所有小说，我们看到，几乎没有哪一篇小说超越了我们所说的"日常生活"。这可能与卡佛的"出身"有关，也可能与卡佛的出身和经历无关，也许只是他的心性决定了他对小说表现内容的坚执取舍。多年以来，我们面对中国当代文学的时候，也会经常思量一个作家所选择题材的表现范畴，甚至以此作为评判文本优劣的重要指标，实际上这是件很可笑和荒唐的事情。当然，西方文学开始自觉地注视日常生活，也是直到现实主义崭露头角的时候。隐藏在现实主义背后的世俗精神，与市民阶层的兴起密不可分。中国当代文学转向日常生活之后，人们曾产生相当大的忧虑，以为文学关注日常生活，会消解我们一直以来大肆倡导的"宏大叙事"和英雄对历史的主宰，会让我们失去对现实主义精神初衷的尊崇，其实，这是何等狭隘的文学理念。仔细想想，文学进入到我们精神和灵魂的肌理，并非只有一条通道。如果文学叙述仅仅停滞在重大事件和重大理念，远离鲜活、具体的日常生活，我们就会丧失对存在世界丰富性、复杂性的理解和把握。正是因为日常生活充满了各种丰富的细节，而且，这些"密集的细节如同黏稠的液体，按照自己的轨道缓缓地流动。我们时常可以从众多的细节背后觉察某

---

[1] 王安忆：《短篇小说的物理》，《书城》，2011 年，第 6 期。

种通行于普通人之间的生活逻辑。某些时刻，这种生活逻辑可能突然强硬起来，从而与各种大观念分庭抗礼”。[1]

在卡佛这里，小说的叙述动力和内在力量，都是缓缓地在叙述中有力地前行，并且，在这种缓慢的行进中，轻轻地将生活的缝隙撕开，把一些不易察觉的褶皱平展给你。《你在旧金山做什么》《你们为什么不跳个舞》《我打电话的地方》《瑟夫的房子》《发烧》等大量小说，都是在细小的生活流中，呈现人物的喜怒哀乐、生活困窘、率性和命运，以及他们各自秉持的、不易撼动的个性和生存逻辑。也许，我们有一天会突然意识到，“小”的生活才是真正的生活，因为它是常态，小，不一定就是弱，也不就是逼仄，可能恰好是精致和宽柔，这种力量是不是更大一些呢？这才是“小说”！

走进卡佛的世界，就是进入喧嚣的生活，会看到作家捕捉人物时流露的“天性”、情绪、表情，会听到人物说话时丰富的声音。而卡佛自己永远也不会告诉你他自己的判断，他给我们的就是一个有声音的“生活世界”。用卡佛自己的话说，就是“好小说是一个世界带给另一个世界的信息，那本身是没错的，我觉得，但要通过小说来改变事物、改变人的政治或政治制度本身，或挽救鲸鱼、挽救红杉树，不可能。并且，我也不认为小说应该与这些事情有关。小说不需要与任何东西有关，它只带给写作它的人强烈的愉悦，给阅读那些经久不衰作品的人提供另一种愉悦，也为它自身的美丽而存在。它们发出光芒，虽然微弱，但经久不息。”“有的作家才华横溢，我不知道哪位作家毫无才华。但是看问题独特而准确，并且能用正确的上下文表达那种看问题的方式，

[1] 南帆：《文学、现代性与日常生活》，《当代作家评论》，2012 年第 5 期。

就另当别论……每位杰出的甚至每位很好的作家，都根据自己的具体要求重塑世界。”[1] 如此说来，卡佛也并不喜欢“依照世界或生活原有的样子”来描述出存在和现实。他所说的“重塑世界”是什么意思呢？恐怕不仅仅是阳光下的露珠及其反光吧。

问题还在于，我们要体悟到卡佛笔下所描绘的生活、存在的“意思”或意味，特别是，那些“细小”的生活里都蕴藏了什么，这也可能是卡佛刻意将另一种“发现”的机会留给了我们。生活是需要发现的，日常生活的深味，更是需要我们去发现的，不然，它就将永远沉沦于黑暗之中，或者在我们的感觉之外默无声息地白白流逝掉。卡佛清楚自己作为一个小说家的天职，他的心灵在经过生活的百般磨砺之后，目光变得愈发明亮，愈发明晰造物主的用心，他用自己的天慧和眼力穿越俗世的品性，赋予人与事物很强甚至惊人的感染力。卡佛的短篇小说正可谓“别开生面”的叙述，他的功力，我们已经在他的大量文本里有充分的见识，他完全履行了自己的诸多写作的信条，像他说的那样：“在诗或者短篇小说中，有可能使用平常然而准确的语言来描写平常的事物，赋予那些事物——一把椅子，一面窗帘，一把叉子，一块石头，一个女人的耳环——以很强甚至惊人的感染力。也有可能用一段似乎平淡无奇的对话，让读者读得脊背发凉——这是艺术享受之源。”[2] 巴别尔在短篇小说《莫泊桑》中，关于小说写作，借叙述者之口说了这样一句话：“没有什么能像一个位置妥当的句号一样，带着如许力量直刺人心。”而卡佛就是精心地聚集起太阳刚刚照耀的花朵或者夜晚月光下叶

[1] 〔美〕雷蒙德·卡佛：《火》，译林出版社，2012 年，第 32 页。
[2] 同上书，第 35 页。

片上的露珠，来洞悉人们的内心和表情的。

生活就是由许多极大的事情和极小的事情构成的，也可以说是累积、堆砌起来的。而最难说清楚的就是，哪些是重要的，哪些是不重要的，哪些是有价值的，哪些是无所谓的。还有，那些“有深度”的叙事才是有价值的吗？这些，又都是由谁决定的？在小说里，当然是由作家自己说了算。作家会按着自己的构想，也按着自己的方式，坦然地写出他所感觉到的一部分生活，这部分被呈现出的生活，能够给我们带来什么样的兴趣、震撼、鼓舞或沮丧，会因人而异。而且，卡佛的小说所呈现的形态，常常令人感觉是他把小说和现实混淆在一起了，这种混淆充满了魔力，我们从卡佛的小说文本里，感觉卡佛仿佛是要放弃虚构，他写得很自我，我行我素，“叙事流”就是生活流，他所呈现给我们的，更多“是种种生活场景的有机串联”。[1]也许，我们还会有疑问，写实的东西就一定是可靠的吗？一个作家的诚实，是否就可以决定作品的品质或成败？写实和虚构结合，是否更接近小说的本质？写实，或者说能够写实，将梦想融入写实，将写实融入梦想，都是一件了不起的事情。“我认为在我们过的生活和我们写的生活之间，不应该有任何栅栏。”[2]

我想到了不久前文坛曾热闹了一阵子的“非虚构”写作。这显然是与“虚构”相对抗或是相对峙的一种写作策略或者一种很含糊的提法。其目的无非是想解构虚构，重申虚构的不可靠。那么，究竟什么是可靠而又有意思和价值的叙述呢？与虚构相比，难道“非虚构”可靠吗？

---

[1] 苏童：《河流的秘密》，第 202 页。

[2] 〔美〕雷蒙德·卡佛：《大教堂》，第 236 页。

其实，这里强调的无非是素材的来源问题。到了叙述的层面，应该全部仰仗作家的“天眼”，他注视什么，或者他觉得应该注视什么，他就会以自己的方式将其尽收眼底，不“武断”地对待生活，不肆意地中断生活可能自然流淌的“非人为”段落，还原生活本身可能产生的意思。这样，任何一位作家，就无论如何也不可避免有意无意地制造“遗漏”和“空缺”了，也许，这也是尊重了小说本身的智慧。那么，每一篇小说就都是一个自主的世界。也许，好的小说，都是在作家自由和自主的状态中生长出来的。

苏珊·桑塔格为本雅明《单向街》英译本所写的序言里，对文本意义和价值的表述令人信服：“一本书不仅是现实世界中的残简，同时也是一个自成一体的小世界。或者说，书就是对世界的缩小，读者栖居其中。”[1] 那么，是否可以这样理解或思考：卡佛的短篇小说，就是无数个自成一体的小世界，它们也是被卡佛叙述所激活的现实世界中无数散佚的残简，阅读时，我们本以为是卡佛一个人体悟到的经验，慢慢地，我们发现，它们既是朋友们的事情，也是我们自己的某些经历。如果放大它们，其实就是生活原来的样子。小说可以向生活还原，生活，也许就是小说本身。这一点，卡佛算是想明白了。

[1]　转引自张新颖《迷恋记》，上海书店出版社，2010 年，第 92 页。

简洁与浩瀚
——拉克斯奈斯的《青鱼》

无论如何，我们都难以想象，小说竟然能够如此霸道，作家可以将技巧视若草芥，可以一泻千里、一意孤行地叙述，只要简洁地写到六千字，就能让文学由水滴变成河流汩汩地流淌，向四周浸润、弥散开来，并且，最终汹涌入海。拉克斯奈斯就是用一个短篇小说《青鱼》，证明了语言的无所不能。尽管，这根本不是一个作家充满醉意或者任性的表达。以至于，它的精粹和绵密，令我无法遗漏任何一行文字，因此，我不得不贴着文本，黏住文字，爬梳这座纸上的高峰。

作家余华曾经在他的随笔《温暖和百感交集的旅程》中充满深情地写道："拉克斯奈斯的《青鱼》让我明白了史诗不仅仅是篇幅的漫长，有时候也会在一部简洁的短篇小说中出现。就像瓦西里·康定斯基所说的'一种无限度的红色只能由大脑去想象'，《青鱼》差不多是完美地体现了文学中浩瀚的品质，它在极其有限的叙述里表达了没有限度的思想和情感，如同想象中的红色一样无边无际。"当一个杰出作家面对另一位杰出作家，发出这样由衷的慨叹时，我知道了一个我们永远也无法失去的象征世界的力量。

哈尔多尔·奇里扬·拉克斯奈斯，出生在冰岛首都雷科雅未克，在自家经营的农场里，平静地度过了他的童年时代。在 1955 年，“为了他在作品中所流露的生动的、史诗般的力量，使冰岛原已十分优秀的叙述文学技巧更加瑰丽多姿”，拉克斯奈斯获得了诺贝尔文学奖。

这位我曾十分陌生的、出生在寒冷的北欧岛国的作家，以其平淡却有着北大西洋的海水那样浩瀚的风格，写下了这篇简洁的短篇杰作。伴随着吃惊的阅读，我对他的叙述充满猜测。我一时真的想象不出来，这个作家的叙述，为什么会在一种被称为“青鱼”的事物那里获得无限的生机和活力。我似乎在文字里面猛然间看见了那双眼睛，他没有单单地注视着青鱼，而是看着世间的芸芸众生。这也是令我如此迫不及待地想进入这篇作品灵魂深处的理由。

我感觉到，作品在叙述中，始终存在着一个巨型的镜头，这个镜头的摇摆，有着自己的速度、节奏和角度，甚至可以说，这个镜头就是某种哲学。我们看见，《青鱼》的视角是由远及近的，它由大的群体像慢慢缩小，拉近而聚焦在一个经历了漫长岁月的老妇人卡达身上。她已经老得“连她年青时候的情人都不记得了”。其实，你只要用心揣摩，拉克斯奈斯的每一句“闲笔”都会熠熠闪光。

在这里，青鱼是生命的源泉。它的来去总是让这海边小镇上的人们失魂落魄。当它在消失十七年后又重新出现在人们的眼前时，生命又有了活力。

渔村里没有一个妇女不曾从自己的小天地里跑出来，参加这一桩大忙特忙的工作。母亲们把婴儿留在摇篮里，匆匆忙忙地赶来洗刮青鱼；正待出嫁的闺女们扔下寄托着少女的一切幻想的陪嫁衣裳而来了；老处女们没有把冗长的故事讲完，没有喝完咖啡，在谈话谈到半截儿里也跳起身走来了。

与马尔克斯喜欢在节制与收束中，展示天马行空般的想象力不同，拉克斯奈斯的描写，如同绵羊一样，有一种倔强的力量。一般地说，绵羊也许是软弱的象征，但它的倔强却是绵长的，它可能也可以产生振动大地的力量。我想，这也许正是《青鱼》杰出的地方，因为，在这里，叙述可以惊人地表现人类忍受苦难的耐力，在如此漫长的苦难面前，峡江边上渔村的人们，对未来与希望的等待，也被无限地拉长了。他们必须同苦难比赛自己的耐力，而在这个时候，小说所产生的张力，也就开始无所不在。拉克斯奈斯先将人类忍受苦难的耐力拉到了极限，在它看似细若游丝，立刻就要断绝的时候，象征希望的“青鱼”突然来到，这时，我们看到，人类忍受穷困、苦难的“耐力”爆发时，那种使人震撼的“场景”。一切似乎变得有些不可思议起来，渔村里所有的人也都在瞬间变得疯狂起来，他们甚至还想，在收获希望的“青鱼”时痛快地死去。

身强力壮的小伙子们，拼命地干活干到这种程度，他们会筋疲力尽地倒在青鱼堆上，说不出话来，而突然死去。这个渔村里的体面的公民们，因为失眠和疲劳过度而丧失了理智，睁着发红的眼睛走来走去，忙乱着，敲打玻璃窗，骂着渎神的话，见了人就向人扑过去。已快要死的病人从床上了跳起来，把所有的药向医生脸上一掷，就匆匆忙忙地跑去张罗渔网。也有这种事情，临近分娩的妇女在刮洗青鱼的时候发生了阵痛。人们好容易硬把她们送到家里去，可是过了一会儿，她们就像是什么事儿也没有发

> 生过似的又来刮洗青鱼了。这时候，牛群在菜园里无聊地游荡着，要求人们把它们胀满的奶挤掉一些，它们并且无情地践踏着马铃薯的茎叶，直到哪个小伙子从码头上跑来，用一条挺大的青鱼鞭打着，把它们撵开去为止。

我注意到，虽然这个“场景”或镜头是“俯瞰”式的。但是，人的形象在这里却像怒放的鲜花，迅疾地绽放出来。这时的拉克斯奈斯，仿佛是站在峡江上方的云端里的一个摄影师，他离具体的人间世界还很遥远，所以，他必须要离地面近些，更近些。于是，他的镜头终于对准并聚焦到这个渔村里那弯曲得最厉害的一座背脊上一个生命的细部。这时，这一个“点”，开始慢慢点燃我们阅读的精神、心理甚至生理的每一个火花。

> 在青鱼桶上弯下去又伸直起来的那些背脊中间，有一个人的背脊比别人的弯曲得更厉害。它到现在还没有折断，可真是一件怪事儿。这是一个名叫老卡达的女人的背脊。

但是，空间距离的拉近，并不能使眼前这个弯曲到几乎可以插进大地的背脊，立刻变得鲜活起来。这时，拉克斯奈斯悄悄地将镜头从空间拨转到时间的维度。于是，我们看到了老卡达漫长的一生里几个“场景”的剪辑，这蒙太奇式的手法虽然简单，但它产生了神奇的效果。我想，小说的叙述，其优于电影语言的衔接方式，恐怕就在于它可以肆意打开时空的维度，凭借想象的翅膀，让语言穿越任何感觉和细部。所以，拉克斯奈斯最后把这些分镜头，凝聚成一首古老的曲子，穿插在老卡达生命的缝隙里：

> 我们的卡达，没有人比得上，
> 你很快地就起床，
> 你刮洗的鱼儿的数量，
> 我们跟着点数也跟不上。

老卡达的一生，就是在这海边的小渔村的群像中，慢慢变得真切起来的。拉克斯奈斯先用一半的篇幅，交代了在小渔村生活的群体生命状态。“青鱼”像上帝一样神秘莫测，说来就来，蜂拥而至，难以遮掩；它也说去就去，瞬间就无影无踪，令人徒唤奈何。“青鱼”能带给他们吉祥与财富，“青鱼”也带给他们无尽的等待。他们在没有“青鱼”的岁月里贫穷、衰老，于是，那“青鱼”也在漫长的等待里变成了希望与幸福的象征。老卡达也虔诚地等待着，在她九十岁的时候，“青鱼”终于来了。她的幸福与希望的上帝，竟然让她忘记了自己的衰老，让她和当年一样，拿起那把刮鱼的刀子。

> 她的双手瘦削无力，疙疙瘩瘩，像是两块旧布片。简直不能叫人相信，这双手还拿得住刀子。可是这双衰老的手从早晨六点钟起就在这儿刮洗青鱼了。老太婆——她已经九十岁啦——早晨六点钟就起来，在这儿干了一整天的活了。这一整天，她一言不发，聚精会神，老在工作着，可是仍旧只刮洗了三桶鱼。总共只能赚了两克朗二十五厄尔。可怜的女人，不说她的工作，单论她的年纪，她也应该得了一份奖金呀，可是——唉！她却没有得到奖金。

读到这里的时候，我想，拉克斯奈斯为什么竟敢在总数仅有六千余字的短篇小说中，在写到整个篇幅的四分之三部分时，才让他的人物出场。显然，这彰显着他对自己控制叙述能力的充分的自信。描述的本领与叙事的本领，常让读者可以轻易地判断出这个作家真实的水准。大作家，一定有其独特的完全属于自己的习惯，面对复杂的事件从不纷乱，秩序井然，而且，就连日常俗事他也会写得活泼、有力，富于艺术韵味。往往几句话，就应该交代出文字所要传达的核心。世界，是一个旋转的饱满的立体，也是一个个无所不在的"点滴"之水。当一个作家具备了一定的胸怀和格局的时候，事物才会呈现出它应有的样子。现在，这位拉克斯奈斯在如此局促的篇幅中，还能慢慢转过身来，抽出文字，将老卡达的前世今生交代得从容不迫，并且使其在仅有的四分之一篇幅中，一下子变得如此真切而鲜活，这证实了拉克斯奈斯超一流的描写人物的本领，以及叙事的笔力。而这，也使我们清晰地看见，峡江边这个可怜的老妇人令人哀叹的一生，以及她在漫漫岁月里留下的无声记忆：

在漫长的年月里，卡达看见她添了许多孙儿孙女，可是都没有养活。那些孩子就像是天空中偶然出现的一朵朵小白云，下过了一阵雨以后它们就消散了。

……

她的一生中充满着无休止的争吵，充满着毫无意义的也是莫名其妙的谩骂。男人也好，女人也好，全爱骂人；而骂得最凶和最不堪入耳的是废品检查员和包工头。买卖人、牧师和教区长老也都骂人。现在她至少也该感谢上帝让她的两只耳朵几乎完全聋了，再也听不见那些骂人的话了。

拉克斯奈斯如此宽广的叙述，让我们感受到了生命的漫长，苦难的微不足道。因为，这个老卡达竟然把什么都忘记了，她不记得自己的一生到底有几个孩子，也不记得年轻时候的情人了。时间，这把残酷的雕刀，竟然让这个老太婆有了同上帝接近的机缘和品质。说到底，作家在这里究竟想要写些什么呢？不死的精神，还是永恒的命运？人的生活方式、人的生命结构、人性的深度，以及人在生活激流中那种平静的外表，是否都是世界的沧桑之谜？抑或，小说的命运，就是人类的命运？

现在，老卡达聋了，失聪也许是上帝对她的最后一次眷顾。

她这一辈子的大大小小的事件，就像这些青鱼似的无声无息地从她的手里滑了过去。她连她年青时候的情人都不记得了，她只模模糊糊地记得她和她的丈夫一同在东方的某青鱼公司里干过活。他们有过一幢紧挨着峡江的小屋子。她生过孩子，生过不少孩子，好容易才把他们抚养大了。关于自己的孩子，她只记得——他们出现过，又走开了，她连他们到哪儿去了也不知道。

但她却牢牢地记着对青鱼的等待。青鱼终于来了，在她九十岁的时候，她的衰老的身躯里，竟又淌出了绵绵不绝的力气，那就像时间的游丝一样，细弱绵长，却又不绝如缕，她惊人地把那难以想象的气力，从她那快要断折的脊背里挤出来。那弯到不能再弯的脊背，一定是人类母亲苦难的犁钯，它要深深地插在文学这肥厚的土壤里。

于是，当老太婆拿着刮鱼的刀子，跟妇女们站在盛着闪闪发光的青鱼的桶旁，将她衰老的脊背，加入那“一会儿弯曲、一会儿伸直的背脊构成的起伏的波浪”中时，令灵魂震撼的描写就出现了：

> 有一个长了满腮胡子的男人，刚从海上回来，走下码头，就在老太婆跟前站住，他嗅了一下鼻烟，说：
>
> “妈妈，回家去吧。”
>
> 可是老妇人没有听见。在他重新对她说了一遍的当儿，她又打发了几条青鱼到另一个世界上去。
>
> “妈妈，我们回家去。唉，老太太，见鬼，快半夜了，你会连站都站不住的！”
>
> 可是老妇人对这世界上的一切骂人的话都不再理会了。她继续刮洗着青鱼。
>
> “老太太真不理睬我吗？”那男子自言自语地说了一句，就大声喊道：
>
> “够了，你她妈的穷忙！趁你的两只脚还支持得住，早些停止吧！”
>
> 他见老太婆既不听他的劝告，也不听他的命令，实在忍耐不住了，就抓住了母亲那双可怜的、衰老的手，夺下了她手里的刀子。老太婆这才向他转过身来，尽管就她来说，这是很困难的，并且用她那双恍惚失神的眼睛望了望他，像被一个“小孩子”的淘气行为弄呆了，终于严厉地说道：
>
> “把刀子还给我，希古！”
>
> “见鬼啦，你的脑袋里在想什么，妈妈？”他说着，试着把她

拖走。

可是老太婆抵抗着，她拼命地抓着桶边。那只鱼桶翻倒，滚到下边去了。

“趁你还活着，回家躺到床上去！哎呀，你这个老糊涂！要知道你已经九十岁了呀！你就是从床上爬起来也不容易呀。让我来扶着你吧。”

在这里，我必须大量地援引小说的原文，是因为我不能不珍惜这些简洁的也是吝啬的文字，它呈现的每一个场景，都在证实着无数生命里真实的存在。《青鱼》的浩瀚，正是因为它有着最朴素、直接的象征，它抵达了事物本身，创造了无与伦比的生命的坚韧。“老太婆悲伤地哭泣着，拖着两条腿，在雨中穿过了市镇。”这位九十岁的人类母亲的哭声，像孩子们的声音一样响亮，她的委屈，她的悲伤，让我们终于止不住酸楚的眼泪。拉克斯奈斯用这响亮的哭声指给我们，青鱼有一天还会消失，因为老太婆说：“稍许等一等，希古……听我说，儿子，别拿走我的刀子，要知道今天一分钟也不能随便放过呀：青鱼来了呀……”幸福与希望是转瞬即逝的，在漫长而古老的等待后，老太婆的生命之力催人泪下。

拉克斯奈斯在这里，表现了杰出的控制小说叙述张力的才华，他让老卡达的小儿子“希古里昂”，以一个贫穷的渔夫的态度，出现在小说的结尾。儿子的善意的粗暴，让我们有机会看到老太婆把一生的悲苦都哭了出来。她的记忆，她的悲伤，她的苦难，仿佛都在一刹那间复苏了。

儿子却一句话没有回答。他跟在她后面把她撵回家去。老太婆弓着背，迈着小步，沿着江岸走去；帽子从她头上滑了下来，一路上她嘴里还在嘀咕着什么。委屈的呜咽声里夹杂着从胸膛深处发出来的嘶嘎声，过了一会儿，老太婆就放声大哭起来。她又一次站住了转身向着儿子，噙着眼泪说：

“上帝永远也不会宽恕你的，希古里昂！……”

这个可怜的九十岁的老太婆从胸中发出来的这声沉痛的绝望的呻吟，就像是把整个大地的悲苦都倾吐出来了。

可是儿子对她的呻吟丝毫也没有加以注意，老太婆悲伤地哭泣着，拖着两条腿，在雨夜中穿过了市镇。要知道老年人哭起来，也常常像孩子们那样哭得又响亮、又伤心的。

从对峡江边上这个渔村的整体描述，到对老卡达一生经历的简短的交代，再到青鱼来到时令人震撼的场景描写，最后，作者又将镜头对准在雨夜中穿过市镇的老太婆那使人心灵震撼的哭泣，在仅仅六千字的篇幅里，能这样频繁地转换叙述视角而丝毫不纷乱，并且让人感到，一切都是神不知鬼不觉般地降临，我认为，这一定、也无疑是只有超一流的作家才能做得到的事情。

虽然，拉克斯奈斯像一个技术高超的摄影师，自由地在时间与空间之间拉伸、转换着他那捕捉人间“场景”的镜头，但是，这个高超的“摄影师”，在越来越接近他“镜头”里的世界时，却越来越无法忍受那“镜头”的冰冷。他隐藏在那只镜头背后的“文学的眼睛”，或者说，那种饱含的上帝般的目光，使他终于无法克制地要流下滚烫的泪水，而他也终于忍不住要扔掉那冰冷的“镜头”，去直视那苦难世界里让人悲怜的人们了。悲悯，这个词再次携带着神示的能指，在我的周身奔涌。

但是，我笃信，超一流的作家从不肯轻易地泄露自己的深情和绵长。所以，一般的读者，可能常常无法一睹那顶级作家宝贵的情怀。加西亚·马尔克斯，就几乎不让自己的深情流淌到人物的幽默之外。他常常是一边说着隐喻十足的句子，一边将他的深情，深藏进人物的惹人发笑的言行里。只有不被他魔幻的形式吸引的读者，才可能直接看到他的"深情"，看到他对自己的人物那深长的爱与同情。即使是最古怪而狠心的菲南达，马尔克斯都不忍让她死得过于悲凉，他写了那么多让读者暂时忘了悲伤的句子，来分散读者的忧伤，冲淡死亡的荒凉。所以，可以这样讲，马尔克斯是用魔幻来消解与转移他偷偷藏进《百年孤独》里的深情，显然，这是一个不想让人看到他过于怜悯自己小说里人物的作家，他用魔幻的外衣，转移人们的视线，让人们在读他的小说时，因那外衣的光芒或复杂而忽略他深情的注目，从而，令读者在读过很久之后，才回味出他的隐秘的忧伤。

拉克斯奈斯自然也是这样。他深情的闸水，是被阻拦到极高的限度时，才让它倾泻而下。实际上，这也是所有小说产生张力的最有效的方法。那些优秀的作家，一定都懂得怎样控制他们的深情，因为流露得越容易，也就变得越廉价。但是，与马尔克斯相比，拉克斯奈斯采用的方法显得老实而古旧，他只是依靠自己的不懈努力，保持同其笔下世界的时空距离来阻止自己过早地沉浸到他的人物世界里。他尽可能冷静地、客观地瞩目着他所悯怀的人间的"场景"，直到他终于无法控制自己地拉近了焦距，将镜头对准了他最动情的某个人间的细节，这时，他才终于酣畅淋漓地让他可怜的老卡达，像孩子一样响亮地哭泣起来。

但是，需要注意的是，这篇短短的《青鱼》，最杰出的地方并不在于它怎样描写了人类的苦难。因为，文学的眼睛看见的不应该只是苦难，只是对苦难进行单纯而单调的叙述，那不过是灾难的纪实而已。优秀的作家，将会看到这苦难背后的东西，那是属于文学的眼睛才会看得到的东西。《青鱼》就是在如此简短的叙述里，深藏了许多别人无法看见的东西，拉克斯奈斯以卓绝的笔力捕捉到了它，并把它固定在这样一个又一个非凡的细部之中："老太婆弓着背，迈着小步，沿着江岸走去；帽子从她头上滑了下来，一路上她嘴里还在嘀咕着什么。委屈的呜咽声里夹杂着从胸膛深处发出来的嘶嘎声，过了一会儿，老太婆就放声大哭起来。"无疑，像这样的细部、动作和场景，只有杰出的、伟大的、文学的眼睛，才看得到的，它本质性地不同于新闻，也不同于历史。文学的眼睛看见的是细节，历史的眼睛关注的则是事件。而文学不同于历史的诗意也许就在于此。因此，我们说，伟大的小说家，都能看到别人看不到的细节或细部。从本质上说，杰出作家在写作风格方面的区别，也就是他们所看见的不同细节之间的区别。卡夫卡看见了人怎样在一夜之间变成了甲壳虫的荒诞的细节，马尔克斯看见了人类的鬼魂，在孤独的黑夜里怎样无助地走来走去的、布满魔幻气息的细节，陀思妥耶夫斯基，则专门瞩目人的内心在被欺凌与被侮辱的世界中，如何被扭曲，直到抽搐的细节……余华也曾不止一次提到他第一次真正阅读鲁迅小说《孔乙己》时的震惊。余华曾为鲁迅简洁、凝练而敏锐的表达感慨不已。他认为，孔乙己在双腿健全的时候，作者完全可以忽视他来到咸亨酒店的方式，可以不必交代他进入其中的情形，但当他的腿被人打断之后，伟大的作家就不能回避了。他无限钦佩鲁迅只用了一句话，就写出了那个令人战栗的细节："他从破衣袋里摸出四文大钱，放在我手里，见他满手是泥，原来他便用这手走来的。”这样的交代干净有力，这是只有鲁迅这样的伟大作家才可能做到的。余华自己在捕捉新闻事件、苦难故事中的文学细节上，也有着过人之处。他的《兄弟》和新作《第七天》，其实也是在用更多的细节告诉我们，文学的眼睛所看见的是细节，这些完全不同于新闻记者所采写的奇闻异录、灾难纪实，尽管它们可能同出于一个事件。所以，文学的眼睛，应该看到动人的细节或细部，包括发笑的细节，愤怒的细节、痛苦的细节、哭泣的细节、妙不可言的种种“陌生化”细节。正是细节，造就了纸上无比鲜活的人物，也许，正是好的细节的呈现，才产生了那些传世杰作，造就了无数跨越国界与民族的文学经典。最终，文学的世界，就是由细节来统治的，没有细节，精神与思想便都成为没有生命的抽象的泥胎。《青鱼》从浩瀚的叙述中走来，但最后必须走进对细节或者细部的临摹之中，这样，才能使老卡达古老的形象鲜活起来，才能使她苦难的一生产生催人泪下的力量与生命质感。

因此，可以说，《青鱼》能产生如此浩瀚又真切的品质，最重要的，便是小说第四部分的叙述。拉克斯奈斯在经过了艰难的铺叙之后，最后对准具体人物的细节，便成为决定其成功与否的关键。因为，叙述的功力再深厚，也无法使故事产生使人震撼的“场景”，只有细节描写，对人物的外貌、语言、动作做最切近而杰出的细节描述，才能实现惊人的效果。只不过，拉克斯奈斯在小说的最后，才让人物开口说话，除了要控制他们不过早地流露他们的情感外，还为在有限的篇幅中抽出更多的笔墨去营造小说的浩瀚品质，当作者终于感到那浩瀚的空气已经弥漫而来，他才全力地去经营那些能使这浩瀚的内部生出质感与真切的细节。这时，拉克斯奈斯仅以几个句子，便展示出其过人的捕捉细节与描写对话的才华：

> 老太婆这才向他转过身来，尽管就她来说，这是很困难的，并且用她那双恍惚失神的眼睛望了望他，像被一个“小孩子”的淘气行为弄呆了，终于严厉地说道：
>
> “把刀子还给我，希古！”
>
> “见鬼啦，你的脑袋里在想什么，妈妈？”他说着，试着把她拖走。
>
> 可是老太婆抵抗着，她拼命地抓着桶边。那只鱼桶翻倒，滚到下边去了。

拉克斯奈斯将老太婆反抗儿子阻止她回去刮洗青鱼的细部描写得使人震撼，我想，这是世界文学史上极为罕见的一个经典场景，它催人泪下，令我们感慨生命。而且，我们看到，拉克斯奈斯为老太婆那绵长的耐力所找到的比喻也无比精妙：

> 可是只有绵羊的倔强劲儿才能够跟老年人的固执劲儿相比。她站了起来以后，又向摆着鱼桶的码头那边走去。如果不是儿子挡住她去江边的路，像挡住一头倔强的绵羊的去路一样，那她就一定会回到自己的老位置上去的。

最后，当老太婆终于明白她不得不认输时，她委屈而绝望的哭声产生了溢出哭泣的形式之外的力量，那力量像海水一样广阔而浩瀚，它成就了拉克斯奈斯《青鱼》的经典品质。于是，我们在小说的结尾看到那穷苦的渔夫跟在老太婆的后面把她搀回家，老太婆响亮的哭声与那句“上帝永远也不会宽恕你的，希古里昂！……”终于让我们的阅读产生出了最不可思议的怀疑——如此浩瀚的品质，绝不可能出现在这样简洁的短篇之中，但这又确是拉克斯奈斯所创造的无可争议的文学事实。

《青鱼》的浩瀚，正因为其有简洁的站姿而被无限地放大，这恰如将两种不同品质的事物以某种不可思议的力量，将它们聚拢在一起时所形成的张力，当它们之间的距离越发遥远时，那种效果也就会越发惊人。所以，拉克斯奈斯不仅把《青鱼》的篇幅压缩到了极限，同时，他也给它选择了一种无法取代的最简洁的结构。拉克斯奈斯似乎丝毫不理会当时风行的魔幻、象征手法与层出不穷的小说叙事技巧，他骄傲地竟然连略显深邃的心理描写也不使用，而只是通过简洁的叙述与对场景和人物的外貌、语言、动作、神态的直接描写，去完成他的杰作。我坚信，这些最老实而古旧的方法，一定会让那些追求现代小说技巧的作家瞠目结舌，因为，拉克斯奈斯用看起来最笨拙的方法，为我们发掘了一个如此浩瀚的文学世界。他是完全地站在小说人物的外在世界里，他也仅仅是把一双眼睛能看到的东西描述出来，但在这只有六千余字的篇幅中，他却几乎把人类几千年来的悲苦都倾倒在纸上了。九十岁的老卡达背脊要弯折了，她诅咒着她的“希古里昂”，她委屈地呜咽着，当她毫无办法地沿着江岸走回去时，这个可怜的九十岁的老太婆，终于像一只衰老的母牛一样，发出了震动大地的悲苦的哀鸣。这时，我们也许会对文学写作产生另一种更大的期待：叙述就应该是“核能”，它细小的体积或身躯，却具有那么无限的巨大能量和动力。

仔细地看，拉克斯奈斯的描写，也异常准确而有分寸。他既然选择站在小说人物的外在世界，就坚定地丝毫也不踏进他们的内心深处，他只是描写了他们的语言和眼泪是怎样从他们的身体里流淌而出。但他是最了解他自己笔下人物的作家，不仅仅是了解，他还极度同情他们，我坚信，在平静而浩瀚的小说之外，这个寒冷岛国上的作家一定是在写下“上帝永远也不会宽恕你的，希古里昂！……”这样的句子时，流下感动而滚烫的泪水。小说叙述的力量，由此倾泻而出，无拘无束。

最后，我还是想用作家余华的那句话，作为本文的结尾：“《青鱼》差不多是完美地体现了文学中浩瀚的品质，它在极其有限的叙述里表达了没有限度的思想和情感，如同想象中的红色一样无边无际。”

这样的写作和这样的阅读，都满怀深情，都令我敬仰不已，这是文学的骄傲，也是整个人类文化的骄傲。

回忆，在时间里的形状和声音

——博尔赫斯《交叉小径的花园》

一

对于许多人来说，博尔赫斯的文本，是一个巨大的谜，博尔赫斯本人，则是一个传奇。像是一个情结或者心结，许多年来，我一直都想最大限度地接近他，但面对这位世界级叙述大师的虚构文本时，我感到很难找到一个恰切的角度，对其进行阅读的“考古”，因此，每每感到力不从心，常常是无功而返。

出生于布宜诺斯艾利斯的博尔赫斯，跟英国家庭女教师先于自己的母语西班牙语而学会了英语。于是，六岁的时候，他用英语写出了希腊神话手册和第一个短篇故事；九岁的时候他翻译并公开发表了奥斯卡·王尔德的《快乐王子》。他在用母语西班牙语创作之前，就用英语和法语写过十四行诗。阿拉伯名著《一千零一夜》和西班牙英雄史诗《熙德之歌》，以及阿根廷古典巨著《马丁·菲耶罗》，都是他童年时的枕边书。毫无疑问，这些作品神秘的幻想和想象，为他彻底打开了上帝早已给他准备好的灵感的天窗。也许，从这个时候开始，博尔赫斯这位被称为“为作家写作的作家”，由于他超强的语言天赋，他的生活和命运，就不断地驱使并敦促他建构一个个神奇的语境，在这些语境里，他的文字，就像是一种无限神奇的发光体，让我们读到、触摸到永恒的时光，以及时间和空间中人短暂而深不可测的命运。他生活和写作的许多细节都令我们称道和敬畏，他低调的姿态，更充满传奇的色彩。有趣的是，当博尔赫斯在阿根廷已经是一位著名作家时，他工作的那个小图书馆的人们根本不知道，这个名作家就是他们的同事。一位图书馆馆员，在一本杂志上看到有位名作家的名字和生日，竟然与博尔赫斯完全相同，甚感惊奇和诡异。

其实，这位阿根廷作家，无疑是近几十年来对中国作家和读者影响最大的外国作家之一，而且，他本人的写作及文本，也与中国文化和文学的关系最为密切。有人考证出博尔赫斯的小说，在20世纪50年代中期就曾在香港《文艺新潮》上被翻译成中文发表。钱锺书在《七缀集》里也曾两次提及博尔赫斯，一次在《林纾的翻译》正文里，一次是在《中国诗与中国画》的注释里。特别是，20世纪风高浪急的中国先锋文学思潮，将这位南美作家在中国境内的声誉，推向一个高潮。先锋文学的代表人物格非，从博尔赫斯那里获得启悟，在小说中大量使用“空缺”“重复”的艺术手法，形成了优雅而悬疑的，又疑似“迷宫”式的叙述风格，被学者、评论家称之为当代“中国的博尔赫斯”。时经多年，我始终想透过格非的《青黄》《迷舟》《褐色鸟群》，找到格非对博尔赫斯的体悟和理解，从前者对后者的仰望中，理解作家的叙述堂奥，并且想以此厘清小说的概念究竟该如何定义。

那么，我们应该如何阅读博尔赫斯的文本，他又是如何“空缺”，如何“迷宫”的？博尔赫斯的小说都表现、包容了什么？他缘何如此这般地表现世界和存在？还有，他的小说与他的散文随笔、诗歌之间，存在着怎样的关系？博尔赫斯奇异的文体风貌背面，沉淀着多少文学的异质性元素？其实，最初阅读博尔赫斯小说的时候，我简直就是一头雾水，可以用茫然不知所措来形容我当时的阅读感觉，我甚至开始疑心自己的想象力、感受力和理解力出现了问题。无疑，博尔赫斯的小说、散文、随笔和诗歌，从整体上直接地挑战了我的阅读，挑战着我以往被灌输的文学及有关写作的概念。这是小说吗？虽然我对小说概念的理解是宽泛的、开放的和包容的，但博尔赫斯的叙述实在是颠覆性的。我意识到，对博尔赫斯的阅读，将是一次奇异的文学扩张和冒险，是一次美学的历险，或是词与物之间可能性的无限延展。他以他的大量文本，拓展了小说的美学边界，为小说写作提供了更大的可能性。在博尔赫斯看来，小说叙述其实是一个哲学问题，是一场严肃的游戏，也是语言的盛宴。可以说，博尔赫斯写作的奇崛性和革命性，应该是 20 世纪世界作家中最为鲜见的。实际上，这些问题，在 20 世纪 90 年代就已经有人探讨和揣摩，时隔二十余年，如果我们跳出当时的历史、文化语境，不仅仅是从小说技法、小说观念，以及“怎么写”的层面去思考博尔赫斯的小说，而是联系爱因斯坦、霍金、索恩等人的现代物理学的新理念，将小说家和物理学家的思维逻辑重新比照，就会对博尔赫斯的文本所体现出的叙事学精神和创造性有更加清新的认识。我们会在小说家对事物的重新描述和命意中，发现形象思维在我们对于宇宙的新的认识，诸如“黑洞”“暗物质”的科学考量和猜想中的“用武之地”，找到文学表现世界和存在的新的可能性。爱因斯坦发现，物质和能量弯曲了时间和空间，根据他的方程，黑洞是时空弯曲的终结。这样看来，小说家对物质和时空的理解，很难凭借现有的想象力，“突破”已有的描述事物的基本途径。他可能还会自以为是地将自己对世界和现实的思考肆意放大，从而制约传奇般的想象力，因此，由于太过于依赖现实，而在实际的、强大的现实面前忍气吞声或者附和、绥靖。而博尔赫斯的写作，似乎为作家找到了新的想象的可能性和叙述的定力，使得作家有可能逼近事物以及人与事物之间的神秘联系，摆脱沉重感，实现感受力、想象方式的重塑，以达到写作者的本体自觉，特别是写作者对纯粹叙述结构形式的创造，使文本抵达了难以想象的高度。这里面，也同样孕育着难以想象的叙述的激情。恰恰如他自己所言：“不管怎样，我认为每个人总是写他所能写的，而不是他想写的东西。”

博尔赫斯读过庄子，读过《周易》，并且，他喜欢在自己的小说里，大量植入中国文化的若干元素。这会令中国的读者格外亲切和兴奋。我现在清楚了，一个懂得中国文化并试图破译《周易》的南美作家，在他的笔下，模糊的记忆、虚构和幻想、幽灵般的意象与各种声音纷至沓来，纠缠环绕，灵感一触即发。中国文化的博大精深和玄妙神秘，使博尔赫斯的小说在幻想美学和寓言层面，获得了更大、更广阔的可能性。现实、记忆、体验与幻想和虚构的关系，构成了一种新的叙述方法，他以古典的幻想和理念，表达出现代的怀疑和冥思，以知识为经验，重构时间和记忆，可谓透彻和灵悟共生，迷梦与现实同构，逻辑并智慧永存。那篇著名的短篇小说《交叉小径的花园》（也译为《曲径分叉的花园》和《小径分叉的花园》），就是一个经典的范例。但是，这实在是一篇很难解读的小说，是一篇极为奇特的小说，也是在不同的语境中，会让人获得不同的阅读感受和体悟的文本。

确切地说，这篇《交叉小径的花园》，完全可以被认为是博尔赫斯叙事美学的代表作，它充分而几近完美地体现出典型的博尔赫斯幻想和迷宫的叙述风格。这是天才的博尔赫斯对小说，或者说，对任何虚构文本的生动而充满迷幻的演绎和阐释，也凸显着博尔赫斯的叙事伦理；是他对所有叙事奥秘的狂欢化演示，也是对整个世界，或者存在状态的种种模拟；说到底，是对一种事物真相的寻找，也是对事物或人的种种可能性的捕捉。那么，这些事物，果真就有真相吗？他们究竟有多少可能性呢？这时，我不免想起德国电影《罗拉快跑》，导演演绎出三个版本，故事三种戏剧性的结局，预示了存在的多种可能性都可能顺理成章，也可能发生惊天逆转。

显然，博尔赫斯没有陷入虚无，也没有像画家塞尚那样，硬是将现实涂抹成“彩色印象”，而是自律地选择积极地对一个谜底进行寻找。于是，这个小说故事情境和人物，扑面而来，纷繁复杂，甚至凌空蹈虚。《欧洲战争史》、青岛高等学校的教授俞聪博士、普鲁士间谍、马登上尉、《红楼梦》、曾祖崔朋的小径分叉的花园、时间分叉而不是空间分叉的意象、命运和迷宫等等，不一而足，若干元素相互交织，所有的可能性，汹涌而来。博尔赫斯究竟想在这样一个文本里做什么呢？是谁想写一部小说？是谁想盖一座奇异的迷宫？那个神秘的小径分叉的花园，到底是什么呢？我相信，许多人可能会与我一样，读这个小说（就是小说，不是小说它又能是什么呢？）最初的阅读感觉，一定是略感眩晕的，很难在字里行间找到感觉的平衡。小说所讲述的故事，似乎是以一场书本上记载的战争为引子和线索，“我”这样一个“间谍”，始终在躲避马登上尉的追杀，去输送一份重要的情报给德国，告诉他们应该攻击的城市是艾伯特。而在叙述中艾伯特并不仅仅是一个城市，还是一个人，是一位著名的汉学家。在文中，“我”在输送情报的过程中，竟然与作为汉学家的艾伯特进行着从容的对话。这期间，博尔赫斯继续不断地加剧着故事的复杂程度，他又虚构出一位“我”的曾祖父。曾祖父是云南总督，精通天文、占星、经典诠诂、棋艺，也是一位著名的诗人和书法家，他抛弃了一切，抛弃高官厚禄、娇妻美妾，一心想写一部比《红楼梦》人物更多的小说，建造一座谁都走不出来的迷宫。他为此在“明虚斋”里闭门不出，花费了十三年的时间，但是最终却被一个外来者刺杀。他死后，后人只是找到一些杂乱无章的手稿。他的小说如同天书，他的迷宫也无人发现。后来清楚了，原来曾祖的写书和建造迷宫其实“是一件东西”。那部小说自相矛盾、错综复杂的章回，就像这座“小径交叉的花园”，小说中的主人公选择了所有的可能性，这样，就产生了许多不同的后世，许多不同的时间，衍生不已，枝蔓纷繁。而“我”所进入的明虚斋的花园，又无法不让我们联想到迷宫的传说。

“我”始终游弋在被马登追杀的途中。“我”传递出了关于应该攻击艾伯特这座城市的情报，“我”在报纸上似乎得知了这一消息；报纸上还有另一个消息：那个同样叫作艾伯特的汉学家，被一位叫俞聪的人杀掉了。这样，又一个谜面产生了，原来，一切的一切，都是解不完的混沌之谜。

这篇《交叉小径的花园》，拥有着看似凌乱而繁复的人物、故事和情境，但是，我们却依稀分辨得出博尔赫斯叙述的最终指向——时间是存在的迷宫。其实，博尔赫斯想要阐释的一个重要的思想，或者说，他所要表达的，就是小说、虚构与存在的关系。这一切，他都想通过这个复杂的叙述，不折不扣地呈现出来。交叉小径的花园，“是一个庞大的谜语，或者是寓言故事，谜底是时间”。“在大部分时间里，我们并不存在；在某些时间，有你而没有我；在另一些时间，有我而没有你；再有一些时间，你我都存在。”“因为时间永远分叉，通向无数的将来。”我们会感到，博尔赫斯在呈现时间的存在方式时，他想给你的还有空间的多维性。人的思维、意识能够体察的事物的原发性，在博氏的“叙述”里是一座迷宫式的花园，而且，这个花园竟然是梦的花园。如此看来，这篇小说所凸显的，不仅是时间的多维性，还有空间的多维；时间和空间，以及时空中的我们，都是一个不可思议的幽灵。那么，生命之谜、历史之谜、命运之谜、存在之谜，原来都是时空之谜，吊诡的是，它们都蕴藉在博尔赫斯文本的修辞里。在谜中发现世界、感悟世界，这样，也才能将我们的感受和目光一起引入非常态的世界，在那个时空中，发现自我的多维性，认识自我的丝丝微茫。

这部仅有几千字的短篇小说，完全可以被视为博尔赫斯小说美学和叙事伦理的总纲，我想，理解了它，就找到了进入博尔赫斯所有叙述之门的钥匙。我曾武断地认为，博尔赫斯哪怕只有这一篇《交叉小径的花园》，也足可以被称为“短篇小说大师”。

二

博尔赫斯主要有这样几篇文字，描述和总结自己的生活以及写作：《我和博尔赫斯》《我的生活》《我的创作》和《两个博尔赫斯的故事——1983年8月25日》。这其中的最后一篇，我是在万分的惊异和震撼中读完的。从此，我的脑海里，就经常会出现这样的场景：一个年轻的博尔赫斯，看到小火车站的挂钟已经指向深夜十一点的时候，“一步步走到旅店”。“跟前几次一样，我感到十分熟悉的地方让我们产生的那种无奈又轻松的心情。”博尔赫斯开始了一种寻找，他在寻找自己，一个真实的自己，寻找曾经丢失的时光，找寻记忆。他沿着一条记忆的道路向前走着，“无奈又轻松”，这是一种什么样的心境和体验呢？“我认出了我。那个更老的我面朝上躺在狭窄的铁床上，身材消瘦，面色苍白，眼睛茫然地望着高高的白色贴缝板条。我听到了说话声。那声音肯定不是我的。是我经常在我的录音带上听到的那种声音，有点刺耳，且很单调。”读到这里的时候，我陡然生出极其苍凉的感觉。“经常在我的录音带上听到的那种声音”应该是一个年老的博尔赫斯，听见的一个年轻些的博尔赫斯曾经发出的声音；现在，却是一个年轻的博尔赫斯，在录音带上听到了苍老些的声音。显然，时间在这里发生了错位，六十一岁的博尔赫斯，去一个小旅馆里造访了八十四岁的博尔赫斯。只不过，这一切都是在梦中完成的，这就是幻想或者幻觉的发生和制造，它无时无刻不左右着博尔赫斯。我在想，博尔赫斯的回忆，采取了一种倒叙的方式，来表达一个生命本身，在某种特定的状态下，可以逆流而上，可以逆时空轮回。这仿佛进入了佛家的轮回、转世和重生。在此，东西方的智慧交融一处，进行着优雅的对话。也可以这样理解：博尔赫斯把自己交给了自己。两个博尔赫斯的会面，意味深长。而《我和博尔赫斯》这个众所周知的短篇，是博尔赫斯对斯蒂文森《化身博士》的重构。这又是两个博尔赫斯的直接对峙，博氏将自己作为自己的另一位观察者，他试图揭示：在幸福和不幸的极端，“我能感觉到——仅仅在一瞬间——发生在我身上的事情也发生在和我无关系的另一个人身上。”“当我写作时，我总是强行改变我的某些特质，省略另一些特质。这一事实不禁使我想到了作为一个想象的人物博尔赫斯。”“我希望自己永远是博尔赫斯而不是‘我’。”最后，博尔赫斯再次将自己扔进了自己的迷宫：我不知道究竟是我俩中的哪一位写下了以上的话。显然，博尔赫斯如愿以偿：他自己就是自己的镜子。

在我写下“回忆，在时间里的形状和声音”这个题目时，我就在想，回忆、记忆的形状和声音，也许只有在博尔赫斯这样的作家笔下，才能产生可触可感、充满神性的意象，其中，必然埋藏着深邃的哲学的神韵。而且，它们更是一个个发散着强大激情和活力的潜对话。

在博尔赫斯的叙述里面，时空完全可以倒错，时间可以统治空间，空间可以战胜时间，所有的可能性，都能够在自由的叙述中完成。

时间，从来就是博尔赫斯沉迷其中的一个形而上又是形而下的语境或问题，可以说，时间，几乎“统治”了博尔赫斯的写作。爱因斯坦所认定的“物质和能量弯曲了时间和空间，而黑洞则是时空弯曲的终结”的推断，在博氏的文本里呈现为一种美妙而奇特的景观，而实现“呈现”时间的手段，则是对记忆的“复制”或者重构。“记忆是存在的，而记忆又只能是个人的。在很大程度上，我们都是由记忆组成的。”博尔赫斯的这段话，概述了记忆和时间的品质。这种对时间的“浸淫”，完全是博尔赫斯心怀文学之本，完成对纯粹文学形式的再造，这种理念，实际已经彻底越出了以往文学的边界，大踏步地扩展了叙述的维度，使写作成为一个真正美妙的职业和事业。

在《死亡与罗盘》《圆形废墟》《巴别图书馆》《两位国王和两座迷宫》《永生》《秘密奇迹》等作品中，时间、记忆、迷宫、镜子和梦，都成为叙述的爆发点和动力之源，博尔赫斯以此舒展开存在世界和“可能存在的世界”的形状，或是圆形的建筑，或是广场，或是岔路，或是“骗人的迷宫”，甚至可能是疯子或神所建造的宫殿。就是说，一个作家如何面对、呈现他身处于其间的世界以及生活和人，不仅取决于他的想象力、审美逻辑，而且与对自身生命的理解密切相关。博尔赫斯的小说，一个最大的特征，就是叙述中所隐藏的神话性，就是说，博氏的叙述，是一种悖逆了传统结构方式的神话叙述。博尔赫斯曾夫子自道：“从不在自己的生活中寻找创作题材，我从来没有这种想法。”“至于灵感，我不知道它从哪里取得的。也许来自我为它念的所有书籍，我认识的人的闲谈，我听到的东西。”也许，我们难以置信，他一生都没有读过报纸，也从不主张读报，他认为，报纸上都是一些转瞬即逝的消息，都是一些急就篇。这时，我们不得不考虑时间的神话性质，博尔赫斯所萦怀的就是时间，时间问题启发他写下了大量的文字，他深感我们每个人都生活在充满神话的世界里，他运用论证糅合着抽象的思维和神话，令我们难以觉察到他在两个层次里所进行的思考。而且，博尔赫斯已经意识到自己的思考和文本呈现，已经越出了自己意识的边界，文本的意义也由此诞生。可见，梦、记忆和时间，都是神话的基本的必然性元素，博尔赫斯沉迷于梦和迷宫之中难以自拔，他早已经与神性的思考达成了默契。他借《秘密奇迹》中拉迪克之口，说出了他对梦的诠释：人的梦是属于上帝的。马蒙尼德斯曾经这样写过，梦中的话是神圣的，只要它清晰明确，而且我们看不见说话的是谁。因此，围绕着对人、世界、宇宙和历史的玄想，叙述中的一切都成为浑然一体的存在的图式——由话语铸就的万有引力之虹。

博尔赫斯对词语和句子的感悟、修炼和对事物的指涉，也到了炉火纯青的地步，像“我一连好几天没有找到水，毒辣的太阳、干渴和对干渴的恐惧使日子长得难以忍受”“行刑队用四倍的子弹，将他打倒”令人无限惊诧。从这种炼字、炼意所产生的魔力中，我们也深入地体悟到博尔赫斯叙述语言的抒情性和寓言品质。

而我读到王永年翻译的《死亡与罗盘》时，又立刻想到格非的那篇著名的短篇小说《迷舟》。两篇小说精神上和灵感上的传承关系，一目了然地呈现在我们面前。尤其结尾处精妙的相似令我沉醉：

> 他倒退几步。接着，非常小心地瞄准，扣下扳机。
>
> （《死亡与罗盘》）

> 警卫员站在离萧只有三步远的地方，非常认真地打完了六发子弹。
>
> （《迷舟》）

格非对博氏的崇尚，几乎无法洗尽铅华，翻译语体的痕迹竟然也没有半点儿遮拦，格非复现并保持了博氏一贯的内敛、从容和克制。

三

博尔赫斯，本来就是一位耽于梦想的人，在失明之后，这种倾向和感觉则是愈发强烈，有增无已，他说：“由于我拙于思考，我便沉浸于梦想，从某种意义上说，这样可以使我的生命在梦中流逝。这是我唯一能做的事。”沉溺于梦想的博尔赫斯，对迷宫、镜子和写作，迷恋到无以复加的境地，他喜欢在小说里写迷宫，写梦境，所以，他在《两个博尔赫斯的故事——1983 年 8 月 25 日》里，写了一个老博尔赫斯与一个年轻的博尔赫斯进行交谈、对话。这时，我们就不免会猜想：对于博尔赫斯而言，写作是梦想的延伸，或者，梦想是写作的延伸？写作与梦想，究竟是两回事还是两位一体？这也很容易让我们想起“庄生梦蝶”的境界。物我两忘，在我们这个时代，也许，仅仅是一个梦想，但我相信，一位真正迷恋写作的人，可能不经意间就会把现实和梦想混淆了，而且，极可能将写作视为是自己的一种宿命，是一次与自己的重新邂逅。这也让我想起一位东方作家的写作状态，就是日本的三岛由纪夫，他则是不由自主地混淆了生活与写作的关系。

对于一个作家或者任何一个写作者而言，文本的构建，都是对种种经验的处理或对个人历史的重构。经验从何而来？素材、题材的来源究竟在哪里？我们曾有的一个误区是，常常将个人的实际经历当成经验，并且认为只有经历过的才是真实可靠的。从博尔赫斯的写作看，真实性、虚构、素材的来源以及小说的结构方式，实在是一个多元的存在。因为博尔赫斯的创作素材，主要是来自书本而不是生活。“书是记忆和想象的延伸”，“我们是虚构的书本，是一首诗、一段话或一个字，而这没有终止的书本就是没有终止的世界的唯一见证，确切地说也是世界本身。”由此看来，生活是形而下的，书本是形而上的，而形而下的生活和形而上的书本，都是经验性的存在。作家的写作，终究是在深思熟虑地处理自己的种种经验，而不是复述或复制某种个体性的生存经历。前面提到博尔赫斯常常在写作中，将现实、梦境和记忆混淆，而三岛由纪夫却将现实、经历和写作混淆了，他们之间的重大区别在于，前者是写作主体对经验进行了重构，而后者则是写作主体对自身进行了重构。于是，博尔赫斯生活在种种可能性里，充实、丰盈而灵动，三岛由纪夫活在必然性里，一头扎进了虚妄、逼仄和死亡。

20世纪五六十年代，博尔赫斯就开始在欧美名声大振，影响极盛。他与贝凯特、纳博科夫一起，被公认为是从现代主义向后现代主义过渡阶段的大师级人物。但是，大师却终究与诺贝尔文学奖失之交臂，许多人对诺贝尔奖微词连连，不断地为博尔赫斯打抱不平："诺贝尔奖机构从福克纳、聂鲁达和叶芝等人那里获得的声誉，反而超过他们从它那里获得的声誉。它忽略了布莱希特、纳博科夫，也许还有博尔赫斯，因此遭受的损失，也比他们遭受的大。"[1] 对于博尔赫斯这位大师而言，这或许是一件无所谓的事情。但是，如果我们认真地"追究"一下，这个奖项与博尔赫斯文本之间存在着怎样的关系，首先，恐怕应该考虑到博尔赫斯文本的文体因素。在博尔赫斯看来，所谓长篇小说、中篇小说和短篇小说，原本就不该存在什么文体界限，所以他是"不予区分"的。尽管他所驾驭的题材几乎都是"重大"的题材和主题，但由于他追求写作的优雅、精致，形而上地抽象生活，以及散文化和诗化的语言风格，所以他不愿意构建卷帙浩繁、结构宏阔、有着庞大体量的长篇小说。而且，博尔赫斯在漫长的写作生涯中，还不断地修改甚至大量删节自己的作品，时而将小说压缩成散文，时而将散文改写为诗歌，消解冗长，淬炼文体，及至词与物能够和谐共生。因此，

[1] 〔美〕理查·依德尔：《从诺贝尔奖谈到博尔赫斯》，《纽约时报图书评论》，1977年8月7日。

从某种意义上讲，博尔赫斯是精致写作的典范。这就与诺贝尔文学奖重视史诗般历史感，张扬大体量的文体风貌，形成相对悖反的美学特征。实质上，博尔赫斯这位跨文体写作的大师，其先锋性实验早已将叙事性文本品质提升到一个新的层次。

无论怎样评价博尔赫斯其人其文，最终，我还是愿意称他是20世纪以来最杰出的“短篇小说大师”。

这里面竟然装满了俗世的杂音

——约翰·契弗的《巨型收音机》

雷蒙德·卡佛和约翰·契弗，是我熟悉的两位美国当代短篇小说大师，无疑，他们都是美国当代文学史上举足轻重的人物。虽然，他们是同时代作家，论辈分，后者应该是前者的前辈，但是，雷蒙德·卡佛，近些年则更为中国文学界和读书界所熟知。也许是因为两位大师小说题材和文本表现形态的接近，人们都愿意将两位称为“美国的契诃夫”。卡佛被认为是“美国20世纪下半叶最重要的小说家”和小说界“简约主义”大师，是继海明威之后美国最具影响力的短篇小说家，《伦敦时报》在其辞世之后，称之为“美国的契诃夫”，他也被认为是美国20世纪80年代以后短篇小说复兴的最大功臣。而对于契弗此前也被誉为“美国的契诃夫”的原因，我想，除了他写作了大量杰出的短篇小说外，更为重要的是因为契弗生活的年代，正是美国盛产长篇小说的时期，他坚守短篇小说的伟业，确实难能可贵。特别是，从小说所讲述的年代看，如果忽视了契弗的作品，实际上就等于忽略了20世纪下半叶美国民众的日常生活。相对于卡佛，我只读过契弗很少的小说，20世纪80年代初，我就曾经在那本对中国作家和读者影响深远的《美国当代短篇小说集》中，读到过契弗的《再见，我的弟弟》，那个小说给我留下了深刻印象。那篇小说，描写一个叫劳伦斯的“没落”的中产阶级，描述他在“向下走”的生活道路上对生活的挑战、逃避和颓靡。有趣的是，在那个时代阅读这篇小说时，依稀地感觉这个人物，特别像我们“五四”时代的作家茅盾的《蚀》三部曲《幻灭》《动摇》和《追求》中的人物。

而现在，重读这篇《巨型收音机》，完全是因为作家苏童的一个文学选本《一生的文学珍藏——影响了我的二十篇小说》。契弗这篇《巨型收音机》，位列苏童个人阅读选本二十篇中的第九篇，这足见苏童对它的喜爱。有趣的是，苏童自己也曾写有一篇名字为《木壳收音机》的短篇小说，这也是我非常喜爱的一个短篇。小说的基本线索，是写一个心理上有些幽闭、患了严重肾病的孩子，由他的母亲带到莫姓中医的家里看病。而整整一个中午，在莫医生的屋顶，意外地出现了两个泥瓦匠，这两个泥瓦匠彻底毁掉了莫医生的情绪。他们无厘头地在莫医生根本不需要修补的房子的屋顶上进行筑漏、补漏，做的完全是无用功，还悠闲地在莫医生的屋顶喝酒，畅快地午餐。这两个泥瓦匠，完全搞错了究竟谁是真正申请修房的房主，也许，他们也根本不需要弄清楚事情的原委。他们无端、无理的举动，导致莫医生烦躁至极，心理、精神几近崩溃。这位原本每天为别人看病的中医，最后自己却因心脏病发作或脑中风意外地死去。回顾莫医生简单的一天，我们会发现，他这一天遭遇的所有的事情，都是莫名其妙的，令人匪夷所思，甚至是使其过于敏感、狂躁不宁的。包括莫医生出诊回返时途经昔日棉花店，那个陌生女人无端吐出的脏话；收音机里播音员重复地将最高温度说成最低温度；特别是两个筑漏泥瓦匠无端的疏忽、肆意和无理；还有那个十岁患病男孩的那句“我不死，我才十岁。你才会死呢。你马上就要死了”，就像一句谶言或咒语，神秘地预示着莫医生的悲剧命运。在这篇小说里，这台木壳收音机，表面上看似乎与故事和人物并无太大的关联，只是一个道具而已，但对于这篇小说的叙述和内蕴而言，实则不然。莫医生寂寞、褊狭的日子，基本上是依赖这台木壳收音机来打发，他对节目的专注和好恶，敏感而精细，播音员误播的每一个字，都能令他惊诧不已，可以说，这台收音机，承载着他每天最重要的时间和生活，我们难以想象没有它，莫医生的生活会是怎样的情形。是否这台木壳收音机，成了一个人物宿命的暗示器？它传递出来的信息和莫医生期待的信息，以错位的方式牵引出一个小人物的生存戏剧。一般地说，短篇小说只能讲述一个故事，很难在其中设置复杂的矛盾和冲突，它还要简洁地对人物进行描述，对性格、欲望进行呈现，但因其篇幅的限制，又难用更多文字去刻画性格。苏童在小说中，凭借这台木壳收音机的存在，采取了细致巧妙的“控制”策略，既设置了与其相关的情感、自我情绪的变化和冲突，意外和必然，又清晰地刻画出人物不可思议的性格特性。这台木壳收音机，在这里，恰恰是一个不可或缺的文学元素或叙事因子，与人物的命运息息相关，而且，它的存在以及在莫医生生活中的不可或缺，早已预示了这个小人物的孤寂和他生命的戛然而止。我不知道苏童短篇小说《木壳收音机》的名字，是否来自契弗《巨型收音机》的启发，但是，我猜想，用一台收音机作为叙述的牵引力，进入人物的内心及其诸多的人性层面，这种写作的发生，肯定得益于契弗小说的影响。这也可谓是后代作家与前辈的一种“静候天机，物我同心”般创造力的契合，是自我砥砺和艺术张扬的妙不可言。我不清楚苏童写作《木壳收音机》时，怎样从契弗的这篇小说中获得了灵感，但是他们想象力的惊世骇俗，独立的、坚实的虚构力量，尤其是他们彼此在各自短篇小说的世界里，捕捉俗世人生的道德眼光和心理深度，都不能不令人称道。

我们在分析苏童小说《木壳收音机》及其写作发生之后，还是要回到契弗的这篇《巨型收音机》。如果说，苏童在他的小说里，是想通过生活和事物的偶然性机变，来呈现一个小人物心理的脆弱和缺陷，探轶偶然性因素与必然性之间的某种吊诡，在看似平淡无奇的生活流中掠取世界的一丝苍凉、平庸和诡异，那么，在读罢契弗《巨型收音机》之后，看到这个“巨型”的概念，我们立刻就会明白，显然这已经不是专指这台收音机形体上的意义了，它在小说中的存在，已然完全地超出了“道具”的边界。这里的“型”之巨，意味深长。

很显然，契弗的《巨型收音机》呈现的人物性格、行为逻辑，已然不是一个正常人的心理秩序。这与《木壳收音机》所蕴含的寓意大不相同。在契弗的笔下，不同于莫医生的情绪、心态和内心挥之不去的“拧巴”，以及无法安放的内心世界，吉姆和艾琳夫妇，这对尚处于中年的主人公夫妇面对的、感受到的是外部世界的喧嚣，最终，由人及己，这喧嚣竟然不可避免地在他们自己的内心，刮起了无法控制的灵魂风暴。

莫名其妙的事情，常常是不可思议地悄然降临。这台刚刚买到家里就发生故障的巨型收音机，竟然能够采集到这幢高层住宅几乎每一家的隐私，甚至那些不可示人的诸多秘密，就是说，吉姆夫妇没有想到，这台系统紊乱的收音机，竟会产生这样意想不到的“功能”，每当变换一个频道，它就能传导出一个其他家庭内部正在发生的事情和清晰的声音，这个高层楼房内的隐秘，都聚拢在这台收音机里。它对接受杂音有着不应有的超级灵敏度，各种杂音几乎包容了这个都市生活的各种声响。于是，那个时代的那个时期，美国社会某一个阶层的物质生活、心理和精神状况，一个纯粹属于个人的隐秘世界，俗世的驳杂的声音，人心的险恶和灵魂的纠结，都被契弗不遗余力地暴露无遗，聚敛殆尽。现在，所谓“巨型”，我们立刻就能体味到它的所指，就是指它的系统发生错乱时意外收获的巨量的体外之音。在这里，小说试图凸显的，无疑是妻子艾琳那种强烈的本能的“窥视欲”。她被自己空间之外所发生的一切，勾引起浓厚的兴趣。她在这些意外俘获的信息和现实面前，表现出无与伦比的、莫名的兴奋，“窥视”的乐趣和莫名的惊诧，覆盖了庄重的道德感，她在强大的好奇心驱使下，一往无前地在他人的幸福、痛苦、无奈、诡异、不可示人的生活世界里，尽情地享受猎奇的快感，那么，这种轻而易举地获取他人的隐私、隐情，到底彰显了怎样一种人性之态呢？也许，每个人都有不同程度的“窥视欲”，这种冲动，几乎覆盖了人性的淳厚，这种非道德的本能在每个人的体内潜滋暗长。从另一个角度讲，正是由于人性的复杂，才令这个世界的图景，形态多端、缤纷无限，喧嚣与骚动，此起彼伏。

吉姆和艾琳夫妇都喜欢古典音乐，喜欢舒伯特、莫扎特、肖邦、贝多芬和席勒等音乐大师的作品，应该说，这对普通的中年夫妇，还是有相当的艺术品位。但让人意想不到的是，妻子艾琳却没办法抵御“噪音”的干扰，她无法抓住乐曲的基本旋律，当然，这里所有乐曲的旋律，都被杂音侵扰甚至覆盖掉了！她整个人被彻底地裹挟进俗世生活的峡谷之中。这台收音机对各类电流都非常敏感，它在任何频道都能够摄入周围环境里所发出的各种声音。他们请人修理了一次，不仅毫无效果，杂音、噪音和情境对话反而变本加厉，这样，夫妇俩由欣赏音乐，变成了开始一起收听周围世界的种种私人信息，他们熟悉的左邻右舍们的生活隐秘，甚至离奇的“家丑”“家私”，个人逼仄的存在境遇，在这台古怪的巨型收音机发出的嘈杂声浪中，纷至沓来，不一而足。“声音”里汇聚了那个时代美国普通人的生活情境：一对辛苦的上班族夫妇，妻子喜欢每天下班后让丈夫弹奏一支钢琴曲，但由于丈夫和妻子对于生活的相互抱怨，以致丈夫不满和怨愤时吐出的一句污秽的脏话，成为美妙钢琴曲的强烈的不和谐音，这对辛劳的小公务员的疲惫和酸楚，隐隐作痛般流淌在其间；邻居家的保姆给主人的小女孩讲着故事；一个闹得喧嚣的鸡尾酒会，钢琴声、流行歌曲、碟子掉在地上后破碎的声音混杂在一起，弥漫着狂欢作乐的气氛；另一对夫妇的耳语，清晰地传出来，女人向自己的男人倾诉对自己身体状况的忧虑，对话含蓄而悲怆，让人感觉到女人心理的忧郁和精神的惶恐。这些声音里还有诸如一段如何在加拿大垂钓鲑鱼的独白，一场桥牌牌局，对几部国产电影的讨论；也有这幢大楼里的勤杂工与这里的某个女人的偷情，还有一个家庭为从银行透支的一笔钱而发生的口角；又有一对夫妇，正在讨论如何处置在前一天晚上鸡尾酒会上捡到的一枚钻石；更有一对夫妇正在发生持续几个小时的激烈争吵，男人开始向女人施暴，尖叫、谩骂、殴打的声音传进吉姆和艾琳夫妇的耳朵。这是他们熟悉的邻居，但他们也只能“袖手旁观”。在接下来的日子，妻子艾琳已经无法控制自己的“窥视欲”，几乎整个心思和全部的热情，都投入这台巨型收音机，不分昼夜地通过它深入这幢大楼的每一个独立的空间里。他们夫妇在梳理了“他者”的种种痛苦和惨状之后，惊恐并骄傲地反思、回味自己尚属快乐的生活。在即将结尾的时候，也就是这台巨型收音机被真正修理好，美妙的古典乐曲悠然地响起之后，小说的叙述，突然呈现出一个巨大的转折，一向平和的丈夫吉姆竟然做出一次大爆发，他对妻子先是埋怨、责怪，继而是发怒、谴责和痛斥，甚至揭发出妻子的虚伪、虚荣，以及诸多的品行不端。同时，他也在对自己发问：自己的生活原本也一样无比艰难，外表奢华，实则无比拮据、尴尬。现在我们知道了，吉姆为了满足、维持这样的生活，竟然忍受了很大的心理、精神和身体的重压。我们也会注意到，夫妇俩在“窃听”“窥视”的时候，专注于周遭世界的每一个细节，对其悉心地进行判断、推理和分析，而且，显示了那种介入他人隐秘世界中的无限快感；而在夫妇俩交流或争吵时，却十分注意而又极力地担心自己的声音也被“窃听”。实际上，他们早已突破了个人道德的底线，而存在的困窘，最后才会使他们恐惧，他俩猜测他人也会像他们一样，怀着巨大的“渴望”试图进入他们的私密空间。实际上，小说还含蓄地表达了人与人内心沟通的困难，这一点成为小说表现的重要题旨。夫妻之间，朋友之间，主人与用人之间，大多都在一种纠结、争吵、责怪，甚至怨恨、暴力的状态里生活。而且，收音机所传导出的每一个家庭的状况，都应和了托尔斯泰的那句“幸福的家庭都是相似的，不幸的家庭各有各的不幸”。特别是，前面提到的，吉姆和艾琳夫妇两人的感情，原本一直处于契弗一马平川的叙述中，最后，小说的结尾处却不可思议地突然发生了急转直下的变化，“我真的烦死了”，仿佛是宣告这种最近、最亲的伦理关系的一种终结，在某种社会经济、文化状态下，人的心理脆弱性、人与人的紧张关系，使伦理关系瞬间瓦解、坍塌。这让我们看到了一个可怕的、不可预知的生活的未来。

无疑，巨型收音机里面释放出的，都是生活中最细腻的音响。而正是通过这些细枝末节，这些“断章取义”的声音、杂音，我们才发现，那表面看上去显得非常平静的日子，背后却隐匿着无数引人深思的波澜万状。对于这个巨大的人群，生活竟然是如此沉重和艰辛，他们承受着生活不能承受之重。也可以说，这台巨型收音机所传达出的俗世隐情，几乎都是令人惊异而尴尬的，这些既是真切、具体的现实，又令人对情境充满了无尽的想象力，让人感受到心理、生理、灵魂深处的震撼。作家契弗在一种极其松弛的状态下，仿佛在不经意间发掘出美国社会俗世生活和人性的现状，虽然，由于吉姆夫妇工作和生活的节律，他们在不同频道上，接受声音的时间断断续续，因此这些生活的片段，呈示了每一个家庭生活的“不完整性”，所以，“声音”之间的有机联系、因果的现实还原，则需要收听者进一步地过滤、推理和“填充”。当然，对于一个作家，在浑然无际、千奇百怪的生活中，“看见”什么是最重要的，这种生活里面，必然有一些需要被发现、被发掘、被抓住的东西，并且被记住、被呈现、被张扬。那么，在契弗这里，一切都成为奇观，生成出强烈的戏剧效果，生活果然比小说更加奇幻。这也就是说，契弗所做的，正是小说应该做的事情。正是契弗处理现实和经验的娴熟、细致，使他更为有效地把握了他所处时代的复杂的生活、复杂的经验，即使现在来考量契弗的写作伦理，我们也不能不敬畏他那种智慧而自觉地获取生活内在真实的品质，以及令人叹服的才华。

小说的叙述从容不迫，显示了小说艺术家的惊人智慧。这篇小说虽是写实主义的风格，但因为赋予了巨型收音机以魔幻的意味，产生了不可思议的功效，使其与以往的所谓现实主义写法有了很大不同，可以说，它既师承海明威小说的简洁气质，也可谓是后来以卡佛为代表的“极简主义”的前驱，也可见出现代小说的气质。文本不乏幽默，貌不惊人的文体风格，不断让叙事生成奇妙的感受。故事的深层内核，隐藏在简洁的故事之中，字里行间，作者不露声色。小说的颇具震撼性的主题，不是呼之欲出，而是在碎片般的“声音”中款款流泻出来。看上去，这个小说由若干个相互接续的生活片段或“横断面”连缀起来，故事性并不是很强，但其中却蕴蓄着丰富的多义性。细密的生活流，潺潺流入时间和空间的容器，引人深思。虽然，契弗没有在小说中流露出自己任何看法，但酸楚的同情心，在冷静的叙述中毫发毕现，小说的场景意味深长。小说中描述的故事、人物和场景都很细腻，喧嚣下的冷漠，冷硬中的荒寒，丝丝缕缕地在字里行间蔓延开来，最终，这条灰色的生活之流，在流淌的途中形成许多不透明的大大小小的冰碴。

后　记

这是一本关于当代短篇小说文本分析文章的结集。

这些年来，在我个人的阅读史上，我始终对短篇小说这种文体情有独钟，对它的喜爱可谓根深蒂固。因为，我喜欢它叙事、结构上的简洁、精致，它能够在极为有限的篇幅里蕴藉无限宽广、浩瀚的深意和寓意，制造出令人惊异的巨大的文本张力。在我看来，短篇小说这种文体有着无穷的艺术魔力，正是由于这种文体所特有的叙述美学方面的要求，在这个世界里，中外的短篇小说大师们可谓“尽显英雄本色”，他们的写作，实质上就是他们与文体和叙事所展开的一场场博弈。在其间，故事、人物、语言、结构，意蕴，包括叙事的视角、节奏、语言色彩、风格、每一个细部及其质地、语境，都需要作家既要有潇洒大气的眼光、格局和气度，也需要作家能够自觉地意会到短篇小说内在的智慧。恰恰由于短篇小说这种对写作的至高无上的要求，才使得这种文体生长出如此多的摆脱了平庸的魅力，使其区别于其他文体而彰显活力。在一定意义上说，短篇小说作家都是魔术师。

对于当代文学研究和批评，我愿意沉潜于具体的文本分析，去发掘、探寻、感受短篇小说大师们所建构的一个个精致的趋于完美的文本世界。于是，捕捉蕴藏在文本中的大师们隐秘的、智慧的目光，便成为我十分向往的事业。这样，才有了这些文字的产生。

在这里，我要深深感谢《当代作家评论》老主编林建法兄和《长城》主编李秀龙兄，多年来我对短篇小说的思考和探索，都凝聚着他们热忱的引导、支持和真诚的鼓励。秀龙兄在杂志上专门开设“短篇大师”和“短篇的艺术”专栏，为我提供了绝好的平台。这些都体现出我们对文学、对短篇小说艺术共同的热爱和敬重。

感谢高秀芹博士、周彬先生和书雅女士的帮助，谢谢他们的悉心编辑。同时，也致意大连市人民政府著作资助出版机构，重点资助出版这本专著。

谢谢我的挚友、作家苏童的序。

是为记。

2019 年 11 月 7 日　大连